WIE IK BEN ZONDER JOU

EERDER VERSCHENEN VAN SUSAN MUSKEE
BIJ HARPERCOLLINS HOLLAND:

Nooit meer hetzelfde

SUSAN
MUSKEE

Wie ik ben zonder jou

HarperCollins

MIX
Paper | Supporting responsible forestry
FSC® C021394

Voor het papieren boek is papier gebruikt dat onafhankelijk is gecertificeerd door FSC®
om verantwoord bosbeheer te waarborgen.
Kijk voor meer informatie op www.harpercollins.co.uk/green.

HarperCollins is een imprint van Uitgeverij HarperCollins Holland, Amsterdam.

Omslagontwerp: Villa Grafica
Omslagbeeld: © Shutterstock
Foto auteur: © Medea Huisman
Zetwerk: Mat-Zet B.V., Huizen
Druk: ScandBook UAB, Lithuania, met gebruik van 100% groene stroom

ISBN 978 94 027 1368 8
ISBN 978 94 027 6948 7 (e-book)
NUR 301
Eerste druk oktober 2023

HarperCollins Holland is een divisie van Harlequin Enterprises ULC.

www.harpercollins.nl

Voor mama,
die me leerde dat het nooit zo donker is,
of het wordt weer licht.

En voor oma,
die háár dat leerde.

Well, love often shows a funny return
The brighter it glows, the longer you burn

Tony Bennett – 'Rules of the Road'

1

Joy

Er zijn drie dingen in het leven waar ik écht zeker van ben: dat rood niet mijn kleur is, dat níémand leuk speelt op een blokfluit, en dat toeval niet bestaat.

Die eerste twee zijn niet zo levensveranderend. In mijn kledingkast vind je voornamelijk blauwtinten en sinds de basisschool is het aantal blokfluitspelers in mijn leven drastisch afgenomen. Met andere woorden: zo vaak word ik daar niet mee geconfronteerd. Maar dat toeval niet bestaat... Dat is drie weken geleden voor de zoveelste keer bevestigd.

Eigenlijk zou je kunnen zeggen dat alles wat ik de afgelopen jaren heb opgebouwd, in één klap is ingestort. Al mijn toekomstplannen en -dromen zijn geklapt als een te hard opgepompte fietsband. En in plaats van die band te kunnen plakken, zit ik nu, drie weken later, met een beker koffie in mijn hand en mijn ziel onder mijn arm op een bankje in het park. Koffie in een wegwerpbeker. Pascal zou een hartverzakking krijgen.

Pascal.

De zoveelste traan rolt uit mijn ooghoek. Ik heb de puf niet meer om hem weg te vegen en ik vraag me af of ik ooit nog ergens puf voor zal hebben.

Misschien blijf ik wel voor altijd hier. Word ik *the woman who can't be moved*, net als in dat nummer van The Script.

In mezelf mompel-neurie ik de tekst van het nummer: '*How can I move on when I'm still in love with you?*'

Op dat moment rent er een hardloper rakelings voor me langs en ik schrik zo van hem dat ik een hoog, schril kreetje uitstoot. Tegelijkertijd gooi ik zelfs wat koffie over mijn broek en er ontstaat meteen een kleine, bruine vlek in mijn jeans.

Meteen ben ik terug in de realiteit.

Oké, iets te dramatisch, Joy. Je kunt het ook overdrijven.

Ik zal vast óóit weer van dit bankje af komen, maar het probleem is: ik weet echt niet meer wat ik moet doen. De puinhoop is zó groot, dat ik niet weet hoe ik eruit moet komen. Ik ben compleet het overzicht kwijt – en dat wil wat zeggen.

Ik ben een oplosser.

Een regelaar.

Iemand die dingen *voor elkaar krijgt.*

Dat is waarom het zo goed werkt tussen Pascal en mij. Hij is de creatieve, charismatische ondernemer, ik de ondersteunende, stille kracht. Dat is perfect, want terwijl ik de vrouw op de achtergrond ben, is Pascal het menselijk equivalent van een golden retriever. Lief, opgewekt en met een glimlach die ontwapenender is dan Harry Potters Expelliarmus-spreuk. En hij is knuffelbaar. Zó vreselijk knuffelbaar. Als het lijkt alsof de hele wereld tegen je is, hoef je alleen maar vijf seconden te worden omhelsd door Pascal en meteen zijn al je problemen opgelost. Sneeuw voor de zon en al die onzin, hij maakt het waar. Of hij geeft je in elk geval het idee dat dat zo is.

Dus zo deden we het al vijf jaar: hij de frontman, ik de vrouw in de coulissen.

Totdat hij verliefd werd op een ander en alles in één klap in elkaar stortte.

Ik trek mijn mouwen verder over mijn handen en wrijf ruw over mijn wangen. Geen werk, geen huis, geen vriend, geen toekomst.

Wat een ellende.

Wanneer ik de laatste slok uit mijn koffiebeker neem, piept mijn telefoon in de zak van mijn vest. Een e-mail.

Mijn hart knijpt zich samen en ik tel tot drie voordat ik mijn vestzak openrits. Tenzij het een spammail is dat ik mijn 'Gewonnen Prijs Binnen 24 Uur Moet Claimen!', weet ik waar deze mail over gaat. In de afgelopen weken heb ik op tien appartementen gereageerd en voor negen daarvan werd ik afgewezen. Het is altijd óf een appartement voor twee personen, of ik sta niet ingeschreven bij de juiste woonstichting, of ik verdien te weinig – lees: nul, want je kunt nou eenmaal niet blijven werken bij het bedrijf van je ex – of ik reageerde simpelweg te laat. Stuk voor stuk terechte en legitieme redenen, maar ook precies wat je niet wilt horen als je in het huis van je ex op de bank slaapt.

Er is nog één woning waar ik niets over heb gehoord. Een studio van 25 vierkante meter aan de rand van de stad.

'Oké,' spreek ik mezelf moed in. 'Je kunt het.' Met één oog dichtgeknepen en mijn telefoon op armlengte afstand open ik de mail-app en mijn vinger zweeft boven de ongelezen e-mail. 'Drie, twee, één...'

Beste mevrouw Oosthuizen,

Hartelijk dank voor uw interesse in de woning aan de Keizer Karelweg 23. Helaas moet ik u mededelen dat...

Ik wil het niet. Ik wil niet meer huilen. Niet nóg meer dan ik de afgelopen weken al heb gedaan. Ik huilde toen ik mijn spullen in dozen deed. Ik huilde toen ik mijn ouders het nieuws vertelde. Ik huilde toen Pascal zei dat hij de zachtroze bank, die zo goed kleurt bij de rest van de inboedel, eigenlijk veel minder comfortabel vond dan hij altijd had beweerd. Ik huilde toen ik er de eerste nacht op doorbracht en hem nog gelijk moest geven ook, en nu er na drie weken niets meer van mijn rug over is al helemaal. Ik huilde toen ik mijn spullen ophaalde op kantoor, én toen de receptionist 'fijn weekend en tot maandag!' riep. Ik had de moed niet om te zeggen dat ik nooit meer terug zou komen en dat deze doos niet gevuld was met de gebruikelijke opvouwbare koffiebekers van Pascals start-up, maar met mijn eigen ziel en zaligheid.

De afgelopen weken heb ik zoveel tranen gelaten dat ik dacht niets meer in me te hebben, maar toch schroeft mijn keel zich weer dicht. Ik gooi de lege koffiebeker in de prullenbak naast mijn bankje, leun naar voren en zet mijn ellebogen op mijn knieën, starend naar het scherm, dat steeds waziger wordt. Zelfs het opbeurende bericht van mam dat binnenkomt, met de vraag of ik al wat heb gehoord van de woning en dat pap en zij al de hele dag zitten te duimen, kan ik pas lezen na een paar keer flink knipperen. Ik maak een screenshot van de mail, stuur het zonder begeleidende tekst naar mam en stop mijn telefoon weg.

Dan, net op het moment dat ik mijn hoofd in mijn handen wil laten zakken, prikken mijn sleutels in mijn buik. In een vreemde bui van zelfkastijding haal ik de bos uit mijn vestzak en kijk ernaar.

Tijdens een marketingtraining begonnen we ooit met een spel waarbij je jezelf voorstelt aan de hand van je sleutelbos. 'Je sleutelbos vertelt heel veel over jou als persoon,' zei de cursusleider, terwijl wij allemaal onwennig de zaal rondkeken. 'Wat voor sleutels hangen eraan? Heb je sleutelhangers, of zijn het alleen je sleutels?'

Met mijn handen slapjes in mijn schoot laat ik de bos door mijn vingers gaan. De sleutel van de algemene voordeur beneden. De sleutel van onze eigen voordeur op de galerij. De sleutel van de berging in de kelder. Het labeltje met '817' erop, omdat ik altijd vergat welk huisnummer het nou precies was en al jaren blindelings naar de juiste voordeur op de derde verdieping liep, voordat 'Pascals huis' officieel 'ons huis' werd.

Ik knijp mijn ogen stijf dicht en veeg onelegant wat snot weg met mijn mouw als ik aankom bij de goudkleurige Big Ben-sleutelhanger. Het souvenir van ons eerste weekend weg, 'gekregen' van een marktkoopman in Londen. Twee straten verderop beseften we dat Pascal hem gewoon had betaald, omdat hij een paar pond minder terugkreeg bij het afrekenen van zijn *I ♥ London*-trui, maar dat mocht de pret niet drukken.

Nu ik het ding nog eens goed bekijk, is het eigenlijk vooral heel erg lelijk. De onderkant is slecht afgewerkt, waardoor ik geregeld een kras op mijn hand of vingers krijg als ik mijn sleutels te snel wil grijpen. En hij is goudkleurig. Ik hou niet eens van goud.

Harder dan nodig druk ik mijn duimnagel tussen de sleutelring en draai de Big Ben eraf. Zo. Meteen voelt het alsof ik de controle terugpak. De volgende stap is natuurlijk om hem weg te gooien, maar dat vind ik nog te moeilijk. Daarom stop ik hem toch maar terug in mijn zak en hervat mijn zelfkastijdingsritueel. *Might as well*, zal ik maar zeggen.

De brievenbussleutel.

De sleutel van de papiercontainer in de gezamenlijke berging beneden.

Ik haal mijn neus op en voel een steek in mijn maag wanneer mijn vinger blijft hangen bij de laatste sleutel aan de bos: een blinde sleutel zonder vertanding. De symbolische sleutel van ons toekomstige droomhuis. Ik strijk met mijn duim over het gladde metaal en pers mijn lippen op elkaar.

Toen Pascal zijn bedrijf inschreef bij de Kamer van Koophandel, kocht ik twee kale sleutels zonder profiel. Ze waren het symbool van al onze dromen: de sleutels van het paleis dat we ooit zouden bemachtigen, in plaats van de kleine flat waar alles begon. Eén sleutel gaf ik aan hem, de andere hield ik zelf.

Het zou me niets verbazen als hij die van hem al jaren geleden heeft weggegooid.

In gedachten loop ik door het huis waar we de afgelopen jaren hebben samengewoond. Er staan drie dozen en een boekenkast in een gehuurde berging en ik heb wat kleding en cosmetica in dozen en koffers gepakt, alsof ik binnenkort op vakantie ga. Dat is het. De verdere meubels zijn allemaal van Pascal, want ik ging bij hem wonen en zijn spullen waren mooier dan de mijne, dus ik deed bijna alles weg wat van mij was.

Wat trouwens niet betekent dat het niet voelde als ons huis, want veel van de dingen in dat huis heb ik geregeld.

Ik heb de mintgroene muur in de slaapkamer geschilderd. Ik heb de ladekasten op de gang in elkaar geschroefd op een bloedhete zomerdag, terwijl hij halsoverkop naar een beurs in Düsseldorf moest. Ik heb in mijn eentje het matras naar de slaapkamer gesleept, omdat het al vier dagen met het plastic er nog omheen in de gang stond – het matras dat ík heb betaald. Ik heb alle handdoeken gekocht, omdat Pascal zich nog afdroogde met repen badstof die pap niet eens als poetsdoek voor zijn motor zou gebruiken.

Ik weet niet eens hoe het werkt als je uit elkaar gaat. Op een paar spullen na heb ik alles wat echt van mij was al meegenomen, maar hoe zit het met die handdoeken? Moeten we die nu fiftyfifty verdelen, of moet een van ons nieuwe kopen? Ze zijn donkergroen en ik weet dat ze niet meer verkrijgbaar zijn, want ooit wilde ik er een paar bij kopen en toen vertelde een winkelmedewerker me dat het een gelimiteerde collectie was. En hoe zit het met die ladekasten? Pascal heeft ze betaald, maar als ik ze niet in elkaar had gezet, hadden ze nu nog steeds als een stapel planken in de doos gezeten. En dat matras? Hij kan moeilijk achterblijven met alleen een bedbodem, en de kans bestaat dat er in mijn nieuwe slaapkamer niet zo'n groot bed past.

Moet ik straks mijn hele inboedel nieuw kopen?

Moeten we met een notitieboek door het huis lopen en zeggen wat we willen hebben? Wat als we allebei de knoflookpers willen? Heb ik wel recht op de knoflookpers?

Ik weet het niet.

Ik weet het écht niet.

Ik weet alleen dat ik drie weken, twee uur en twaalf minuten terug wil in de tijd en dat ik alles goed wil maken wat er mis is gegaan.

2

Frida

Er zit een jonge vrouw op het bankje naast me te huilen. Ze is een jaar of vijfentwintig, misschien iets ouder, en haar lange, donkerbruine haar zit aan haar wangen vastgeplakt door de tranen. Haar mascara heeft zwarte vegen op haar wangen gemaakt en ze heeft haar neus een paar keer afgeveegd aan de mouw van haar vest, waardoor die er nu uitziet alsof ze er schoensmeer mee heeft uitgesmeerd over haar zwartleren sneakers.

De vrouw huilt niet uitbundig. Niet meer, tenminste. Het eerste kwartier dat ik hier zat snikte ze met hartverscheurende uithalen, maar nu lopen de tranen zo uit haar ogen, over haar wangen. Inmiddels frunnikt ze aan haar sleutelbos en staart ze nietsziend voor zich uit.

We zitten op de twee mooiste bankjes van dit park: aan de zijkant van het brede, onverharde wandelpad dat slingerend tussen het groen door loopt. Op deze plek ligt het pad iets hoger en kijk je uit over de grote vijver met in het midden een metershoge fontein. Ik zit hier elke dag, voordat ik boodschappen ga doen. Meestal in mijn eentje, maar vandaag dus in stil gezelschap.

Ik vraag me af wat ik tegen haar moet zeggen. Óf ik iets tegen haar moet zeggen.

Toen ik hier net kwam zitten, keek ze niet op of om, dus misschien heeft ze mijn aanwezigheid niet eens opgemerkt. Ergens vraag ik me af of ik me überhaupt wel wil mengen in haar verdriet; ik heb genoeg aan dat van mezelf en bemoei me al drie jaar nergens meer mee.

Toch is er iets wat me aan haar intrigeert, al kan ik mijn vinger er niet op leggen wat het is. Misschien raakt andermans verdriet me in deze tijd van het jaar meer dan anders, of komt het doordat ze het zo openlijk uit. Wat het ook is, ik kan haar op z'n minst een zakdoekje aanbieden. Mijn moeder drukte me mijn hele leven op het hart altijd zakdoekjes bij me te hebben. 'Je weet nooit wanneer je ze nodig hebt,' zei ze dan.

In de afgelopen periode heb ik meer zakdoekjes nodig gehad dan in de tien jaar ervoor, dus tegenwoordig heb ik altijd twéé pakjes bij me. Ik kan er dus best eentje missen.

Voorzichtig, alsof ik te maken heb met een dier dat zomaar kan uithalen, buig ik me naar haar toe. 'Wil je... een zakdoekje?'

Ik blijf afwachtend naar haar kijken en strek mijn arm wat verder naar haar uit als ze niet reageert.

De zomer begint eindelijk zijn intrede te doen, en de stof van mijn blouse plakt aan mijn onderrug. In de boom naast ons fluit een merel zijn kenmerkende deuntje, maar de jonge vrouw lijkt zowel mij als de vogel nog steeds niet op te merken.

Mogelijk zei ik het niet hard genoeg. Nu ik er zo over nadenk, is dit de eerste keer dat ik überhaupt spreek vandaag, dus mijn stem heeft nog zo'n randje dat er even van af moet.

Ik schraap mijn keel, schuif iets op en futsel één zakdoekje half uit het pakje. Behoedzaam buig ik me nog wat dichter naar de jonge vrouw toe. 'Wil je een zakdoekje?'

Bingo.

Als door een wesp gestoken kijkt ze op.

'Een zakdoekje,' zeg ik nog maar eens, terwijl ik het pakje naar haar uitsteek. Ik doe alsof de leegte in haar ogen me niets doet en glimlach zo bemoedigend mogelijk. 'Volgens mij kun je er wel een gebruiken.'

De jonge vrouw kijkt van het pakje naar mij, dan naar haar mouw, naar mijn boodschappentrolley naast me en dan weer naar mij. Alsof ze door een bak water moet waden, reikt ze naar het pakje en trekt het zakdoekje eruit.

Dan draait ze zich terug en staart weer voor zich uit.

Goed. En nu?

Zo tersluiks mogelijk werp ik een blik op mijn horloge. Halfvijf.

Meestal ben ik rond deze tijd al in de supermarkt, dus misschien kan ik beter...

'Mijn vriend heeft het uitgemaakt,' piept het hoopje mens naast me. Haar stem is dik van het huilen en bij wijze van extra dramatisch effect rolt er een nieuwe, dikke traan over haar wang.

Ze veegt hem weg met de vaatdoekmouw.

'Drie weken geleden. Hij is...' Ze aarzelt even, alsof ze niet goed weet wat ze wel en wat ze niet tegen een wildvreemde zou moeten zeggen. Terecht, moet ik toegeven. Ik zou haar ook niet ineens alles over mijn leven vertellen. Toch probeer ik haar zo geïnteresseerd mogelijk aan te kijken, want er is iets in haar ogen wat ik herken. Ik weet hoe het is om het gevoel te hebben ergens alleen doorheen te moeten.

'Hij is verliefd geworden op iemand anders,' gaat ze verder. 'Op Danique. En weet u wat Danique van mij is? Van óns is?'

Het is wel duidelijk dat ze geen antwoord van mij verwacht, want ze dendert meteen door.

'Een collega. Een colléga! We waren bijna vijf jaar samen en ik had verwacht dat hij misschien wel... Nou ja, als je vijf jaar samen bent, dan ga je toch nadenken over de toekomst, en...' Haar sleutels rinkelen als ze ze wegstopt en ze frunnikt beteuterd aan het nu al vol gesnotterde zakdoekje. Op de automatische piloot pak ik een nieuw exemplaar en geef het aan haar.

'Had je een aanzoek verwacht?' vraag ik voorzichtig.

Ze kijkt met een ruk op. 'Dat vindt u zeker verkeerd.'

Het sprankje strijdlustigheid dat in haar ogen verschijnt doet me glimlachen.

'Nee, dat vind ik niet verkeerd. Als alles goed zat tussen jullie, klinkt dat als een heel realistische vervolgstap. Ik ben voor mijn man naar de andere kant van de wereld verhuisd, dus van mij zul je niets horen. Woonden jullie samen?'

Ze haalt haar neus op en zegt: 'Ja. Koophuis. Alles op zijn naam. Eén keer raden wie er dus... uit mag.'

Haar stem schiet weer de hoogte in en een snik vindt zijn weg naar buiten uit haar keel.

Ik ben te verbaasd om haar te troosten. 'Heeft hij je eruit gezet?'

Ze schudt krachtig haar hoofd. 'Dat zou hij nooit doen. Pascal is de allerliefste man die ik ken. Als ik het had gewild, had ik nog wel een jaar daar kunnen blijven wonen, of langer zelfs. Hij heeft me niet gedwongen om weg te gaan. Maar Danique trekt vanaf volgende week bij hem in. Ze woont antikraak en haar huis wordt gesloopt. Al heel snel, dus ja, waar kan ze anders naartoe? Daarom moet ik weg. Ik wíl weg, maar ik heb op alle mogelijke woningen gereageerd en overal word ik afgewezen. Nu slaap ik op de bank, en...'

Het snotterende geraas wordt even onderbroken voor een luide toeter in de zakdoek. Ze wappert met haar handen en doet een dappere poging om het verhaal weer op te pakken: 'En het is echt een prachtige bank, hè? Zachtroze, fluweelachtige stof, maar hij is echt...' Haar gezicht vertrekt zich weer in zo'n theatermasker en ze eindigt haar zin met iets wat klinkt als 'ontze-he-het-tend hard'. Meteen begint ze weer met lange uithalen te huilen. Haar stem is net een loeiende sirene en een paar voorbijgangers kijken veroordelend mijn kant op, alsof ik degene ben die haar aan het huilen heeft gemaakt.

Voor de vorm schuif ik een stukje haar kant op en ik klop haar bedeesd op haar schouder. 'Rustig maar,' probeer ik de boel wat te sussen. De woorden 'het komt wel goed' liggen op het puntje van mijn tong, maar ik slik ze net op tijd in. Aan een lege huls heeft niemand iets.

'Ik weet gewoon niet wat ik nu moet doen,' snift ze. 'Ik moet vóór volgende week een ander huis vinden, maar er is niemand die me een huurcontract geeft zonder inkomen.'

Ik staak mijn gefrunnik om een nieuw zakdoekje uit het pakje te krijgen en kijk verstoord op. 'Sorry, maar dat begrijp ik even niet. Waarom heb je geen inkomen?'

Ze knikt bijna onzichtbaar. 'Ik werkte voor Pascal. Mét Pascal. We hebben samen zijn bedrijf opgezet.' Een korte toeter in het tweede zakdoekje. 'Opvouwbare koffiebekers. Vorig jaar liep het zo goed dat we meer collega's nodig hadden, en toen kwam ook Danique erbij.'

'Danique,' herhaal ik.

Ze kijkt op, alsof ze nu pas registreert dat ik luisterde.

'En Danique is degene op wie hij...' begin ik, maar haar onderlip begint alweer te trillen en ze zegt: 'Ik kan het ze niet eens kwalijk nemen, want ze hebben niks verkeerds gedaan. Zelfs Danique niet. Ze bestaat gewoon. En ik heb ook ogen, hè? Ik weet ook wel dat ze veel te mooi is. En aardig. En lief. En Pascal is dat óók. Weet u wel hoe moeilijk het is om boos te zijn op iemand die zich niet als een lul heeft gedragen? Hád hij zich maar als een lul gedragen. Mijn hart ligt toch al aan diggelen, dan had hij er net zo goed nog een keer overheen kunnen bulldozeren.'

Ik overweeg haar een derde zakdoekje aan te reiken, maar besluit haar dan maar het hele pakje voor te houden.

Ze pakt het aan en gebaart er woest mee naar de fontein in het midden van de vijver. 'Hij was zo áárdig. Zo attént. "O, Joy, het spijt me zo vreselijk. Ik vind het zo moeilijk om je dit te vertellen. Ben je wel oké? Heb je iets nodig?" Já, een reden om je te haten, dát heb ik nodig!'

'Ooit kun je erom lachen,' mompel ik.

'Nou, nu niet,' sneert ze, meer tegen het luchtledige dan tegen mij. 'Vanaf volgende week heb ik twee opties: hier op dit bankje slapen, of een vliegticket naar mijn ouders kopen. Ze wonen in Zuid-Afrika,' verduidelijkt ze, bij het zien van mijn gefronste wenkbrauwen.

'O. Dat is een lastige keuze.' Ik knik begrijpend, ook al zitten er zoveel gaten in dit verhaal dat ik lang niet alles snap.

Ze haalt haar schouders op, waarmee het me meteen duidelijk wordt dat ons gesprek ten einde is. Maar op de een of andere manier kan ik me er niet toe zetten om op te staan en weg te lopen.

Misschien is het de zo beklemmend bekende leegte in haar blik.

Misschien is het de wanhoop die haast van haar afdruipt.

Misschien heb ik gewoon te weinig gegeten vandaag en zie ik

daarom de wereld niet meer zo scherp. Dat kan ook. Wat het ook is, iets beweegt me tot het oppakken van mijn tas en het tevoorschijn halen van mijn portemonnee, terwijl in mijn achterhoofd de zo vaak gehoorde woorden van Theo echoën: *Niemand is ooit slechter geworden van het helpen van een medemens.*

Ik onderdruk de neiging om met mijn ogen te rollen.

Jij hebt makkelijk praten nu, lief.

Toch pak ik twee briefjes van vijftig uit mijn portemonnee en steek ze naar haar uit. 'Hier. Boek een hotel voor vannacht. De wereld is altijd anders na een nacht slapen, en na drie weken op een harde bank heb je een fatsoenlijk bed verdiend. Morgen lijkt me een uitstekend moment om te bedenken wat je verder gaat doen.'

Ze staart naar de biljetten alsof ik een brandende hondendrol in mijn handen heb.

'Nu niet met van die "dat kan ik niet aannemen"-onzin komen, want dat kun je wel,' zeg ik. 'Ik bied je dit bij mijn volle verstand aan en ik weet dat je me niet kent, maar geloof me dat ik heus gewoon weg zou kunnen lopen als ik dat wilde. Kom op.' Ik wapper met de briefjes in haar richting.

Ze kijkt nog één keer met grote ogen van het geld naar mij en terug en pakt het dan ten langen leste van me aan. 'Dank u wel,' zegt ze bedeesd. 'Dat hoeft echt...'

'Niet,' maak ik haar zin af en ik geef er een kort, ferm knikje bij. 'Weet ik.' Ik diep een oud bonnetje en een balpen op uit mijn tas, klik de pen uit en begin te schrijven. 'Dit is de naam van een woningbouwvereniging hier in de stad. Die is ooit opgezet door mijn buurvrouw en is een jaar of tien geleden overgenomen door haar dochter. Als je belt, vraag dan naar Inez en zeg haar maar dat je bent gestuurd door Frida, de buurvrouw van Cecile. Ik zeg niet dat ze je kunnen helpen, maar proberen kan altijd.'

Ze pakt het briefje van me aan en glimlacht waterig.

'Luister,' zeg ik. 'Slaap er even een nachtje over en kijk er dan morgen weer naar. Hoe cliché het ook klinkt, niets is blijvend. Over een paar maanden is alles anders, dat zul je zien. En als het niet over een paar maanden is, dan wel over een jaar. Of over twee jaar. Het wordt echt anders.'

Ze reageert niet.

Ik geef haar nog een laatste knikje en sta op.

Als ik mijn boodschappentrolley weer achter me aan trek en richting de supermarkt stiefel, weet ik niet precies wie ik nou eigenlijk met mijn woorden probeerde te overtuigen.

3

Joy

Het is drie weken, één dag, twee uur en veertien minuten geleden dat de fietsband van mijn leven uit elkaar is geklapt. In de tussentijd heb ik dertien afwijzingen voor een woning ontvangen, ontelbaar veel keren gehuild, drie dozen en een boekenkast naar een tijdelijke opslag gebracht, mijn kantoor leeggeruimd en... acht zelfhulpboeken gekocht.

Ik weet dat ik aan die vrouw had beloofd een hotelovernachting te boeken voor die honderd euro, maar ik denk niet dat een nacht in een bed in plaats van op die plankbank zoveel verschil maakt. Ik heb iemand nodig die me vertelt wat ik moet doen om mijn problemen op te lossen en met die boeken heb ik ineens een heleboel opties. Daar zit vast iets bruikbaars tussen. Bovendien denk ik niet dat ik haar ooit nog...

'Zit je hier nou weer, of nog steeds?'

Shit.

Alsof ik vlak voor het avondeten ben betrapt met mijn hand in de koektrommel kijk ik naar haar op. 'Hallo.'

Ze zegt niets, maar blijft me aankijken. Veroordelend. Onderzoekend. En toch... Oké, misschien beeld ik het me in, maar toch zie ik ook een soort vriendelijkheid in haar ogen. Bezorgdheid, bijna. Of staat ze te bedenken hoe ze die honderd euro terug kan vragen?

Vergeefs probeer ik de boekenstapel naast me te verbergen door er half voor te gaan zitten.

Pas nu zie ik hoe onberispelijk ze eruitziet, zeker als ik haar met mezelf vergelijk. Haar witte haar heeft een zilveren glans en is opgestoken in een lage knot, vastgezet met een goudkleurige haarspeld. Op haar voorhoofd ligt een ogenschijnlijk speelse lok. Haar framboosroze nagellak past bij haar lippenstift, en ik vraag me ineens af of ze meer van zulke combinaties heeft, of dat dit juist haar *signature look* is. Gegeneerd schuif ik mijn handen met tien afgekloven vingernagels onder mijn billen.

Ik word er een beetje ongemakkelijk van dat ze me nog steeds aankijkt. Er liggen lachrimpels om haar ogen en ze heeft een frons op haar voorhoofd, alsof ze ergens diep over nadenkt. Overduidelijk wacht ze nog steeds op antwoord.

Mijn blik schiet een fractie van een seconde naar de tassen met boeken naast me. Al zou ik het willen, het is gewoon onmogelijk om ze van het bankje te grissen en het op een lopen te zetten. Zelfs voor deze zeventigplusser ben ik dan niet snel genoeg.

Ik adem een keer diep in en uit.

Daar gaan we dan.

Sommige mensen hebben wat ik noem de thee-factor. Mijn moeder heeft die, de decaan van mijn studie had die en mijn oude buurvrouw Azize heeft die ook: de vaardigheid om te zeggen 'ik maak even een kop thee en dan hebben we het rustig over wat er aan de hand is'. Waarna je al je problemen bij hen neerlegt en het spontaan allemaal minder erg lijkt dan het is. Deze vrouw heeft de thee-factor blijkbaar ook, want ze komt naast me zitten, houdt me een nieuw pakje tissues voor, en ik loop leeg als een gescheurd opblaaszwembad.

'Ik weet dat ik tegen u had gezegd dat ik een hotel zou boeken, maar één nacht maakt echt geen verschil, dat weet ik zeker. Ik bedoel... Niet dat ik u niet dankbaar ben voor uw gift, maar het is meer... Ik heb gewoon hulp nodig en er is niemand bij wie ik terechtkan. Ik wil niet naar mijn ouders, ik heb geen broers of zussen en ik heb... Ik heb niet zoveel vrienden. En de vrienden die ik heb, zijn collega's. Wáren collega's.' Ik wijs op de boeken. 'Dus ik dacht: dan koop ik dit wel, begrijpt u? Misschien helpt het. Als er niet íémand is om me te helpen, dan maar íéts. Als u uw geld terug wilt, begrijp ik dat. Ik geloof dat er wel een pinautomaat in de buurt zit, en ik kan het ook naar u overmaken.' Ik voel de tranen alweer branden achter mijn ogen als ik met verstikte stem eindig: 'Alles is weg. Mijn leven is in één klap voorbij.'

Omdat niets toevallig is, wordt op dat moment de stilte doorbroken door een luide knor van mijn maag.

Haar mondhoeken kruipen omhoog en er verschijnen nog een paar extra lachrimpeltjes bij haar ogen.

'Sorry,' zeg ik, waarna we beiden voorzichtig lachen.

Nog steeds grinnikend houdt ze me een nieuw zakdoekje voor – hoe komt die vrouw toch aan al die zakdoekjes? – en ze zegt: 'Ik heb een idee.' Ze wacht tot ik het heb aangepakt en staat dan op. 'Die zelfhulpboeken meeslepen lukt een stuk beter op een gevulde maag. Ik woon twee straten achter het park, die kant op. Als je wilt, maak ik een kom soep en een tosti voor je en dan kun je je bij mij even douchen.' Bij het zien van haar veroordelende blik op mijn broek voel ik het bloed naar mijn wangen stijgen. Ik heb weliswaar weer op de bank geslapen vannacht, maar ik heb vanochtend gewoon weer dezelfde kleren aangetrokken als gisteren. Nog voordat Pascal wakker was, was ik al verdwenen. Beschaamd leg ik mijn handen in mijn schoot, om zo goed en zo kwaad als het gaat de koffievlek te verbergen.

'Je wordt er vast niet slechter van als je wat eet en je even opfrist, toch?' dringt de vrouw aan. Haar toon is vriendelijk en strikt tegelijk; ze nodigt me weliswaar uit, maar ik hoef het niet eens in mijn hoofd te halen om te weigeren.

Ze strijkt een witte lok achter haar oor en steekt haar hand naar me uit. 'Ik ben Frida.'

Ik sta op en pak hem aan. 'Joy.'

'Leuk je te ontmoeten, Joy. Kom, we gaan je opkalefateren.'

We lopen samen het pad af in de richting die Frida aangaf. Het ligt op het puntje van mijn tong om haar te vragen waarom ze dit doet, alleen weet ik niet wat ik eraan heb om dat te weten. Soms moet je uitgaan van de vriendelijkheid van je medemens, toch? Ook als die vriendelijkheid weinig ruimte overlaat om tegen te stribbelen.

En daarbij, als puntje bij paaltje komt, zou ik dit frêle vrouwtje zelfs in deze toestand naar de grond kunnen werken, dus bang dat ze iets uithaalt, hoef ik niet te zijn. Indien nodig, slinger ik gewoon een van de tassen naar haar hoofd, of zo. Tenzij ze een gevierd kungfu-beoefenaar is of een taser in haar tas heeft. Dan wordt het misschien lastig.

'Heb je al op nieuwe woningen gereageerd?'

Het park materialiseert weer voor mijn ogen bij het horen van Frida's stem. Het geklater van de fontein klinkt gestaag in de verte en het semiverharde pad knispert onder onze voeten. Frida draagt een grijze pantalon en een witte blouse, met daaronder degelijke, maar toch ook modieuze, halfhoge pumps. Nu de zon wat eerste zomerse warmte op ons laat vallen, haalt ze een grote, eveneens modieuze zonnebril tevoorschijn en zet hem op haar neus.

Naast haar perfecte uiterlijk ben ik me meteen extra pijnlijk bewust van mijn smerige sneakers, mijn onfrisse gestreepte T-shirt, mijn donkergrijze vest en de jeans met koffievlek.

'Drie stuks,' zeg ik, als ik besef dat ik haar vraag nog altijd niet heb beantwoord. 'Gisteravond. Maar vanochtend mailden ze dat de woningen al waren vergeven. En daarna stuurde Pascal me een bericht met de vraag of ik oké was.'

Ze laat haar blik over me heen gaan en ik zie de woorden 'overduidelijk niet' op haar lippen liggen, maar ze zegt niets.

'Het enige positieve is dat hij dit weekend weg is en ik dus eindelijk een nacht niet op de bank hoef.'

De linnen tassen van de boekhandel snijden in mijn schouder, en ik hijs ze wat hoger.

'Ik had best nog een keer honderd euro voor je gehad, hoor,' zegt Frida. 'Ik kan me niet voorstellen dat je nóg meer boeken meekrijgt, namelijk.' Ze pakt zonder iets te zeggen een van de tassen van me over en hangt hem over haar schouder. 'Het is niet ver. We zijn er zo.'

Twee uur later zit ik gedoucht en wel met een glas water op de bank in Frida's lichte woonkamer en heb ik eindelijk het gevoel weer een beetje mens te zijn. Frida heeft zelfs mijn kleren gewassen, en terwijl ik in een gigantische badjas op de zwarte, leren bank in de woonkamer zit, hangt alles te drogen in de middagzon.

Mijn gedachten dwalen af naar mijn werk. Pascal zei dat hij mijn werkzaamheden binnen het team zou opvangen en dat ik 'prima per direct weg kon', als ik dat wilde. Het feit dat ik blijkbaar minder onmisbaar ben dan ik altijd heb gedacht, steekt meer dan zou moeten.

Toen ik mijn spullen ophaalde op kantoor, kreeg ik het niet voor elkaar om eerlijk te zijn en heb ik maar een vaag verhaal opgehangen over 'toe zijn aan een nieuwe uitdaging'. Daarna trok ik nog net geen sprintje naar de lift.

Ik vraag me af of Pascal inmiddels de werkelijke reden van mijn vertrek heeft gedeeld met de anderen. Hem kennende heeft hij op zo'n eerlijke, ontwapenende manier alles op tafel gelegd, dat iedereen er nog begrip voor kan opbrengen ook. Gewoon even kort, en dan weer over tot de orde van de dag.

Och, die arme Joy. Altijd heftig, hè, het beëindigen van een relatie? Voor alle partijen, hoor. Maar wat moedig dat jullie zo eerlijk zijn. Héél goed gedaan. En ja, jij en Danique zijn eigenlijk perfect voor elkaar! Nou, iemand nog koffie?

Frida komt de woonkamer binnen met in haar handen iets waarvan ik niet wist dat het nog bestond: een zilveren dienblad.

'Ik weet het, ik weet het. Je vraagt je nu waarschijnlijk af hoe oud ik ben, want dit is iets wat ze alleen honderd jaar geleden gebruikten. Ik kreeg deze ooit van mijn buurvrouw en het ding is handiger dan je zou denken.'

'Nou…' begin ik, maar de blik in haar ogen is zo streng dat ik het niet aandurf om een grapje te maken. Ik heb net al bijna water gemorst op deze veel te duur uitziende bank, en ook al is het maar water, toch wil ik haar liever te vriend houden.

Op basis van haar voorkomen, haar piekfijn ingerichte, stofvrije huis en de bepaalde gereserveerdheid die om haar heen hangt, heb ik de voorzichtige conclusie getrokken dat Frida 'van de oude stempel' is. Het verbaast me dat er geen donkerrood kleed van scheerwol op tafel ligt, maar verder is Frida's huis het toonbeeld van deugdelijkheid: massief grenen meubels die al minstens dertig jaar meegaan, een zwarte leren bank én twee bijpassende, zwarte leren fauteuils. Het woord 'degelijk' komt in me op als ik hier rondkijk. Degelijk, deftig en correct.

Frida zet het dienblad neer en geeft me een bord met daarop een dampende, dubbele tosti met kaas aan. 'Zo. Even wat eten. Er pruttelt soep op het fornuis. Ik hoop dat je van tomaat houdt?'

Ik knik, mijn mond al vol tosti. Ik ben uitgehongerd. Snel eet ik mijn mond leeg, voordat ik antwoord: 'Ik heb al zó lang geen tomatensoep meer gehad. Pascal vond het niet lekker, dus we aten het nooit.'

Frida laat zich in een van de fauteuils zakken en neemt zelf ook een bord op schoot. Ergens verwacht ik dat ze mes en vork tevoorschijn haalt. Tosti's zijn wel het laatste wat ik bij haar zou verwachten: in het degelijke beeld dat ik van haar heb, is Frida meer een saladevrouw. Of iemand die een geroosterde boterham met een dun laagje abrikozenjam eet. In elk geval geen dubbele tosti met kaas waar je sliertjes vanaf kunt trekken.

'Ik wil u echt niet langer ophouden dan nodig is.' Ik neem zo netjes mogelijk weer een hap van mijn tosti, maar een dubbele tosti met kaas wegschuiven als je al dagen amper gegeten hebt, kost aardig wat zelfbeheersing. Inhaleren zonder kauwen, lijkt het wel.

'Ik heb weinig te doen verder vandaag,' stel Frida me gerust. 'Maak je geen zorgen. Je zit me echt niet in de weg.'

Ik glimlach. 'Dank u wel.'

Gebarend naar de grote lijst aan de muur met daarin een trouwfoto van haar en een lange, slanke man met donker haar en sprankelende ogen, vraag ik: 'Is dat uw man?'

Ze knikt.

'Is hij niet thuis?'

Toen we hier aankwamen zag ik een oldtimer op de oprit staan, maar de man zelf is nergens te bekennen. Ver zal hij dus vast niet zijn, tenzij ze twee auto's hebben of hij een fervent fietser is.

'Jawel, hij is thuis.'

Als ik mijn blik even naar de diepe tuin laat dwalen om te kijken of hij daar misschien aan het werk is, grinnikt ze. 'Hij staat op de schouw.'

De hap tosti die ik net op het punt stond te nemen stagneert halverwege mijn mond en ik adem van schrik een paar kruimels in. Hoestend en proestend buig ik me voorover om alles weg te spoelen met een slok water. Ik had de urn wel gezien, maar ik dacht dat het een kunstobject was. Een goudkleurige vaas, of zo. Tussen al het grenenhout en het strakke, zwarte zitmeubilair valt hij nou niet echt uit de toon.

'Sorry, ik wist niet dat uw man was overleden,' weet ik uit te brengen als mijn hoestbui enigszins is bedaard.

'Hoe kon je dat ook weten? Dat had ik je dan moeten vertellen.' Ze staat op, gebaart naar mijn tosti en zegt: 'Neem die maar mee, we gaan naar buiten. Een dag als vandaag is perfect om iets in de brand te steken.'

4

Frida

'Ik heb een vuurpit in de achtertuin,' verduidelijk ik als Joy me aankijkt alsof ik net heb voorgesteld het huis van haar ex te bekogelen met rotte eieren. 'En aangezien het vandaag een van de eerste zomeravonden is, leek het me een goed idee om daar te gaan zitten. Met iets te drinken, onze soep en straks misschien een zak marshmallows.'

Dat ik eigenlijk een andere reden heb om het vuur aan te steken, hoeft Joy niet te weten. Voor nu is het van cruciaal belang dat ik haar aan Cecile voorstel, en mijn buurvrouw kennende staat ze straks binnen vijf minuten over de ligusterhaag gebogen om kennis te maken met mijn gast.

Toen ik Joy voor de tweede keer zag zitten op dat bankje, kreeg ik spontaan een idee: ik moet ervoor zorgen dat zij Ceciles nieuwe 'project' wordt.

Mijn buurvrouw is zo iemand die altijd iets te doen moet hebben. Ze ontleent haar identiteit aan drie elementen in het leven: wijn, Eros Ramazzotti en hulpverlening. Vooral dat laatste is zo ongeveer waar Cecile voor op aarde is gezet. We zijn nu zo'n twaalf jaar buren en in die tijd is me één ding meer dan duidelijk geworden: zoals baby's een grijpreflex hebben, heeft Cecile een zorgreflex. Ze is de Moeder Theresa van de Lage Landen en ze zal altijd alles doen wat binnen én buiten haar macht ligt om je te helpen. Niet voor niets heeft ze bergen verzet met haar woningbouwvereniging, maar ook nu ze met pensioen is, gaat die zorgdrang gewoon door: ze is vrijwilliger op de kinderboerderij, leest wekelijks voor in de bibliotheek, is de voorzitter van de lokale moestuinvereniging en houdt een oogje in het zeil bij iedereen in de straat. Ook bij mij.

Begrijp me niet verkeerd: ik hou van Cecile. Ze is zo iemand die van het ene op het andere moment je beste vriendin is, zonder dat je daar echt moeite voor hebt gedaan. Ze is er gewoon ineens en tegen de tijd dat je dat doorhebt, gaat ze al niet meer weg. Toen Theo net was overleden, stuurde iedereen bloemen of een kaart, maar Cecile stond op de stoep met ovenschotels, pannen pasta en gesmeerde broodjes. Zorgen zit haar in het bloed. Of misschien kan ik beter zeggen: in het hart. En als ik diep in het mijne kijk, ben ik haar daar nog altijd dankbaar voor.

Maar eerlijk is eerlijk, nu is het tijd om de focus te verleggen. Iets minder aandacht voor mij, iets meer voor iemand anders. En Joy lijkt me daar de ideale kandidaat voor.

Ik open de schuifdeur naar de tuin en ga Joy voor naar buiten, de veranda op. Wijzend op haar schone kleren aan de waslijn onder de overkapping zeg ik: 'Ik denk dat dat nu wel droog is. Heb je Inez al gesproken? Ceciles dochter?'

Als ze niet achter me aan komt, blijf ik op de veranda staan en draai me om. 'Kom op. Frisse lucht is goed voor een mens.'

Nog altijd met de uitstraling van een zielig vogeltje staat ze op en komt achter me aan. 'Ja,' zegt ze kleintjes. 'Maar ik heb geen urgentieverklaring, en al had ik die wel, dan nog kan ze me niet zomaar voorrang geven op andere woningzoekenden.' Ze voelt aan de jeans en het T-shirt en trekt ze dan voorzichtig van de waslijn.

'Gooi de knijpers maar in dat mandje,' zeg ik.

Ze knikt, haalt de rest van de lijn en verdwijnt daarna weer naar binnen.

Ik loop over het gras naar de halfronde, uitgegraven zitkuil achter in de tuin en ga het trapje af. De kussens liggen er nog in van gisteren en kennelijk had ik zelfs de tegenwoordigheid van geest om de vuurpit in het midden wat uit te ruimen, want ik hoef er alleen maar een paar nieuwe houtblokken in te leggen.

Wanneer ik het hout aan het opstapelen ben, verschijnt Joy weer in de tuin. Ze stopt het laatste stukje van haar tosti in haar mond, klopt haar handen af aan haar spijkerbroek en neemt twee houtblokken van me over zodra ze het trapje van de zitkuil af is. Het verbaast me hoe natuurlijk we samenwerken; binnen enkele minuten hebben we een keurige piramide klaargezet in de pit, inclusief lisdoddepluis en aanmaakhoutjes.

Ik hou de lange aansteker omhoog. 'Heb je ooit een vuur aangemaakt?'

'Eén keer, bij een kennismakingsdag van de scouting. Maar toen vatte naast het hout ook de broek van de begeleiding vlam en zei mijn moeder dat we misschien toch voor iets anders moesten gaan. Sindsdien is het enige vuur dat ik nog ken een roddelblad met die titel, dat af en toe bij de kapper ligt.'

Ik kijk van haar naar de aansteker en terug. Even overweeg ik om het alsnog zelf te doen. Dan druk ik haar toch maar de aansteker in handen en gebaar naar het hout. 'Dat spul onderin op een paar plekken aansteken en dan controleren of het vuur overslaat op de aanmaakhoutjes. Ik ben zo terug met de soep. En vul die emmer daar even, als je wilt. Mocht je techniek dan nog steeds belabberd zijn, dan kunnen we in elk geval blussen.'

Ze knikt en loopt met de emmer naar de buitenkraan, naast de veranda.

Ik stapel de borden op en begeef me terug naar de keuken. Onderweg werp ik een schuine blik op het huis van mijn buurvrouw. Er brandt licht in de badkamer en in gedachten sluit ik een weddenschap af met Theo.

Vier minuten en dertig seconden, hooguit.

Een ingesleten gewoonte; met elkaar wedden hoelang iets nog duurde. Wanneer de trein zou aankomen, hoelang het zou duren voordat hij voor de zoveelste keer iets aan het interieur wilde veranderen. We wedden om van alles: wie die avond zou koken, wie door de stromende regen nog de container aan de weg zou zetten, wie een kop koffie voor de ander zou maken. Sinds Theo's overlijden betrap ik mezelf er zo nu en dan op het nog steeds te doen, ook al is er niemand meer om mee te wedden.

Hoofdschuddend loop ik verder naar de openstaande schuifpui, door de woonkamer, naar de keuken.

Als vanzelf blijf ik staan om rond te kijken. Elke keer als de zon 's zomers door de ramen naar binnen valt, is het alsof ik hier voor het eerst binnenstap, ook al ken ik dit huis op mijn duimpje. Theo en ik waren beiden, ruim dertig jaar geleden, al na vijf minuten verkocht. We werden verliefd op de zwart-witte tegeltjes in de keuken, die er al deze jaren later nog steeds in zitten. Op de diepe, zonnige tuin op het zuiden. Op de ruime woonkamer met de prachtige schouw. We zouden hier samen oud worden.

Ik knipper een paar keer hevig om mijn blik scherp te stellen.

Het went niet, wat ze ook zeggen.

In de keuken pak ik twee kommen uit het bovenste kastje, schep de soep erin en keer met de kommen op het dienblad terug naar de achtertuin.

Zodra ik over de drempel naar buiten stap, zie ik dat Cecile Joy al heeft gevonden.

Mooi zo.

Mijn buurvrouw staat achter in de tuin en leunt met uitgestrekte hand over de haag – zo ver dat ze er bijna overheen valt. De mouw van een van haar kenmerkende gewaden zit bijna vast in de takken. Ik moet de haag eigenlijk nog een laatste keer snoeien voordat de zomer echt begint, maar ik heb me er, zoals met zoveel dingen die ik eigenlijk nog moet doen, nog niet toe kunnen zetten.

'Frida!' roept mijn buurvrouw zodra ze mij in het vizier krijgt. 'Je hebt bezoek!'

'Klopt!' roep ik terug. 'Dit is Joy. Joy, dit is Cecile. Cecile is de oprichter van Woonbedrijf Entree, die woningbouwvereniging waar ik je over vertelde. Inmiddels is ze met pensioen en is een van haar hoofdactiviteiten dat ze elke ochtend even controleert of ik nog leef.'

Joy kijkt geschrokken mijn kant op, maar Cecile strijkt haar haar glad met een gezicht alsof ze een ridder in steunkousen is.

'Ja, ach, je doet wat je kunt, hè, voor je buuf,' verkondigt ze stralend. 'Maar wat fijn je te ontmoeten, Joy.' De mouw van haar gewaad zwiept heen en weer en haar grote, gouden armbanden rinkelen als ze haar hand tegen haar borst drukt. 'Je verhaal was echt schrijnend. Ik zat met kippenvel te luisteren toen Inez het vertelde.'

Wederom: mooi zo.

Natúúrlijk heeft Inez aan Cecile verteld wat er gaande is. Zo moeder, zo dochter, zal ik maar zeggen. Dat is alleen maar goed, want nu kan ik zo onopvallend mogelijk de genadeklap voorbereiden.

Joy wrijft over haar bovenbeen en zegt: 'Dank u wel. Ik heb Inez gisteren gesproken en ze kon jammer genoeg niets voor me doen, maar ik sta in elk geval ingeschreven. Als er iets vrijkomt, kan ik erop reageren.'

'Och, kindje toch,' zegt Cecile warm. 'Als er íéts is wat ik voor je kan doen...'

'Nou...' duik ik op haar voorzet. 'Ik zat zo te denken...' Ik loop het trapje af en zet het dienblad met de soep op de ingegraven kist naast de loungeset, waar ik net het aanmaakhout uit heb gepakt.

Joy steekt voorzichtig het vuur aan en de vlammen kruipen meteen over het aanmaakhout en om de grotere houtblokken.

Tevreden met mijn plan laat ik me op de kussens zakken.

Op het moment dat ik van wal wil steken, geeft Cecile een knikje naar mijn huis en vraagt: 'Is dit je logeeradres in de tussentijd?'

Ik verstijf. 'Nee. Ik wilde juist...'

Joy kijkt geschrokken van mij naar Cecile. 'Ik weet niet of...'

'Wat een geweldig idee, eigenlijk!' gaat die laatste opgewekt verder, terwijl ik me afvraag hoe dit gesprek ineens deze kant op is gegaan. 'Frida kan best wat gezelschap gebruiken. Toch, Fri? Ik zeg altijd maar zo: gedeelde smart, is halve smart. Dan kunnen jullie een beetje op elkaar letten.' Bij die laatste woorden knijpt ze haar ogen tot spleetjes en trekt ze haar schouders hoog op, in zo'n gemoedelijk 'is dat niet fijn?'-gebaar.

Ik ben ter plekke in staat een van de soepkommen naar de haag te slingeren om haar het zwijgen op te leggen. 'Weet je, ik wilde dus juist zeggen...'

'Ik ben namelijk de komende week weg, naar de Kaapverdische Eilanden met Fleur.' Cecile richt zich tot Joy en verduidelijkt: 'Mijn jongste dochter. Vier meiden in totaal, ongelooflijk toch? Ik ben een gezegend mens.' Ze legt even haar hand op haar hart. 'Maar goed, aangezien er dus iemand moet zijn die even op Frida moet letten...'

'Ik heb geen oppas nodig, Cecile,' mompel ik.

'...en omdat jij dus tijdelijk geen huis hebt, lijkt me dit een win-winsituatie. Anders had je ook gerust in mijn huis gemogen, maar het huwelijk van mijn oudste dochter gaat niet zo goed en ze heeft echt even ruimte nodig. Dus zij komt een week op mijn huis passen. Ze had ook met liefde mee gemogen naar de Kaapverdische Eilanden, maar dat was allemaal lastig met vrij vragen van haar werk, en zo. Gedoe allemaal. Maar goed, als ik iets voor jullie kan doen...'

'Ik heb geen oppas nodig!' Het komt er bruusker uit dan ik het bedoel, maar de behoefte om het tegen te houden of af te zwakken heb ik allerminst. 'Het is lief dat je meedenkt, maar je hoeft je niet met álles...' Mijn laatste twee woorden slik ik in.

'Ach, ik bemoei me ook weer overal mee, hè?' zegt Cecile, totaal onaangedaan door mijn uitbarsting. 'Je hebt helemaal gelijk, Fri. Ik laat jullie verder met rust. Mij lijkt het in elk geval een geweldig idee.'

Ik glimlach afgemeten.

Mij niet.

Joy komt ook op de loungebank zitten en ik geef haar haar kom aan, terwijl Cecile zich omdraait om weg te lopen.

Dan lijkt ze zich te bedenken en draait ze zich toch weer terug. 'Voordat ik het vergeet, nog even iets anders...'

Op de milliseconde weet ik de geërgerde kreun die uit mijn keel omhoogschiet binnen te houden.

'Ja?' zeg ik geduldig.

'Ik sprak Lucien vanmiddag en hij zei dat je jullie afspraak al twee keer hebt afgebeld.'

O. En ik had hem nog zo gezegd dat ik er heus nog wel op terug zou komen, in de hoop op zijn minst een week te hebben zonder de inmenging van Cecile.

'Ja, ik, eh...'

'Ga je zelf weer rijden?' Haar gezicht klaart op en haar ogen flitsen naar de Saab op mijn oprit. 'Wat een goede stap! En wat een goed idee!'

Het is géén goed idee. Het is zelfs een erg slecht idee, want de laatste keer dat ik alleen maar de deur van de Saab opende en probéérde op de voorstoel te gaan zitten, raakte het gemis me als een sloopkogel en dacht ik dat ik ter plekke zou sterven van verdriet. Ik weet dus dat ik absoluut niet, onder geen beding, de Saab in ga. Nu niet, en misschien wel nooit niet.

Tóch pruttel ik: 'Misschien wel,' in de hoop dat ze niet merkt dat mijn leugen doorzichtiger is dan haar eigen smetteloze ramen.

Mijn buurvrouw kijkt me alwetend aan en drukt haar handpalmen tegen elkaar. 'Mocht je wel nog hulp nodig hebben, dan kun je Lucien altijd vragen, hè? Mijn lieve neef is altijd bereid om je te helpen, dat weet je.' Ze geeft me een knipoog die van alles kan betekenen en draait zich om met een zwaaitje eleganter dan dat van een vorstin. 'Heel veel succes met alles, Joy! Ik zal Inez zeggen dat ze ook nog even in haar netwerk moet rondvragen. Wie weet helpt het. Geniet van de soep!'

'Vriendelijke vrouw,' constateert Joy als Cecile weer door haar achterdeur is verdwenen. Ze vouwt voorzichtig haar handen om haar soepkom en snuift verlekkerd de geur op.

Ik brom wat. 'Vriendelijk maar opdringerig. Maar ze bedoelt het goed.'

'Wat bedoelde u met dat ze elke dag checkt of u nog leeft?'

'Zeg maar je,' zeg ik. 'Cecile en ik lezen samen de krant. Zij is een echt ochtendmens, dus hij wordt bij haar bezorgd. Tegen de tijd dat ik wakker ben, heeft zij hem al uit.'

'En dan gooit ze hem bij jou door de bus?'

Ik knik. 'Altijd rond halfnegen. Dan heb ik mijn gordijnen open en als ik dan de brievenbus hoor klepperen, weet ik dat de krant er is. Zij weet dan op haar beurt dat ik nog leef.'

'Door de gordijnen.' Joy knikt begrijpend. 'Wat doet ze als je ze niet open hebt?'

'Dan kleppert ze eerst bovenmatig hard met de brievenbus en als dat niet werkt, heeft ze een sleutel. Maar tot nu toe heeft ze die nog maar één keer hoeven gebruiken.' Ik pak mijn lepel op en roer door de soep. 'Ik had heel pittig gegeten, en... Laat ik het zo zeggen: mijn ochtendroutine die dag verliep iets anders.' Ik neem een hap en wijs met mijn lepel richting het huis. 'Ik verzorg elke ochtend om halfnegen mijn planten en open daarna altijd de gordijnen. Nico en Thea hebben wat extra verzorging nodig en ik merk dat ze het goed doen op regelmaat.'

Joys mond valt een stukje open en ze fronst. 'Nico en Thea?'

'Die grote in de hoek naast de boekenkast is Nico. Een Strelitzia Nicolai.'

Ik gebaar naar de plek die ik bedoel. Nico is inmiddels ruim één meter tachtig – een stuk groter dan ikzelf, dus zelfs vanaf hier kun je het silhouet van zijn lange stengels en bladeren goed zien.

'Is Thea die halfdode plant die daarnaast in de kast staat?' vraagt Joy.

'Zeg!' Ik priem waarschuwend in haar richting. 'Thea is niet halfdood. Ze heeft gewoon wat extra aandacht nodig. Het is een Calathea en Theo heeft haar ooit gekocht, dus ze is me heel dierbaar. Een beetje meer liefde en verzorging, dan komt het helemaal goed.'

'Theo en Thea,' mompelt Joy grinnikend.

We brengen tegelijkertijd onze lepels naar onze mond en een paar happen lang eten we in stilte.

Dan knikt Joy naar het huis van Cecile. 'Wat doen jullie trouwens als zij de krant nog niet uit heeft om halfnegen?'

'Dan zet ze er een kruis op en dan breng ik hem aan het eind van de ochtend weer terug. Soms wil ze de krant bijvoorbeeld ook terug voor haar derde dochter, die is docent handvaardigheid en geeft af en toe lessen met papier-maché.'

'Ik heb al heel lang niet gepapier-macheed.' Joy trekt een bedenkelijk gezicht. 'Waarom doe je dat eigenlijk alleen als je kind bent?'

'Als jij wilt papier-macheeën, ga je papier-macheeën,' zeg ik. 'Ik heb nog wel wat oude kranten voor je. Staat vast ook wel iets over in een van die zelfhulpboeken. Iets met dat je je innerlijke kind de ruimte moet geven, of zo.'

Joy bestudeert haar lepel en staart in het vuur. Haar stem is zacht als ze zegt: 'Ik wil niet dat je je gedwongen voelt om me in huis te nemen. Dat wat je buurvrouw net zei. Ik vind het al heel erg aardig dat ik hier mocht douchen en je wat te eten voor me hebt gemaakt. Ik wil je echt niet langer ophouden dan nodig is.'

Ik neem een hap en kauw op een gehaktballetje. 'Wat is je plan anders?'

'De komende week op alles reageren waar ik per direct in zou kunnen. En nieuw werk zoeken.' Ze zucht. 'Als ik echt niks kan vinden, koop ik van mijn laatste paar honderd euro een enkeltje naar Kaapstad. Maar dat is echt mijn laatste optie, want hoewel het erg fijn is dat ik bij mijn ouders terechtkan, zit ik dan wel in Kaapstad. Dan moet ik alsnog vanuit Kaapstad op zoek naar een woning en een werkplek hier.'

Ik laat mijn lepel zakken en kijk de tuin rond. 'Heeft Inez gezegd hoe groot je kans van slagen is dat je snel ergens terechtkunt?'

'Niet heel groot. Maar ik heb nog een week voordat Danique echt bij Pascal intrekt. Ze zijn wel al spullen aan het verhuizen, dus overdag ben ik gewoon buiten. Dat is echt niet zo erg.' Ze staart in de dansende vlammen. Het hout knispert en zo nu en dan vliegt er een brandend asdeeltje de lucht in.

Ik zet zwijgend mijn gedachten op een rij. Eén week moet op zich best lukken. Daarna kan ik haar vast alsnog naar Cecile doorschuiven en terugkeren naar hoe het was. Zeven dagen, met een goede afloop voor ons alle drie. Zo erg zal het vast niet zijn. Toch?

'Je kunt hier wel logeren.'

Ze kijkt met een ruk op. 'Echt? Frida, ik –'

Ik hef mijn hand op om haar het zwijgen op te leggen. 'Ja. Echt.

En nu niet tien keer zeggen dat dat niet hoeft, want nogmaals: ik ben niet seniel, ik weet wat ik zeg. Dat slapen op die bank klonk verschrikkelijk, en niemand verdient het om getuige te zijn van de samenwoonperikelen van een ex en zijn nieuwe vriendin. En verder...' Ik gebaar met mijn lepel naar haar kom. '...eten we eerst onze soep op en dan kijken we daarna eens naar die boeken. Je hebt ze immers niet voor niets gekocht.'

5

Joy

'Hier moet de oplossing tussen zitten.' Ik loop met stevige tred over het gras terug naar de zitkuil, de tassen met boeken in mijn handen. 'Als dat niet zo is, weet ik het ook niet meer.'

Ik laat me op de loungekussens ploffen, schop mijn sneakers uit en trek één been onder me, maar bedenk me als Frida me aankijkt alsof ik met bemodderde regenlaarzen over haar witte tapijt wals. Zo stilletjes mogelijk laat ik mijn been weer zakken en ga ik rechtop zitten.

Frida hervat haar hap weer en lepelt gestaag het laatste restje van haar soep naar binnen.

Een voor een haal ik de boeken tevoorschijn en ik leg ze naast me neer op het kussen. Als Frida zich naar de stapel toe buigt om het bovenste boek te pakken, hef ik mijn hand op. 'Eerst wil ik iets van je weten.'

'Oké...' zegt ze terughoudend.

'Mag ik je alles vragen?'

'Nee.'

Het blijft even stil. Ik probeer te peilen of ze een grapje maakt, maar aan haar stalen gezichtsuitdrukking te zien is dat niet het geval.

Dan haalt ze diep adem en zet met een zucht haar lege kom op het dienblad. 'Vooruit dan maar. Maar ik behoud me het recht voor om een antwoord te weigeren. Wat wil je weten?'

Ik duw mezelf verder naar achteren in de kussens en vraag: 'Waarom doe je dit? Waarom help je me? Ik bedoel...' Ik laat mijn hand in een cirkel boven de stapel zweven. 'Hiermee. Met mijn leven weer op de rit krijgen.'

'Waarom niet?'

Ik sla mijn armen over elkaar. 'Dat is een ontoelaatbaar antwoord.'

'Ik wist niet dat er regels waren voor het beantwoorden van jouw vragen,' zegt ze en ze klinkt geamuseerd, maar dan wordt haar gezicht een stuk serieuzer. 'Ik weet gewoon hoe het is om je leven te vergooien en dat is ontzettend zonde. En onnodig. En daarnaast heb ik...' Ze aarzelt even. 'Mijn man zei altijd "niemand is ooit slechter geworden van het helpen van een medemens", en daar ben ik het mee eens. Daarom help ik je. Kunnen we het daarbij laten?'

Ik pluk een pluisje van mijn jeans en glimlach in mezelf. 'Oké. Dank je wel, in elk geval.'

'Niets te danken.'

We zwijgen allebei en de avondlucht vult zich met het zachte geknisper en geknetter van het vuur.

'Als je wilt mag je met me meedoen,' opper ik voorzichtig.

Frida lacht me nog net niet uit in mijn gezicht. 'Ik waardeer het aanbod, maar nee. Zelfhulpboeken zijn niet zo aan mij besteed.' Ze gooit een klein blok hout de vuurpit in en vraagt: 'Mag ik ook iets aan jou vragen?'

'Als ik ook mag weigeren een antwoord te geven.'

'Van mij wel. Gelijke monniken...'

'Kom maar op, dan.'

Ze denkt even na en leunt opzij om de kist te openen waar ze net het aanmaakhout en de aansteker uit haalde. Over haar schouder vraagt ze: 'Was die Pascal echt de liefde van je leven?'

Als mijn mond een stukje openvalt van verbazing, kijkt ze achterom. 'Eerst nadenken. Als je diep in je hart kijkt. Écht diep. Niet een beetje aan de oppervlakte krabbelen, maar écht diep in je hart kijken. Was Pascal dan de liefde van je leven?' Ze steekt haar wijsvinger naar me uit. 'Niet meteen antwoorden vanuit de verdediging. Echt nadenken.'

Ik draai mijn hoofd weg en laat mijn ogen zonder echt iets te zien over de perfect bijgehouden borders van Frida's tuin gaan. Echt nadenken. Waarover?

In gedachten doemt het moment op waarop Pascal en ik elkaar voor het eerst zagen. In de collegezaal, tijdens het allereerste hoorcollege van onze opleiding Commerciële Economie. Ik zat bijna helemaal achter in de zaal, met een gelinieerd collegeblok voor me op tafel, een paar nieuwe balpennen, een markeerstift én een potlood in het voorste vakje van mijn tas en een gloednieuwe, hervulbare waterfles voor me op tafel. Metaal, want plastic smaakt naar een bidon.

Eén minuut nadat de docent was begonnen, ging de deur achter me open en kwam er iemand binnengeslopen. Ik was meteen geïrriteerd, want wie is er nou te laat voor het eerste hoorcollege van het jaar? Toch, zodra hij naast me neerplofte en ik hem aankeek, was ik verkocht. Op dat moment wist ik: deze jongen is heel bijzonder. Pascal kan vijf woorden tegen je zeggen en je hangt aan zijn lippen. Niet zo gek dus dat ik niets van de rest van het college heb gehoord en alleen maar naar Pascal luisterde, want hij sprak de woorden waar hij nog altijd elke presentatie mee opent: 'Ik heb de toekomst van warme dranken bedacht.'

Eerst lachte ik hem uit, maar al snel besefte ik dat hij serieus was. Echt serieus. Er is niemand die gepassioneerder over warme dranken kan praten dan Pascal, dat weet ik zeker. In slechts een paar minuten legde hij me zijn idee voor zijn opvouwbare koffiebekers uit en voordat het college was afgelopen, wist ik twee dingen zeker: deze man gaat de wereld veroveren, en ik wil erbij zijn als hij dat doet.

'Ik was echt ontzettend verliefd op Pascal,' zeg ik, terugdenkend aan de afgelopen jaren.

'Dat is geen antwoord op mijn vraag,' kaatst Frida terug.

'Natuurlijk wel,' protesteer ik. 'Ik was er echt van overtuigd dat we samen de wereld zouden veranderen. Dat híj de wereld zou veranderen, en ik had er alles voor overgehad om hem daarbij te kunnen helpen. Dat was het plan.' Ik draai me haar kant op en trek de stapel boeken dichterbij. 'Heb jij nooit het idee gehad dat je ergens héél graag bij wilde zijn, omdat je anders bang was het te missen?'

'Nee, nooit.' Ze haalt haar schouders op als ik haar verbaasd aankijk. 'Je probeert je eruit te kletsen, hè? Zo makkelijk gaat dat niet. Ik heb het idee dat jij je hele leven zou hebben opgeofferd voor die man, en dat...' Ze valt stil en schudt dan haast onzichtbaar haar hoofd. 'Dat is niet goed. Geloof me nou maar.'

Ik pak het eerste boek van de stapel en bekijk de kaft. 'Het is in elk geval duidelijk dat dat niet meer het plan is dat het universum voor me heeft. Dus dan kan ik net zo goed op zoek gaan naar een nieuw plan.'

'En dat denk je te vinden in...' Frida zet de leesbril op die ze net uit de kist heeft gehaald en pakt het tweede boek van de stapel. '*Het codewoord is 'ja'. Hoe een positieve houding je leven kan veranderen.*'

'Ja,' zeg ik, me absoluut bewust van de ironie van dit antwoord. 'Heb jij nooit die film gezien, *Yes man*? Jim Carrey, die overal ja tegen zegt en daardoor pas écht ontdekt waar het leven om draait?' Ik schraap mijn keel. '*You say no to life, and therefore you're not living,*' citeer ik met een hevig aangedikt Engels accent.

'Nooit gezien,' zegt Frida nuchter, waarna ze een nieuw houtblok op de vuurpit gooit en onze lege kommen op het dienblad zet. 'Zo terug.' Ze legt haar bril naast zich op het kussen en loopt met het dienblad over het gras naar het huis.

Even later komt ze terug met twee glazen water, een zak marshmallows en twee ijzeren spiezen. 'Geen kampvuur zonder marshmallows. Ken je de marshmallowtest? Daar is vast ook een zelfhulpboek over geschreven.'

'Dat ken ik niet, geloof ik.'

Frida zet het dienblad neer en geeft me de zak aan. 'Een van de bekendste psychologische tests. Een kind krijgt een marshmallow aangeboden en mag kiezen: "Eet deze nu op, of wacht even en je krijgt er straks twee." Als er een boek is geschreven op basis van die theorie, dan staat vast op veel te veel pagina's beschreven hoe het uitstellen van behoeftebevrediging op de lange termijn je leven beter maakt, of zoiets. Onzin.'

'Hoezo is dat onzin?' werp ik tegen. 'Het klinkt heel nuttig. En logisch.'

Frida neemt een slok water en maakt een snuivend geluid. 'Dat is het probleem met zelfhulpboeken. Ze bevatten allemaal dezelfde wijsheid, maar steeds net iets anders geformuleerd. "Doe elke dag dit ene ding en je zult geluk vinden. Stop met deze gewoonte en leef het ultieme leven dat altijd al was voorbestemd". Allemaal open deuren en dus... allemaal onzin. Het leven is niet maakbaar. Soms gebeuren er dingen waar je maar gewoon mee moet dealen.' Ze klinkt verbitterd en haar wenkbrauwen schieten even naar elkaar toe.

Ik trek de zak open en spiets aan twee barbecuespiezen elk één marshmallow. 'Je kunt het ook anders bekijken, bijvoorbeeld door dan juist te zoeken naar wat je aanspreekt. Als de ene metafoor niet voor jou werkt, waarom zou je dan niet kijken naar een andere?'

We wisselen een glas en een spies uit en ik zet mijn glas op de stenen richel achter de zitkuil. 'Wat is het ergste wat er kan gebeuren als je een zelfhulpboek leest en een paar adviezen uit dat boek ter harte neemt? Tenzij je in het kader van "ja" zeggen ineens je huis verkoopt aan de eerste de beste die voorbijkomt en zegt "leuk optrekje heb je hier", lijkt het me dat er weinig mis kan gaan. Wat heb je te verliezen?'

Er trekt een schaduw over haar gezicht. Heel even maar, maar het is lang genoeg voor mij om het op te merken. Toch doe ik alsof ik het niet heb gezien, en ik hou mijn marshmallow strijdvaardig in de vlammen.

'Stel: je volgt... dit advies op.' Ik pak het boek dat ik net vast had weer op en hou het omhoog.

Als de boomer die ze is, moet Frida eerst met veel bombarie haar leesbril weer opzetten, voordat ze de titel kan lezen. '*De sleutel tot verandering ligt in jouw handen*,' leest ze voor. Met een schamper lachje gebaart ze om zich heen. 'Dat gaat ervan uit dat ik iets wíl veranderen. Waarom zou ik? Kijk naar mijn huis. Naar deze tuin. Waarom zou ik dat willen veranderen?'

Ik laat mijn blik dwalen over het perfect gemaaide gras, de grote hortensia, de vlinderstruik en de rij keurig bijgehouden 'wilde' bloemen. Over elke centimeter van deze tuin is nagedacht en ik kan zien dat Frida er veel tijd in steekt om het zo te houden. Aan één kant naast het gras zie ik een grote struik die eruitziet als lavendel, waar een stel dikke hommels op hun gemak omheen zoemt. In een hoek van de tuin staat een kleine robotmaaier op zijn laadstation te wachten tot hij weer een paar millimeter van het gras mag kortwieken. De hortensia heeft geen enkele dorre bloem en om de vlinderstruik cirkelen zoveel vlinders dat het wel een buffet in een *all you can eat*-restaurant lijkt.

'Ik wíl niets veranderen,' zegt Frida. Haar stem heeft ineens iets breekbaars en mijn ogen flitsen terug in haar richting. De schaduw is terug en haar ogen lijken waterig te worden, maar voordat ik er iets over kan zeggen, recht ze haar rug en neemt een grote slok water. 'Maar goed, die boeken heb je dan ook niet voor mij gekocht, maar voor jezelf.'

Ik hengel mijn marshmallow naar me toe, blaas er stevig op en wacht tot hij is afgekoeld. Nét op tijd; hij begon bijna donkerbruin te worden. Met twee vingers trek ik de plakkerige substantie van de spies. 'Ik denk dat ik daarmee moet beginnen.' Ik knik naar het boek dat nu boven op de stapel ligt: *Een schone lei. Laat je onvoltooide toekomstbeeld los.*

'Een schone lei,' murmelt Frida nadenkend. 'Klinkt goed. Staat er ook iets in over dat je je mobieltje wat vaker aan de kant moet leggen?' Ze gebaart met haar marshmallowspies naar mijn telefoon, die tussen ons in ligt. 'Laat me raden: je bent al zes keer naar Pascals Instagramprofiel gegaan om te kijken of hij iets deelt over zijn leven zonder jou.'

'Als je nu begint over dat je dat "in jouw tijd" allemaal nog niet had, ben ik weg,' zeg ik misprijzend.

Frida schuift haar leesbril naar het puntje van haar neus, leunt wat opzij en haalt zowaar... een prehistorische iPhone uit haar jaszakje.

Mijn wenkbrauwen schieten omhoog en ik kan een kreet van verrukking niet onderdrukken. 'Heb jij een smartphone?'

'Hoe denk je anders dat die grasmaaier wordt aangestuurd? Kijk, let op.'

Ze steekt de marshmallow in haar mond, ontgrendelt met een zwierig gebaar haar iPhone en twee tellen later gaat op zes plekken in de tuin een gekleurde spot aan. Nog een tel later komt de robotmaaier tot leven en begint snorrend over het gazon te rollen.

'Wauw,' zeg ik, oprecht onder de indruk. 'Heb je ook smartverlichting in je huis?'

'Uiteraard.' Twee extra tikjes op het scherm en achter alle ramen van het huis gaan de lampen aan. 'Zelfs het licht op het toilet en in de gang is slim. Gaat op een sensor.' Ze zet alles weer uit, legt haar telefoon weg en wappert met haar nu lege spies in mijn richting. 'Je moet een beetje meegaan met de tijd, maar sociale media vind ik echt onzinnig. Jullie worden compleet opgeslokt door die apparaten. Leef toch eens wat vaker in het hier en nu. Niemand gaat dood als je een keer géén foto van je lunch online zet.'

Ik blader door het boek en leg mijn vinger op een van de hoofdstuktitels, om daarna het boek naar Frida te draaien.

'*Waarom elk nieuw begin gebaat is bij een digitale detox*,' citeert ze. 'Kijk aan. Perfect.'

Ik leg het boek boven op *Het codewoord is 'ja'*, omdat dat de officiële 'deze ga ik gebruiken'-stapel wordt. 'En deze dan?'

'*Omhels de cactus! Ga de prikkelende momenten aan*,' leest Frida op van de volgende cover. Ze moet zichtbaar moeite doen om niet met haar ogen te rollen. 'En dan ook nog met zo'n afbeelding van een cactus erbij. Echt, dit is toch niet te geloven?'

'Voor mij, weet je nog?' help ik haar herinneren. 'Niet voor jou. We maken een plan voor mij. Ik vind dat ik vaker de cactus moet omhelzen, dus ik leg hem op de stapel.'

Frida prikt een nieuwe marshmallow aan de spies en wijst ermee in mijn richting. 'Die nu bovenop ligt, daar moet je ook wat mee. *Doe het gewoon! Waarom alle magie zich buiten je comfortzone be-*

vindt. Klinkt als het perfecte boek voor jou; dan kun je meteen kijken waar je echt gelukkig van wordt. Samen met dat schone lei-gebeuren lijkt me dat een prima begin van een plan.'

Ik trek de zak marshmallows naar me toe en pak er een nieuwe uit. 'En jij dan?'

'Ik wat?' vraagt ze, met haar blik dromerig gericht op het vogelhuisje aan de punt van de veranda-overkapping. Twee koolmezen vliegen af en aan en uit het vogelhuisje stijgt hard gekwetter op.

Wanneer Frida mijn kant op kijkt en het besef indaalt wat ik net heb gezegd, verschijnt op haar gezicht een blik van ongeloof en zet ze met een ruk haar bril af. 'O, nee. Nee, echt niet.'

'Volgens mij moet jij net zo uit je comfortzone komen als ik.' Ik krimp wat ineen als ik dat heb uitgesproken: misschien is dit wel veel te vrijpostig. Aan de andere kant: wat heb ik te verliezen? Ze kan haar logeeraanbod alsnog intrekken. Maar iets zegt me dat ze dat niet doet. Iets zegt me dat, aangezien toeval niet bestaat, zij deze zelfhulpboeken net zo goed kan gebruiken als ik.

'Niets ervan.' Frida leunt achterover en slaat afwerend haar armen over elkaar. 'Ik ga niet mijn leven inrichten volgens een paar zelfhulpboeken. Dit is jouw plan, dat zeg je net zelf.'

'En Cecile zei net dat jij af en toe ook best wat hulp kunt gebruiken. Kom op, wat kan er misgaan? Ik beloof je dat ik je tegenhou als je van plan bent je huis te koop te zetten. Had je man niet toevallig ook een of ander gezegde over in het diepe springen, of zo? Eén voor allen...'

'Dat is van de Drie Musketiers,' zegt ze zuur.

Ik buig me opzij en schuif met één hand de boeken van de stapel tot ik vind wat ik zoek. 'Kijk. Dit bedoel ik!'

Frida zet haar bril weer op en kijkt vol afschuw naar het boek dat ik omhooghou: *Bouw je eigen tijdmachine – Omarm het kind in jezelf.* Ze pakt het boek van me aan en begint het door te bladeren, maar is minder enthousiast dan ik had gehoopt. 'Ik weet het niet.'

'Dit dan?' Ik hou een ander boek omhoog: *Volg je innerlijke kompas. Op weg naar een gelukkiger leven.*

Frida kijkt naar het boek alsof er iets smerigs op het omslag is gesmeerd.

'Je mag er ook rustig over nadenken.' Ik haal mijn tweede marshmallow naar me toe en blaas erop om hem te laten afkoelen. 'Ik weet ook nog niet hoe ik dit moet vertalen naar mijn dagelijks leven. Voor CoffeeFold stelde ik altijd de weekdoelen op, dus ik denk dat ik het nu ook maar weer zo aanpak. Ik ben heel goed in het maken van lijstjes.'

'Als je nou deze week in elk geval die digitale detox doet,' zegt Frida. 'Misschien staat er nog wel meer in dat boek over je lei schoonvegen, maar daar kun je in elk geval mee beginnen. En dan zeg je nu alvast "ja" tegen...' Ze tilt haar hoofd op en denkt even na. In haar voorhoofd verschijnt een extra diepe denkrimpel, en ze tikt met haar wijsvinger tegen haar kin. '...iets in deze vuurpit gooien.'

'Ik, eh... Bedoel je zoals een brief, of zo?'

'Een brief, zijn iPad, iets in die richting.' Frida wappert als een van die feeën uit Assepoester met haar marshmallowspies.

Ik kijk haar met groeiende verbazing – die vast op mijn gezicht is af te lezen – aan en probeer te ontdekken of ze een grapje maakt of niet. 'Zijn iPad ligt op kantoor. Die heb ik niet.'

'Dan kunnen we zijn iPad nu niet in het vuur gooien,' zegt ze geduldig. 'Maar er is vast iets anders. Kom op, vuur is een van de basiselementen. Het lijkt me toch dat er in die boeken iets staat over dat het helpt om je weer te verbinden met de natuur, of zo.'

Ik aarzel. Bijna al mijn spullen staan in de opslag. Er is niks om in het vuur te gooien.

Ik leun nadenkend achterover en steek uit automatisme mijn rechterhand in mijn vestzak. Meteen voel ik de Big Ben-sleutelhanger.

Perfect.

Ik haal de sleutelhanger eruit, hou hem in de lucht om aan Frida te laten zien, en na een goedkeurend knikje werp ik het ding in de vlammen. Met een sierlijk boogje belandt het precies tussen de brandende houtblokken.

'Geen idee wat de smelttemperatuur van metaal is, maar geef toe: voelt dat goed of voelt dat goed?' Frida kijkt me trots aan en ik steek mijn vuist in een overwinningsgebaar in de lucht.

'Dat voelt goed,' geef ik toe, mijn blik geen seconde van de sleutelhanger af halend. Langzaam begint het ding te smeulen en ik moet de neiging weerstaan er met mijn marshmallowspies tegenaan te prikken. 'Dat voelt héél goed.'

Tevreden ga ik wat verder achterover in de kussens zitten en ik laat mijn ogen door de tuin dwalen.

In mijn ooghoek zie ik Frida een opgevouwen stuk papier tevoorschijn halen en het openvouwen. Met minutieuze precisie leest ze wat er staat. Ze houdt het papier zo dat ik er niet op kan kijken en ik hou mijn blik op de hortensia gericht, bang om dit moment te verstoren. Dan vouwt ze het papier weer dicht en gooit het in de vlammen.

'Weet je,' zegt ze dan. 'Ik lees in elk geval wel met je mee. Wellicht heb ik er iets aan. En zo niet… Ach, slechter zal het er niet van worden.'

Ik leun voorover en pak een nieuwe marshmallow uit de zak. 'Meer kan ik niet van je vragen.'

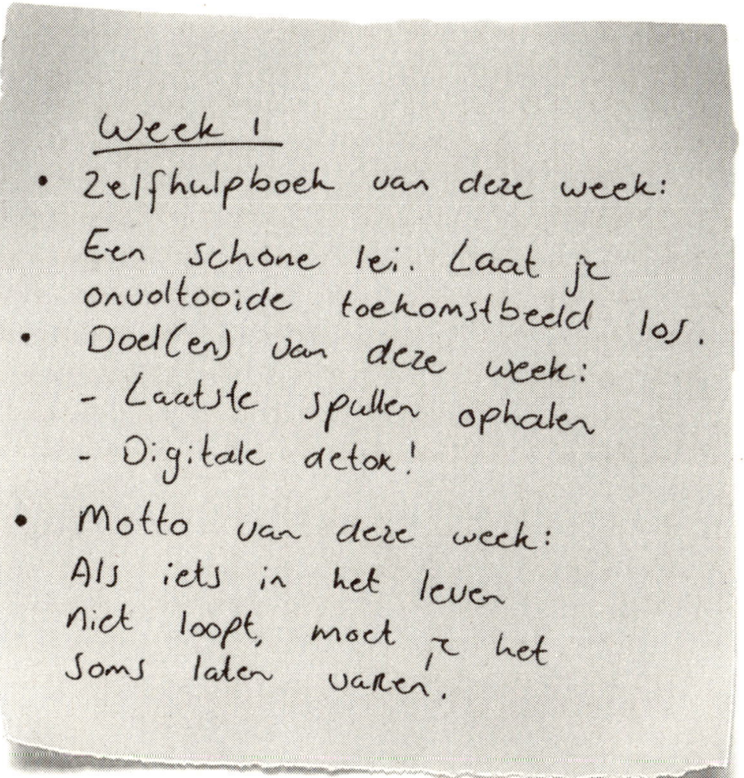
Week 1
• Zelfhulpboek van deze week:
Een schone lei. Laat je onvoltooide toekomstbeeld los.
• Doel(en) van deze week:
- Laatste spullen ophalen
- Digitale detox!
• Motto van deze week:
Als iets in het leven niet loopt, moet je het soms laten varen.

6

Frida

Joy logeert hier nu officieel een paar uur en mijn routine is al helemaal verstoord. Haar doelen voor de eerste week hangen op de koelkast, vastgezet met mijn koelkastmagneet in de vorm van een papegaai, uit Rio de Janeiro. We hebben samen het bed in de logeerkamer opgemaakt en haar cosmetica staat al in de badkamer. Dat was wel weer genoeg verandering voor één dag, dus nu Joy haar laatste spullen aan het ophalen is met de auto van Cecile, zit ik aan mijn kaptafel en kijk naar mijn spiegelbeeld.

'Ik moet wel wennen, hoor, lief,' zeg ik hardop tegen de foto van Theo aan de muur. Ik heb net uitgebreid gedoucht en zit in mijn badjas voor de spiegel om – enigszins onder dwang van Joy – een gezichtsmasker op te doen. Een gezíchtsmasker. Het is minstens twintig jaar geleden dat ik dat voor het laatst heb gebruikt. Die rimpels zijn inmiddels echt niet meer weg te poetsen. Maar goed, ik kreeg laatst een potje bij de drogist en uiteraard heb ik dat bewaard, dus hier zit ik dan.

'Je zou me eens moeten zien,' mompel ik. 'Tosti's eten en marshmallows roosteren met een onbekende jonge vrouw. Had je dat gedacht, drie jaar geleden? Wat zeg ik, drie dagen geleden? En nu zelfs dít.'

Ik gebaar naar het potje, pak een schuifje en zet mijn lok zo vakkundig mogelijk vast. Een beetje huiverig pak ik het potje op en draai de dop eraf.

Het is een masker met avocado en wanneer ik een blik op de substantie werp, ziet het eruit als… Ja, als geplette avocado. Alsof ik guacamole op mijn gezicht smeer, maar dan zonder de rode ui, tomaat en chilipeper.

'Ik heb de logeerkamer niet eens kunnen afstoffen,' ga ik verder tegen Theo. 'En ook al is het tijdelijk, nog steeds denk ik de hele tijd: moet ik dit wel doen?'

In gedachten doemt een vooruitzicht op dat steeds dichterbij komt en waar ik zo langzamerhand echt niet meer omheen kan. Ik zóú Joy natuurlijk kunnen vragen...

Een zucht komt over mijn lippen en ik kijk veroordelend naar Theo's sprankelende lach. 'Ik had je dat nooit moeten beloven, weet je dat? *Wedden dat je dat niet doet*? Je kent me veel te goed.'

Als er vanzelfsprekend geen antwoord komt, richt ik me toch maar tot mijn spiegelbeeld en oefen de woorden die ik eigenlijk tegen Joy zou moeten zeggen: 'Hallo, Joy, denk jij dat je kunt rijden in een oldtimer met stuurschakeling?'

Geagiteerd schud ik mijn hoofd. Zo onzinnig.

Terug naar het masker. 'Royaal aanbrengen op een schone huid,' lees ik voor van de sticker. Ik moet het potje op armlengte afstand houden om het te kunnen lezen, en de tekst eronder is al helemáál te klein. 'Op zich hadden ze best dat logo wat kleiner kunnen maken, zodat er meer ruimte was voor de tekst,' mompel ik. Met twee vingers lepel ik 'een royale hoeveelheid' van het spul op en smeer het zorgvuldig uit over mijn wangen, neus, kin en voorhoofd. Het ziet er niet uit, maar het ruikt in elk geval wel lekker. Niet naar guacamole, wat ik vreesde.

In films zie je mensen altijd met een schijfje komkommer op hun ogen, dus ik besluit voor de volledige ervaring te gaan. Met mijn badjas stevig om mijn middel gestrikt en mijn Spaanse sloffen aan mijn voeten schuifel ik de trap af naar de keuken.

Net wanneer de komkommer op de snijplank ligt en ik het eerste plakje heb afgesneden, gaat de bel.

'Dat is snel,' mompel ik. Ik bijt de helft van het plakje komkommer af en loop de gang in, waar het licht zoals altijd vanzelf aanspringt, dankzij de sensor. Wanneer mijn oog op de voordeur valt, verstijf ik. Door het matglas zie ik een silhouet dat overduidelijk niet van Joy is – tenzij Joy ineens wit haar heeft gekregen en twintig centimeter langer is geworden.

'Frida? Ben je daar?'

Als een kip zonder kop kijk ik om me heen, op zoek naar iets van beschutting. Tevergeefs.

Verdraaide lichtsensor.

'Frida? Is alles in orde?'

In stilte overweeg ik razendsnel mijn opties. Lucien heeft me overduidelijk gezien, dus ik kan niet doen alsof ik niet thuis ben. Ik weiger mijn witte badjas van een laag groene smurrie te voorzien, dus ik zal toch echt eerst mijn gezicht moeten wassen. Boven. In de badkamer.

Lucien kleppert de brievenbus open en ik zie zijn blauwe ogen verschijnen. 'Frida? Gaat alles wel goed?'

'Ik, eh...' improviseer ik met hoge stem. 'Ja! Ik moet even... Momentje, hoor. Ik moet even... au!'

In mijn haast om de trap op te lopen, stoot ik mijn tenen tegen de eerste trede. Mijn voet klapt dubbel en er glipt een krachtterm over mijn lippen die ik al jaren niet gebruikt heb. Meteen kleppert de brievenbus weer open en Lucien roept: 'Ik ga een sleutel halen bij Cecile, Frida! Blijf daar!'

'Nee!' brul ik. Met twee hinkende stappen ben ik bij de voordeur en ik zwaai hem open. 'Dat hoeft niet!'

'Frida!' roept Lucien geschrokken. Hij zit op zijn hurken en kiepert bijna achterover. Op het nippertje weet hij zichzelf op te vangen en hij komt stram overeind, met één hand in zijn rug. 'Is alles in orde? Je ziet er... O. Wat heb jij nou op je gezicht?'

'Avocado,' antwoord ik nuchter. In de voorbije twee seconden heb ik besloten dat dat mijn tactiek is: nuchterheid. Normaal doen. Dit is de normaalste zaak van de wereld. Ik heb een masker op. Dat doen mensen die hun gezicht goed verzorgen, en ik ben sinds een kwartier een vrouw die haar gezicht goed verzorgt.

Geluk bij een ongeluk: mijn rode wangen zijn onder dit masker in elk geval verborgen. 'Het is een gezichtsmasker. Voor extra hydratatie. En deze, eh...' Ik steek het halve komkommerschijfje in mijn mond. 'Dit was een lichte avondsnack. De soep van vanavond vulde niet genoeg, dus ik had nog trek.' Ik zwaai de deur verder open, spied de straat in om te controleren of niemand me zo gezien heeft en kijk op naar Lucien. Met zijn één meter negentig is hij de langste man die ik ooit heb ontmoet en torent hij ver boven me uit. 'Kom binnen.'

Even twijfel ik of ik mijn 'niets aan de hand'-houding kan volhouden door Lucien met masker en al iets te drinken aan te bieden, maar ik denk niet dat me dat lukt. Daarbij mag je dit masker maximaal een kwartier op je gezicht houden, dus lijkt het me beter als ik het weghaal.

'Ik ben zo terug,' zeg ik, gebarend naar de woonkamer dat Lucien daar kan gaan zitten.

'Neem je tijd,' zegt hij. Zijn stem is warm en kalm, zoals altijd.

Ik ken Lucien al twaalf jaar – sinds Cecile naast ons kwam wonen. Hij helpt haar altijd in de tuin, dus ik kwam hem geregeld tegen op de momenten dat ik ook onze rozenstruik snoeide, de haag bijhield of het gras maaide voordat ik de robotmaaier had.

Theo en Lucien zagen elkaar te weinig om echt van een vriendschap te spreken, maar er was één gezamenlijke interesse waar ze nooit over uitgepraat raakten: hun voorliefde voor Saab-auto's. Oldtimers, om precies te zijn. Lucien rijdt een donkergroene Saab 900 en was meteen verkocht toen hij Theo's roodpaarse Saab 96 op de oprit zag staan. De eerste dag dat de mannen samen de hort op waren, heb ik Ceciles haag maar gesnoeid. Een goede keus, zo bleek, aangezien ze pas lang na zonsondergang weer terug waren.

Ik weet niet of Theo het hem ooit specifiek heeft gevraagd, maar toen zijn ziekte dermate verergerde dat hij geen auto meer mocht rijden, was Lucien degene die hem rondreed door de stad en de regio. Deels voor Theo, deels voor de Saab; auto's moeten nou eenmaal lopen, en ik stapte soms een ruime maand niet achter het stuur.

Ik heb Theo moeten beloven nooit de Saab te verkopen. Die belofte hou ik tot mijn dood in ere, maar auto's moeten nou eenmaal af en toe rijden. Voor mij is dat een onmogelijke opgave: ik kan niet achter het stuur kruipen zonder in een verlammende staat van paniek te geraken. Hoewel ik dat Lucien nooit heb verteld, stond hij vier maanden na Theo's overlijden op de stoep om te vragen 'of hij even een rondje met de Saab zou rijden'. Sindsdien komt hij daar elk kwartaal speciaal voor langs.

Ik was en droog mijn gezicht, kleed me om in wat gepastere kleding en loop zo snel als ik kan weer naar beneden. Op het laatste moment trek ik nog snel het schuifje waarmee ik mijn lok had vastgezet uit mijn haar en ik mik het in de sleutelschaal op het wandkastje naast de voordeur.

'Zo,' zeg ik, als ik de woonkamer weer binnenstap en Lucien met zijn handen op zijn rug de kast bestudeert waar Thea en mijn vetplantjes Suske en Wiske in staan. 'Dat is beter. Sorry, hoor. Ik had geen bezoek verwacht.'

Als Lucien zich omdraait, blijven zijn ogen langer op me rusten dan normaal. Toch lijkt hij zich al snel te herpakken. Hij wijst met zijn duim over zijn schouder. 'Dit is eigenlijk een perfecte kast voor langspeelplaten. Diep genoeg, brede vakken... Echt perfect, denk ik. Had je dat niet eerst ook?'

Ik glimlach mat. 'Klopt. Nu staan er planten in.'

Hij knikt nadenkend en laat de stilte tussen ons in hangen. Dan schudt hij zijn hoofd, alsof hij zijn gedachten moet ordenen. Zacht schraapt hij zijn keel en wat ongemakkelijk gebarend richting de keuken – en daarachter technisch gezien het huis van Cecile – zegt hij: 'Ik was bij Cecile en ze vertelde dat ze je had gesproken over de auto. Aangezien ik toch hiernaast was, dacht ik: ik loop even langs. Niet zo netjes, wellicht, zo onaangekondigd.' Zijn ogen gaan even naar de klok op de magnetron. 'Mijn excuses, ik zie nu pas dat het al zo laat is.'

Ik leg mijn hand op de rugleuning van de fauteuil en wuif het weg. 'Geen probleem. Kan ik je iets te drinken aanbieden? Koffie, thee, misschien?'

'Nee, dank je wel. Ik kom alleen de sleutels halen van de Saab. Tenzij je het zelf wilt doen, dit keer? Het is jouw auto, natuurlijk.'

'Ja, natuurlijk.' Ik knik en ga in de stoel zitten.

Lucien loopt naar de bank. 'Cecile zei iets over dat je misschien zelf weer zou willen rijden. Klopt dat?'

Ik aarzel. Het moet. Ik moet zelf weer rijden, wil ik er volgende maand die belachelijke afstand mee kunnen afleggen. Maar iets in me weigert. Alsof het niet hoeft, zolang ik niet in de auto ben gestapt.

'Ik denk het eerlijk gezegd nog niet,' zeg ik, met mijn blik gericht op mijn handen in mijn schoot. 'Uiteindelijk wel, want ik weet dat ik het wel zou moeten doen. Maar nu... Nu nog niet.'

Lucien buigt zich voorover en legt zijn hand op mijn knie. Heel even maar, maar het is genoeg om de warmte van zijn hand door de stof van mijn pantalon heen te voelen. 'Je moet niets als je het niet wilt. Echt niet. Maar weet dat ik je altijd wil helpen, mocht je ooit van gedachten veranderen. Zelfs op...' Hij schuift de mouw van zijn tweed colbert omhoog en werpt een blik op zijn horloge. '...vrijdagavond om kwart over negen.'

Ik glimlach beverig. Ik voel me kwetsbaar. 'Dank je wel. Neem voor nu de sleutels maar mee, zoals we het altijd doen.'

'Oké.' Lucien staat op en loopt naar de grenen secretaire naast de kast met planten. Het rolluik piept en kraakt als hij het omhoogschuift en de sleutels uit de nis eronder pakt. 'Zal ik de auto morgen na de lunch weer terugbrengen?'

Ik knik. 'Ik ben nergens anders dan hier.'

'Prima. Dan zie ik je morgen.' Hij steekt de sleutels in de lucht en loopt naar de deur. In de deuropening draait hij zich om. 'Je ziet er goed uit, Frida. Zo'n masker doet je goed.'

Ik merk pas dat ik nog steeds zit te glimlachen als de voordeur in het slot valt.

7

Joy

Mijn hele leven past in drie verhuisdozen en twee koffers. Ik weet niet of dat iets positiefs of iets negatiefs is.

Ik zit in Ceciles rode koekblikauto en sta in de straat van mijn oude appartementencomplex. Er staan twee verhuisdozen op de achterbank en één op de voorstoel. De koffers zijn daar nog weer tussen gepropt. Niet uit het huis gehaald, overigens; ik kom net bij de opslag vandaan. Toen ik in de garagebox besefte dat ik maar zo weinig spullen heb, besloot ik alles maar mee te nemen naar Frida. In goed overleg met Pascal heb ik net ook nog wat laatste dingen uit het huis gehaald: een aantal accessoires waarvan ik weet dat Pascal ze toch niet mooi vindt, vier koffiemokken – die hij nooit gebruikte, want hij dronk elke warme drank uit die opvouwbare krengen – wat laatste kleding en één ingelijste, zelf genomen foto van Kaapstad: een panoramabeeld vanaf de Tafelberg.

Ik werp via de achteruitkijkspiegel een blik op de lijst en denk terug aan hoe mijn benen brandden tijdens de tocht naar boven. Pascal was mee en zorgde ervoor dat ik goed bleef drinken en niet over mijn eigen grenzen ging. We liepen als een team naar boven, en ik herinner me dat ik gelukkig was. Écht gelukkig. En dat ik dacht dat niets dat geluk ooit in de weg zou staan.

Omdat mam altijd, zelfs meer dan negenduizend kilometer verderop, weet wat er in me omgaat, is dat het moment waarop mijn telefoon piept.

Ik denk aan je, lees ik op het scherm. Weet je zeker dat je niet hierheen wilt komen?

Ik weet het zeker, **stuur ik terug.** Frida is ontzettend aardig en ik heb vast zo weer een baan gevonden. Wie wil mij nou niet?

Ik stuur er een paar gekscherend lachende emoji's achteraan die in niets weerspiegelen hoe ik me voel.

Wie wil mij nou niet?

De woorden echoën door mijn hoofd, net zolang tot ze één samengeperste brij zijn geworden.

Pascal.

Pascal wil mij niet.

Ik leg mijn handen op het stuur en doe een paar ademhalingsoefeningen. In het zelfhulpboek van deze week staat dat 'je lei echt schoonmaken' een van de moeilijkste stappen van het helingsproces is. Terwijl je dat doet, is het belangrijk om goed naar je lichaam en geest te blijven luisteren. *Gun jezelf wat je nodig hebt om te helen,* stond er. Ik gun mezelf zes flessen whisky en een *Mean Girls*-filmmarathon, maar aangezien daar nog nooit iemand beter van is geworden, heb ik mezelf maar een ademhalingsmeditatie geleerd. Minstens zo *fetch.*

Zes keer per minuut: vier tellen in, twee tellen vast, vier tellen uit. Of was het nu drie tellen uit? Zes tellen uit? Nee, wacht. Wel vier. Geloof ik.

'Als je maar rustig ademhaalt, daar gaat het om,' zei Andreas de YouTube-yogadocent, terwijl ik op mijn rug op het logeerbed van Frida lag.

Dat kan ik. Ik kan rustig ademhalen, ik doe het al mijn hele leven en was niet van plan nu ineens daarmee te stoppen.

Terwijl ik in- en uitadem, dwalen mijn ogen als vanzelf naar het complex. Nummer 817. Driehoog, het appartement op de hoek, met het kale balkon omdat we nooit buiten zaten. Het is er donker, want Pascal is dit weekend naar een congres – het derde al, dit jaar – en hij is morgenavond pas weer terug.

Nu ik alles heb, is er niets meer wat me nog aan dit huis bindt. Eigenlijk zou ik zelfs de sleutels kunnen achterlaten, al voelt het ook wat zwak om dat te doen terwijl hij er niet is. Daarbij betekent dat dat het echt voorbij is. Definitief. Voor altijd.

Omdat niets in het leven toevallig is, piept mijn telefoon met een volgend bericht.

Als je wilt mag je de sleutels op de salontafel leggen. Dan vind ik ze wel. Ik hoop dat je alles hebt wat je graag mee wilt nemen.

Pascal.

Ineens is het alsof alle zuurstof uit de auto verdwijnt en ik hap naar adem als er een steek door mijn hart trekt.

Ik wil niet dat de deur voor altijd gesloten is.

Ik wil überhaupt niet dat het klaar is.

Wat als ik nooit meer iemand als Pascal vind? Wat als hij echt de liefde van mijn leven was en ik hem nooit had moeten laten gaan?

Ik krijg geen lucht meer.

De lucht om me heen voelt steeds dikker, en ik krijg echt geen lucht meer.

Een hoog piepje schiet omhoog langs mijn stembanden en ik krimp ineen van een pijn die zich plotseling fysiek lijkt te manifesteren.

Ik kan helemaal niet zonder hem.

Ik *wíl* helemaal niet zonder hem.

Paniekerig kijk ik rond in de auto, in één klap alles vergeten van de ademhalingsoefening die ik net nog deed. Ik moet iets hebben om me te kalmeren. Na de meditatie van gisteren begon een andere oefening van de YouTube-yogadocent te spelen; eentje die helpt bij paniekaanvallen. Om jezelf uit een paniekaanval te krijgen is het goed te focussen op je omgeving. Vijf dingen die je kunt zien, vier dingen die je kunt voelen, enzovoorts.

Mijn ogen schieten door de auto, over het dashboard, naar mijn spullen. In gedachten begin ik te tellen.

De koffers.

De verhuisdozen.

Het stuur en de versnellingspook.

Helemaal voorin, bij de voetenruimte van de bijrijdersstoel, mijn tas.

Mijn tas.

Mijn gejaagde ademhaling stokt en het is alsof iemand een gewicht van mijn borst tilt.

Ineens heb ik een idee.

8

Frida

‘Een bríéf?’

Ik moet mijn best doen om mijn stem niet over te laten slaan.

‘Het ging vanzelf,’ zegt Joy. ‘Ik dacht niet na, oké? Wat als het werkt? Ik wil hem terug, Frida. Ik kan niet zonder hem…’

‘Natuurlijk kun je wel zonder hem. Hij heeft het uitgemaakt, weet je nog? Waarom zou je hem terug willen? Koud geworden koffie warm je ook niet op.’ Ik sla mijn armen over elkaar en leun tegen het aanrecht. In de weerspiegeling van het raam zie ik hoe strijdvaardig mijn houding is.

Joy zit aan de keukentafel en kijkt me aan met een blik als van een puppy die op het tapijt heeft geplast. ‘Hij ligt al bij Pascal.’

‘In de brievenbus?’

‘Op de salontafel.’

‘Dan gaan we hem terughalen,’ zeg ik resoluut.

‘Terughalen?’ Ze kijkt me met grote ogen aan. ‘Maar dat kan niet. Ik heb geen sleutel meer, die ligt erbovenop.’

‘Dan, eh…’ Ik spreid mijn armen. ‘Jeetje, Joy. Wie laat er nou een brief, waarin ze haar ex smeekt haar terug te nemen, achter bij de huissleutels die ze net heeft teruggegeven?’

Joy kijkt naar haar in elkaar gevouwen handen op tafel en mompelt: ‘Ik dacht echt dat het een goed idee was.’

‘We gaan hem halen.’ Ik wapper in de richting van haar vest, dat ze over de stoel heeft gehangen. ‘Pak je spullen. Jij rijdt.’

Twintig minuten later zitten we naast elkaar in Ceciles rammelende rode Fiat Punto. We rijden door een deel van de stad waar ik nog nooit ben geweest.

Mijn buurvrouw knipperde niet eens met haar ogen toen ik haar zei nogmaals de auto nodig te hebben. Sterker nog: ze vroeg niet eens waarvoor. En als ik haar dat had verteld, had ze zich nu waarschijnlijk op de achterbank van deze eierdop op wielen gepropt, klaar om ons te hulp te schieten.

'Goed. Wat heb je precies in die brief gezet?' Ik kijk opzij.

Joy heeft een verbeten trek rond haar mond, alsof ze continu heen en weer wordt geslingerd tussen spijt en overtuiging. 'Dat hij de liefde van mijn leven is en dat we zo goed bij elkaar passen. Dat we samen CoffeeFold groot zouden maken. Hij en ik.'

'Leuk voor zijn nieuwe vriendin,' mompel ik.

'Leuk voor mij dat hij ineens verliefd werd op een ander,' bijt ze me toe.

Ik trek mijn mondhoeken naar beneden. Op zich heeft ze daar een punt. 'Zou je dat eigenlijk ook willen doen als hij met die Danique samenblijft? CoffeeFold groot maken?'

'Nee.' Haar blik blijft gefocust op de weg voor ons en ik zie dat ze een beetje met haar ogen knijpt. 'Ik ben weg bij CoffeeFold en ik moet op zoek naar iets anders.'

'Ook als hij je wel terug zou willen?'

Ze geeft geen antwoord.

Ik draai me naar het raam en laat mijn blik over de bomen langs de weg gaan. De auto pruttelt zacht, maar het is niet het geruststellende geluid dat ik ken van de Saab. Het is moderner. 'En daarmee ook saaier,' klinkt de stem van Theo in mijn hoofd. Hij heeft nog gelijk ook, zoals zo vaak.

'Ik geloof niet in opvouwbare koffiebekers,' zeg ik dan.

Joy remt af voor een kruising en schakelt terug naar de twee. 'Hoezo niet? Weet je hoeveel koffiebekers er jaarlijks worden weggegooid? Of erger, die niet in een afvalbak maar in de natuur terechtkomen?'

'Dat zal heus wel zo zijn, maar het zijn niet míjn koffiebekers. Ik gooi ze niet van me af. Het zijn de grote vervuilers die hun verantwoordelijkheid zouden moeten nemen, en die doen dat ook niet. Dat ik dan mijn koffie uit een opvouwbare meeneembeker zou drinken, maakt toch geen verschil?'

'Als iedereen zo denkt, komen we inderdaad nergens.' Joy kijkt nukkig voor zich uit, maar gooit het dan op Theo: 'Zei jouw man niet "van iemand helpen word je sowieso niet slechter", of zoiets?'

'Laat Theo hierbuiten.'

'Hoezo? En trouwens, duurzamer leven doe je niet alleen voor jezelf. Dat doe je ook voor de generaties die na je komen.'

'Welke generaties?'

'Kinderen, kleinkinderen...'

'Ik heb geen kinderen en dus ook geen kleinkinderen,' zeg ik scherp. 'De generaties na mij zal het een worst wezen of ik mijn koffie uit plastic, metaal of papieren bekers drink. In elk geval zal het míj een worst wezen.'

Joy is stil.

Ik had best iets minder fel uit de hoek kunnen komen, dat weet ik ook wel. Ze werkte me alleen op de zenuwen, en aangezien ik haar geen uitleg ben verschuldigd, draai ik me nog iets verder naar het raam.

'Had je graag kinderen gekregen?'

'Ja.'

De steek in mijn hart trekt weg wanneer we op dat moment gelukkig Joys oude straat in rijden. Ze parkeert de auto achter een zwarte Opel Corsa waar de bumper deels van loshangt en ik trek een wenkbrauw op. Interessante buurt, dit.

'Hoe...' begint Joy.

Maar ik kap haar af. 'Ik wil het er niet over hebben.' Ik klik mijn gordel los, open de deur en stap uit.

De frisse lucht doet me goed. Ik adem diep in, haal een hand over mijn wang en roep mezelf tot de orde.

'Je hoeft niet mee te gaan,' zegt Joy zacht, als ze om de auto is gelopen en naast me komt staan. 'Ik heb mezelf in deze penarie gebracht, dan krijg ik mezelf er ook wel weer uit.'

Ik knik naar de voordeur. 'Hoe kom je binnen?'

'Wachten totdat er iemand naar buiten komt. En het is het appartement op de hoek, dus je kunt via de galerij op het balkon klimmen. Als hij de balkondeur niet heeft dichtgedaan, dan kan ik mezelf zo binnenlaten.'

Ik volg haar omhoogwijzende vinger naar het appartement dat ze bedoelt. 'Daar? Op driehoog?'

Ze knikt. 'Ik bedoel, ik heb het nog nooit gedaan, maar Pascal wel. Hij is ooit over de balustrade geklommen toen we thuiskwamen na een avond in de kroeg en onze sleutels waren vergeten.'

'Daar,' herhaal ik. 'Op driehoog.'

'Ja, op driehoog. Ga je nu al mijn keuzes in twijfel trekken?'

'Alleen die waar je je leven mee in gevaar brengt,' antwoord ik en ik zet koers naar de voordeur, omdat die net openzwaait en er twee jonge vrouwen naar buiten lopen.

Joy hobbelt achter me aan.

'Goedenavond,' groet ik, maar de vrouwen zijn zo druk in gesprek dat ze ons niet eens opmerken. Toen ik hun leeftijd had, had ik tenminste fatsoensnormen.

'Er is geen lift,' zegt Joy als ze me zoekend door de gang ziet kijken.

'Dan gaan we lopen.' Ik zeg het kordater dan ik me voel, want het is lang geleden dat ik de trap heb genomen naar iets op driehoog.

Als we eenmaal boven zijn, moet ik mijn best doen om niet hijgend de trapleuning vast te grijpen.

'Even op adem komen,' zegt Joy, hoewel ze geen enkel spoortje van kortademigheid vertoont.

Ik daarentegen ga nog net niet tegen de vlakte.

We moeten nog een deur door om het trappenhuis weer uit te gaan en komen uiteindelijk op de galerij uit.

'Hierachter is het balkon.' Joy tikt met haar nagels tegen de metalen afscheiding.

'En daar ga je omhéén klimmen?'

Ze knikt en voegt meteen de daad bij het woord. Met één voet op de balustrade staat ze op het punt om zich af te zetten, maar ik grijp haar arm. 'Joy.'

Ze slaakt een gil en ik moet haar steviger vastgrijpen, wil ze niet alsnog voorover kukelen.

'Sorry, dat had ik beter kunnen aanpakken,' mompel ik. 'Maar kom maar gewoon naar beneden. Ik heb een beter idee.'

Ze kijkt me aan met een blik die alleen maar wantrouwender wordt als ik twee haarspeldjes uit mijn jaszak haal en er een recht begin te buigen. 'Wat is dat?'

'Geef me twee minuten. Is het deze deur?'

Ze spiedt om zich heen. 'Ja, 817.'

Gelukkig is het inmiddels donker en lopen er weinig mensen op deze verdieping, maar dat maakt Joy niet minder gespannen. Met spieren strakker dan een springveer staat ze over mijn schouder mee te kijken als ik me moeizaam op één knie laat zakken voor de voordeur.

'Frida,' sist ze met opeengeklemde kaken. 'Wat ben je aan het doen?' Ze hupst van het ene been op het andere en werpt nerveus een blik over haar schouder.

'Ervoor zorgen dat jij niet te pletter stort vanaf driehoog,' antwoord ik geduldig. 'Schijn eens bij, wil je. Ik heb mijn bril niet bij me.'

'Maar Frída!'

'Omhels de cactus, Joy,' zeg ik wijs.

Ze slaakt een geërgerde zucht, maar haalt dan toch haar telefoon tevoorschijn. 'Die is nog niet voor deze week. Deze week moet ik het Pinterestbord verwijderen, weet je nog?' Ze veegt over het scherm om de zaklamp tevoorschijn te halen en vraagt: 'Wil ik weten waar jij hebt leren lockpicken?'

'Geen idee. Ik kan het jou ook leren, als je wilt.' Ik buig één haarspeldje recht, friemel het knopje eraf en steek het in het slot, waarna ik het uiteinde een beetje buig. 'Ik heb anderhalf jaar in Brazilië gewoond,' zeg ik over mijn schouder. 'Weet je hoelang het duurde voordat ik daar een slotenmaker ter plaatse had?' Ik buig het andere haarspeldje tot een L-vorm, wat me meer moeite kost dan de laatste keer dat ik dit deed. 'Heel erg lang,' ga ik onverstoord verder. 'Dat kan ik je wel vertellen. Zo lang dat dat de slotenmaker me op een gegeven moment maar gewoon leerde om zelf het slot te openen, want na zes keer zijn nachtrust te hebben opgeofferd voor mij vond hij het wel genoeg geweest. Ik had ooit een set waarmee het kon, maar die is verdwenen bij een van de vele verhuizingen. Al moet ik zeggen dat het met twee haarspeldjes ook best lukt.'

Joy kijkt met stijgende verbazing naar mijn handelingen. Dan knipt ze razendsnel de zaklamp van haar telefoon uit en tikt ze me aan. 'Er komt iemand aan!'

'Een bekende?'

'Hoezo?'

'Is het een bekende?' dring ik aan.

'Nee, volgens mij een nieuwe bewoner.'

Ik kom met een zachte kreun overeind en haal mijn eigen sleutelbos tevoorschijn. Snel doe ik alsof ik de juiste sleutel zoek. 'Rustig blijven, afgesproken?' sis ik haar toe, waarna ik op normaal geluidsniveau vervolg: 'Ik vond het echt heel gezellig vanavond. Zo bijzonder, dat stuk in de film waarin ze terug in de tijd gaan.'

Joys gezicht is een en al vraagteken, maar dan valt ze me bij: 'Eh… Ja! Ja, inderdaad. Dat zag ik echt niet aankomen.'

We knikken vriendelijk naar de voorbijganger, die een paar deuren verderop zijn huis binnengaat.

Als de deur achter hem in het slot is gevallen, schiet er een hoge giechel omhoog uit Joys keel. 'Er zijn veel dingen die ik van je had verwacht, maar niet dit, Frida. Met droge ogen liegen tegen een voorbijganger? Lockpicken? Wie bén jij?'

'Nogmaals: ik kan het je leren,' zeg ik droog. 'Het is best handig. Bijvoorbeeld als je iemand kent die een brief aan haar ex heeft geschreven en die terug wil halen zonder dat ze een sleutel heeft.'

Ze lacht zacht en knipt haar zaklamp weer aan.

Ik neem intussen mijn positie weer in. Mijn knie knakt klagerig terwijl ik dat doe. 'De truc is om heel rustig te voelen welke pinnen op welke hoogte moeten zitten. Daar heb je even de tijd voor nodig.'

Joy buigt zich dichterbij en schijnt de zaklamp op het slot. 'Hoe lang meestal?'

'Niet heel lang, afhankelijk van het slot. Maar als deze sinds dit complex is gebouwd nooit is vervangen, dan is het met een paar...' Ik voel de haarspeld op zijn plek schuiven en breek mijn zin af om me beter te kunnen concentreren. Nog een klein beetje heen en weer wiebelen, en dan...

'Wat zijn jullie nou aan het doen?'

9

Joy

Ik geloof niet dat ik ooit zó ben geschrokken in mijn leven. Voor mijn gevoel staat mijn hart een paar tellen stil, waarna het op tilt slaat om de gemiste slagen weer in te halen.

In mijn hoofd stuur ik een bedankje naar alle bovennatuurlijke krachten ter wereld én daar voorbij als blijkt dat het niet Pascal is die achter ons staat, maar Azize, de buurvrouw van nummer 815.

'Heb je jezelf buitengesloten?'

In een *split second* besluit ik deze kans met beide handen aan te grijpen. 'Ja!' roep ik. 'Ja, ik, eh...' Vlug schraap ik mijn keel, want die bevestiging schoot er zo schel uit dat het minder overtuigend is dan Sinterklaas zonder baard.

Toch blijft Azize me geduldig aankijken. Haar dikke, zwartbruine haar is in haar gebruikelijke vlecht bijeengepakt en rust losjes op haar schouder. Azize is een twintig jaar jongere, Turkse versie van Cecile: altijd druk met van alles en nog wat, enigszins bemoeizuchtig, maar met een hart van goud. Ik heb een paar keer haar vissen gevoerd toen ze op vakantie was en sloeg de eerste keer steil achterover toen ik over de drempel stapte: ik verwachtte een standaard vissenkom, maar Azize heeft in haar woonkamer een aquarium van zwembadformaat. Groter dan onze zachtroze bank – en die is eigenlijk al te groot voor de woonkamer.

'Ik was vanavond met mijn oma naar de film...' Ik wijs op Frida. '...en we wilden nog even een kopje thee drinken voordat ze weer naar huis ging. Maar nu besef ik net dat mijn sleutels nog binnen liggen.' Om het extra geloofwaardig te maken, sla ik mezelf zacht tegen mijn voorhoofd. 'Echt superstom, natuurlijk.'

'Is Pascal er niet?' vraagt Azize. Ze kijkt met samengeknepen ogen door het smalle raam naast de voordeur, alsof Pascal binnen gewoon op de bank ligt.

Ik negeer het nare gefladder in mijn onderbuik en recht mijn rug. 'Nee, die is naar een congres. En slotenmakers zijn best prijzig, dus toen mijn oma zei dat zij misschien wel een trucje wist, besloten we dat eerst te proberen.'

'Groot gelijk, mevrouw,' zegt mijn buurvrouw – pardon: oudbuurvrouw – tegen Frida. Ze gooit haar vlecht over haar schouder en diept haar sleutelbos op uit haar zak. 'Ik zei laatst nog tegen mijn man: alles wordt telkens maar weer duurder. En meer verdienen, ho maar. Ja, als ik me laat omscholen, dan kan ik meer verdienen in een andere functie. Maar wie heeft daar nou zin in en tijd voor? Ik hoef nog maar een paar jaar tot mijn pensioen. Ik zit mijn tijd gewoon uit, hoor.' Aan die laatste zin voegt ze een dikke knipoog toe, en Frida glimlacht stijfjes.

'Maar goed, je hebt geluk dat ik nu thuis ben, Joy. Ik heb gewoon een reservesleutel, weet je nog? Van die keer dat ik jullie planten water heb gegeven toen jullie op vakantie waren naar... wat was het ook alweer, Zuid-Afrika?'

'Kaapstad,' beaam ik. 'Naar mijn ouders.'

'Wat moet het zwaar zijn voor u om uw kind zo ver weg te hebben,' vertrouwt Azize Frida toe. 'Ik zou het niet kunnen, hoor. Ik heb tegen die van mij gezegd: waar jullie ook naartoe gaan, zorg maar dat je een extra kamer hebt, want ik kom wekelijks langs. Dat is de afspraak!' Ze lacht hard, en ik weet niet zeker of ze een grapje maakt of niet.

'Hoe dan ook, ik zal even de sleutel pakken. Moment.'

Ze verdwijnt haar huis in en ik probeer een hele serie bedankjes in een paar gebaren richting Frida te sturen.

Ze schudt grinnikend haar hoofd, en ik help haar overeind.

'Zooo!' roept Azize zangerig als ze nog geen vijf tellen later weer terug is. 'Dit is hem, toch?' Ze wappert met de sleutel. De sleutelhanger in de vorm van een koffieboon met een gezichtje – gekocht als aandenken toen we voor het eerst naar een koffiebeurs gingen – bungelt heen en weer.

Ik rol met mijn ogen bij de herinnering aan die beurs. Pascal was de hele rit ernaartoe zó opgefokt dat alles goed moest gaan en dat hij alles wilde zien, dat ik gespannen en met buikpijn naast hem zat. Toen bleek dat er meerdere hallen waren, zag ik de bui al hangen. Ik heb die week de blaren op mijn voeten gelopen en per nacht zo'n vier uur slaap gehad. Het enige voordeel: er was in elk geval koffie in overvloed.

'Dat is hem,' bevestig ik, als Azize nog altijd de sleutel verwachtingsvol omhooghoudt. Ik heb haar al drie weken niet gezien, en overduidelijk heeft ze er geen weet van dat het uit is tussen Pascal en mij. Ter plekke besluit ik dat ik het haar nu niet ga vertellen: Azize is zo ongeveer de uitvinder van de thee-factor, en als ik haar nu vertel dat het uit is, komen Frida en ik hier nooit meer weg. En dan moet ik alwéér huilen.

'Kijk eens aan, meisje.' Azize legt de sleutel in mijn hand en vouwt mijn vingers er moederlijk omheen. 'Gooi hem maar door de bus als je klaar bent. Ik moet de vissen even voeren, die breken dadelijk nog los als ik ze nog langer laat wachten.'

Ik steek de sleutel in de lucht. 'Zal ik doen. Dank je wel, Azize.'

Mijn oud-buurvrouw verdwijnt weer in haar huis en haar voordeur valt met een zachte klik in het slot.

Frida slaat haar armen over elkaar en kijkt me aan, zichtbaar bezig om niet in lachen uit te barsten. 'Je óma?'

'Had je liever gehad dat ik de waarheid zei?'

Ze grijnst. 'Dan stonden we hier morgenochtend nog en daar heeft niemand tijd voor. Normaal gesproken lig ik rond dit tijdstip allang in bed.'

Ik ga maar meteen tot actie over en steek de sleutel in het slot. De deur zwaait open en de vertrouwde, misselijkmakende geur van kartonnen dozen komt me tegemoet.

'Wat ruik ik?' vraagt Frida dan ook.

'De voorraad,' antwoord ik. 'Een deel van de koffiebekers staat hier, omdat het magazijn niet groot genoeg is. Pas op.' Ik ga naar binnen en stap over twee half uitgepakte dozen. Een van de flappen schuurt langs mijn kuit en hinkelend struikel ik verder de gang in.

Frida blijft in de deuropening staan. 'Ik wacht hier wel.'

'Oké,' zeg ik over mijn schouder. 'Ik ben zo terug.'

In één rechte lijn loop ik naar de salontafel, pak de brief onder de sleutelbos vandaan en scheur hem twee keer doormidden, voordat ik hem in mijn achterzak stop.

'Heb je hem?' roept Frida vanuit de gang.

'Ja,' antwoord ik zacht.

In de deuropening van de woonkamer kijk ik nog één keer rond. Behalve dat mijn spullen er niet meer staan en er een paar laarzen van Danique in de hoek staat, is er eigenlijk niets veranderd. Toch vóélt alles wel anders.

Mijn blik wordt automatisch naar de zachtroze bank getrokken. Ik weet dat ik alleen voor de brief kom, maar iets trekt me ernaartoe. De zachte, fluwelen stof. De asymmetrische zitting, die in een uitgerekte S-vorm loopt.

Ik loop ernaartoe en strijk met mijn vingers over de rugleuning.

Hoe mooi het ding ook is, hij zit – en ligt – echt voor geen meter.

En eerlijk gezegd past hij hier ook helemaal niet.

Hij past weliswaar perfect in het kleurenpalet, maar behalve dat klopt het gewoon niet. De gigantische tv aan de muur, de veel te grote speakers ernaast... Het oogt ineens als een bij elkaar geraapt zooitje. Een allegaartje aan spullen dat net niet juist is, zo bij elkaar. Zelfs de twee beige kastjes aan weerszijden van de bank brengen de ruimte niet zoals ik altijd dacht dichter naar elkaar toe, maar sluiten hem in als twee steigers naast een herenhuis.

Het klopt gewoon niet.

'Is alles in orde?' Frida's stem is nasaal, alsof ze haar neus dichthoudt. 'Heb je... au!' Een harde vloek rolt door de gang en Frida komt struikelend de woonkamer binnenvallen. 'Hóé kan iemand wonen tussen die zooi? O, mooi is-ie wel, die bank.'

Ik geef er maar geen antwoord op en gebaar dat ik haar naar buiten zal volgen. Met mijn lippen op elkaar geperst werp ik nog een laatste blik op de woonkamer.

Dag, huis.

Wanneer we op weg naar buiten langs de badkamer lopen, valt mijn oog op de opstaande rand achter het bad waar alle handdoeken liggen. Keurig opgerold, net als in een hotel. Tien stuks, in een perfect torentje van vier-drie-twee-één.

Even twijfel ik.

Zal ik?

Ik zet twee stappen de badkamer in en gris de bovenste drie handdoeken mee.

Voor in de vuurpit.

10

Frida

'Frida?'

'Hm.'

'Wil je mij jouw levensverhaal vertellen?'

Het is nog steeds wennen, een nieuwe huisgenoot. Joy logeert sinds twee nachten bij me en we hebben gisteren gevuld met bordspellen, rondjes door het park, marshmallows roosteren en zelfhulpboeken lezen – ja, ook ik, alleen als Joy niet kijkt. Ook al ben ik er nog steeds van overtuigd dat ik heel veel van die tips best zelf zou kunnen verzinnen, toch staat er hier en daar best wat interessants in waar ik wat mee kan. Waar ik wat mee móét, want ik kan niet eeuwig blijven vasthouden aan een dagindeling van plantverzorging en wandelingen in het park.

Zo moet ik bijvoorbeeld echt terug de Saab in. Lucien heeft de auto gisteren teruggebracht, en ik waardeerde het dat hij er niet nogmaals over begon of ik zelf zou willen rijden. Maar de situatie is simpel: ik kan er niet voor altijd voor weglopen.

We zitten onder de overkapping, op de veranda achter het huis. Joy in kleermakerszit op de gevlochten rieten stoel met het zachte kussen erin, ik zachtjes heen en weer wiegend op de schommelbank. Gisterochtend, de ochtend na de brief-expeditie, hebben we samen wat basisregels opgesteld – uiteraard door Joy opgeschreven in haar notitieboek. Deze vrouw heeft zoveel lijstjes dat ze een lijstje nodig heeft om haar lijstjes mee te ordenen.

In elk geval zijn de belangrijkste regels dat de zolder verboden gebied is, dat ze niet aan Nico en Thea moet komen – met Suske en Wiske kan weinig gebeuren – en dat we ons allebei het recht voorbehouden om nee te zeggen op vragen die we niet willen beantwoorden.

We zitten beiden nog in onze pyjama en drinken koffie uit de mokken die Joy heeft meegenomen. Het is nog vroeg: de zon heeft de achtertuin nog niet bereikt. Het is niet extreem koud, maar toch zitten we allebei onder een dekentje.

Ik neem een slok van mijn koffie voordat ik antwoord geef. 'Waarom wil je dat weten?'

'Interesse,' zegt ze simpelweg. 'Voor mijn gevoel weet jij alles van mij, maar andersom weet ik bijna niks van jou. Als we elkáár gaan helpen ons leven weer op de rit te krijgen, moet ik op zijn minst weten wat jouw leven precies is. Of was. Wat er weer op de rit moet, weet je wel?'

'Wie zegt dat we elkaar gaan helpen ons leven weer op de rit te krijgen?'

Ze verstopt haar glimlach achter haar koffiemok. 'Ik zie je die zelfhulpboeken wel lezen.'

'Hm.'

'Maar daarvoor moeten we wel wat meer van elkaar weten. Je hoeft niet alles in detail te vertellen als je dat niet wilt. Ik was gewoon benieuwd, met dat lockpicken vrijdagavond, en...'

'Joy?' Ik roer langzaam in mijn koffie.

'Ja?'

'Wanneer ga jij eens stoppen met jezelf de hele tijd indekken?'

'Doe ik dat?'

'Ja.'

Ze zwijgt even en zegt dan: 'O.'

'Doe je dat bij iedereen?'

'Misschien. Misschien doe ik het vooral bij dames van tweeënzeventig die me een beetje angst aanjagen.'

Ik grinnik met mijn neus half in mijn koffiemok. 'Prima. Heel goed. Respect afdwingen, noemen we dat. Zodra je weet dat ik minder eng ben dan ik eruitzie, is dat namelijk verleden tijd.'

We zitten even zwijgend naast elkaar, beiden alleen met onze gedachten.

Ik weet niet hoe het komt, maar moeilijke gesprekken zijn gemakkelijker te voeren als je elkaar niet aankijkt. De moeilijkste gesprekken die ik met Theo heb gehad, voerden we in de auto. De ronkende motor op de achtergrond, vaak niet eens de radio aan en genoeg ruimte om je gedachten te ordenen, zonder dat de ander sneller een antwoord verwacht.

Ik strijk mijn lok glad en pluk een pluisje van mijn deken. 'Vooruit. Wat wil je weten?'

'Alles. Maar ik kan me voorstellen dat dat misschien wat veel is.'

'Ik wil het niet hebben over hoe Theo is overleden en hoe de tijd vlak daarvóór was,' zeg ik stellig. 'Daar ben ik nog niet aan toe. Als ik dat al ooit ben. Die tijd was vreselijk en dat is alles wat ik daar voorlopig over kwijt wil.'

In mijn ooghoek zie ik haar knikken en ik vouw mijn handen om mijn koffiemok. Ik ben meer van de koffiekopjes, maar deze mokken zijn mooi en kleurrijk. Ze passen goed bij de zwart-witte tegels in de keuken; net alsof ik ze zelf heb aangeschaft. Ook niet geheel onbelangrijk: er kan lekker veel in. Perfect op een ochtend als deze.

'Prima,' zegt ze. 'Wat als je me dan juist vertelt hoe het begon? Hoe jullie elkaar ontmoet hebben?'

Een glimlach trekt aan mijn mondhoeken bij die herinnering. Ik weet dat moment nog tot in detail en ik zou het kunnen uittekenen als het nodig was. Met enige moeite zou ik zelfs de geur van het station terug kunnen halen, al was dat geen bloemetjesgeur.

'Ik ben tegen hem aan gelopen op het station,' begin ik.

'Letterlijk, tegen hem aan geknald?'

Ik knik. 'Letterlijk. Ik werkte als onderwijzeres op een basisschool. Mijn werk was in een stad verderop, dus ik reisde elke dag op en neer met de trein. Niet ver, twintig minuutjes. Maar dat betekende wel dat ik soms met tassen vol spullen in de trein zat; als ik weer iets had bedacht voor een knutselopdracht, bijvoorbeeld. Op een dag stapte ik bepakt en bezakt het perron op, weer met mijn armen vol met spullen voor een les.' Ik zie mezelf zo weer lopen en neem glimlachend een slok koffie. 'Ik weet nog precies wat het was:

van die posterkokers, met daarin allemaal opgerolde stukken karton. Eigenlijk waren het er te veel om mee te nemen, maar ik was nogal koppig van aard als twintiger.'

'Alleen als twintiger, natuurlijk. Nu ben je zo meegaand als maar kan.' Joy knikt ernstig en schiet in de lach bij het zien van mijn opgetrokken wenkbrauwen. 'Sorry, ga verder. Ga verder.'

'Ik was er oprecht van overtuigd dat het me wel zou lukken om de school te bereiken. Die bewuste dag stapte ik de trein uit, met mijn armen vol posterkokers. Ik was laat, snelde door de stationshal en had niet gezien dat er iemand in de weg stond.'

Joys ogen worden groot en ze snakt naar adem, met haar hand tegen haar borst gedrukt. 'En dat was Theo, hè? O, wat romantisch, een *meet-cute*!'

'Ik weet niet wat dat is, maar als jij het zegt...'

Ze duwt zich verder omhoog op de rieten stoel en gebaart me verder te gaan. 'Doet er niet toe. Dus toen viel alles uit je handen en rolden de posterkokers alle kanten op?'

'Een paar,' beaam ik. 'De meeste wist ik vast te houden, maar een aantal glipte uit mijn handen.'

Ze stoot een hoog piepje uit. 'En hij dook erachteraan?'

Ik leg het dekentje wat hoger op mijn benen en neem nog een slok. 'Klopt. Later zei hij dat dat was omdat ik keek alsof er puur goud in zat, dus moest het wel de moeite waard zijn.' Ik schud ongelovig mijn hoofd en kan niet voorkomen dat ik moet glimlachen.

Joy zakt weer wat onderuit en slaakt een gelukzalige zucht. 'Dat is toch lief? Laat me raden...' Ze zet een zwaardere stem op en zegt: 'De rest is geschiedenis.'

Ik pak het lepeltje vast, zonder te roeren. 'Nee. Daarna gingen we beiden onze eigen weg.'

'Wát? Nee!' Joy slaat Joy haar vrije hand voor haar mond en slaakt een gesmoord kreetje.

'Zeg, wil je dit verhaal nou horen, of niet?'

'Ja, ja.' Ze knikt heftig. 'Ik ben gewoon *invested*. Dat mag toch?'

Ik kijk haar een paar tellen aan en draai me dan weer terug naar de tuin. 'Hij was beleidsmedewerker bij het ministerie van Economische Zaken. Toen we elkaar ontmoetten werkte hij nog in Nederland, maar al gauw werd duidelijk dat hij ook in het buitenland aan de slag zou gaan. Veelal op projectbasis, dus voor een paar maanden of jaren op één plek, en dan weer naar huis.'

'En jij ging mee?'

Ik kan zien dat Joy alle zeilen bij moet zetten om niet uit elkaar te knallen van nieuwsgierigheid. Ze pakt me nog net niet mijn bij mijn schouders om me door elkaar te schudden, vastbesloten elk detail van dit verhaal te weten te komen. Diep in mijn hart doet het me deugd om onze geschiedenis te vertellen. Het houdt Theo's nagedachtenis levend. Meer dan alleen in mijn gedachten en hart.

'Natuurlijk ging ik mee. Als je de liefde van je leven tegenkomt, laat je diegene echt niet zomaar gaan.'

Ik neem mijn laatste slok koffie en duw mezelf overeind van de schommelbank. 'Zo terug. Even wat water pakken.'

Joy heft haar mok op als ik er vragend naar wijs. 'Ik heb nog.'

Ik loop naar binnen, zet mijn lege mok in de vaatwasser, vul een glas water en loop door naar de woonkamer. Daar vind ik onder in de kast wat ik zoek: het fotoalbum van toen we in Brazilië woonden. Met het album onder mijn arm geklemd en het glas in mijn hand loop ik terug naar buiten.

'Brazilië. Hier woonden we toen we... eind twintig waren, geloof ik. Ongeveer jouw leeftijd.'

'Een fotoalbum!' roept Joy verrukt. Ze schikt het dekentje zo dat het album goed op haar schoot past, zet haar koffiemok weg en begint direct te bladeren. Elke foto bestudeert ze uitvoerig. 'Wat waren jullie jong,' zegt ze, als ze de foto ziet waarop we samen poseren voor ons eerste huis: een tochtige, soort stenen blokhut, met kieren zo groot dat je het raam nooit open hoefde te zetten. In de keuken was alles zo scheef dat tijdens het koken de olie naar de rechterkant van de pan liep. Anderen hadden er misschien de rillingen van gekregen, maar wij niet. Het was óns huis. We waren er gelukkig. En inderdaad, we waren nog aardig jong.

'We hebben in Brazilië, Colombia en op Curaçao gewoond,' vertel ik haar. 'En tussentijds elke keer een paar maanden of een jaar in Nederland. En in San Francisco. Dat is tegenwoordig onbetaalbaar, maar toen was het een van de leukste plekken op aarde.'

'Vandaar al die souvenirs aan de muur,' zegt Joy, over haar schouder wijzend. 'Ik vroeg me al af hoe je aan die Braziliaanse maskers en zo kwam.' Zichtbaar onder de indruk slaat ze een pagina om. Haar blik blijft hangen op een foto van mij in de achtertuin. Ik zit op mijn knieën onkruid te wieden tussen de tegels, met schuin achter me een handgrasmaaier, klaar om gebruikt te worden. Ik herinner me nog dat het ding half verroest was en dat het bovenmenselijke inspanning kostte om het vooruit te krijgen.

'Aha, daar komt je interesse voor tuinieren vandaan,' zegt Joy.

Ik leg mijn plaid weer over mijn benen en breng het glas naar mijn mond. 'Tuinieren en kruiswoordpuzzels, daar besteedde ik de meeste tijd aan.'

Joy legt het album plat op haar schoot. 'Ik hóú van kruiswoordpuzzels. Mijn ouders en ik deden altijd de kruiswoordpuzzel uit de zaterdagkrant. Elke week. Toen Pascal en ik gingen samenwonen, wilde ik graag een abonnement op de krant om die reden, maar hij vond het onzinnig.' Ze rimpelt haar neus. 'Maar goed. Niet belangrijk. Tuinieren en kruiswoordpuzzels, dus. Werkte je niet als jullie in het buitenland woonden?'

'Dat wilde ik wel, maar dat was lastiger dan ik dacht. Mijn Engels was niet heel goed toen we verhuisden en Portugees leerde ik jaren later pas, dus basisschoolkinderen onderwijzen is dan vrijwel onmogelijk.'

'Waren er geen Nederlandse scholen? Kinderen van diplomaten moeten toch ook hun Nederlands op peil houden?'

'Waar wij zaten niet. In elk geval toen niet, misschien nu wel. Maar we hebben het echt over de jaren tachtig, hè? Toen kon je niet even googelen of er werkgelegenheid in de buurt was. En daarbij, ik vond het niet zo erg. Ik ging er eerlijk gezegd van uit dat zodra we weer terug naar Nederland verhuisden, ik mijn werk hier weer zou oppakken.'

'En was dat zo?'

Ik haal mijn schouders op. 'Soms. Als we op het juiste moment terugkwamen. In de zomer, bijvoorbeeld. Dan kon ik na de zomer weer aan de slag. Maar het werd lastiger als een van Theo's projecten halverwege januari afgerond was. Maar goed, waar een wil is, is een weg. Soms werkte ik dan de rest van het schooljaar als invaller.'

Ze glimlacht. 'Wat is het mooiste dat je hebt meegemaakt in Brazilië?'

Daar hoef ik niet lang over na te denken. 'We hebben een keer de jaarwisseling op het strand van Copacabana gevierd. De eerste keer dat we in Brazilië woonden was meer in het binnenland, maar Theo's tweede project was in Rio de Janeiro. Dat was een aantal jaren later. Blader maar verder, beide keren dat we in Brazilië woonden staan in dit album.'

Joy komt bij de dubbele pagina die ik bedoel en trekt een gezicht. 'Ik geloof niet dat ik ooit zulke donkere foto's heb gezien. Je lijkt wel een spook! Wat is dit voor gewaad? Dat doet me denken aan wat Cecile altijd aanheeft.'

'Nogmaals: we hebben het hier over de jaren tachtig, meisje. Sorry dat er toen nog niet zulke goede kwaliteit foto's waren.'

Ze grijnst en strijkt voorzichtig met een vinger langs een van de foto's. 'Sorry. Vertel verder.'

Ik laat mijn blik even op haar rusten en neem een slok water. 'Dat witte "gewaad", zoals jij het noemt, dat ik daar aanheb, hoort bij een van hun tradities rond de jaarwisseling. Je dient wit te dragen als je het nieuwe jaar inluidt, zodat dat jaar vredig en gelukkig zal verlopen. Eenmaal op het strand leg je witte bloemen en brandende kaarsen in de zee, als offer aan Iemanjá. Zij is een orisha, een bovennatuurlijk wezen dat volgens veel Brazilianen de beschermer is van de zee, vruchtbaarheid en moederschap. Als je rond de jaarwisseling geschenken aan haar geeft, zou ze je voorspoed brengen voor het nieuwe jaar.'

De zon kruipt steeds verder omhoog en de hortensia in de hoek begint de eerste zonnestralen te vangen. De vogels in het bosje achter onze tuinen kwetteren er lustig op los.

'Waarom was die jaarwisseling dan zo speciaal?'

Ik ga met mijn hand over het dekentje en trek het iets hoger op mijn schoot. 'Omdat er een Braziliaanse vrouw was die me met handen en voeten mijn toekomst voorspelde. Ze keek me diep in mijn ogen, sloot één hand om mijn pols en legde de andere op mijn buik. Toen vertelde ze me dat ik binnen een jaar zwanger zou raken.' Ik aarzel even. 'Een jaar was het niet, maar anderhalf jaar later woonden we in San Francisco en toen bleek ik in verwachting te zijn.'

Joys pagina's omslaande hand blijft hangen in de lucht, en ik weet dat ik zo de vraag krijg waarvan ik niet zeker weet of ik hem wil beantwoorden.

'Hebben jullie...'

Ik laat mijn hoofd hangen en leg mijn beide handen rond het glas. 'Nee. Met acht weken zijn we het verloren. Daarna ben ik nooit meer zwanger geweest.'

Ze zwijgt.

Ik staar over het gazon en denk voor de zoveelste keer aan trappelende beentjes, een hoge schaterlach, dikke krokodillentranen en een troostende kus zoals alleen ouders die kunnen geven. De leegte in mijn hart echoot zo luid dat mijn oren suizen.

Als ik weer opkijk, heeft Joy het album dichtgeslagen. Haar ogen glinsteren van de tranen.

'En dan heb ik het nog niet eens gehad over Theo's laatste jaren,' probeer ik een misplaatste grap te maken, maar geen van beiden lachen we.

Joy staat op en komt naast me zitten op de schommelbank. We wiegen zacht heen en weer als ze een stukje mijn kant op schuift. 'Ik ben met liefde je surrogaatkleinkind.'

'Dan ben ik met liefde jouw surrogaatoma. Al klinkt dat ergens ook wel weer alsof ik een krom, oud vrouwtje moet zijn.'

'Surrogaatbejaarde, dan?' probeert ze.

'Nog steeds krom en oud. En is een surrogaat niet iets van mindere kwaliteit? Namaak?'

'Namaakbejaarde,' stemt Joy tevreden in. 'Dan ben je het net niet. Een soort bijna-bejaard, zonder écht bejaard te zijn.'

Ik hef mijn glas in de lucht. 'Daar doe ik het voor.'

Ze pakt haar koffiemok en we klinken.

'Is het als wijze namaakbejaarde dan nu mijn taak om je te vragen of je al bent begonnen met je digitale detox?'

Joy is ineens bijzonder druk met het doorroeren van haar koffie. 'Nou...' Met een ruk kijkt ze op en ze priemt met haar wijsvinger in mijn richting. 'Niet zeggen dat ik de cactus moet omhelzen.'

'Die is niet voor deze week, dat zei je zelf al.'

Joy veert op, waardoor de schommelbank harder heen en weer gaat dan de bedoeling is en het water over de rand van mijn glas klotst.

'Zeg, rustig aan,' sputter ik.

Ze negeert mijn gemopper en kijkt me ademloos aan. 'Ik kan een notitieboek kopen waar ik een plan in maak voor ons allebéí? Waar we sámen een plan in kunnen maken?' Haar stem klinkt hoopvol en ze knippert een paar keer bambi-achtig met haar lange wimpers.

Ik aarzel. 'Kan ik niet gewoon met je mee blijven lezen en dan vanaf de zijlijn af en toe –'

'Nee,' onderbreekt ze me. 'Eén voor allen, allen voor één. Ik moet mezelf terugvinden, maar jij ook.' Ze wijst naar de verbleekte kaft van het fotoalbum. 'De sprankeling die je op die foto's hebt, zit er heus nog wel ergens.'

Diep vanbinnen vraag ik me af of ze gelijk heeft. Zit die sprankeling er nog? De kans is klein dat ik hem ga terugvinden door wat zelfhulpadviezen op te volgen. Alhoewel... De kans is óók klein dat ik hem terugvind als ik blijf doen wat ik al drie jaar doe. Mijn leven voelt als een lp die blijft hangen, maar ik durf de plaat niet om te draaien om de andere kant te beluisteren.

'Ik vind het moeilijk.' Ik merk pas dat ik het hardop heb gezegd, als Joy een stukje mijn kant op schuift en haar bambi-uitdrukking plaatsmaakt voor een bezorgde blik.

'Dat je Theo hebt moeten loslaten, betekent niet dat je het leven moet loslaten,' zegt ze zacht. 'We doen het samen. Het hoeft ook niet meteen vol gas. Rustig aan beginnen. Met twee stappen voorwaarts en één terug kom je nog steeds op één stap vooruit uit. En één is meer dan nul.'

Eén is meer dan nul.

Ik kijk naar mijn schoot en rol het glas tussen mijn handen. Dan knijp ik kort mijn ogen dicht en zeg: 'Oké. Ik doe mee.'

Joy stompt zacht in de lucht. 'Yes!'

'Maar we gaan eerst ontbijten.' Ik neem mijn laatste slok water en duw mezelf omhoog uit de schommelbank. 'Ik lees nooit boeken op een lege maag.'

11

Joy

'Daar gaan we dan.'

Frida zet haar leesbril op, pakt een van de boeken van de stapel en draait het om om de achterkant te bekijken.

'*Een schone lei. Laat je onvoltooide toekomstbeeld los*,' leest ze voor. Ze snuift, maar slaat het boek wel open en begint te bladeren. 'Elke toekomst is toch per definitie onvoltooid? Anders was het wel het verleden. Hier, dit.' Ze fronst achter haar bril en legt haar vinger onder een van de hoofdstuktitels. '"In vijf stappen een troebel toekomstbeeld weer helder krijgen". Waarom zijn al deze boeken gekoppeld aan een stappenplan? Dat andere ook al: *Je hart openstellen in vijf stappen*. Alles moet in stappen. Waarom is dat?'

'Omdat dat houvast geeft,' antwoord ik. 'Mensen houden van houvast. Daarom maak ik ook al die lijstjes. Als je alles opschrijft wat er in je hoofd zit, hoef je het niet meer te onthouden, en je ziet letterlijk voortgang met elk punt dat je afvinkt. Mensen houden daarvan.'

'Mensen... of jij?' Frida schuift haar leesbril omlaag en kijkt er geamuseerd overheen.

'Ja, ik ook. Ik hou gewoon van houvast. Zo erg is dat toch niet?'

Ze grinnikt en bladert verder in het boek. 'Vooruit dan maar. Als je maar niet verwacht dat ik dat ook ga doen.' Ze blijft hangen bij een andere vetgedrukte hoofdstuktitel. '"Oefening: meditatie-visualisatie. Visualiseer je troebele toekomst en laat die los",' leest ze voor. '"Voordat je weet wát je kunt loslaten, moet je eerst je onvoltooide toekomst visualiseren. Sluit je ogen en zie je geïdealiseerde toekomst voor je. Probeer, terwijl je je ogen gesloten houdt, alles zo helder mogelijk te visualiseren én te concretiseren."' Ze wappert met haar hand in mijn richting, zonder haar ogen van het papier te halen. 'Nou, doe maar even, dan kunnen we kijken of het werkt.'

Ik schuif mijn stoel iets naar achteren en Frida schraapt haar keel.

'Zorg dat je in een ruimte bent waar het veilig is om een paar minuten je ogen te sluiten. Ga dan op een stoel zitten. Wees je bewust van je houding: ga rechtop zitten en hou je ruggengraat in een mooie, rechte lijn. Adem dan een paar keer diep in en uit en laat alle gedachten nog maar even de vrije loop. Wanneer je er klaar voor bent, sluit je je ogen en maak je je hoofd leeg.'

Ik doe wat me opgedragen wordt en ga rechtop zitten, met mijn handen in mijn schoot. Na drie keer in- en uitademen – in door mijn neus, uit door mijn mond – doe ik mijn ogen dicht en denk ik aan precies niks. Voor zover dat mogelijk is.

'Om deze oefening goed uit te voeren, is het belangrijk je gedachten te laten komen en gaan,' gaat Frida verder. Ze zit helemaal in haar rol als meditatiebegeleider, want ze heeft zelfs haar stem iets verlaagd en ze spreekt zachter. 'Zie je gedachten als bootjes op een rivier. Ze komen voorbij en als je wilt kun je ze oppakken, maar daarna zet je ze weer terug op het water en laat je ze wegdrijven.'

Ik visualiseer dat ik aan de waterkant zit en er een kabbelend beekje voor me langs stroomt.

'Denk eerst aan je huidige situatie,' gaat Frida ongestoord verder. Ze is zo serieus dat ik niet eens durf te giechelen. 'Hoe ziet je huidige situatie eruit?'

Op een van de bootjes ligt de gedachte aan mijn – gebrek aan – werk en voor heel even pak ik dat mentaal op. Ik moet een nieuwe baan vinden, al heb ik geen idee wat ik zou willen doen.

'Laat alle gedachtes die komen ook weer los,' spreekt Frida me streng toe. 'En ontspan je gezicht.'

'Staat dat in het boek?' mompel ik vanuit mijn mondhoek.

'Nee. Maar je fronst.'

Eén oog piept open en ik zie Frida veroordelend over haar leesbril naar me kijken. Betrapt ontspan ik mijn gezicht en zet ik de gedachte aan CoffeeFold op een van de mentaal voorbijdrijvende bootjes.

'Goed. Heel goed.' Frida pakt haar meditatiestem weer op. 'Dan gaan we ons nu langzaam bewegen richting onze zelfbedachte toekomst. Laat het beeld van iets of iemand uit het verleden toe en herhaal in stilte de volgende woorden: *Ik ben klaar om los te laten.* Concretiseer in gedachten het beeld van je toekomst, dan leid ik je er dadelijk doorheen om het los te laten. Forceer niets; je onderbewuste zal vanzelf de juiste stap aan je openbaren.'

Ik probeer het beeld in mijn hoofd 'te concretiseren' en ga ervan uit dat Pascal zo dadelijk op mijn netvlies verschijnt. Zijn wilde, donkerblonde haren, die er altijd uitzien alsof hij net met wind tegen heeft gefietst. De bijbehorende gezonde blos en zijn sprekende, lichte ogen. Het is een kwestie van wachten tot hij voor mijn geestesoog tevoorschijn komt en om het allemaal wat kracht bij te zetten, denk ik ook aan het Pinterestbord voor onze droombruiloft. Foto's van witte klapstoelen met vaasjes met daarin één roos aan de leuning, een knalgele Volkswagen T2-bus als trouwvervoer, die na aankomst wordt omgebouwd tot photobooth. Een *sweet table* vol brownies, macarons en minicheesecakes. Een bankje in Ibiza-stijl, waar ik mezelf al helemaal hand in hand zag zitten met de man van mijn dromen. Hij in een donkergroen pak, ik in een witte trouwjurk met een kanten lijfje en een prachtige sleep.

Het moet allemaal weg.

Ik moet het nu mentaal loslaten en dan straks het Pinterestbord verwijderen.

Het verleden afsluiten en met een frisse blik naar de toekomst kijken. Een nieuwe toekomst. Geen vooraf bepaalde mal, maar een leeg, onbeschreven blad.

Voor de zekerheid zeg ik in gedachten de mantra op: *Ik ben klaar om los te laten.*

Plotseling gebeurt er iets vreemds. In plaats van dat Pascal naast me op dat Ibiza-bankje zit, duikt er een donkerharige gestalte op.

Een gestalte die ik maar al te goed ken, maar die ik al jaren geleden uit mijn hoofd en hart heb verbannen. Met een goede reden.

Mijn ogen schieten open en ik kijk verschrikt naar Frida, alleen is daarmee het beeld in mijn gedachten niet ineens weg. In tegendeel: de gestalte krijgt steeds meer vorm en lijkt plotseling het enige te zijn waar ik nog aan kan denken. Ravenzwart haar, donkere ogen, een *five o'clock shadow*-baardje op zijn wangen en een kaaklijn hoekiger dan een Rotterdamse kubuswoning.

Frida kijkt me vragend aan en ik weet even niets uit te brengen, al is er één woord dat op zich best de lading dekt. Het komt er hoog en piepend uit, met een stem die niet van mij lijkt te zijn.

'Shit.'

12

Frida

‘Wat is er?’ Ik laat het zelfhulpboek zakken en zet mijn bril af.

Joy kijkt alsof ze water ziet branden. En dan geblust ziet worden. En dan weer in lichterlaaie ziet vliegen.

‘Ligt het aan de oefening?’

Ze schudt haar hoofd. Knikt. Schudt haar hoofd weer.

‘Ik kan je niet helpen als je me niet zegt wat er is. *Hints* is nooit iets voor mij geweest.’ Ik leg een boekenlegger tussen de bladzijden, sla het boek dicht en kijk haar afwachtend aan. ‘Dus vertel.’

‘Er was… Ik zag…’

Ze knippert. Twee keer, drie keer. Slikt.

‘Zag je je ex?’ vraag ik op de gok.

Ze knikt weer en hoewel ik verwacht had dat het daardoor zo ingewikkeld was, wordt haar gezichtsuitdrukking niet anders. ‘Nog even en het blijft zo staan,’ grap ik, maar Joy lacht niet.

Ik leg het boek op tafel en schuif mijn stoel naar achteren. Uit het kastje boven de gootsteen pak ik de zak casino wit en ik doe twee sneetjes in de sleuven van de broodrooster.

Wanneer ik de hendel naar beneden heb gedrukt en me weer omdraai, kijkt Joy nog altijd alsof er een storm woedt in haar binnenste.

De brievenbus kleppert en een paar seconden later hoor ik Ceciles hoge stem door de gang galmen: ‘Hallo? Zijn jullie daar? De gordijnen zijn dicht! Is alles in orde?’

Zie je, meteen is mijn routine compleet van slag. Doordat we vanochtend buiten zijn gaan zitten, heb ik de gordijnen niet geopend en zelfs Nico en Thea hebben al drie dagen geen scheutje water gehad. Meteen open ik het keukenkastje en haal de binnengieter eruit.

'Alles is in orde!' roep ik naar de gang, maar ik ken mijn buurvrouw langer dan vandaag en weet dat het geen zin heeft. Die heeft de sleutel al opgediept en staat in de keuken over vijf, vier, drie...

'Frida!'

De deur naar de gang zwaait open en Cecile zwiert de woonkamer binnen. 'Er is toch niet iets... O, oké. Gelukkig.'

Gerustgesteld strijkt ze haar verwilderde haar glad en ik bespeur zelfs een glimmend voorhoofd van de inspanning.

Mijn buurvrouw is vandaag gekleed in een van haar kleurrijke gewaden en ze is zoals altijd zo ongeveer de enige die dat kan hebben. Anderen zouden er met deze combinatie uitzien als een zebrapad waar een zak confetti over is uitgestrooid, zij ziet eruit als... een zebrapad waar een zak confetti over is uitgestrooid, maar dan met klasse. En dat is best moeilijk, dus een mens kan daar alleen maar respect voor hebben.

Ik loop op mijn gemakje naar de kast in de hoek en duw mijn vinger in de aarde van Thea om te zien of ze niet al uitgedroogd is. 'Goedemorgen, Cecile. Sorry, deze ochtend liep even anders. Ik was vergeten de gordijnen open te doen.'

Cecile kijkt me een paar tellen aan, alsof ze wil peilen of alles echt in orde is. Dan draait ze zich naar Joy. Terwijl ze haar fronsend opneemt, zie ik aan haar dat ze de ouderenkaart gaat spelen: de mogelijkheid om een opmerking te maken die door jongere mensen als bot wordt opgevat, maar die je als, laten we zeggen, zeventigplusser gewoon mag maken. Ik weet niet wanneer het precies kan, maar op een bepaald punt in je leven mag je dat soort dingen doen. Je mag het fatsoen een beetje laten varen, om het zo maar te zeggen. Alsof je als zeventigplusser weet: zó lang heb ik nou ook niet meer op deze aardkloot, dus ik draai er vanaf nu niet meer omheen.

Cecile speelt die kaart geregeld; in de supermarkt, bij het vinden van een parkeerplek in een drukke straat, en dus ook nu.

'Kind, wat zie jij er bleek uit. Heb je een spook gezien, of zo?'

Ik lach in mezelf en draai me weer naar de planten. Voorzichtig geef ik zowel Nico als Thea een scheutje water. Wanneer het water is weggezakt, draai ik me weer om en zeg tegen Cecile: 'Joy en ik deden een geleide meditatie om je onvoltooide toekomstbeeld los te laten en dat heeft wat teweeggebracht.'

'Ach, meisje,' zegt Cecile meelevend. 'Is het liefdesverdriet? Het beste middel tegen een gebroken hart is een flink glas rode wijn en je ex helemaal uit je leven bannen. Alle herinneringen aan hem wegdoen. In elk geval voor even, zolang de ergste pijn er nog is. Daarna kun je misschíén wel weer in stapjes terug, maar de eerste stap is altijd: uit het zicht, uit het hoofd. Daarna kan hij pas uit het hart. Geloof me, ik heb vier dochters.'

Een beeld van mezelf met in mijn handen een loodzwaar krat terwijl ik de trap naar zolder op loop, dringt zich ongevraagd aan me op. Snel loop ik langs Joy naar het aanrecht en gooi het laatste beetje uit de gieter door de gootsteen. De sneetjes brood springen omhoog uit de broodrooster en ik gooi ze op een bord.

Cecile gooit de krant op het aanrecht en pakt de halfvolle koffiekan uit de koffiezetter. Nog zoiets waar je kennelijk geen toestemming voor hoeft te vragen als je zeventigplus bent: jezelf dingen toe-eigenen. Al kan dat ook gewoon iets zijn dat alleen Cecile doet.

Ze schenkt een kop koffie voor zichzelf in en houdt – hoe attént – de kan op voor mij. Wanneer ik mijn hoofd schud en ze concludeert dat Joy nog altijd roerloos voor zich uit staart, zet ze de kan weer onder het apparaat en leunt tegen het aanrecht.

'Fri, nu ik je toch spreek. Heb je zin om binnenkort een keer met me mee te gaan naar de moestuinvereniging? Ik denk dat jij met jouw groene vingers daar perfect tussen past. En er zitten héél veel leuke mannen bij...' Ze trekt een suggestief gezicht en brengt de mok naar haar mond. Vlak voordat ze haar lippen eraan zet, houdt ze hem even op afstand. 'Leuk, deze. Nieuw?'

Ik knik naar Joy. 'Heeft zij meegenomen.'

Cecile neemt een slok en sluit even genietend haar ogen. Dan werpt ze een blik op de klok boven de deur en schrikt. 'Zo laat alweer? Ik moet gaan! Over een halfuur is de kinderboerderij open en ik had beloofd te kijken naar het hek rond de weide. Houdini heeft weer aan het gaas zitten kauwen en, ach… Je weet hoe geiten zijn.' Ze gooit haar koffie achterover, zet de mok in de gootsteen en vliegt alweer naar de deur. 'Bedankt voor de koffie, Fri. En Joy, laat je niet gek maken, hè? Elimineer hem uit je leven, in elk geval voor nu!'

En weg is ze.

Wanneer de deur in het slot valt, pak ik het bord met de sneetjes toast op, loop ermee naar de keukentafel en ga weer zitten. 'Zo. Vertel.'

13

Joy

'Wat is er aan de hand?'

Frida kijkt me met een schuin oog onderzoekend aan. 'Ik heb het idee dat het niet Pascal was die in je brein tevoorschijn kwam, net. O, wacht heel even.'

Ze staat weer op en loopt naar de koelkast en de besteklade. Als ze weer zit, begint ze op haar dooie gemak wat abrikozenjam op een van de sneetjes te smeren, en mijn vertrouwen in het leven en de mensheid is in één klap weer terug.

Ik zei het toch.

'Ik, eh...'

'Aangezien je niet vraagt waarom ik dat denk... Kan ik dan concluderen dat ik gelijk heb?'

Mijn hoofd lijkt wel mechanisch op en neer te bewegen als ik knik.

'Dat dacht ik al.' Frida gaat ongestoord verder met het besmeren van haar toast en zwaait wat met haar mes. 'Kijk, ik weet dat je het zwaar hebt gehad de afgelopen dagen, maar alles wat ik tot nu toe over hem heb gehoord... Hij klinkt niet echt als een gezellige man. Vind ik. Of in elk geval niet als de man voor jou. Haat tomatensoep – jouw lievelings. Dat jij zo van kruiswoordpuzzels houdt, maar dat hij de zaterdagkrant niet wilde. Dat hele gedoe met die roze bank –'

'Zachtroze,' mompel ik. 'En het was echt een móóie bank, maar hij was niet comfortabel en hij paste niet in dat huis.'

'Net als dat Pascal vast een leuke man is, maar niet voor jou.' Zoals zij het zegt, is het zo doodeenvoudig, dat ik een paar keer verbaasd met mijn ogen knipper en even niet weet wat ik moet zeggen.

'Daarom vraag ik: wie zag je voor je?'

Ik probeer het moment iets langer te rekken door mijn telefoon op te pakken, Pascal op te zoeken in alle socialmedia-apps en hem overal te ontvolgen. Voor de zekerheid ontvolg ik CoffeeFold ook, aangezien Pascal daar letterlijk het gezicht van is en Danique vond dat hij wekelijks op de feed voorbij moest komen. Toen ik opperde dat we maar één product hebben om te verkopen, werd ik weggelachen: Pascal had immers minstens vijftig goede hoeken om uit gefotografeerd te worden, dus hadden we al een contentplan van bijna een jaar liggen, puur op basis van zijn voorkomen.

Ik laat mijn telefoon zakken en kijk zonder iets te zien naar de tegeltjes achter Frida's aanrecht.

Wel verdorie.

'Hoe voelt dat?' vraagt Frida als ik met een zucht mijn telefoon met het scherm naar beneden op tafel leg.

'Ik zou graag zeggen dat het bevrijdend is, maar jammer genoeg is het dat niet.'

'Het is ook nog maar stap één,' zegt Frida grootmoedig, waarna ze een hap toast neemt en het *Schone lei*-boek naar zich toe trekt. Ze zet met haar vrije hand haar bril weer op en ik ben blij dat ze de meditatie blijkbaar even laat zitten, want ze bladert naar het hoofdstuk waarin de sociale detox staat beschreven. '"Het is belangrijk dat je je ex ook niet meer googelt,"' leest ze voor. 'Ik zou om te beginnen al niet weten waarom je dat zou willen.'

'Iedereéén doet dat toch, zijn ex googelen?'

Ze kijkt me aan alsof ik gek ben.

'Wil jij nooit weten hoe het je ex vergaat? Misschien was jouw eerste zoen wel met iemand die nu ergens een heel belangrijke bestuursfunctie heeft. Of die een stichting heeft opgericht om alle koalaberen in Australië te redden. Of die uiteindelijk minister-president is geworden!'

'Als mijn eerste zoen met een vroegere minister-president was, had ik dat waarschijnlijk wel geweten. Maar nee. Theo was mijn eerste en enige liefde.'

Ik stoot een kreun uit en laat me achterovervallen in mijn stoel.

'Veel te romantisch, dit,' zeg ik korzelig. Ik wil erachteraan roepen dat ze mijn droomleven heeft geleefd, maar kan die woorden nog net op tijd tegenhouden als ik denk aan wat ze daarstraks op de veranda vertelde.

Frida legt haar mes op haar bord en kijkt me aan. 'Hoe heet hij?'

O.

Ze heeft het dus niet losgelaten.

Ik staar naar het vergrendelscherm van mijn telefoon en voel me ineens een beetje draaierig worden. Ik heb hem nooit meer gegoogeld. Nooit meer gezien. Tot een paar minuten geleden had ik hem uit mijn brein gebannen, en alleen maar door mijn 'onvoltooide toekomstbeeld' te visualiseren is hij weer tevoorschijn gekomen. Als een duveltje uit een doosje. *Hé, weet je nog, dat je je hele leven had uitgestippeld? Nou, nee hoor. Niet met Pascal! Laat me je even confronteren met mogelijk je stomste keuze ooit.*

'Leon.'

Het uitspreken van zijn naam zorgt voor een vreemde sensatie in mijn hele lichaam. Mijn hoofdhuid begint te tintelen, mijn benen beginnen te prikken en de wereld lijkt een paar graden te kantelen. Heel even maar. Alles staat ineens op losse schroeven en ik voel me misselijk worden.

'Waarom ging het uit tussen jullie?'

'We, eh...'

Ik sta op en wankel naar het aanrecht.

Mijn relatie met Leon – of vooral: hoe het uitging met Leon – is niet *one of my proudest moments* en ik moet eerst mijn gedachten op een rijtje krijgen.

Achter me hoor ik Frida op haar dooie gemak een hap nemen van haar toast en ik overweeg een vaag verhaal op te hangen over dat we gewoon uit elkaar waren gegroeid, tot een stem in mijn achterhoofd vraagt waarom ik dat zou doen. Waarom ik dat zou wíllen, ook. Ik ben liever eerlijk, hoe bekaaid ik er ook van afkom in deze vertelling.

'Ik werd verliefd op een ander,' mompel ik, met mijn rug naar haar toe. Ik leun met mijn handen op het aanrecht en zucht. 'Op Pascal.'

Het blijft stil achter me. Zelfs de eetgeluiden die ik net nog hoorde, zijn even gestopt.

Nog altijd met mijn rug naar Frida toe trek ik een keukenkastje open en sluit het weer, zonder iets te pakken. Dan pas heb ik genoeg moed verzameld om me om te draaien en haar aan te kijken.

'Goh,' is alles wat ze zegt.

Ik stoot een ongelovige, halve proest uit. 'Goh?'

'Ja. Goh.'

'Meer heb je niet te zeggen?'

'Wat zou ik moeten zeggen?' Ze pakt haar toast weer op en neemt zorgvuldig een nieuwe hap.

Ik knipper een paar keer beduusd met mijn ogen en mijn blik schiet de keuken door. 'De meesten die ik dit vertel, draaien meteen een verontwaardigd verhaal af over dat dat echt niet kan. Dus ik dacht: jij misschien ook wel.'

Frida kauwt nadenkend, slikt haar hap door en kijkt me aan. 'Dat het mij niet is overkomen, betekent niet dat ik me niet kan inbeelden dat een ander zoiets gebeurt. Maar wat me vooral intrigeert...' Ze pauzeert even. 'Als ik het goed begrijp, heb jij dus hetzelfde bij die Leon gedaan als Pascal nu bij jou.'

Ik veer op, klaar om Frida van repliek te dienen en te verdedigen dat het bij mij heus anders was, maar ik weet meteen dat het een leugen zou zijn. Het was niet anders dan wat Pascal anderhalve week geleden aan mij opbiechtte. De gelijkenis is zelfs dermate misselijkmakend dat zelfs de geur van het geroosterde brood me onpasselijk maakt en mijn trek is in één klap verdwenen.

Ik ben geen haar beter dan Pascal.

Ik ben zelfs veel erger dan Pascal, want ik ben niet het menselijk equivalent van een golden retriever. Ik ben niet aaibaar of knuffelbaar en ik ben al helemaal niet iemand die alles op zo'n eerlijke, ontwapenende manier op tafel legt dat iedereen er begrip voor kan opbrengen. De *break-up* van Leon en mij was van het ergste soort.

Slaande deuren, geschreeuw op de oprit. Een aan de kant schuivend gordijntje aan de overkant van de straat, met daarachter een bloednieuwsgierige overbuurvrouw.

Er werd nog net niet met dingen gegooid.

'Je hebt gelijk,' zeg ik. 'Je hebt... helemaal gelijk.'

Ik moet even zitten.

Ik schuifel terug naar de eettafel en kom met een onelegante bons op de stoel terecht.

Frida staat op en loopt naar het aanrecht. Ik hoor het geluid van een stekker die uit het stopcontact wordt getrokken, de broodzak die dicht wordt gemaakt en de kraan die wordt aangezet. Even later komt ze naast me aan tafel zitten en zet ze een glas water voor mijn neus.

'Ik weet dat ik riskeer te klinken als een therapeut, maar waarom raakt dit je zo?'

'Omdat ik... Omdat we...' Met bevende handen pak ik het glas op en neem een paar slokken, terwijl mijn gedachten nog altijd over elkaar heen buitelen. 'Ik ben echt heel erg naar tegen hem geweest. Onaardig.' Ik drink nog wat en zet het lege glas met een bonk terug op tafel. 'Voordat ik Pascal ontmoette zat het al niet goed tussen ons, hoor. Leon en ik wilden totaal andere dingen van het leven.'

'Wacht even.'

Frida staat weer op en ik hoor haar rommelen achter me. Ik heb de puf niet om me om te draaien, maar besluit wel te wachten.

De kokendwaterkraan sputtert en even later moet ik bijna lachen om wat er midden op tafel wordt gezet.

Een pot thee en twee theeglazen.

Sommige mensen hebben de thee-factor. De vaardigheid om te zeggen: 'Ik maak even een kop thee en dan hebben we het rustig over wat er aan de hand is.'

Ondanks alles moet ik glimlachen.

'Zo,' zegt Frida. 'Vertel.'

En zoals verwacht loop ik leeg, al is het deze keer zowaar zonder te huilen. Ik vertel over hoe Leon mijn vriendje was op de middelbare school. Dat ik daarvoor al jaren smoorverliefd op hem was en dat ik dacht dat hij mij niet zag staan, maar dat hij me op een klassenfeest in de tuin van een klasgenoot aansprak en we urenlang hebben gekletst. Dat we tijdens datzelfde klassenfeest een spel speelden waarbij we zeven minuten samen in een kast werden opgesloten en dat we daar onze eerste zoen hadden. Dat hij op onze eerste echte date aankwam met een suikerspin in een emmer die groter was dan een IKEA-opbergbak, omdat ik had gezegd daar zo van te houden. En dat we die toen samen soldaat hebben gemaakt, waarna we in een overweldigende suikerrush op topsnelheid zes keer de heuvel van het park op en af zijn gerend.

'Klinkt als een ontzettend lieve jongen,' zegt Frida.

Mijn trek komt langzaam terug en ik schuif het bord met het tweede stuk toast naar me toe. 'Dat was hij ook.'

'Maar toch werd je verliefd op Pascal.'

Hoewel het geen oordeel is, knijpt er iets in mijn hart als Frida dat zegt. Toch trek ik zo achteloos mogelijk de pot abrikozenjam naar me toe en draai het deksel eraf. Voorzichtig doop ik mijn mes in de jam en smeer hem uit.

Pascal en Leon zouden niet méér van elkaar kunnen verschillen. Sowieso qua uiterlijk: Pascal is een pezige, blonde Hollander, Leon heeft de olijfkleurige huid en het ravenzwarte haar van zijn Griekse moeder meegekregen. Maar ook qua innerlijk: Pascal was en is grenzeloos ambitieus, voor Leon 'hoefde het allemaal niet zo'.

'Leons ouders hadden een koffiezaak en hij sprong daar al zo lang ik me kon herinneren bij. Maar toen we het in ons examenjaar hadden over studeren, vond hij dat niet nodig. Ik had daar nogal moeite mee.'

Frida buigt zich naar voren en schuift haar lege bord wat verder naar me toe. Alsof we het al jaren zo doen, leg ik mijn mes erop; ze trekt het bord weer terug.

'Wilde hij de zaak van zijn ouders overnemen?'

Ik pak mijn toast op en leg die zonder een hap te nemen weer terug op mijn bord. 'Ik weet niet of hij het echt wílde. Het stond eigenlijk niet ter discussie. Hij was de jongste van drie en de oudste twee hadden het afgeslagen. Zijn oom en tante waren die zaak ooit begonnen en zijn ouders hadden hem overgenomen. Als hij de zaak niet zou voortzetten, moesten ze hem verkopen.' Ik klop de kruimels af boven mijn bord, pak de theepot op en schenk onze glazen vol. Damp kringelt omhoog en Frida draait haar theeglas op de tafel rond aan het oor.

'Maar ik weet het niet,' ga ik verder, terwijl ik mijn toast weer oppak. 'Er was iets in de manier waarop hij ermee omging dat me steeds meer tegen ging staan. Hij was er zo onverschillig over. Totaal niet ambitieus, want waar zou hij ambitie voor nodig moeten hebben? De zaak draaide al dertig jaar goed en hij kon hem zo overnemen. Ik was alleen wél ambitieus. Ik wilde studeren, een carrière opbouwen, iets dóén. En dat botste. Dus toen ik Pascal tegenkwam, die wél iets van zijn leven wilde maken, viel ik voor hem. Ik ben er niet trots op.'

'Die dingen gebeuren,' zegt Frida schouderophalend. 'Ik loop al genoeg jaren rond op deze wereld om te weten dat dat zo is. Het belangrijkste is dat je alles altijd netjes afhandelt. En volgens mij wringt daar de schoen bij jou.'

Ik kijk naar mijn toast en pers mijn lippen op elkaar.

Plotseling kan ik mijn nieuwsgierigheid niet meer bedwingen. Ik neem een hap, klop mijn handen af en pak al kauwend mijn telefoon op. Een seconde later heb ik zijn naam in de zoekbalk van de internetbrowser getypt.

Leon Rizos.

'Laatste keer,' zeg ik hardop, met een schuin oog op Frida.

Die brengt haar theeglas naar haar mond en blaast erin, alsof ze me niet eens gehoord heeft.

De pagina met zoekresultaten laadt zo langzaam dat ik van de zenuwen in een paar happen de rest van mijn toast wegwerk. Vast geen toeval. Wedden dat dit ook weer iets is wat het universum me duidelijk wil maken? *Doe het niet, Joy. Dit is het slechtste idee ooit. Dingen van vroeger horen in het verleden te blijven.*

Lang heb ik alleen niet om te zoeken naar die specifieke boodschap, want in de seconde dat ik twijfel of ik dit wel moet doen, springen de zoekresultaten al tevoorschijn. Mijn ogen schieten naar het beeldscherm en meteen wordt mijn vermoeden bevestigd. In de kenmerkende blauwe letters wordt een nieuwsartikel van de lokale krant gelinkt: LEON RIZOS NEEMT KOFFIEZAAK FILOS OVER: 'KOFFIE WERKT ALS VERBINDENDE FACTOR.'

Ik klik de link aan. Het is een artikel van een aantal maanden geleden en er staat niet veel meer in dan wat ik al verwachtte: Leon heeft Filos inderdaad een paar jaar geleden overgenomen en hij runt de zaak, op het moment van schrijven, in zijn eentje. Zijn ouders zijn terugverhuisd naar Griekenland. Meer lees ik niet, want op dat moment laadt de foto boven het artikel en laat ik bijna mijn telefoon op het tafelblad kletteren.

'Wauw,' zorgt Frida voor het woord dat precies omschrijft wat ik bedoel.

Leon staat met een blauw met witte schort omgeknoopt achter een van de meest ingewikkeld uitziende koffiemachines die ik ooit heb gezien. Hij glimlacht breed en heeft één hand op de machine, de andere nonchalant op de blauw-witte toonbank. Zijn ogen hebben pretlichtjes en ook al heb ik hem vijf jaar geleden nog gezien, toch ziet hij er ouder uit. Volwassener. Al moet ik zeggen dat hij nooit onaantrekkelijk is geweest, zeer zeker niet. Leon is gewoon een bijzonder prettige verschijning. Voeg daar 'opgewekt', 'hartelijk' en 'die ontzettend hoekige kaaklijn' aan toe en iedereen begrijpt waarom ik al die jaren geleden geen schijn van kans maakte toen ik in zijn ogen keek. Toen al niet. Maar nu… eigenlijk ook niet. Met deze volwassenere uitstraling verschuift er iets in mijn binnenste wat niets te maken heeft met de toast die ik net naar binnen heb geschrokt.

Ik knijp mijn ogen stijf dicht en schud mijn hoofd. Meteen snap ik waarom dat boek voorschrijft dat je je exen niet moet googelen. Niemand wordt beter van het googelen van een ex. Níémand.

Ik heb totaal geen zin in de steeds hoger wordende golf van nostalgische herinneringen die zo dadelijk over me heen stort en die me kolkend met zich meesleept.

'Ik heb een idee,' zegt Frida.

Ik kijk haar argwanend aan. 'Wil ik het weten?'

'Vast wel.' Ze zet haar theeglas aan de kant en trekt onze zelfhulpboekenstapel naar zich toe. Boek na boek wordt zorgvuldig op een tweede stapel gelegd, tot ze gevonden heeft wat ze zocht. Tevreden legt ze het neer en schuift het naar me toe.

Doe het gewoon! Waarom alle magie zich buiten je comfortzone bevindt, lees ik in grote, sierlijke letters op de voorkant.

Ik zie de bui al hangen en kijk met één wenkbrauw opgetrokken naar Frida.

Ze glimlacht triomfantelijk. 'Ik denk dat het voor alle partijen goed is als je je excuses aan hem aanbiedt.'

14

Frida

Theo en ik hadden een traditie: als we in Nederland waren op het moment dat het zomer werd, haalden we samen het eerste ijsje van het seizoen.

Het zal voor niemand een verrassing zijn dat ik al drie jaar geen schepijs heb gegeten. Evenmin dat Joy me, toen ik dat gisteravond tegen haar zei, praktisch dwong om vandaag een ijsje te gaan halen.

‘Er zit zelfs een ijssalon in het park!’ riep ze uit. ‘Vlak bij het bankje waar we elkaar hebben ontmoet. In het park waar jij elke dag doorheen loopt, op weg naar de supermarkt.’

Ik kreeg het niet aan haar verstand gepeuterd dat dat misschien júíst de reden was dat ik er niet naartoe was gegaan. Stel dat ik een zenuwinzinking krijg voor de toonbank, dan moet ik daarna elke dag langs de plek des onheils. ‘Daarom gaan we samen,’ had ze gezegd, absoluut geen tegenspraak duldend. En zo werd er op het koelkastbriefje met doelen voor week één een extra doel genoteerd: *Samen een ijsje halen bij de ijssalon in het park.*

‘Wat is je favoriete smaak?’

We lopen over het onverharde pad dat door het park kronkelt.

Het warme weer heeft nu echt doorgezet en we dragen beiden een zomerse jurk: Joy een luchtig, lichtblauw exemplaar, ik een rode jurk met een zwierige klokrok. Joy had de mijne zien hangen in de kast op de logeerkamer en enigszins onder dwang heb ik hem vanochtend aangetrokken. Ik heb nog geprobeerd hem aan haar te slijten omdat ik hem eigenlijk te jeugdig vind voor mij, maar ze zei stellig dat rood niet haar kleur was. Over het feit dat de jurk ‘te jeugdig’ zou zijn, wilde ze al helemaal niets horen.

In de verte doemt de kiosk op waar ’s zomers een ijssalon huist; ik veeg mijn klam geworden handen af aan de zwierige rok.

'Gaat het?' vraagt Joy.

Ik zie mezelf weerspiegeld in haar grote zonnebril als ik opzijkijk. 'Jawel. Ik heb vooral even wat afleiding nodig, denk ik.'

'Zoiets dacht ik al, vandaar mijn vraag. Wat is je favoriete ijssmaak?'

'Stracciatella en kaneel. Het liefst in een hoorntje dat aan de bovenkant gedipt is in chocolade.'

Joy humt instemmend en smakt een paar keer met haar mond. 'Stracciatella is echt héérlijk. Op vakantie heb ik daar ooit een vegan-variant van gehad, die –'

Ik maak een snuivend geluidje. 'Vegan ijs?'

'Ja, vegan ijs. Is dat zo raar?' Joy gaat opzij voor een hardloper en kijkt hem langer na dan nodig, met een blik van herkenning op haar gezicht.

'Vegan is een beetje een trend aan het worden, vind je niet?'

Wanneer ze me verbaasd aankijkt, vervolg ik: 'Ik zeg alleen maar dat we dat in mijn tijd nog niet hadden. Toen kon je hooguit kiezen uit één lactosevrije smaak schepijs en je had geluk als het iets anders dan sorbetijs was. Vegan voelt soms een beetje als de obsessie van deze tijd. In de jaren zeventig was het de Römertopf, in de jaren tachtig waren het de schoudervullingen en nu is het vegan en duurzaam leven.'

'Römertopf?' Er piept een diepe fronsrimpel boven Joys zonnebril uit.

'Een aardewerken ovenschaal waar je vlees in kon bereiden. Stond in praktisch elke keuken in de jaren zeventig. De mijne is ooit gesneuveld en toen had ik geen zin meer om een nieuwe te halen.'

Het pad gaat de hoek om en we lopen langs de bankjes waar we elkaar nog niet eens een week geleden hebben ontmoet. Nog minder dan honderd meter en we zijn bij de kiosk. Ongewild begin ik mijn passen te tellen.

'Is het erg als vegan eten, zoals jij zegt, een trend wordt?' Joy schuift haar zonnebril van haar neus en zet hem in haar haar.

'Het is gewoon… zo modern.'

'Eerst opvouwbare koffiebekers, nu vegan eten… Ze pakken alles van ons af!' roept Joy met zware stem. Om haar woorden kracht bij te zetten zwaait ze met haar vuist in de lucht.

Ik trek een gezicht. 'Zo erg is het nu ook weer niet.'

'Precies, zó erg is het niet. Het mooie van dat soort trends is dat ze voor inclusiviteit zorgen. Mensen die lactosevrij eten om wat voor reden dan ook kunnen nu ook van meer ijssmaken genieten, terwijl jij nog steeds je hoorntje met romige stracciatella kunt bestellen. Jij wordt niet benadeeld, andere mensen worden er alleen meer bij betrokken. De wereld is er niet op uit om jou te hinderen, boomer.'

Ik schiet in de lach bij haar quasi-belerende sneer. Amper een paar dagen is ze mijn logé en ze drukt me nu al met mijn neus op de feiten. Wat stond er ook alweer in dat *Schone lei*-boek dat we deze week volgen? *Niets is zo blijvend als verandering.*

We hebben de kiosk bereikt en Joy haakt haar arm door de mijne.

'We doen dit samen,' zegt ze. 'Stracciatella en kaneel, toch?'

Ik knik, zonder iets te zeggen.

We stappen de ijskiosk binnen en de man achter de toonbank begroet ons vriendelijk.

Ik laat mijn blik over de smaken gaan en slik als ik Theo's favoriete smaak zie: malaga. Thuis aten we het vaak met dulce de leche, als ultiem dessert. Ik kan de zachte karamelpasta haast proeven op mijn tong.

Joy ziet me kijken en knijpt zacht in mijn arm. 'Liever stracciatella en malaga?'

'Nee,' antwoord ik, voor het eerst in staat woorden te produceren. 'Ik ga voor mijn favoriete smaken.' Ik richt me tot de ijscoman en geef mijn bestelling door. Wanneer hij zegt ook vegan stracciatella te hebben, begint Joy naast me te gniffelen.

'Nee, dank u wel,' zeg ik. 'Wie weet een andere keer.'

Zelf gaat Joy wel voor de vegan stracciatella, samen met een bolletje pistache.

‘Ik zie u vaak lopen,’ zegt de man opgewekt. ‘Met die boodschappentrolley, toch? Altijd rond dezelfde tijd van de dag. Hoewel, de laatste paar dagen niet meer. Is de trolley stuk?’ Hij weegt een onzichtbare boodschappentrolley in zijn hand en ik glimlach. Zelfs als je denkt dat niemand je opmerkt, word je toch gezien.

‘Mijn routine begint wat te veranderen,’ antwoord ik naar waarheid.

We rekenen ons ijs af en stiefelen naar ‘onze’ bankjes, op de mooiste plek van het park. Vandaag gaan we vanzelfsprekend niet op twee aparte bankjes zitten, maar naast elkaar op een van beide.

Ik ben de tel kwijt hoe vaak ik hier heb gezeten; in mijn eentje, maar ook samen met Theo. Het is de beste plek om te doen waar ik zo gek op ben: mensen kijken. Theo en ik verzonnen altijd achtergrondverhalen voor mensen. Waar kwamen ze vandaan? Waar waren ze naartoe op weg? Hoe zou het hondje van die ene vrouw heten, en was de man naast haar haar man of haar geheime minnaar?

Urenlang konden we onszelf hier vermaken en het heeft lang geduurd voordat ik weer in mijn eentje wilde – én durfde– plaats te nemen. Nu we hier weer met zijn tweeën zitten, voelt het toch beter in balans.

‘Oké,’ zeg ik. ‘In het kader van beginnen met een schone lei: hoe staat het met dat Pinterestbord?’

‘Dat moet nog weg,’ geeft Joy toe. ‘Ik ben er nog niet aan toegekomen.’ Ze likt aan haar ijs en volgt met haar blik een gedrongen man met een Engelse Bulldog aan de lijn, waarvan ik niet weet of de hond op het baasje lijkt of andersom.

Ik geef een tikje tegen haar bovenbeen. ‘Klinkt als het perfecte moment om dat nu te doen. Voordat we ons ijs op hebben, moet het bord zijn verwijderd. Kom op. Aan de slag.’

15

Joy

'Hier, proef dit eerst even.'

Frida deinst terug als ik mijn ijsje zowat onder haar neus duw. 'Moet dat?'

'Ja.' Ik haal het lepeltje tevoorschijn dat ik met dit doel van de toonbank heb meegenomen en schep wat ijs van de kant waar ik nog niet aan was begonnen. 'Een betere wereld begint bij jezelf. Dus óók bij jou. Als maar genoeg mensen vegan ijs bij die man bestellen, maakt hij straks misschien wel meer smaken. Geef toe: dit smaakt toch heerlijk romig?'

Frida pakt met tegenzin het lepeltje van me aan en neemt een hap. Met een minuscuul knikje geeft ze me gelijk en ik wip verrukt op en neer. 'Perfect. Dat is alles wat ik wilde weten.'

'Weet je wat ik wil weten?' zegt ze. 'Hoelang je dat Pinterestbord nog wilt aanhouden. Kom op. Wil je nog afscheid nemen? Moeten we nog een of ander ritueel uitvoeren?'

Ik zie voor me hoe we bij maanlicht om mijn telefoon dansen en die loslaat-mantra van de meditatie herhalen. 'Dat lijkt me niet nodig,' zeg ik snel. 'Het moet gewoon weg.' Ik pak mijn telefoon uit de zak van mijn jurk en open de Pinterest-app. Met een paar tikken haal ik het bord naar voren en ik staar naar de verzameling pins. Foto's van pastelkleurige trouwboeketten, artikelen over de voor- en nadelen van een winterbruiloft. Tips voor het vinden van de perfecte trouwringen. Talloze trouwjurken, legio tafeldecoratie en dat verrekte Ibiza-bankje, op wel zes verschillende manieren versierd.

Ik druk op 'bord bewerken' en scrol door de lijst met opties. Helemaal onderaan vind ik de optie om het bord te verwijderen. *Je hebt zeven dagen om een verwijderd bord te herstellen*, lees ik op het scherm. *Daarna wordt het permanent verwijderd.*

Frida neemt tevreden een nieuwe hap van haar ijs. 'Lijkt me prima. Over zeven dagen weet je niet eens meer dat je dat Pinterestbord had. En als je ooit wel gaat trouwen, heb je zo'n bord helemaal niet nodig. Ik ben ook zonder Pinterestbord getrouwd en het was de mooiste dag van mijn leven.'

'Jij bent dan ook getrouwd in de prehistorie,' mompel ik en ik duik opzij als Frida dreigt haar ijs tegen mijn wang te duwen.

Net als mijn duim boven de knop om het te bevestigen zweeft, horen we in de verte iets wat lijkt op een fanfare. We kijken elkaar verbaasd aan en zoeken net als de andere parkbezoekers waar het geluid vandaan komt, tot de fanfare het park binnen walst. Een lange sliert kinderen trekt, met trommels, trompetten, vaandels en al, aan de overkant langs de vijver.

Ergens in het midden zie ik zelfs iemand op een blokfluit spelen. Ik zou zweren dat ik hem vanaf hier nog vals hoor blazen.

'Ik heb maar even de fanfare uitgenodigd om dit heuglijke eerste ijsje van het seizoen te vieren,' grap ik.

De blokfluitspeler breekt los uit de groep en snijdt een stuk af via een olifantenpaadje. De blokfluit is gedegradeerd – of gepromoveerd – tot zo'n stok waarmee de tamboer-majoor het ritme aangeeft. Dat hij midden in de stoet loopt en niet voorop, lijkt hem niet te deren. Vol overgave marcheert hij door het park, onderweg de toeschouwers opzwepend om op hun plaats hetzelfde te doen.

Frida wil iets zeggen, maar haar stem is niet hard genoeg om over het geluid heen te komen. 'Laat maar,' zegt ze gebarend als ik haar vragend aankijk. 'Eerst ijs.'

Pas dan zien we waar alle heisa bij hoort: een stoet avondvierdaagselopers komt achter de fanfare aan het park in. Gewapend met heel veel snoep, flesjes water en zelfs waterpistolen trekken de wandelaars met veel bombarie langs de vijver.

Eigenlijk wil ik toch wel even een momentje maken van het Pinterestbord, dus besluit ik eerst mijn ijsje op te eten.

De groep is inmiddels bijna het park uit en alleen in de verte klinken nog de geluiden van trommels en blaasinstrumenten.

We hebben ons ijs allebei bijna op; Frida is al aan haar hoorntje begonnen als ik me weer op mijn telefoon richt.

'Daar gaat hij dan.' Ik kies voor bord verwijderen en druk op de rode knop om te bevestigen. Het voelt alsof de fanfare én de bijbehorende avondvierdaagsestoet van zojuist niet door het park, maar over mijn hart zijn gemarcheerd.

'Nu heb je pas echt je onvoltooide toekomst losgelaten. Goed gedaan.' Frida geeft met haar schouder een duwtje tegen de mijne en houdt het laatste stuk van haar ijshoorntje omhoog. 'Doel één én twee kunnen we afstrepen van de lijst. Dat er nog maar vele mogen volgen.'

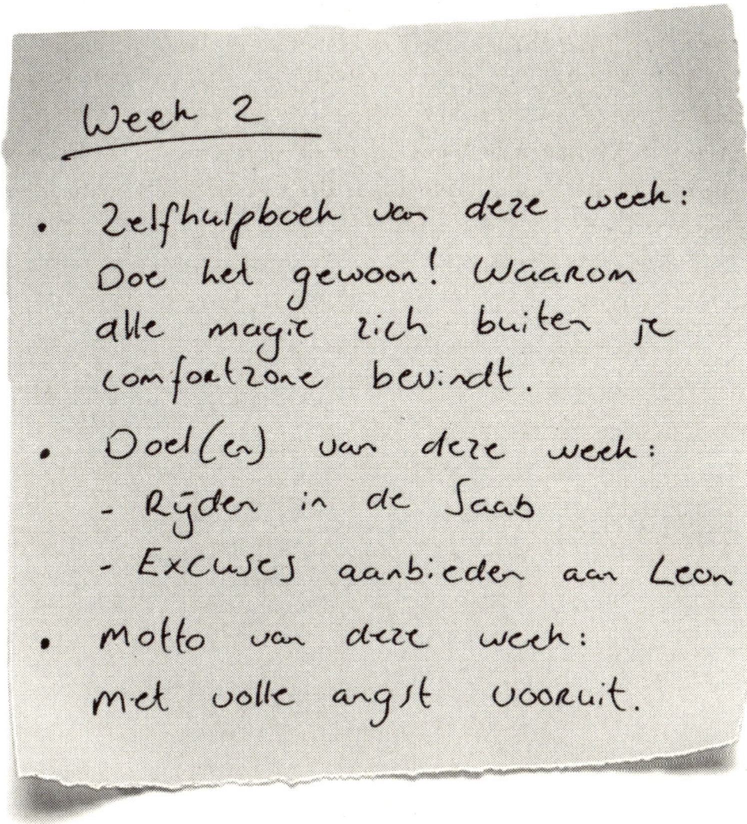
Week 2
• Zelfhulpboek van deze week:
Doe het gewoon! Waarom alle magie zich buiten je comfortzone bevindt.
• Doel(en) van deze week:
- Rijden in de Saab
- Excuses aanbieden aan Leon
• Motto van deze week:
Met volle angst vooruit.

16

Frida

'Ben je er klaar voor?'

'Ik geloof het niet.'

Mijn stem is zo zacht dat ik me afvraag of ze me wel gehoord heeft, maar ik denk niet dat mijn stemgeluid nodig is om te vertellen hoezeer ik hier níét klaar voor ben. Ik sta te beven als een rietje en mijn handen zijn klam van het zweet – nog erger dan in het park en nog véél erger dan toen ik in Colombia dacht een goudgele gifkikker te hebben aangeraakt en ervan overtuigd was dat ik ter plekke zou sterven. Achteraf was het een gevlekt blaadje en blijk je sowieso niet zomaar te sterven als je zo'n kikker aanraakt, maar dat wist ik pas zes slopende uren later.

Vandaag voelt ongeveer als die zes slopende uren. Het is week twee van ons zelfhulpboekenavontuur en volgens het motto 'Doe het gewoon!' moet ik weer achter het stuur kruipen.

Gewoon.

Alsof het niks is.

We hebben onszelf uitgeroepen tot De Twee Musketiers, Joy en ik. Samen strijden we voor hetzelfde doel. Zij aan zij, eensgezind. Maar waar we gisteren nog als één vrouw 'één voor allen, allen voor één!' riepen toen we het park weer uit liepen, ga ik nu liever voor 'één voor allen, dit voor op een later moment.'

Ik weet helemaal niet of ik hier wel aan toe ben.

Ik vraag me af of ik hier óóit aan toe ben.

Er was een tijd dat Theo en ik wekelijks tientallen, soms wel honderden kilometers aflegden. Soms reed hij, soms reed ik. Puur om te rijden; meestal gingen we zonder bestemming op pad. Het enige waar wij over beslisten, was of we aan het eind van de oprit links- of rechtsaf gingen. Verder zei Theo altijd dat de Saab wel wist waar we naartoe moesten. Elke autorit hadden we een thermosfles koffie en iets lekkers binnen handbereik – vaak een blikje met van die harde zuurtjes van Cavendish & Hardy. Fruitmix, met poedersuiker eromheen.

Ineens ben ik benieuwd of dat spul nog geproduceerd wordt.

Ik schrik als er heel voorzichtig een hand om mijn bovenarm glijdt. 'We doen niets wat jij niet wilt,' klinkt het naast me. 'Beloofd.'

Ik glimlach zwakjes, maar Joy houdt mijn arm stevig in de houdgreep en ze verankert haar voeten, waardoor ze als een boom naast me op de oprit staat. Echt de kans om weg te lopen heb ik nou ook weer niet.

'Zullen we proberen om in elk geval de autodeur te openen?' stelt Joy voor.

Ik voel mijn ogen prikken. De vorige keer ging het hier al mis, en ook nu voel ik mijn hart zo hard tekeergaan, dat ik Joys woorden amper kan verstaan.

Toch til ik mijn hand met daarin de autosleutel op en breng hem naar het slot. Ik betrap mezelf erop dat mijn handen beven. Blijkbaar zit de beweging in mijn spiergeheugen, want hoe onvast ook, de handeling gaat bijna als vanzelf. Het slot ontgrendelt en ik open het portier, maar zodra de geur van de lederen bekleding me tegemoetkomt, verstijf ik. 'Ik...'

Joys hand verschijnt weer in mijn steeds troebeler wordende gezichtsveld en landt met een geruststellende druk op mijn schouder. Ze zegt niets.

'Ik vind het zo moeilijk om zonder hem in de auto te zitten.' Mijn stem is niet meer dan een haperende fluistering.

Ons hele huis is één grote herinnering aan Theo: de souvenirs die we meenamen uit Brazilië, Amerika, Colombia en Curaçao, alle foto's aan de muren, de boeken in de kast, om nog maar te zwijgen over de zolder waar ik niet eens meer durf te komen. Zelfs qua inrichting is niets veranderd sinds zijn overlijden; de stoelen, de bank, de eettafel... Op de kast waar mijn planten in staan na, staat alles vrijwel onaangeroerd nog altijd op dezelfde plek. Ook in de tuin is alleen de zitkuil nieuw, al vind ik dat die eigenlijk amper telt. Een zitkuil was een wens van ons beiden en door die alsnog te realiseren, hoopte ik Theo dichter bij me te voelen.

Toch is de Saab het meest confronterend van alles en hoezeer ik me er ook tegen verzet heb, ik weet precies waarom dat zo is.

Ik heb nog altijd de deurgreep vast en klem mijn vingers eromheen alsof het een reddingsboei is. 'Ik heb beloofd om hem uit te strooien na drie jaar. In Frankrijk.' Het voelt belangrijk om Joy het hele verhaal te vertellen, dus ik voeg er zacht aan toe: 'Onze huwelijksreis was in de buurt van Bordeaux en later zijn we daar voor ons tienjarig en vijfentwintigjarig jubileum weer geweest. We zouden er ook voor ons vijftigjarig jubileum naartoe gaan, maar...'

Mijn stem sterft weg.

Het is voor het eerst dat ik dit hardop uitspreek.

Na drie jaar, dat was de afspraak. Een stok achter de deur, voor het geval ik zou vervallen in een leven... zoals dit. Maar nu die drie jaar voorbij zijn en de uitstrooidatum steeds dichterbij komt, is het alsof mijn keel steeds verder dicht wordt geknepen.

Ik wil hem niet uitstrooien.

Ik wil niet naar Frankrijk rijden en op de plek staan waar we elkaar beloofden voor altijd voor elkaar te zorgen, voor zolang als 'voor altijd' zou duren. Ik wil de plek waar al die mooie herinneringen liggen niet bezoedelen met verdriet. Ons 'altijd' was te kort. Veel te kort.

'Ik denk niet dat ik dit kan,' fluister ik.

Joy geeft nog een zacht kneepje in mijn schouder en laat me dan los. Voor ik het goed en wel besef, verschijnt er een papieren zakdoekje in mijn ooghoek.

'Hoe kom je...' begin ik, maar ze glimlacht.

'Onlangs geleerd dat het altijd een goed idee is om zakdoekjes bij je te hebben.'

Ik bet mijn ooghoeken, terwijl Joy met warme stem zegt: 'Ik heb een idee.'

Ze draait zich om, loopt het pad naar de voordeur over en verdwijnt in het huis. Als ze weer naar buiten komt, krijg ik bijna een hartverzakking. Ze heeft twee dikke, winterse sjaals om haar nek, een plaid over haar arm en... de urn van Theo in haar armen.

'We nemen hem mee.'

Ze zegt het zo stellig dat ik door mijn tranen heen in de lach schiet.

'Je zei dat je liever niet zonder hem in de auto stapt. Dan nemen we hem toch gewoon mee? Hij zal vast geen commentaar leveren op je rijstijl.' Ze trekt haar schouders op en steekt haar elleboog uit om te wijzen op de sjaals en de plaid. 'Dit zijn stootbumpers. Ik zag dat je geen gordels op de achterbank hebt en ik kon even niet zo snel een kratje vinden. Het laatste wat we willen is straks jouw man uit de mat moeten stofzuigen.'

Ondanks alles schiet ik onbedaarlijk in de lach. 'Joy!' roep ik belerend, maar de strengheid die ik normaal gesproken kan oproepen, is nu volledig verdwenen.

Alsof we nooit anders doen, zet ik een stap naar voren en omhels haar. Een beetje onhandig, vanwege de urn, de sjaals en de deken, maar toch.

Ze zegt niets. Klemt haar vrije arm achter mijn rug en drukt een klapzoen op mijn wang.

Met een warm gevoel in mijn borstkas open ik het portier opnieuw en schuif ik de bestuurdersstoel naar voren, zodat Joy bij de achterbank kan.

Uiterst zorgvuldig kruipt ze op het beige leer en ze positioneert zichzelf zo dat ze met de urn naast zich op de bank zit, netjes toegedekt met de sjaals en de plaid. Ze zit kaarsrecht en houdt de urn vast met één hand, alsof ze een arm om iemands schouder heeft gelegd. Het is zo gestileerd, dat het haast een shot uit een Wes Anderson-film zou kunnen zijn.

'Theo en ik blijven hier wel zitten,' zegt ze. 'Is dat een goed idee? Of heb je liever dat ik naast jou zit?'

Ik schud mijn hoofd. 'Ik red me wel.' Ik klap de stoel terug naar achteren en merk plotseling een eigenaardige kalmte over me neerdalen. Met Theo én Joy letterlijk en figuurlijk achter me, denk ik oprecht dat me dit gaat lukken.

Langzaam laat ik me op de voorstoel zakken en ik schuif door tot ik perfect recht achter het stuur zit.

Vanuit mijn ooghoek zie ik iets bewegen bij Cecile, en ja hoor, mijn buurvrouw, die inmiddels weer terug is van haar vakantie naar Kaapverdië en zongebruinder is dan ooit, begint 'heel toevallig' haar oprit aan te vegen.

Ik doe alsof ik haar niet gezien heb en steek de sleutel in het contact, ondertussen uit alle macht focussend op mijn ademhaling.

Niet te snel. Ik hoor de stem van Theo in mijn achterhoofd, precies zoals tijdens de eerste keer dat ik in deze auto reed. *Als je te snel te veel wilt, word je direct afgestraft.*

Ik kan de parallel met mijn paniekaanval van drie jaar geleden niet ontkennen.

Te snel te veel.

Wanneer de motor nog koud is, start je altijd met de chokehendel uitgetrokken. Dan kan er meer benzine bij en slaat hij minder snel af.

Het is alsof Theo weer naast me op de bijrijdersstoel zit en hij me er al die jaren geleden doorheen coacht. *Helemaal uittrekken, starten en wegrijden. Daarna kun je de hendel steeds verder terugduwen om weer meer lucht bij de motor te laten komen, tot hij weer op het beginpunt zit.*

Met rechts start ik de auto. De Saab sputtert wat als een tegendraadse puber, maar lijkt dan te beseffen dat hij bijna net zo oud is als ik en geeft zich soepel gewonnen.

Via de achteruitkijkspiegel ontmoeten mijn ogen die van Joy en ze knikt me bemoedigend toe.

Ik glimlach terug en kan net het deksel van de goudkleurige urn zien, als een kind met een petje op. Het is krankzinnig, maar ergens voelt het vertrouwd. Kloppend.

'We hebben een toeschouwer,' zegt Joy zacht.

Inmiddels doet mijn buurvrouw niet eens meer alsof ze de oprit aanveegt, maar leunt ze met beide handen op de rechtopstaande bezem. Ik kan me vergissen, maar ik meen iets te zien blinken in haar ooghoeken.

Wanneer ik de auto zacht pruttelend over de oprit laat rollen, recht Cecile haar rug en zwaait ze ons uit met wel dertig kushandjes. Ik geloof dat ze zelfs enthousiast op en neer wipt, voor zover dat mogelijk is met haar twee kunstknieëen en haar versleten heup.

Alsof ik het gisteren voor het laatst deed, schuif ik de choke wat verder terug en geef zorgvuldig een beetje gas bij.

Ik hoef alleen maar te kiezen of ik links- of rechtsaf ga.

17

Joy

'Ben je er klaar voor?'

'Absoluut niet.'

Ik kan nog steeds niet geloven dat ik over minder dan een kwartier oog in oog sta met Leon. Om mijn excuses aan te bieden. *Om mijn excuses aan te bieden.* Wiens idee was dit eigenlijk? Wat als Leon helemaal niet op mijn excuses zit te wachten? Wat als ik niet uit mijn woorden kom? Is het niet raar om dit te doen? Moet ik dit wel doen?

Met elke meter die we afleggen, voelt dit als een slechter idee.

'Zou het hier niet ergens moeten zijn?'

Ik kijk uit het raam en pluk aan mijn jurk om mezelf wat koelte toe te wuiven. Natuurlijk zit er geen airco in deze auto, want hij is uit de jaren zestig, maar vandaag was het wel héél prettig geweest als het wel zo was. Het is minstens vijfentwintig graden buiten, en hierbinnen zo ongeveer honderd.

Als Frida haar hand in mijn gezichtsveld heen en weer wappert, kijk ik verstoord op. 'Wat?'

'Of het hier niet ergens is.' Ze wijst naar het straatnaambord. 'Heerensingel, toch?'

'Ja,' antwoord ik.

Het is zo lang geleden dat ik hier voor het laatst ben geweest, dat ik niet meer weet of we nou via deze kant of juist via de andere kant de straat in moesten rijden.

Frida zit naast me met haar handen losjes om het stuur. Het is de tweede keer dat we samen in de auto zitten en vandaag hebben we Theo maar thuisgelaten, al had hij van mij best mee gemogen.

Ik geloof niet dat ik me ooit zo trots heb gevoeld op iemand als toen we gisteren samen door de stad reden. Zelfs toen Pascal die investering binnenhaalde voor zijn koffiebekers – die toen nog FoldACup heetten, waardoor de geldschieter eerst dacht dat het een innovatief design voor menstruatiecups was – was ik niet zo opgetogen als gisteren. We *doen het gewoon.* Frida en ik werken aan de nieuwe versie van onszelf, stapje voor stapje.

Of nou ja, Frida werkt aan de nieuwe versie van zichzelf, ik heb nog bijzonder weinig gedaan na dat Pinterestbord.

Toen ik vanochtend op mijn telefoon opzocht hoe lang het rijden zou zijn, gaf de routeplanner twintig minuten aan. We zijn inmiddels ruim veertig minuten onderweg en ik heb al drie keer een excuserend gebaar naar rechts inhalende bestuurders gemaakt. Ik moet toegeven dat ik apetrots ben op Frida, maar...

'Je rijdt wel een beetje als een –'

'Als je nu "oud vrouwtje" zegt, zet ik je ter plekke de auto uit.'

Ik glimlach. 'Dan zeg ik het niet.'

Frida rijdt zo langzaam dat ik zeker weet dat we gigantisch opvallen. Ik zak steeds iets verder onderuit, maar ze heeft het door en geeft me een tik tegen mijn bovenbeen.

'Dat valt alleen maar op.'

'Dít valt alleen maar op,' zeg ik met opeengeklemde kaken. 'Kan deze auto ineens niet meer harder dan vijftien kilometer per uur, of zo?'

'Straks missen we het en dan moeten we rondjes blijven rijden,' zegt ze kalm. 'Dát valt pas op. Ik weet niet of je het gemerkt hebt, maar we rijden niet in zo'n standaard grijze leasebak waarvan je er zes per strekkende meter hebt.' Ze knikt weer naar de straat. 'Is het rechts of links?'

'Rechts.' Ik wijs naar een hoekpand aan het einde van de straat. 'Daar.'

Frida heeft in elk geval nog het fatsoen om aan de overkant van de straat te parkeren.

Zodra we stilstaan, ontvouwt zich een melancholisch gevoel in mijn maag.

De gevel van Filos Coffee ziet er nog steeds hetzelfde uit: witgeverfde bakstenen en blauwe kozijnen waar de verf een beetje van afbladdert. Volgens mij zijn zelfs de krukken voor het raam nog dezelfde als toen.

Ik schrik me een ongeluk als Frida vooroverbuigt en met haar borst de toeter raakt.

Van schrik slaakt zij ook een gil en snel veert ze weer naar achteren, maar niet voordat we de aandacht van letterlijk iedereen op straat hebben. En van iedereen aan de raamtafeltjes van Filos.

Super. Operatie Gedraag Je Normaal kan bij dezen de prullenbak in.

Frida barst uit in een hoge schaterlach, maar waar ik normaal gesproken heus wel mee zou kunnen lachen, krijg ik dat nu niet voor elkaar. Ik ben zó zenuwachtig dat mijn toast van vanochtend aanvoelt als een baksteen in mijn maag.

'Sorry, Joy.' Frida haalt een papieren zakdoekje tevoorschijn en dept gracieus haar ooghoeken. 'Dat was natuurlijk niet de bedoeling.' Ze gebaart wild naar alle voorbijgangers dat er niets aan de hand is en draait voor de zekerheid het raampje naar beneden. 'Ging per ongeluk!' roept ze. 'Sorry! Niets aan de hand!'

Ik bid voor een gat in de Saab-carrosserie én het liefst ook in het parkeervak eronder, zodat ik voor altijd zou kunnen verdwijnen.

'Nou,' klinkt het dan opgewekt naast me. 'Waar wacht je nog op? Door de zure appel heen bijten, meisje. Je kunt het. Ik wacht hier wel.'

Ze heeft gelijk.

Waarom voelt het dan alsnog alsof ik vastgelijmd zit in deze auto?

Ik kijk gespannen opzij en ontspan mijn vastgeklemde kaken pas weer als Frida me erop wijst.

'Je kunt het,' herhaalt ze goedmoedig. 'Weet ik zeker.'

Ik knik, mompel iets over dat ik dat nog niet zo zeker weet, maar reik dan toch naar het portier.

Net wanneer mijn vingers bijna de klink raken, legt Frida haar hand op mijn bovenbeen. 'Beloof me één ding.'

Ik kijk haar vragend aan.

'Dat je alleen je excuses aanbiedt en daar dadelijk niet naar binnen stapt om hem terug te winnen.'

'Dat was ik helemaal niet van plan,' sputter ik, maar toch voel ik me betrapt. Ik heb de afgelopen anderhalve dag meer aan Leon gedacht dan ik wil toegeven en het was lang niet allemaal vanwege 'alleen' mijn excuses.

'Je weet niet hoe het leven van die jongen er nu uitziet. Voor hetzelfde geld breng je alles in één klap in de war.'

'Dat doe ik niet,' zeg ik. 'Ik bied mijn excuses aan en dan ga ik weer naar buiten. Meer niet. Daarna sluit ik het af en laat ik het los,' citeer ik de meditatieoefening van eerder.

Frida's ogen vernauwen zich en ze tuit haar lippen.

'Echt!' roep ik.

Als ik nog langer hier blijf zitten, doorziet ze mijn leugen vast, dus ik open eindelijk de autodeur en stap uit.

Met lood in mijn schoenen steek ik de straat over en langzaam stap ik de ongelijke treden naar de voordeur op. In het midden van beide treden is een deel uitgesleten, van alle voeten die er in al die jaren overheen zijn gegaan. De voordeur is nog altijd blauwgeverfd en door het raam zie ik al dat zelfs de wit met blauwe toonbank onveranderd is. Er is alleen aan één kant een stuk af gehaald en vervangen door een grote, glazen vitrine.

'Je kunt dit,' prevel ik in mezelf. 'Je kunt dit.'

Het belletje klingelt absurd hard als ik naar binnen stap. Alsof het schreeuwt: *Halló, kijk nu eens wie er binnenkomt! Ziet iedereen dit? Graag uw aandacht voor Joy Oosthuizen, die iets ontzettend idioots komt doen!*

Toch kijkt niemand op of om, zelfs de jonge vrouw achter de toonbank niet. Die is te druk bezig met bestellingen opnemen.

Ik sluit één tel mijn ogen en wiebel met mijn hoofd om het irritante stemmetje dat roept dat dit een dom plan is weg te jagen.

Ik kan dit. Gewoon naar de balie toe lopen, vragen of Leon er is, en…

Leon is er.

De toastbaksteen zakt in één klap tot halverwege mijn tenen en mijn mond wordt gortdroog.

Leon komt net de keuken uit en is verwikkeld in een amicale discussie. Hij roept iets in het Grieks wat ik niet versta en gebaart er uitbundig bij. Zijn haar zit wat in de war en hij heeft een baard. Een báárd. En dan niet zo'n ik-scheer-me-gewoon-nooit-baard of de *five o'clock shadow* zoals ik hem herinner, maar een stijlvol, goed bijgehouden baardje dat zijn donkere ogen nog donkerder maakt en zijn kubuskaaklijn belachelijk goed accentueert. Zachter maakt, zelfs.

Aantrekkelijker.

En ik ben niet de enige die dat ziet.

Twee meisjes aan een tafeltje bij het raam beginnen te fluisteren en te giechelen zodra ze hem zien. Een jongen verderop, ogenschijnlijk erg verdiept in zijn boek, kijkt telkens met een schuin oog naar hem op.

Nu ik zo rondkijk, valt het me pas op hoe druk het hier is. Zodra ik de deur achter me dicht heb gedaan, sluit ik aan in een rij die door de hele zaak loopt, van de voordeur tot aan de toonbank. Her en der zitten mensen aan een kop koffie of beker ijskoffie, maar niemand heeft een laptop bij zich. Iedereen práát met elkaar en de mensen die in hun eentje zitten, lezen hooguit een boek of de krant. Het belletje boven de deur tingelt af en aan met binnenkomende of juist vertrekkende mensen en voor ik het weet, sta ik ingeklemd tussen twee grijze senioren en een jongen in een veel te warm ogend pak voor deze hete zomerdag, die via zijn AirPods druk in gesprek is met iemand.

'Ik zou eigenlijk...' begin ik, maar er sluiten alwéér twee mensen aan en ik kan niet anders dan toch maar meegaan in de rij.

Mijn ogen glijden door de zaak en ineens plopt er een vraag in me op: hoeveel liter koffie zou er hier per uur doorheen gaan? En hoeveel wegwerpkoffiebekers?

Meteen roep ik mezelf streng tot de orde.

Je hoeft geen marketingpraatje meer te houden over opvouwbare koffiebekers, Joy. Die tijd is voorbij.

De rij schuift op en langzaam komt de vitrine met gebak en koekjes in zicht.

Goeie genade.

Alles achter dit glas schreeuwt mijn naam. Ik zie een gebakje van een soort deegnestje, iets wat eruitziet als over elkaar gevouwen filodeeg, koekjes met pistachesnippers en zoveel soorten cake dat ik ter plekke overweldigd raak. Als het meisje achter de toonbank de oven achter zich opent en een verse cake tevoorschijn haalt, wordt de geur me haast te veel. Tot ik weer besef waar ik voor kom en mijn trek in minder dan een milliseconde weer is verdwenen.

O, ja.

Leon heeft de plek van het meisje overgenomen en neemt de bestellingen op, terwijl het meisje de cake overgiet met iets wat lijkt op suikersiroop. Daarna zet ze hem zorgvuldig weg om af te koelen en richt ze zich op het afhandelen van de bestellingen.

Ze werken samen als een geoliede machine. Een léúke geoliede machine.

Pascal en ik werkten ook samen als een geoliede machine, maar dan zo een die zo hard produceert, dat je er niet meer bovenuit komt. Zelfs al zou je schreeuwen, dan nog zou geen van ons je hebben gehoord. We waren vooral Heel Erg Druk. Maar hier wordt gelachen tijdens het werk. Hier is het gezellig. Leon schrijft met sierlijke letters de bestellingen op de bekers en de sfeer is ontspannen. Een jongen vooraan in de rij is blijkbaar een vaste klant, want als Leon vragend op een van de cakes wijst, steekt hij beide duimen op en lacht om een insidersgrapje.

Waar ik net dacht dat het in de Saab warm was, is het hier nog veel warmer. De drukte kriebelt als een te kleine, wollen trui en zorgt voor een onaangenaam, strak gevoel in mijn borstkas.

'Je moet echt de karidopita proberen.' De vrouw van het seniorenkoppel buigt zich samenzweerderig naar me toe. 'Dat is walnootcake. Héérlijk. De enige andere keer dat ik zulke lekkere walnootcake heb geproefd, was in Griekenland zelf. Ach, eigenlijk is alles lekker hier.'

Pas nu merk ik dat ik glazig naar de vitrine sta te staren.

Ik knipper een paar keer en probeer te doen alsof ik de onderzoekende blik van de vrouw niet zie.

'Gaat het wel goed?' vraagt ze. 'Wil je anders voor?'

'Nee!' roep ik. 'Nee, dat hoeft echt niet. Dank u wel. Walnootcake, ik heb het onthouden.' Ik tik met mijn wijsvinger tegen mijn slaap en glimlach zo geruststellend mogelijk.

Ze knikt vriendelijk, maar lijkt me niet helemaal te geloven. Wanneer ze zich weer terugdraait en het gesprek met haar man hervat, flitst haar blik nog een paar keer mijn kant uit.

In stilte bid ik tot alle goden dat ze me met rust laat. Als er iets is waar ik nu geen behoefte aan heb...

Er komt al snel schot in de rij en ik voel het steeds heter onder mijn voeten worden. Wat moet ik eigenlijk zeggen? Het is hier zo druk, dat ik Leon moeilijk kan vragen even met me mee te lopen. Of wel?

Wie verzint het dan ook om zomaar naar hem toe te rijden? Het stemmetje sneert weer in mijn achterhoofd en het lijkt verdacht veel op Pascals boze toon als hij het weer eens niet eens was met een van mijn ideeën. *Je moet wel echt een plan hebben, Joy. Een idee is geen plan.*

Ik heb een plan, roep ik terug. *Moet jij eens opletten.*

Weet hij veel dat ik totaal géén plan heb. Hij is maar een stem in mijn hoofd.

Tegen de tijd dat ik aan de beurt ben, voelt het alsof alle ogen in het café op mij zijn gericht. Alsof iedereen weet wat ik hier kom doen en me in de gaten houdt... behalve Leon. Die heeft me nog niet gezien.

Hij zet een koffiebeker neer voor het meisje naast hem, slaat wat aan op de kassa, zegt tegen de senioren dat hun koffie zo aan het eind van de bar af te halen is en kijkt op.

Naar mij.

In slow motion.

Ik vergeet spontaan te knipperen als onze blikken elkaar ontmoeten en moet mezelf ertoe dwingen door te blijven ademen. Normáál door te blijven ademen.

Dan zie ik dat hij me herkent en er breekt een lach door op zijn gezicht, maar voordat die zelfs maar in de buurt van zijn ogen is, is hij alweer verdwenen. 'Joy, wat leuk jou hier te zien. Wat kan ik voor je maken?'

'Leon! Hoi! Ik... Ik zou wel...' stamel ik. 'Ik wil eigenlijk graag...' Ik hups van mijn ene op mijn andere been en wrijf met mijn hand in mijn nek.

Achter me hoor ik de jongen in het pak kuchen.

Ik schraap alle moed die ik vandaag kan vinden bij elkaar en vraag: 'Ik zou eigenlijk graag even met je praten. Kan, eh... Kan dat?' Ik weet dat het niet kan. Ik ben de afgelopen minuten weliswaar opgeschoven in de rij, maar achter me zijn er continu nieuwe mensen aangeschoven.

'Nu? Ik vrees van niet,' antwoordt hij dan ook, met een knikje naar de rij achter me. 'Ik kan nu niet echt weg.'

Het valt me op dat hij me verder niet aankijkt. Alsof zijn aandacht eigenlijk alweer bij iets anders is en dat ik een onhandig obstakel ben waar hij omheen moet manoeuvreren.

Ik voel me ineens ontzettend onnozel en wil het liefst rechtsomkeert maken, naar buiten rennen en nooit meer terugkomen. Natuurlijk kun je niet zomaar binnen komen lopen in een drukke koffietent en ervan uitgaan dat de eigenaar even tijd voor je heeft.

Om me heen gebarend zeg ik: 'Ik las online dat je Filos hebt overgenomen van je ouders. Wat goed, gefeliciteerd!' Ik wijs op de vitrine. 'Dit is een stuk uitgebreider dan hoe ik het me herinner.'

'Ik ben waarschijnlijk ook een stuk ambitieuzer dan jij je herinnert,' zegt Leon. Zijn ogen zijn gericht op de stift in zijn handen en in zijn stem ligt een bitterheid die ik niet van hem gewend ben.

De jongen achter me schraapt opnieuw zijn keel.

'O... Ja... Dat zou kunnen.' Ik lach opgelaten en ben blijkbaar nog niet klaar met het graven van mijn eigen graf, want het volgende moment flap ik eruit: 'Het was altijd al de bedoeling dat je dit zou overnemen, toch?'

Leons donkere ogen staan koel en zijn houding wordt steeds afstandelijker. 'Ja. Maar tegenwoordig heeft Filos vier filialen. En een eigen *bakery*. We maken alles zelf en bezorgen ook binnen een straal van dertig kilometer.'

Ik voel een druppel koud zweet over mijn rug glijden.

'Kan ik iets voor je maken? Er zijn, eh...' Hij gebaart met de stift naar de rij achter me.

'...meer mensen. Ja, natuurlijk,' hakkel ik. 'Sorry. Ik wil je niet nog langer ophouden. Mag ik twee ijskoffie en tweemaal die...' Mijn blik schiet angstig in de richting van de senioren en ineens ben ik de vrouw toch dankbaar dat zij me óók in de gaten houdt.

'...karidopita,' zegt ze warm en met een onnodig zwaar accent.

'Ja, dat,' zeg ik.

Leon humt een begrijpend geluidje, zet twee bekers klaar voor de ijskoffie en slaat de bestelling aan.

Ik reken af en de piepjes van het pinapparaat zijn scheller dan normaal.

Wanneer hij eindelijk zijn blik losmaakt van het kassascherm, zijn hoofd optilt en me weer aankijkt, is het alsof iemand me een stoot in mijn buik geeft.

De koffietent verdwijnt naar de achtergrond en een fractie van een seconde krijg ik een inkijkje in het verdriet dat ik hem heb gedaan.

Ik wil van alles zeggen, maar mijn mond is droog en ik kan de juiste woorden niet vinden. 'Leon, ik...'

Plotseling tikt hij het meisje naast hem aan en zegt: 'Kun je het overnemen? Ik moet even weg. Ik stuur Tom wel naar voren.'

Ze knikt en schenkt mij haar vriendelijkste glimlach, maar ik hoor het amper als ze zegt dat ze mijn bestelling voor me gaat maken. Mijn blik is bij Leon, die me zonder me nog aan te kijken halfhartig groet en door de klapdeur naar de keuken verdwijnt.

Zelfs als ik een paar minuten later een kartonnetje met daarin twee koffiebekers aanneem en het papieren zakje met de walnootcake zorgvuldig vasthou, is hij nergens meer te bekennen.

18

Frida

'Niks?'

'Niks.'

'Wacht even... Je zei níks?'

'Helemaal niks!' Joy laat zich achterovervallen, slaat één hand voor haar gezicht en kreunt getergd.

Ik pak het kartonnetje met de twee ijskoffie uit haar handen, voordat het kan omvallen en alles op de bekleding terechtkomt. 'Hoe kan dat nou, dat je niets hebt gezegd?'

Ze haalt haar hand voor haar gezicht weg en kijkt me getergd aan. 'Jij was er niet bij. Hij was gewoon... En hij stond daar zo... En ik was...' Een tweede kreet van ongenoegen vecht zich een weg omhoog uit haar keel en schiet over haar lippen. 'Ik deed níks! Het was zó ongemakkelijk. Iedereen keek me aan en ik kreeg het voor elkaar om hem te vragen of hij tijd had om even met me te praten. Terwijl de zaak propvol was. Propvol! Wie dóét nou zoiets?'

'Niks,' herhaal ik nog maar een keer, ook al hebben we er beiden niets aan. Ik buig me voorover over het stuur, zorgvuldig de claxon ontwijkend, en ik kijk door de voorruit naar de koffiezaak. 'Het is er inderdaad echt druk.'

'Ik heb walnootcake voor je meegenomen.' Joy houdt een papieren zak omhoog met een ondefinieerbaar printje erop.

'Lekker, dank je wel.' Ik zet onze koffie voorzichtig op het dashboard en pak de stukken walnootcake uit het zakje. Ze zijn in een ruitvorm gesneden en er zit een walnootje bovenop. 'Ik heb de boel even gegoogeld, terwijl je weg was.'

Ze kijkt geschrokken op. 'Wat? Waarom?'

Ik schiet in de lach. 'Ja, jij hebt gezworen je exen nooit meer te googelen, maar ik mag dat toch nog wel? Ik was wel benieuwd wat dit voor een plek is.'

'Het is Grieks,' mompelt ze, terwijl ze één stuk van me aanneemt. '*Filos* betekent "vriend" en zijn oom en tante wilden graag een plek creëren waar iedereen zich thuis voelde. Alsof je bij vrienden bent. Ze zijn gestart in 1994, toen *The Lion King* net uit was en iedereen in de ban was van *hakuna matata*.'

''t Is een theorie, Filos Coffee,' zing ik.

Joy wijst met haar stuk cake mijn kant op. 'Juist. Hij zei net dat ze nu vier filialen hebben.' Haar blik schiet weer naar het blauw-witte pand.

'Plus een eigen bakkerij, waarin ze authentieke Griekse lekkernijen maken,' vul ik aan. 'Die je ook nog eens online kunt bestellen bij ze. Ik had het bijna gedaan, maar ik wilde even afwachten hoe jij terug zou komen.' Ik gebaar met het papieren zakje in haar richting. 'Ik moet zeggen dat ik had verwacht dat het beter zou gaan.'

Ze antwoordt met een zucht die uit haar tenen lijkt te komen.

Voorzichtig breek ik een stuk walnootcake af en steek het in mijn mond. 'Wat is nu het plan?'

'Niets. Er is geen plan. Dit was het plan en het was een flutplan, dus nu is er geen plan meer.'

'Hij heeft geen vriendin,' zeg ik, haar volledig negerend.

Ze kijkt met een ruk op. 'Frida! Waarom zeg je dat? En...' Ze wacht even en eindigt kleintjes: 'Hoe weet je dat?'

'Dat mobieltje van mij heeft zelfs buitenshuis nog internet,' zeg ik met gepaste trots. 'En ik moest toch íéts doen terwijl jij je hart stond uit te storten. Ik geloofde er trouwens niets van toen je net zei dat je hier "zomaar" naartoe wilde, dus ik dacht: ik help je een handje. Het leven is te kort om overal omheen te draaien.'

Triomfantelijk steek ik een nieuw stuk walnootcake in mijn mond en ik moet moeite doen niet mijn ogen weg te draaien van genot. Joy kan me wat; ik kom hier later écht nog eens terug, ook als zij van plan is Leon nooit meer te zien.

'Ik draai nergens omheen,' moppert ze. 'Pascal en ik zijn net uit elkaar en ik wilde echt niet naar Leon toe om hem terug te winnen. Ik wilde echt mijn excuses aanbieden.'

'Dat geloof ik wel,' zeg ik geduldig. 'Maar voor het geval je dat wél van plan bent, of van plan gáát zijn, heb ik dat vast voor je gegoogeld. Vrijgezel én gek op honden. Hij heeft voor de lokale nieuwssite een keer meegedaan aan een Valentijnsdagspecial. "Vrijgezelle ondernemers in de spotlight". Hij houdt van speciaalbier, filmavonden op de bank en een vriend van hem heeft een Australische herder. Met zijn drieën gaan ze soms lange stukken wandelen.'

'Bedankt,' zegt ze stug, maar als ik onverschillig mijn schouders ophaal en me weer richt op mijn walnootcake, kreunt ze opnieuw getergd.

'Oké!' roept ze dan ineens uit, alsof ik haar al uren ondervraag en ze eindelijk toegeeft betrokken te zijn bij Watergate. 'Ik was het echt niet van plan, maar nu ik hem gezien heb... Ik wéét het niet. Ik weet het echt niet.' Ze zakt onderuit in de bijrijdersstoel en slaakt een klagerige zucht. 'Leon is alles wat Pascal niet is. Ik dacht dat ik dat zo fijn vond, toen Pascal en ik wat met elkaar kregen. Pascal is een aanpakker. Een doener. Leon was dat nooit, maar nu zie ik hem ineens rondlopen door die zaak en is hij zo...' Haar woordenstroom stagneert.

'Zo wat?'

'Zo volwassen. Doelgericht. Zeker van zijn zaak.' Ze kijkt opzij. 'Is dat oppervlakkig van me?'

'Ik vind van niet.'

'Ja, maar jij bent oud.'

Ik gooi mijn hoofd in mijn nek en lach ongelovig. 'Wat heeft dat er nou weer mee te maken? Het betekent hooguit dat ik meer levenservaring én meer wijsheid in pacht heb. Des te meer reden om naar me te luisteren. Daarbij, jij hoort nog jong en onbezonnen te zijn. Je bent toch ook niet voor niets verliefd geworden op Leon?'

'Hm.'

Ik knijp mijn ogen tot spleetjes. 'Hm-hm.'

We zwijgen allebei en eten in stilte onze walnootcake.

Wanneer ik de mijne op heb, pak ik mijn koffie uit het kartonnetje op het dashboard. 'Weet je wat ik net óók heb gedaan?'

Ze plukt het walnootje van haar cake af en stopt het in haar mond. 'De sudoku uit de zaterdagkrant?'

Ik kijk haar twee tellen uitdrukkingsloos aan en steek dan mijn neus in de lucht. 'Nee. Ik heb gegoogeld naar restaurants in dit deel van de stad. Gisteren hadden we het toch over de cactus omhelzen? Alleen uit eten gaan en zo.'

'Ga de prikkelende momenten aan,' citeert Joy met zware stem. Ze steekt het laatste stukje walnootcake in haar mond en reikt naar haar koffie. 'Ik heb er niet zoveel zin in om nu in mijn eentje uit eten te gaan, eerlijk gezegd. En daarbij is dat boek toch pas voor volgende week?'

'Ja, of... voor nu. Want is het niet extra cactus-omhelzend als we het óók nog eens op een niet-uitgestippeld moment doen?'

'Ik weet het niet... Ik denk eigenlijk dat ik misschien liever gewoon naar huis ga.'

Ik kijk naar de koffie in mijn hand. Er loopt een druppel condens langs en ik ben in één klap terug op het strand van Curaçao, waar Theo en ik een keer veel te veel geld betaalden voor zo'n koude dorstlesser, omdat we net uit het vliegtuig waren gerold en nergens water konden vinden. Theo had nog geprobeerd een bonnetje te vragen om in te dienen bij het ministerie, maar onze koffie-oplichter deed niet aan bonnetjes. Het was overigens prima ijskoffie, dus qua prijs waren we weliswaar opgelicht, maar ergens was het het waard.

'Wil je niet weten wat voor restaurant ik heb gevonden?' vraag ik aan Joy, terwijl ik de condensdruppel wegveeg met mijn duim.

'Oké. Maar ik beloof niks.'

Ik pak mijn telefoon van mijn schoot, ontgrendel het scherm en zoek mijn laatste zoekopdracht op.

Joys wenkbrauw schiet omhoog als ze de naam van het restaurant opleest. 'Hans en Frietje?'

19

Joy

'Een frietzaak.'

'Ja. Een frietzaak. En niet zomaar een frietzaak – de beste van de stad.' Frida draait haar scherm terug en leest voor: 'De enige snackbar waar je friet nog op een bord wordt geserveerd en waar je wordt behandeld als een koning. Kijk, vierenhalve ster gemiddeld. Van de vijf. Dat zegt vast iets.'

Ik kijk op het weer voor mijn neus bungelende scherm en even bekruipt me de gedachte dat de hitte haar te veel is geworden. Tegelijkertijd moet ik ook toegeven dat een frietje er best in zou gaan nu. Op warme dagen heb ik sowieso eerder zin in iets zouts, en het is maanden geleden dat ik voor het laatst friet heb gegeten, want Pascal gaat altijd liever voor iets gezonds.

'Als je nee zegt, ga ik ervan uit dat jij kookt vanavond. We hebben alles in huis voor een heel ingewikkelde gadogado. Vier pannen en héél veel groentesnijwerk,' zegt ze zangerig. Ze neemt een slok ijskoffie en sluit even genietend haar ogen. 'Beter dan op Curaçao.'

Ik heb geen idee wat ze daarmee bedoelt, maar het zal wel.

'Oké,' zeg ik. 'Maar alleen omdat ik geen zin heb om te koken.'

Ze lacht en start de auto, ditmaal zonder dat ding aan de zijkant uit te trekken. 'Ik zeg altijd maar zo: een maand zonder kroket is een maand niet geleefd.'

De rit naar de snackbar – pardon, het FRITUURETABLISSEMENT, zoals in sierlijke letters op het bord boven de deur staat – verloopt een stuk rustiger dan de rit naar Filos. Frida rijdt kalm en ontspannen en de verbeten trek rond haar mond is al een stuk minder dan eerst. Ze krijgt het zelfs voor elkaar om de Saab achteruit te fileparkeren en ik geef haar een welverdiend applaus als ze de motor afzet.

Zodra ik naar de deur reik, legt ze haar hand op mijn onderarm. 'Rommel meenemen. Dat is de enige regel in deze auto: zodra je uitstapt, neem je je rommel mee.'

Ik salueer als een soldaat en verzamel de lege koffiebekers en papieren zakjes.

Ook al heb ik net een ijskoffie en een stuk walnootcake naar binnen gewerkt, mijn maag knort zodra ik de snackbar zie. Niet zo gek ook: het is halfzes en van de zenuwen had ik hiervoor niets anders gegeten dan dat ene sneetje toast met abrikozenjam.

We gooien alles in de prullenbak aan de overkant van de straat en steken over.

'Vanaf nu kennen we elkaar niet meer,' fluistert Frida me toe, vlak voor we de deur bereiken. Ze geeft er een knipoog bij en giechelt als een schoolmeisje.

Ik open de deur en hou hem open voor Frida alsof ze een vreemde voor me is. Zodra ze de drempel over stapt, blijf ik netjes op gepaste afstand.

Het valt me alles mee dat ons geen enorme frituurlucht tegemoetkomt. Eerlijk gezegd ziet het er oprecht gezellig uit. Ja, de vitrine ligt vol met bevroren snacks tussen groene kunststof blaadjes en achter de toonbank hangen felverlichte borden met een opsomming van het aanbod, maar ergens is dat precies wat je verwacht van een snackbar. Zelfs als het eigenlijk een 'frituuretablissement' is. Het is groter dan ik had verwacht en op elk van de tafeltjes staat een vetplantje en een nepkaars. Alles bij elkaar zijn er zo'n vijftien tafels, waarvan de helft al bezet is. Uit de boxen in elke hoek klinken Hollandse hits.

Ik gniffel bij het zien van drie Delfts blauwe tegeltjes aan de muur. Op de eerste staat de eeuwenoude klassieker: HET LEVEN IS ALS EEN FRIKANDEL, JE MOET HET ZELF SPECIAAL MAKEN. Het middelste tegeltje hangt iets scheef en schittert in zijn eenvoud: KOKEN IS ZILVER, FRITUREN IS GOUD. Maar mijn aandacht blijft hangen bij het laatste tegeltje. Dat ziet eruit alsof het er al even hangt en het is wat meer verkleurd dan de rest. Hoewel de versiering rond de letters wat is afgesleten, is de tekst nog steeds goed leesbaar: AL IS HET LEVEN NOG ZO ZUUR, ALLES SMAAKT BETER UIT DE FRITUUR.

Een YouTube-video van een man die een marsreep frituurt komt in me op en ik ril inwendig. Misschien smaakt niet álles beter uit de frituur, maar wat hier in de vitrine ligt absoluut wel.

Een kleurrijk geklede vrouw begroet ons hartelijk. Ze heeft een Amsterdams accent en maakt een weids gebaar naar alle tafels. 'Kies lekker een plekkie uit, als er geen "gereserveerd" op staat mag je er gewoon neerploffen. Bestellen doen we hier aan tafel, dus ik kom zo bij je.'

Ik loop naar de uiterste hoek van de snackbar en laat me neerploffen op een van de stoelen. Alle meubels hier zijn van robuust steigerhout en qua zitcomfort laat dat wat te wensen over, maar de sfeer maakt alles goed.

Frida kiest een tafel in precies de andere uithoek van het restaurant en ze pakt de kaart op.

Ik besluit haar voorbeeld te volgen en negeer de neiging om meteen mijn telefoon te pakken en doelloos te gaan scrollen. Ik kan best alleen uit eten gaan. Zeker in een frituuretablissement dat Hans en Frietje heet.

De vrouw gooit een paar snacks in het vet, maakt twee milkshakes en komt daarna met het dienblad onder haar arm en een opschrijfboekje in haar hand naar me toe. 'Wat mag het zijn, mop?'

Ik kijk naar de kaart in mijn hand en lees pas voor het eerst wat erop staat.

'Als je het nog niet weet, kom ik zo terug, hoor.' De vrouw lijkt mijn gedachten te lezen. 'Haasten doe je maar weer als je buiten staat.'

Mijn oog valt op het combimenu aan de rechterkant van de kaart: friet speciaal, een kipcorn en een frisdrank naar keuze. Ook vegetarisch te krijgen.

'Ik ga voor deze. Met een cola, alstublieft.'

'Zeg maar je, hoor,' zegt de vrouw. 'Mijn moeder was mevróúw Jansen. Ik ben gewoon Hans.'

Ik kijk haar aan en kan blijkbaar mijn verbazing niet verbergen, want ze grijnst breed en zegt: 'Vernoemd naar mijn opa. Ze dachten heel lang dat ik een jongetje zou zijn en toen dat niet zo bleek te wezen, hadden ze geen meisjesnaam. Ja, Hansje had gekund, maar dat vonden ze niet leuk genoeg.' De vrouw haalt haar schouders op. 'Welja. Het werkt in elk geval wel voor de snackbar.' Ze geeft me een dikke knipoog, schrijft mijn bestelling op de blocnote en zet koers richting Frida.

Terwijl ik Frida vanachter mijn menukaart in de gaten zit te houden, begint mijn telefoon te trillen. De verleiding is te groot om het bericht niet te lezen, dus ik haal half verscholen achter de menukaart mijn telefoon tevoorschijn en tuur op het scherm.

Ik laat de boel bijna op tafel kletteren als ik zie wat het is.

Een bericht van Leon.

Hey Joy, sorry dat ik zo kortaf reageerde daarstraks. Je overviel me een beetje en zoals je vast had gezien was het ontzettend druk. In elk geval, hopelijk heeft je koffie gesmaakt. Groet, Leon

Een vlaag van blinde paniek overvalt me en ik verval direct in Sherlock Holmes-modus. Waarom heeft hij mijn nummer nog? Waarom stuurt hij me een berichtje? Hij zegt in elk geval niet dat het leuk was om me te zien. En hij stelt geen vraag. Dus in principe verwacht hij geen reactie, toch? Maar waarom zegt hij dan: 'hopelijk heeft je koffie gesmaakt'? Dat is toch vissen naar een antwoord?

Met de brief aan Pascal nog vers in mijn geheugen twijfel ik of ik Frida moet seinen dat ik haar hulp nodig heb. Ik bedoel: ik weet wel dat we 'samen alleen' uit eten zijn, maar is dit niet belangrijker?

Misschien moet ik hem vragen of hij zin heeft om wat te gaan drinken. Een nonchalant antwoord formuleren in de trant van: 'De koffie was heerlijk, zullen we binnenkort samen een bakkie doen?'

Meteen tik ik mezelf in gedachten op mijn vingers.

Zo wanhopig ben je nou ook weer niet, Joy.

Ik heb altijd geleerd dat je alleen hoeft te antwoorden als er een vraag wordt gesteld. Dat is nu niet het geval: hij vráágt niet of de koffie gesmaakt heeft, hij hóópt het alleen. Maar toch… Zou het dan niet heel onaardig zijn van mij om dat niet te bevestigen?

Ik schrik op als Hans weer aan mijn tafel verschijnt en mijn cola voor mijn neus neerzet. Daarna, tergend langzaam, begint ze de tafel voor me te dekken alsof ik in een chic restaurant zit. Ze legt een mes en een vork voor me neer, geeft me een katoenen servet en schenkt een glas water voor me in terwijl ik daar niet om heb gevraagd. Ik heb intussen al vier keer geknikt als bedankje en besluit de vijfde keer maar door het raam naar buiten te kijken tot ze klaar is.

Ondertussen hou ik Frida nog altijd vanuit mijn ooghoek in de gaten, terwijl zij op haar beurt echt lijkt te zijn vergeten dat ze hier technisch gezien samen met mij is. Volledig ontspannen bestudeert ze de menukaart en lijkt ze elke frituursnack af te wegen. Een kipcorn? Of toch een kroket? Haar een beetje kennende heeft ze stiekem al met haar ogen gerold vanwege het feit dat zelfs hier vegan milkshakes te verkrijgen zijn.

Ik schraap mijn keel, in de hoop haar aandacht te trekken.

Niets.

Ik ga wat rechter op zitten.

Nog steeds niets.

Ik schuif – met een krassend geluid op de plavuizen – mijn stoel naar achteren én ga wat rechter op zitten.

Het gezin aan tafel zes kijkt op.

Het stelletje aan tafel twaalf ook.

Hans glimlacht vanachter de toonbank naar me.

Frida hoort en ziet niets.

Zal ik haar een berichtje sturen?

Of zal ik Leon gewoon antwoorden?

Ik ken Frida nu een beetje en ik denk dat ik wel kan inschatten wat ze zou zeggen. ‘Pas op, Joy, voordat je je weer ergens halsoverkop in stort. Je moet niet te *eager* overkomen. Laat hem maar even wachten.' Ik vraag me af of Frida het woord *eager* zou gebruiken, maar zoiets zou ze in elk geval wel bedoelen.

Net wanneer ik heb besloten Leon maar even te laten wachten, trilt mijn telefoon opnieuw.

Heb je misschien zin om een keer samen wat te drinken om bij te kletsen?

Direct daarna schuift het derde bericht in beeld.

Het hoeft trouwens geen koffie te zijn – dat drink ik al genoeg. Speciaalbiertje bij onze vaste kroeg?

Shit. Hier heb ik écht hulp bij nodig.

Ik laat de menukaart zakken en zoek oogcontact met Frida, die nog altijd, zich van geen kwaad bewust, uit het raam staart. Haar elleboog staat op tafel, haar kin steunt in haar hand en ze lijkt in gedachten verzonken. Ze glimlacht vriendelijk naar Hans als die een spa rood voor haar neerzet en pakt haar naar-buiten-kijk-sessie weer op als de snackbareigenaresse weer achter de toonbank staat.

Wat is wijsheid?

Ga ik iets drinken met Leon?

Wíl ik iets drinken met Leon?

Ik besluit toch maar Frida's hulp in te roepen en maak een screenshot van het gesprek. Als ik die nou naar haar stuur, dan kunnen we nog steeds doen alsof we elkaar niet kennen. Ze zal haar telefoon vast op stil hebben, toch?

Natuurlijk niet.

Het meldingsgeluid van Frida's prehistorische iPhone schalt zo hard door de zaak dat een paar mensen naar haar omkijken.

Meteen duik ik van ellende nog verder weg achter de menukaart. Glurend over de rand van de kaart zie ik Frida in haar tas zoeken naar haar telefoon, fronsen als ze ziet dat het bericht van mij is en verbaasd opkijken in mijn richting.

'Sorry,' mime ik. 'Ik heb je hulp nodig.' Meteen doe ik weer alsof ik haar niet zie en duik weg achter de menukaart, maar als ik weer in haar richting gluur, schrik ik me een ongeluk.

Frida laat zich neerploffen op de stoel tegenover me. 'Hans, ik ben even hier gaan zitten!' roept ze richting de toonbank.

Hans, die net op het punt stond een paar nieuwe snacks in het vet te gooien, wappert onze kant uit met een bevroren frikandel. 'Prima! Scheelt mij weer lopen.'

Frida mept de menukaart nog net niet uit mijn hand. 'Plan de campagne. Wat ga je antwoorden?'

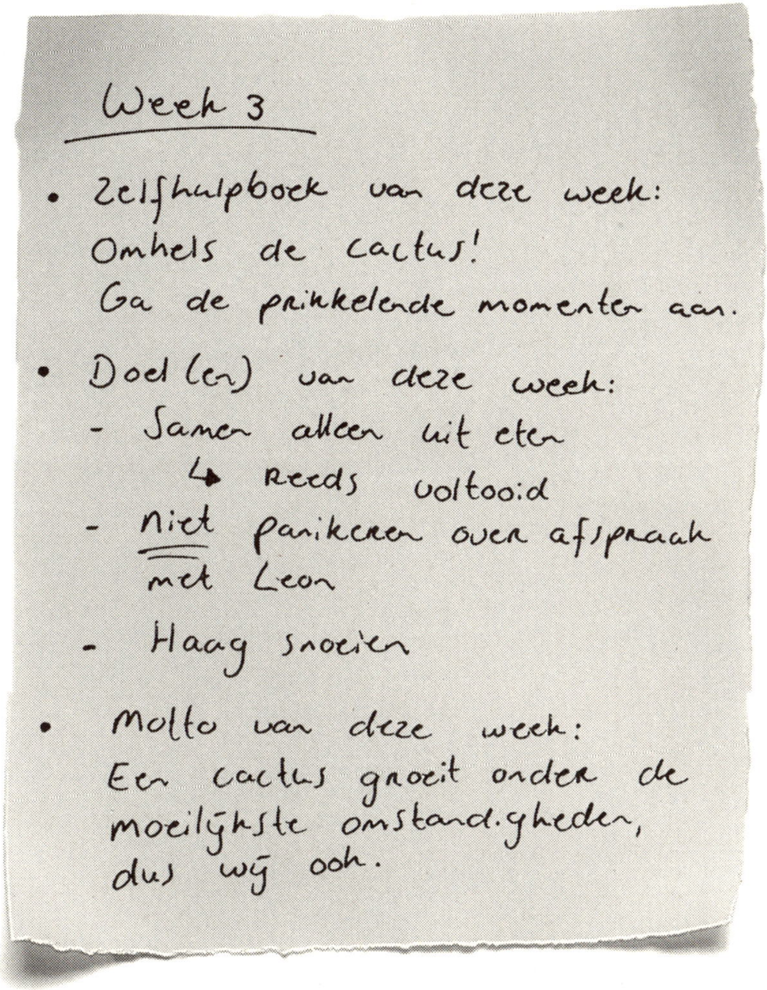

Week 3

- Zelfhulpboek van deze week:
  Omhels de cactus!
  Ga de prikkelende momenten aan.
- Doel(en) van deze week:
  - Samen alleen uit eten
    ↳ Reeds voltooid
  - **niet** panikeren over afspraak met Leon
  - Haag snoeien
- Motto van deze week:
  Een cactus groeit onder de moeilijkste omstandigheden, dus wij ook.

20

Frida

Joy heeft een date.

Eigenlijk mag ik het niet zo noemen, want dan is het 'officieel'. Maar voor zover ik weet bestaat een officieuze date helemaal niet, dus ik noem het al vier dagen een date.

Komende week trekt er een ware hittegolf over het land, dus we hebben besloten nog één keer de vuurpit aan te doen voordat het er echt te heet voor wordt. Nu de zon onder is, is het eindelijk wat aangenamer buiten en als toetje hebben we vandaag een nieuwe zak marshmallows mee naar buiten genomen. De zak ligt tussen ons in en we spietsen beiden een marshmallow aan onze prikker.

'Denk je eigenlijk dat hij weet dat het een date is?'

Ik stel de vraag zo nonchalant mogelijk, maar alsnog begint Joy meteen te steigeren.

'Het ís geen date.'

'Dus… dan weet hij óók dat het geen date is, toch? Niet dat hij wél denkt dat het een date is?' Ik hou de marshmallow boven het vuur en zie Joy in mijn ooghoek verstarren.

'Hij ziet het vast als gewoon even bijkletsen,' stel ik haar gerust. 'Mannen zijn daar veel makkelijker in. Toen ik Theo net leerde kennen, moest ik mezelf bij hem thuis uitnodigen. Anders was het er misschien wel nooit van gekomen.'

Joy ontspant zichtbaar en houdt haar spies ook boven de vlammen. 'Heb jij jezelf echt bij hem thuis uitgenodigd?'

Ik knik. 'Ik kon moeilijk vaker per ongeluk tegen hem opbotsen. We zagen elkaar op een gegeven moment elke week. Elke vrijdagochtend, altijd op dezelfde plek in de stationshal.' Ik haal mijn marshmallow naar me toe en bestudeer hem. 'Heb je ooit gehad dat je iemand ontmoette en dat de wereld even stil leek te staan?'

De woorden zijn mijn mond uit voordat ik ze tegen kan houden. Niet de beste vraag om te stellen aan iemand die net een verbroken relatie heeft én mogelijk haar ex terug wil.

'Dat had ik met Theo,' ga ik verder, zodat Joy niet hoeft te antwoorden. 'Het was alsof alles stilstond. Alsof niets er meer toe deed. En dat dan elke week. Elke week dacht ik: eigenlijk zouden we nu samen in een van deze treinen moeten stappen en ervandoor moeten gaan. Dat gevoel had ik heel sterk.'

'Was je niet bang dat er een moment zou komen dat hij er niet meer zou staan?'

Ik pak mijn marshmallow tussen duim en wijsvinger en trek hem van de spies. 'Elke week. En elke week werd het ook sterker. Alsof er iets was wat me wilde vertellen: "Grijp deze man nou, nu kan het nog. Maar als je te lang wacht..." Later vertelde Theo me dat de keer dat ik hem mee uit had gevraagd, de laatste dag van zijn opdracht was.'

Joy haalt haar spies naar zich toe en blaast op de marshmallow, die vlam heeft gevat. 'Zie je, toeval bestaat niet. Het móét wel een hogere macht zijn geweest die er toen op heeft aangestuurd dat je op hem af bent gestapt.'

Ik schud mijn hoofd en wijs met mijn marshmallow in haar richting, voordat ik hem in mijn mond stop. 'Daar geloof ik niet in.'

'Dat toeval niet bestaat?' Ze kijkt me ongelovig aan. 'Hoe verklaar je anders dat ik laatst '*Go your own way*' van Fleetwood Mac zat te neuriën in de auto en dat het vlak daarna op de radio kwam? Of dat ik precies jouw favoriete chips kocht vorige week?' Ze duwt zichzelf met één hand omhoog en gebaart wild tussen ons heen en weer. 'Of dat wij elkaar ontmoetten?'

Ik eet mijn mond leeg en gebaar net zo wild heen en weer als zij. 'Toeval. Het is toeval dat wij elkaar ontmoetten. Daarbij is '*Go your own way*' gewoon een goed nummer dat nog geregeld wordt gedraaid op de radio én bestaat er niet zoiets als niet-lekkere chips, dus dat is sowieso een non-argument.' Ik leun achterover en kijk naar de sproeier op het gazon. Met trage bewegingen gaat hij heen en weer en ik zou zweren de planten opgelucht te zien ademhalen bij elke nieuwe druppel die op hun blaadjes valt. 'Als je al in iets wilt geloven, geloof er dan in dat je zelf ergens voor moet werken. Er is geen universum dat je helpt, geen hogere macht die dingen voor je bepaalt. Gebeurtenissen staan niet in de sterren geschreven. Weet je dat olifantenpaadje nog dat we laatst in het park zagen? Waar dat kind met die blokfluit overheen liep?'

Ze pakt de zak op en kijkt erin, op zoek naar een nieuwe marshmallow. 'Niet echt. Ik was nogal afgeleid door die hele stoet die erachteraan kwam.'

Ik grinnik. 'Begrijpelijk. Ik wilde je toen in elk geval uitleggen dat zo'n paadje niet zomaar ontstaat. Er zijn duizenden voetstappen nodig om een pad uit te slijten in een gezond grasveld. Die zijn allemaal doelbewust gezet, door mensen die vonden dat dáár een pad hoorde te lopen.' Ik hou mijn spies voor Joy op, zodat ze er een nieuwe marshmallow op kan prikken. 'Ik geloof er niet in dat er iets of iemand voor verantwoordelijk is dat Theo en ik bij elkaar kwamen. We hebben elkaar per toeval ontmoet. Maar daarna hebben wíj er doelbewust voor gekozen om voor elkaar te gaan. Het is echt te veel om dat allemaal toe te schrijven aan de sterren. Ons geluk hebben we zelf eigenhandig gecreëerd, volgehouden en bijgestuurd waar nodig. We hebben er samen voor gekozen om van elke dag het beste te maken.'

'Maar hoe kan het dan dat jullie elkaar toevallig hebben ontmoet?' Joy legt de zak naast zich neer en laat haar blik door de tuin dwalen. 'Dat is toch vreselijk? Dat betekent dat de kans net zo groot of misschien zelfs vele malen groter was dat je elkaar níét zou ontmoeten. Dan had je leven er totaal anders uitgezien.'

'Klopt. Dat had gekund. Hoever wil je dat anders doortrekken? Alles heeft een reden? Ik kan uit mijn hoofd zo twintig dingen opnoemen waarvan ik niet kan begrijpen dat daar een reden voor zou moeten zijn. En hoe werkt dat dan, waar houdt de bemoeienis van het universum op? Stel dat de ontmoeting opzettelijk heeft plaatsgevonden, hoe zit dat dan met een eerste zoen? Een eerste ruzie? Als je in een restaurant zit en het toetje waar je je al de hele dag op verheugt op blijkt te zijn?'

'Ik denk dat je nu iets te ver doordenkt.'

'En ík denk dat jij je eigen lot in handen moet nemen. Je kiest er elke ochtend voor hoe je opstaat en hoe je met de wereld omgaat. Je kiest ervoor om zo'n olifantenpaadje te maken of niet, ook als je er in je eentje duizend keer overheen moet lopen.'

Ceciles achterdeur gaat open en niet veel later verschijnt mijn buurvrouw zwaaiend op haar veranda. 'Dag, buurtjes!'

Heel soms vraag ik me af of mijn plan om Joy bij Cecile onder te brengen tegelijk liep met Ceciles plan om Joy bij mij onder te brengen. Ik zal het nooit weten, want ik ken mijn buurvrouw goed genoeg om te weten dat ze voor altijd zwijgt als het graf over haar beweegredenen. Op mijn beurt heb ik overigens besloten te zwijgen over het feit dat ik het inmiddels best gezellig vind dat alles zo gelopen is.

Cecile zet één hand in haar zij en zucht genietend. 'Heerlijk, hè, die zomeravonden? Ik moet wel even de moestuin sproeien met dit weer, anders blijft er niets van over.' Bedrijvig loopt ze door haar tuin, met een afrollende tuinslang in haar handen. 'Normaal gesproken geef ik om de twee dagen véél water in plaats van elke dag een beetje, maar nu geef ik mijn plantjes toch maar dagelijks wat extra liefde.'

Ze steekt als de volleerd moestuinder die ze is een vinger in de grond en tuit fronsend haar lippen. Meer water is blijkbaar de conclusie, want ze komt kreunend overeind en trekt de tuinslang wat verder naar zich toe. Haar grote, gouden armbanden schitteren in de avondzon. 'Máár daarna denk ik ook even aan mezelf,' gaat ze verder. 'Niet alleen de planten moeten goed gehydrateerd worden, hè? Wat een toeval dat we allemaal het idee hadden om buiten te gaan zitten!'

Ik wissel een blik met Joy en zeg: 'Inderdaad, Cecile. Wat een tóéval.'

Joy steekt haar tong naar me uit en bauwt me na zonder geluid, terwijl Cecile de tuinslang opendraait.

Het zachte gesis van de sproeikop doorbreekt de zomeravond en Joy en ik hervatten het roosteren weer. Op de achtergrond klinkt het luide gekwetter van jonge koolmeesjes uit het vogelhuisje aan de overkapping. De koolmeesouders vliegen nog steeds af en aan met wormpjes en insecten.

Ik geef mijn spies aan Joy en draai me naar de kist om er een houtblok uit te pakken. Een paar minuten lang is het enige geluid dat we horen het zachte geknisper van het hout, het gesis van de sproeiers en het gepiep van de koolmezen.

Wanneer ik mijn spies weer van Joy heb aangenomen en mijn marshmallow eraf haal, zegt Cecile: 'Trouwens, Frida, ik loop je de laatste dagen steeds mis, maar ik wilde nog zeggen dat ik het zó knap van je vind dat je weer achter het stuur bent gekropen. Ik heb het al aan Lucien laten weten, hoor! Hij is hartstikke trots op je. Dat moest ik even zeggen van hem.' Ze kijkt om zich heen en buigt zich dan samenzweerderig een stukje over de haag. 'Eigenlijk mocht ik dat niet zeggen, maar ik zag zijn ogen oplichten toen ik het vertelde en ik vind dat je het verdient dat te weten. Weet je zeker dat je niet ooit samen met hem...' Ze maakt een paar insinuerende bewegingen die zowel 'bowlen' als 'theedrinken' kunnen betekenen.

Joys hand blijft zweven op weg naar haar spies en ze kijkt me met grote ogen aan. 'Met Lucien op date? Wat een goed idee!'

'Ik wil niet op date,' druk ik dit idee meteen de kop in. 'Lucien is charmant en uiterst geestig, maar de tijd van daten ligt achter me. Daar ben ik echt te oud voor.'

Joy drukt haar vrije hand geschrokken tegen haar borst. 'Te oud? Jij roept altijd dat tweeënzeventig heus nog niet bejaard is. En nu vind je jezelf ineens te oud om te daten? Misschien zit er wel een nieuwe liefde in.'

'Ik wil geen nieuwe...' schiet ik in de verdediging, maar ik breek mijn zin af en richt mijn blik op Ceciles sproeier. De laatste zonnestralen maken een regenboog in de nevel en ik besluit: 'Ik ga niet meer daten.'

Het gaat mijn buurvrouw en Joy weinig aan dat ik nog altijd niet gewend ben aan een leven zonder Theo. En een leven met iemand anders dan Theo is al helemaal uitgesloten.

Toch zou Cecile Cecile niet zijn als ze dat niet juist als startsein voor een charmeoffensief namens Lucien én alle andere vrijgezelle zeventigplussers in het land zou vinden, dus ze draait de tuinslang dicht, controleert of ze genoeg gesproeid heeft en steekt – geheel naar verwachting – een hand in de lucht. Zonder verder nog iets te zeggen draait ze zich om en loopt op een drafje naar binnen, de tuinslang weer oprollend in de wandhaspel.

Joy wijst haar na met haar spies. 'Wat betekent dat?'

'Dat ze over dertig seconden met een fles wijn, drie glazen en een pleidooi van zes kantjes naar buiten komt. Ik zet mijn geld in op "rosé, vanwege de zomerse warmte".' Ik leg mijn spies weg en tel af in gedachten: vijf, vier, drie, twee...

'Joy, heb ik jou ooit het verhaal verteld van hoe mijn man en ik elkaar hebben leren kennen?'

Ceciles zangerige stem is al te horen voordat ze weer in beeld verschijnt, en zoals verwacht stapt ze inderdaad door de achtertuin met in haar handen drie wijnglazen en een fles wijn. 'Ik ben voor rosé gegaan,' verklaart ze. 'Vanwege deze heerlijke, zomerse warmte. In Nederland is het altijd anders warm, vinden jullie ook niet? In Kaapverdië was het veel droger, bijvoorbeeld. Hier zweet ik al peentjes als ik alleen maar naar de supermarkt ben geweest. Lopend! En dan is de echte warmte nog niet eens geweest! Maar goed, ik zeg altijd maar zo: is juni nat en guur, dan wordt alles slecht en duur. Het kost wat extra sproeiwerk, maar we kunnen straks de hele winter oogst uit eigen tuin eten!'

Helemaal achterin zijn onze tuinen met elkaar verbonden via een wandelpaadje. Cecile loopt dan ook haar tuin uit en verschijnt even later bij het hek van de mijne.

'Kijk, weet je wat het is?' gaat ze ongestoord verder tegen Joy, terwijl ze zichzelf binnenlaat. 'Ik dacht altijd: een man, nou... Ik weet het niet. Ik zag mezelf eigenlijk wel als zo'n vrijgezelle tante, weet je wel? Zo iemand waar iedereen heel gek op is, maar die aan het eind van de dag gewoon weer in haar eentje naar huis gaat.' Ze houdt Joy de wijnglazen voor en wacht tot die er twee overneemt, voordat ze het trapje afdaalt en naast mij op de bank ploft. 'Of af en toe wel met een man, maar dan voor één nachtje.' Daar voegt ze een overdreven knipoog aan toe en ze lacht hard.

'Totdat ik Jacob ontmoette. In de bioscoop, ongelofelijk, toch? Hij zat op mijn plek. Was-ie gewoon gaan zitten. Nou, dat liet ik me niet zomaar gebeuren, natuurlijk, dus ik stuurde hem weg. Toen bleek dat ik óók op de verkeerde stoel zat en dat ik eigenlijk náást hem zat! Na de film vroeg hij me of hij me de volgende keer eerst mee uit eten mocht nemen, voordat we samen naar de film zouden gaan.' Ze draait giechelend de kurkentrekker in haar fles rosé en laat de kurk met een zachte plop uit de fles komen. 'Dus, wat denk je dat ik zei?'

Joy houdt haar glas op en denkt na. 'Je zei ja, lijkt me. Anders had je geen vier dochters met hem gekregen.'

'Ik zei hartstikke nee.' Cecile steekt haar neus fier in de lucht. 'Mijn pad lag allang uitgestippeld voor me en daar zag ik echt geen man meer op lopen. Ik was alleen één ding even vergeten.' Ze schenkt mijn glas vol en gebaart me haar glas op te houden.

Ik vouw de marshmallowzak dicht en leg onze spiezen erbovenop. Gehoorzaam hou ik Ceciles glas op.

'Wat was je vergeten?' Joy buigt zich nieuwsgierig naar voren.

Ik glimlach. Dit verhaal heb ik inmiddels al zo'n zes keer gehoord, maar elke keer vind ik het stiekem verrukkelijk. Het is eigenlijk het perfecte liefdesverhaal. Twee mensen die dachten dat het te laat was en dat hun levenspad al voor hen was bepaald, vinden elkaar en weten hun paden met elkaar te verweven. Met andere woorden: ze hebben zelf hun eigen olifantenpaadje gecreëerd.

Cecile heeft het leven gehad dat ik had gewild. Een groot gezin, een liefhebbende man en een doel in het leven, anders dan het huishouden draaiende houden. Ze heeft een eigen bedrijf gehad én vier schatten van dochters.

Ik benijd haar.

Meer dan ik wil en ooit zal toegeven.

Mijn buurvrouw drukt de kurk terug in de fles, zet hem naast de bank en leunt even achterover om de spanning wat op te bouwen.

Joy knalt bijna uit elkaar van nieuwsgierigheid en duikt nog net niet op haar af. 'Wát was je vergeten?'

Cecile kijkt de tuin door en fixeert haar blik op iets wat alleen zij kan zien. 'Hij had me thuisgebracht.'

21

Joy

'Hij had je naar huis gebracht?' Ik kijk haar niet-begrijpend aan. Ik weet dat ik misschien iets te snel van deze wijn heb gedronken in de afgelopen minuut, maar dit begrijp ik even niet.

Frida grinnikt. 'Daardoor wist hij waar ze woonde. En dus ook waar hij moest zijn om haar nogmaals mee uit te vragen.'

Cecile drukt dramatisch de rug van haar hand tegen haar voorhoofd. 'Hij hield niet op! Drie weken achter elkaar stond hij elke maandag voor de deur. Elke week had hij een bos incalelies bij zich en hij zei dat hij zou blijven langskomen tot ik ja zei.' Haar knokige hand vliegt in mijn richting en ik deins een stukje achteruit. Meteen voel ik dat ik écht te snel die rosé naar binnen heb gegooid. Ik kan zo beter even wat water drinken.

'En ik weet wat je nu denkt,' gaat Cecile verder. Ze zet een stemmetje op en wappert met haar vingers. '"Dat is helemaal niet romantisch, dat is stalk-gedrag." Dat snap ik. Het lijkt op die serie die mijn kleinkinderen kijken, met zo'n boekhandelaar die een obsessie ontwikkelt voor een van zijn klanten. Maar zo was het niet, geloof me. Het was...' Ze neemt een slok en walst de rosé door haar glas. 'Het was gewoon romantisch en lief. Een jaar later bestond mijn trouwboeket ook uit alleen maar lichtroze incalelies.'

Ik vis mijn telefoon uit mijn kontzak om de bloemen te googelen en slaak tegelijk met Cecile een zucht. 'Die zijn echt prachtig.'

Cecile knikt, alsof ze elke incalelie die nu te verkrijgen is hoogstpersoonlijk zelf heeft geteeld.

'Dus uiteindelijk zei je ja?' gok ik.

Cecile grijnst. 'Uiteindelijk zei ik ja.'

'Wat zorgde ervoor dat je toch overstag ging?'

'Dat ik het idee dat ik van mijn leven had, kon loslaten. Op een nacht droomde ik dat ik een gezin had. Met vier kinderen. De partner was vaag en toen ik wakker werd kon ik me hem niet herinneren, maar iets zei me dat het Jacob was.'

'Ben je binnen een jaar met iemand getrouwd op basis van een gevoel?' vraag ik sceptisch, waarop Frida in lachen uitbarst.

'Ik zei precies hetzelfde!' roept ze hikkend.

Cecile kijkt me gepikeerd aan. 'Geen idee hoe jullie daarbij komen. Natuurlijk ben ik niet met iemand getrouwd op basis van een gevoel. Hij vroeg me mee uit, weten jullie nog? Daar zei ik ja tegen. We hadden een echt afspraakje, hij nam me mee uit eten en naar de film en een goede drie maanden later woonden we samen.' Ze wijst met haar glas in mijn richting. 'Dat was wél op basis van een gevoel. Het zat goed, daar was ik zo van overtuigd. Ik was hoogzwanger toen we trouwden en het had niet veel gescheeld of onze Charlotte was tijdens de ceremonie ter wereld gekomen. Daarna kwam Colette en toen we dachten: ach, we gaan voor een derde, werden we gezegend met onze Inez en Fleur. Je zou haast zeggen dat er ergens een hogere macht in het spel is, hè?'

Ik werp Frida een veelbetekenende blik toe. 'Nou, inderdaad.'

Frida negeert me volkomen en neemt een grote slok rosé.

'Dus dat is het verhaal,' besluit Cecile, waarna ze mijn kant op kijkt. 'En over afscheid nemen van je vooraf uitgestippelde routes gesproken... Hoe staat het met jouw zoektocht naar jezelf?'

Een fractie van een seconde verdenk ik haar ervan met een verrekijker door het slaapkamerraam te kijken of ons af te luisteren via de brievenbus. Hoe weet ze anders dat we hiermee bezig zijn?

'Inez vertelde me het een en ander,' stelt ze me gerust. 'Dus vertel: hoe gaat het?'

Voordat ik antwoord kan geven, doet Frida dat al voor me. 'Joy heeft een date.'

'Echt?' Cecile wipt op en wiebelt verheugd met haar vingers. 'Vertel me álles.'

Ik glimlach vlak en staar in de vlammen, niet wetend wat ik hier eigenlijk over moet zeggen. Ik ben op zoek naar mezelf en ga ineens op een officieuze date met mijn ex, terwijl ik amper drie weken geleden mijn spullen heb opgehaald bij de ándere ex. Wat valt daarover te vertellen?

'Het mag, hoor. Ik weet zeker dat het je goed zal doen.' Frida lijkt voor de zoveelste keer mijn gedachten te lezen. Ze knikt bemoedigend als ik kort mijn blik van mijn glas losmaak en naar haar opkijk.

Cecile trekt een wenkbrauw op. 'Wat, meer rosé?'

Ik schud mijn hoofd, sla het laatste restje uit mijn glas achterover en voel me ineens heldhaftiger dan ik me in lange tijd heb gevoeld. Wankelend sta ik op en loop het trappetje op. 'Zo terug.'

'Zet de sproeier even uit, als je wilt,' roept Frida me achterna, en ik steek mijn duim op zonder om te kijken. Ik draai de buitenkraan naast de veranda dicht en loop naar binnen. Geen idee waar ik dit idee nu ineens vandaan haal, maar als er iets is wat ik meeneem uit Ceciles verhaal, dan is het wel dat ik moet luisteren naar mijn onderbuikgevoel. En mijn onderbuikgevoel zegt me dat de fik erin kan.

Met de drie opgerolde handdoeken onder mijn arm loop ik weer naar buiten en zodra Frida ze ziet, klapt ze enthousiast in haar handen.

Cecile kijkt van mij naar Frida en terug, met een steeds bezorgdere uitdrukking op haar gezicht.

'Waarom denk je dat ik die vuurpit heb?' Frida tikt met haar wijsvinger tegen haar slaap. 'Ik ben er heilig van overtuigd dat dit bijdraagt aan het helingsproces. Heb jij niet iets wat je hierin wilt gooien?'

'Daar zeg je me wat.' Cecile gooit haar rosé achterover en zet haar glas achter de bank in het gras. Nadenkend vouwt ze de dichtgevouwen zak marshmallows open en ze prikt één marshmallow aan Frida's ijzeren spies. 'Ik denk het niet. Ja, een plant die praktisch dood is, maar die gooi ik straks wel in de groene container.'

Ik loop de zitkuil weer in en zie Frida ter plekke bijna een rolberoerte krijgen.

'Je gooit een plant toch niet zomaar in de groene container?'

'Fri,' verzucht Cecile. 'Je hebt geen idee hoelang ik daar al mee bezig ben. Wat een dramaplant. Ze zeggen dat lepelplanten zo gemakkelijk zijn, maar deze ziet eruit als een clown met een coupe soleil.'

'Maar je bent zo'n goede moestuinder,' werp ik tegen. 'Hoe kan een simpele lepelplant dan zoveel problemen veroorzaken?' Ik laat me weer op de bank zakken en friemel wat aan de handdoeken.

'Dat is totaal iets anders,' antwoordt Cecile. 'Van mijn courgettes weet ik precies hoeveel water ze wanneer nodig hebben, op welk stuk grond ze het beste groeien en wanneer ik kan oogsten, maar die lepelplant spreekt Russisch, of zo.'

'Omhels de lepelplant,' zeg ik gewichtig, maar Cecile kijkt me aan alsof ik op een van de handdoeken zit te kauwen. 'Voor volk en lepelplant?' probeer ik nog, maar ook dat grapje landt niet, dus kijk ik maar gewoon naar het vuur.

'Ik neem hem wel van je over,' zegt Frida. 'Waar heb je hem staan in huis?'

Cecile gebaart naar de aanbouw aan de achterkant van haar huis. 'In de serre.'

'In de brandende zon?'

Het blijft stil.

Cecile veegt met de punt van haar slipper een steentje weg. 'Misschien. Ligt het daaraan? Lepelplanten houden toch van zon? Ik heb hem niet te veel water gegeven, als je dat soms denkt.' Ze gooit haar handen in de lucht. 'Ik zeg het je, totaal iets anders dan een moestuin.'

'Ik haal hem eerdaags wel bij je op,' zegt Frida sussend. 'Met een beetje extra liefde komt het vast in orde. Vaak is de angst om het verkeerd te doen het grootste obstakel om er überhaupt aan te beginnen.'

Ik moet die woorden even op me laten inwerken. 'Mooi gezegd,' mompel ik.

'Van haar.' Frida neemt een slok rosé, wijst met het lege glas naar Cecile en pakt de fles op om zichzelf bij te schenken. Terwijl de rosé klokkend in het glas belandt, zegt ze: 'Joy?'

'Ja?' Ik hou mijn blik op de vlammen gericht. De zon gaat steeds verder onder en kleurt de lucht van oranje naar roze en diep donkerrood, terwijl het vuur nog steeds knettert en knispert.

'Wat is jouw grootste angst?'

De vraag komt zo uit de lucht vallen, dat ik niet weet wat ik moet zeggen. 'Eh...'

Zonder dat ik het doorhad, heeft Frida ook mijn glas bijgevuld. Ik neem een flinke slok, haal diep adem en spreek de woorden uit die al sinds Pascals bekentenis knagen in mijn achterhoofd: 'Niet weten wat ik wil. Dat ik straks dertig ben en nog steeds het gevoel heb maar wat rond te dobberen in het leven. Nu kan ik dat ronddobberen nog goedpraten, weet je wel? Ik ben nog jong. Maar over drie jaar ben ik dertig. Mijn moeder kreeg mij toen ze dertig was, mijn ouders woonden in een koophuis dat ze van alleen mijn vaders salaris konden betalen en ze waren zelfs al vier jaar samen. Ik heb niks. Ik heb niet eens een baan. Of een huis. Ik heb geen baan én geen huis.'

'Je hebt een dak boven je hoofd.' Frida haalt haar schouders op en zet de fles achter zich in het gras.

'Ja, jóúw dak,' werp ik tegen.

'Nou en? Je mag hier zo lang blijven als je wilt.'

'Het is een mythe dat je op een bepaald punt in je leven alles op orde moet hebben,' stemt Cecile in. Ze wijst naar me met de ijzeren prikpen en gebaart heen en weer tussen haar en Frida. 'Denk je dat wij op een dag wakker werden en dachten: dit wordt het? Tuurlijk niet! Daar groei je in. Dat is het mooie van het leven: op een dag kijk je om je heen en blijk je ermiddenin te staan. En zelfs als je er dan achter komt dat dit het niet is, kun je altijd nog iets anders gaan doen.' Cecile schuift wat dichter naar me toe. Haar armbanden rinkelen als ze me een tikje tegen de zijkant van mijn bovenbeen geeft. 'Het heeft geen zin om nu te piekeren over wat de toekomst brengt. Weet je wat ik altijd zeg? Piekeren neemt de zorgen voor morgen niet weg, maar wel de kracht van vandaag.'

'Hm,' zeg ik. Ik kijk naar de handdoeken op mijn schoot en vraag me af of ze gelijk heeft. De afgelopen weken heb ik elke dag piekerend naar het plafond gestaard; eerst op de zachtroze bank in mijn oude woonkamer, nu in Frida's logeerbed. Wat heeft me dat gebracht? Niets.

Impulsief neem ik een besluit waar ik welgeteld een tiende van een seconde later alweer spijt van heb, maar op dat moment vliegen de handdoeken al met een boogje door de lucht en belanden in het vuur. De vlammen sluiten zich er meteen als gretige, hete klauwen omheen en binnen luttele seconden kringelt er diepzwarte rook omhoog. Alle drie duiken we opzij, ik vloekend, Cecile gillend en Frida... lachend. Hysterisch lachend.

Schuddebuikend roept ze: 'Dit is toch heerlijk? Heel goed! Wat gaat er nu door je heen?'

'Angst,' piep ik, wijzend op de vlammen, die ineens een stuk hoger zijn. De vuurpit is gelukkig helemaal ingemetseld in vier halve meter hoge muurtjes, maar de vlammen komen er alsnog bovenuit. Om nog maar te zwijgen over de zwarte rook die maar niet ophoudt.

'Heel goed,' zegt Frida trots, terwijl ze de tranen uit haar ooghoeken veegt. 'Angst is niet erg. Het gaat erom dat je de eerste stap hebt gezet. Ik ben trots op je. En vergeet niet: ook door kleine ruitjes kan de zon schijnen.'

'Wat bedoel je daar nou weer mee?'

Ze grinnikt en wijst naar Cecile. 'Ik heb werkelijk geen idee. Dat zegt zij altijd. En haar dochters knikken dan altijd heel wijs, dus ik dacht: ik probeer het eens op jou uit.'

Cecile slaat haar arm om me heen en omhelst me zo stevig dat ik even geen lucht krijg. Toch knuffel ik haar minstens zo hard terug.

'Dit lijkt me een goed moment om naar bed te gaan. Bedankt voor vanavond, dames,' zegt Cecile zacht. 'Ik had dit echt even nodig.'

We wensen elkaar welterusten en Frida zegt dat zij het vuur uitmaakt. De handdoeken zijn al bijna helemaal verkoold en de zwarte rook trekt gelukkig al wat weg, maar ik vrees dat we de vuurpit helemaal moeten uitruimen en schoonmaken voordat we hem opnieuw kunnen gebruiken.

Ik loop naar binnen, zet de vaat in de afwasmachine, laat een paar lampen aan voor Frida en ga de trap op naar boven.

Wanneer ik al tandenpoetsend nog één laatste blik in de tuin werp, zie ik Frida in gedachten verzonken naar het smeulende vuur kijken. Ze heeft een briefje vast en laat het door haar handen gaan, van hoekje naar hoekje, tot ze weer bij het beginpunt is. Haar ogen gaan keer op keer over wat erop geschreven is, tot ze het terug in vieren vouwt, haar vingers eromheen sluit en het met een boogje op het smeulende vuur gooit. Ik meen haar een diepe ademteug te zien nemen en haar heftig te zien slikken.

Het voelt alsof ik iets verstoor door nog langer hier te blijven staan, dus ik zet snel een paar passen bij het raam vandaan en hervat mijn tandenpoetssessie. In de badkamer denk ik terug aan de foto's van Frida en Theo in het fotoalbum. Waarom weet ik niet, maar iets zegt me dat dit niet alleen een moment was van haar, maar ook van hem.

22

Frida

Toen Theo en ik elkaar leerden kennen, had hij net een nieuw project aangenomen. Zijn laatste in Nederland, dat exact een halfjaar zou duren. Daarna zou hij naar het buitenland verhuizen, al wist hij nog niet precies waar hij terecht zou komen. Dat vertelde hij me toen we voor de tweede keer afspraken, omdat hij, in zijn woorden 'ergens de stille hoop koesterde dat ik met hem mee zou willen gaan'.

En dat deed ik.

We verhuisden naar Brazilië, San Francisco, Colombia, Curaçao en nog een keer naar Brazilië, tussendoor telkens een paar maanden tot een jaar in Nederland. Waar hij ging, ging ik met hem mee. We vierden oud en nieuw op de mooiste plekken, proostten elke verjaardag op een nieuw levensjaar en maakten van elke dag een feest.

Ik was eind twintig toen ik Theo ontmoette en de bijna vijftig jaar daarna stonden in het teken van ons samen – dat betekende in de praktijk dat ik volgde waar hij naartoe ging. Al had ik bij elk huis waar we woonden mijn eigen domein: de tuin, de plek waar ik met mijn vingers in de grond letterlijk kon 'aarden'.

Waar ik normaal gesproken genoot van elke seconde in de tuin, heb ik alles de afgelopen drie jaar buitensporig verwaarloosd. Ik heb weliswaar de hortensia net na de winter nog gesnoeid en de border van het gazon is strakker dan bij de meesten, maar alsnog is er meer mis dan je op het eerste gezicht zou denken. De Russische salie in de hoek heeft bijna een eigen postcode nodig. Er groeit onkruid op het tuinpad dat langs het huis naar de oprit loopt, en de bruidssluier heeft de overkapping praktisch in een wurggreep. En de ontplofte ligusterhaag is me helemáál een doorn in het oog. Die had ik eigenlijk al veel eerder moeten snoeien, dus ik hoop dat hij nog redelijk vergevingsgezind is.

Joy is even naar de bakker en is van plan daarna de stad in te gaan om een nieuw jurkje te kopen voor haar 'officieuze' date, dus ik heb voorlopig het rijk alleen.

Ik start mijn ochtend met een kop koffie en schuif net de gordijnen open als Cecile de krant komt brengen.

Ze gebaart dat ze moet rennen en blaast me een kushand toe. 'Voorlezen!' roept ze zo hard dat ik het zelfs hier achter glas nog kan horen. Voor de zekerheid beeldt ze met haar handen uit alsof ze een boek openslaat.

Ik steek mijn duim op ter succeswensing, zwaai terug en loop naar de gang om de krant van de mat te pakken. Wanneer ik die op het aanrecht heb gelegd en mijn koffie op heb, smeer ik mijn wangen en neus in met wat zonnebrandcrème en zet ik mijn zonnebril en zonneklep op. Even later stap ik, gewapend met mijn heggenschaar, de veranda op. Normaal gesproken snoei ik met een elektrische heggenschaar, maar nu de koolmezen op het punt van uitvliegen staan, moet ik het met brute spierkracht doen.

Mijn plan van vandaag is als volgt: eerst de haag snoeien, dan het onkruid wieden. De Russische salie laat ik vandaag voor wat het is, want die had ik eigenlijk in het voorjaar al moeten doen.

'Goed,' zeg ik. Ik maak een paar knipbewegingen met de heggenschaar, als om te testen of hij nog werkt na drie jaar ongebruikt te zijn. 'Daar gaan we dan.'

Een goed uur later ziet de haag er eindelijk weer fatsoenlijk uit en heb ik het snoeiafval bij elkaar geharkt en in de groene container gegooid wanneer ik voetstappen over het grind van de oprit hoor.

'Frida? Ben je hier?'

'In de achtertuin! Het hek is open.'

Luciens hoofd verschijnt om de hoek van de schutting. 'Kijk aan, een stuk minder groen dan de vorige keer dat ik je zag.' Hij lacht hartelijk, en ik kan alleen maar denken aan hoe rood mijn gezicht nu moet zijn van het geploeter met die snoeischaar. Gelukkig heb ik een zonneklep en een zonnebril op, al moet ik die laatste eigenlijk afzetten tijdens een gesprek.

Net wanneer ik overweeg hem wat te drinken aan te bieden, kijkt hij schoorvoetend de tuin rond. Hij lijkt zowaar ineens... verlegen.

'Ik heb, eh...' begint hij. 'Ik heb iets voor je meegenomen.' Hij stapt verder de tuin in en haalt achter zijn rug een stok met een strik eromheen tevoorschijn. Even denk ik dat hij me ouder inschat dan ik ben, maar zodra ik op hem af loop, zie ik wat het is.

'Een voegenkrabber! Met een telescoopstang!' Voorzichtig haal ik de grote roze strik los en weeg de krabber in mijn hand. Lichtgewicht, gemaakt van aluminium, maar de behuizing is stevig en robuust. De krabber is van mijn favoriete merk tuingereedschap.

'En...' Lucien zet een paar stappen terug en haalt een tweede cadeau tevoorschijn. 'Ze waren allebei nogal onhandig om in te pakken, dus vergeef me dat deze ook alleen maar een strik heeft.'

'Een onkruidbrander!' roep ik uit. 'Precies die waar ik al tijden mijn oog op heb! Hoe wist je dat?'

'Ik heb zo mijn bronnen,' zegt hij geheimzinnig, maar dan krullen zijn mondhoeken verlegen omhoog. 'Je vertelde laatst dat je nog altijd op je knieën zit te wieden en dat kan echt niet langer. Ik wilde eigenlijk alleen voor de brander gaan, maar toen hadden ze een mooie aanbieding in het tuincentrum.' Hij lacht verontschuldigend en neemt zijn linnen hoed af. 'Ik hoop dat je er blij mee bent.'

Plotseling kan ik me niet inhouden. Ik stap naar voren, ga op mijn tenen staan en druk een kus op zijn zachte, gladgeschoren wang. 'Dank je wel.'

Hij lijkt even overdonderd, maar herpakt zich snel. 'Omdat je weer achter het stuur bent gekropen. Cecile vertelde me dat je weer had gereden.'

In een reflex kijk ik op naar het huis van mijn buurvrouw. Hoewel ik weet dat ze weg is, zou ik zweren een gordijntje te zien bewegen op de bovenverdieping. Als ik voor de tweede keer kijk, is alles weer stil.

'Ik weet hoe moeilijk dat voor je was,' gaat Lucien verder. 'Dus... Ach, het is een kleinigheidje.'

Ineens is hij zo kwetsbaar en lief, die lange man die normaal gesproken zo hoog boven me uittorent, dat ik er zomaar iets uit flap. Joy zou trots op me zijn als ze hier was.

'Heb je misschien zin om een keer wat te eten? Samen? In een restaurant, of zo? Of misschien bij mij thuis, maar ik ben niet zo'n goede kok, dus in een restaurant lijkt me beter. Ik ben binnenkort jarig en het lijkt me heel leuk om dat samen te vieren, en...' Ik klap mijn mond dicht als ik besef dat ik sta te bazelen.

Ik weet dat het ongemanierd is om met je zonnebril op met iemand te praten, maar als ik hem nu afzet, ziet Lucien dat ik bloos.

Ach, aan de andere kant... Wat kan mij het ook schelen?

Ik neem mijn zonnebril af en kijk hem aan terwijl de tien langste seconden van mijn leven verstrijken. Overduidelijk heeft Joys aanwezigheid in mijn huis invloed op me, want ik moet me er fysiek van weerhouden niet verder te ratelen omdat ik de blik op zijn gezicht niet kan lezen. Dan, éíndelijk, verschijnt er een glimlach op zijn gezicht. 'Dat lijkt me erg gezellig.'

Er fladdert iets in mijn onderbuik.

'Mij ook,' zeg ik. 'Zou volgend weekend iets kunnen zijn?'

'Klinkt perfect.'

'Ik heb wel één voorwaarde.' Ik hoop maar dat hij het geestig vindt en niet halsstarrig of 'nieuwerwets', maar nu heb ik het toch al gezegd.

Hij kijkt me nieuwsgierig aan.

'Jij mag het restaurant uitkiezen, maar ik zou jou graag ophalen. Ik weet dat het niet traditioneel is –'

Hij onderbreekt me al voordat ik mijn zin kan afmaken, door zijn hand op mijn onderarm te leggen. Lieflijk. Kalm. Rustig en warm. Het gefladder in mijn onderbuik neemt toe als zijn blik verzacht en hij zegt: 'Ik zou niet anders willen.'

Week 4

- Zelfhulpboek van deze week:

  Claudettes datebijbel: Je hart openstellen in vijf stappen

- Doel(en) van deze week:

  - op DATE!

- Motto van deze week:

  Ongeluk zit in een klein hoekje.

  Geluk zit in de rest.

23

Joy

Ik weet niet helemaal zeker of ik nog wel weet hoe dat moet, daten. Dit voelt echt als een ontzettend slecht idee. Ik ben er helemaal nog niet aan toe om weer te daten, en al helemaal niet met Leon. En ik weet wel dat we eigenlijk hebben gezegd dat het geen echte, officiële date is, maar het voelt in elk geval verschrikkelijk officieel.

Leon en ik hebben afgesproken op het terras van een café dat erom bekendstaat meer dan veertig speciaalbieren te schenken, waarvan ze er ruim twintig op de tap hebben. Vroeger was het onze vaste kroeg, en aan het begin van mijn studententijd kwamen we er wekelijks. Uit angst Leon tegen het lijf te lopen ben ik er al vijf jaar niet geweest.

We hebben afgesproken dat we er een diner aan vastplakken als het gezellig is, en verder 'zien we het wel'. Dat kan ik, dingen 'wel zien'. Heus. Ik ben daar heel goed in. Lekker ontspannen, niks aan de hand. Ik ben daar zelfs zo goed in, dat ik me het leplazarus trap op weg ernaartoe, puur omdat ik Zo Ontzettend Ontspannen ben.

Als ik aankom, zet Leon net zijn fiets op slot.

In de paar seconden die ik nog over heb tussen het moment dat ik afstap, Frida's fiets op slot zet en hij me zal opmerken, haal ik mijn vingers door mijn haar en doe ik een razendsnelle check of ik geen zweetplekken in mijn nieuwe jurkje heb. Meteen geef ik mezelf een mentale high five, want het kleurige bloemenpatroontje verbloemt – letterlijk – een hoop.

Ik ben blij dat hij er al is, want ik weet nooit of je op zo'n moment eigenlijk een tafeltje moet kiezen of dat het beter is om op de ander te wachten. Voor mijn gevoel kies ik dan altijd voor de verkeerde optie en scheep ik de ander op met een ongewilde plek, waar we nooit zouden zijn beland als we in samenspraak de tafel hadden gekozen.

'Je bent er,' zegt Leon. Alsof het de normaalste zaak van de wereld is, loopt hij op me af en omhelst me.

Hij omhelst me.

Ik was eigenlijk van plan om te gaan voor een handdruk of zelfs voor een simpel 'hoi' met een halfbakken zwaaitje, maar hij omhelst me. Het overvalt me zo dat ik als een stijve hark blijf staan, tot het besef indaalt dat dat nóg idioter is. Snel knuffel ik hem terug.

Hij draagt nog steeds hetzelfde geurtje als toen. In Filos stond hij te ver weg om het te ruiken, maar nu kan ik er niet omheen. Het is een geur die ik alleen maar bij hem heb geroken. Alsof die voor hem gemaakt is. Leon ruikt alsof hij net gedoucht heeft. Zonder dat ik het wil, dringt zich een beeld aan me op van hem met een handdoek om zijn middel en parelende waterdruppels op zijn borst. Oké, echt erg is dat beeld nou ook weer niet. In elk geval ruikt hij fris, schoon en aquatisch, zoals die mannen die in parfumreclames als een Griekse god uit het azuurblauwe water verrijzen. En zo ziet hij er ook uit. En zo… voelt hij ook. Is hij naar de sportschool geweest?

Zo onopvallend mogelijk schieten mijn ogen naar zijn handen. Geen verlovings-, trouw- of vriendschapsring. Ik weet dat we 'gewoon gaan bijpraten', maar een omhelzing als die van net geef je niet zomaar, toch?

'Je ziet er goed uit,' zeg ik.

Hij lacht en wrijft met zijn hand in zijn nek. 'Voor iemand die net als een bezetene achttien XL-brownies in stukken heeft gesneden? Dank je wel. Het zweet op mijn voorhoofd is op weg hiernaartoe vast opgedroogd door de wind.'

Ik veeg een lok haar achter mijn oor en grinnik. 'Ik vond al dat het eruitzag alsof je je spierballen had gebruikt.'

Leons lach wordt breder en zijn ogen beginnen te twinkelen.

Mijn hemel.

Twee vrouwen aan een van de voorste tafels op het terras rekenen af, precies op het moment dat we aan komen lopen.

'Perfect,' zegt Leon opgewekt. 'Dan kunnen we mensen kijken.'

We knikken naar de vrouwen en ik vang een omslagdoek op die van de schouders van een van hen waait als een windvlaag over het plein gaat. Ze bedankt me uitvoerig en gebaart zwierig dat hun tafel helemaal van ons is.

Leon schuift mijn stoel aan en ik frunnik wat ongemakkelijk met de stof van mijn jurkje. De bloemen zijn donkerblauw, zijn lievelingskleur. Ik doe alsof ik het niet zie wanneer zijn blik iets langer op me blijft rusten.

Een ober verschijnt aan onze tafel en nog voor hij zijn riedeltje heeft kunnen afdraaien, heb ik er al uit geflapt wat ik wil. Niet omdat het mijn favoriete speciaalbier is, maar omdat ik vanochtend een kwartier de nieuwe kaart heb bestudeerd – voor het geval er iets anders was dan vijf jaar geleden. Ik zou een tentamen kunnen maken over hun speciaalbieraanbod en er een tien voor halen. Met mijn ogen dicht.

Leon bestelt een van de bieren van de tap en kijkt me aan wanneer de ober vraagt of we er nog iets bij willen eten. 'Ben je nog steeds zo gek op kaasloempia's?'

Ik weet even niet wat ik moet zeggen. 'Dat je… Dat je dat nog weet,' stamel ik.

'Hoe kan ik dat nou vergeten? Ze heeft in Frankrijk ooit om "loempia's du fromage" gevraagd,' vertrouwt hij de ober toe. 'Dan is het nu toch fijn dat we hier gewoon dezelfde taal spreken. Een dubbele portie, alsjeblieft.'

De jongen knikt, tikt alles in op zijn handterminal en draait zich om.

'Ik heb je gegoogeld,' geef ik toe als hij weg is.

Leon trekt verrast een wenkbrauw op. 'O?'

'Ik wilde…' Ik slik. Hoeveel ga ik hem vertellen?

'Je was benieuwd of ik wat van mijn leven had gemaakt,' gokt Leon. Er ligt geen oordeel in zijn stem, al lijken zijn ogen iets donkerder te worden terwijl hij het zegt.

Ik haal mijn schouders op en doe alsof ik heus niet zó geïnteresseerd was. 'Ik was gewoon benieuwd. Hoe het met je ging, en zo.'

'En, hoe ging het met me, volgens het internet?'

'Goed, heel goed. Ik werd zowaar overvallen door een vleugje nostalgie bij het zien van de foto's van hoe Filos er vroeger uitzag. Nu is dat echt wel verbeterd, hoor, met dat stuk van de toonbank eruit.'

'Meer ruimte voor pastries.' Leon knikt, alsof ik meteen begrijp wat hij daarmee bedoelt. 'We hebben vorig jaar het pand achter Filos aangekocht. De muur is doorgebroken en we hebben daar een bakkerij gemaakt. Alleen de koffie branden we niet zelf, maar de rest maken we sindsdien allemaal *in house*.'

Ik knik.

Allemachtig, waarom voelt dit zo ongemakkelijk?

Hij glimlacht en pakt de kaart met alle speciaalbieren van tafel. Hoewel we net al hebben besteld, bestudeert hij alles minutieus.

Aan het tafeltje naast ons wordt hartelijk gelachen, en ineens hou ik het niet meer. 'Weet je,' begin ik. 'Waar ik voor kwam, in Filos… Ik was daar niet zomaar om koffie te halen. Ik wilde je mijn excuses aanbieden.'

Alsof iedereen op hun eerste werkdag in de horeca een spoedcursus hoe-verstoor-ik-belangrijke-gesprekken volgt op kosten van de zaak, verschijnt op dat moment een meisje met een overvol dienblad aan onze tafel. 'Ik heb hier een Ale Mary?'

Ik stuur al het bloed dat naar mijn wangen stijgt – zonder succes – in gedachten weer naar andere plekken in mijn lijf en steek een vinger op. 'Voor mij.'

Ze zet het kelkglas voor me neer en ik kijk verlekkerd naar het perfect getapte, amberkleurige bier. 'En dan heb ik hier de Mango Unchained.' Ze lacht breed en zet met een zwierig gebaar het tulpglas voor Leon neer. 'De kaasloempia's komen er zo aan.'

We bedanken haar en ik gris mijn glas nog net niet van tafel.

'Nou, proost, zou ik zeggen,' zegt Leon, waarna hij zijn glas omhooghoudt en wacht tot ik het mijne ertegenaan tik.

'Proost,' zeg ik tegen het tafelblad.

Kijk hem gewoon aan, Joy. Kijk hem gewoon aan…

'Zeven jaar slechte…' begint hij, maar dan weet ik het eindelijk voor elkaar te krijgen mijn hoofd op te tillen en hij zwijgt zodra onze ogen elkaar vinden.

Het is alsof hij dwars door me heen kijkt.

Zijn mondhoek kruipt iets omhoog en ik kan het niet helpen dat mijn ogen afdwalen naar zijn lippen. Ik weet nog hoe die lippen voelen. Zouden ze nog net zo zacht zijn als toen? Zou zijn baard kriebelen?

Ik dwing mezelf naar mijn biertje te kijken en hoop dat Leon over iets anders begint, maar hij leunt achterover en neemt ontspannen een slok, blijkbaar niet van plan om het gesprek weer te openen. Draaierig maak ik mijn blik van hem los en ik kijk naar het plein. De tafel. Het plein. De mensen.

Lichtjaren gaan voorbij, terwijl ik naar alles en iedereen behalve Leon kijk en zijn ogen zowat een gat in mijn wang branden.

'Je was iets aan het vertellen,' hervat hij uiteindelijk het gesprek, als we allebei al de helft van ons bier op hebben.

Eigenlijk wil ik het wegwuiven of doen alsof ik niet meer weet waar we het over hadden, maar dat verdient hij niet. Leon verdient excuses voor hoe ik hem heb behandeld en als het niet zo druk was in Filos had ik hem dat toen al gezegd. Dan is nu maar het moment.

Ik neem eerst nog twee slokken bier, adem diep in en heb mezelf dan voldoende bij elkaar geraapt om hem weer aan te kunnen kijken. 'Ja. Ik wilde zeggen dat het me –'

'De kaasloempiaatjes?'

Ik knijp mijn ogen dicht om niet met een onzachte karateveeg het dienblad uit haar handen te meppen.

'Ja, lekker,' zegt Leon. 'O, met een dubbele portie chilisaus! Daar hoopte ik al op.'

De serveerster zet glunderend het bord op ons tafeltje. 'Voor ieder een eigen bakje. Geniet ervan!'

Ik weet dat je alles wat net uit de frituur komt altijd een paar minuten moet laten liggen voordat je eraan begint. Ik weet het. Dit zijn niet mijn eerste kaasloempiaatjes en het zullen vast ook niet mijn laatste zijn.

Toch schiet mijn hand naar voren alsof er een elastiekje aan zit. Ik pak een miniloempia van het bord, dip hem in de chilisaus en steek hem in mijn mond. Meteen voelt het alsof ik een brandende aansteker naar binnen heb geschoven en ik zuig zo onopvallend mogelijk koude lucht naar binnen. Als we nog ergens gaan eten vanavond, zal ik er niets van proeven, want mijn tong is zojuist op drie plekken verbrand.

'Zijn ze niet heet?' Leon kijkt bezorgd naar het bord, waar de loempiaatjes zelfs met deze zomerse hitte lijken te dampen.

'Valt wel mee,' lieg ik, de tranen in mijn ogen weg knipperend.

Op dat moment schalt 'One more time' van Daft Punk over het terras en ik duik als een ninja op mijn tas af. In mijn ooghoek zie ik Leons ogen zo groot als pastaborden worden.

'Is dat...' begint hij, maar ik druk en swipe op alles tegelijk. Alles om het geluid maar te stoppen, ondertussen mezelf hevig excuserend – nu wel, zij het niet voor het juiste.

Precies op het moment dat ik denk de oproep te hebben weggedrukt, heb ik blijkbaar al opgenomen.

'Hallo?' klinkt er uit mijn telefoon.

Ik staar er een seconde naar alsof ik niet weet wat dit voor magisch apparaat is dat ik nu in mijn handen heb.

'Als je op moet nemen...' suggereert Leon.

'Eh... ja. Ja, eigenlijk...' zeg ik. Ik maak me klein, alsof dat een verschil maakt in de hoeveelheid geluid die ik produceer. 'Hallo, met Joy,' fluister ik. Meteen voel ik me een idioot en ga ik weer rechtop zitten, schuif mijn stoel naar achteren en gebaar naar Leon dat ik zo terug ben.

Ik ken het nummer niet, maar het heeft dan ook ruim een jaar geduurd voordat ik het Zuid-Afrikaanse telefoonnummer van mijn ouders kende, dus dat zegt niets. En dat terwijl daar een compleet andere landcode bij staat.

'Hoi, Joy, je spreekt met Inez, van de woningbouwvereniging. Bel ik gelegen? Ik denk dat ik goed nieuws voor je heb.'

Het duurt een paar seconden voor ik besef wie ik aan de lijn heb, maar dan herinner ik me Inez weer. 'Hoi, Inez! Je belt absoluut gelegen.' Ik laveer zo goed en zo kwaad als het gaat tussen de tafeltjes door en glip het plein op. 'Vertel.'

'Ik heb je vraag naar woonruimte voor je uitgezet binnen mijn netwerk. Een van mijn kennissen heeft een pand verbouwd naar vier appartementen, vlak buiten het centrum. De woningen zijn net af en ze waren allemaal al verhuurd, maar een van de huurders heeft op het laatste moment afgezegd. En geen zorgen, ik weet wat je budget is en het past perfect.'

Ze noemt de kale huurprijs en ik laat bijna mijn telefoon op de klinkers kletteren.

Dit is perfect. Binnen mijn budget, vlak buiten het centrum… Het is perfect.

'O,' is alles wat ik kan uitbrengen.

'Je kunt nog aansluiten bij de nieuwe bezichtigingsronde. Maar…' Ze aarzelt even. 'Het is wel wat kort dag.'

Ik kijk achter me en begin langs het terras te ijsberen. 'Hoe kort is kort?'

'Over een uur. De verhuurder had alleen vanmiddag nog plek. Er komen een paar mensen kijken en de kans is groot dat daar een nieuwe geschikte huurder tussen zit, dus ik kan je vrijwel zeker zeggen dat er geen volgende ronde komt.'

De vijftien laatste e-mails in mijn inbox doemen op in mijn gedachten. Eén bestelbevestiging van pizza, twee spamberichten van de volgende Grote Prijs Die Ik Heb Gewonnen en twaalf afwijzingen voor woningen. Twaalf stuks.

Dus als Inez zegt 'Als je geen tijd hebt, begrijp ik het helemaal. Ik overval je nogal, natuurlijk,' roep ik heel snel: 'Nee! Ik regel wel wat. Dat komt wel goed.'

Ergens knaagt een stem die zegt dat ik niet zomaar weg kan gaan, maar wat als dit mijn enige kans is? Inez heeft de afgelopen weken welgeteld één keer gemaild – puur als update, om te zeggen 'dat haar team nog steeds voor me aan het zoeken was'. Dat was het.

Mijn blik dwaalt over het terras en mijn ogen vinden die van Leon.

Hij glimlacht naar me.

'Sorry,' mime ik. Meteen kan ik mezelf wel voor mijn kop slaan. *Echt, Joy? Nu wel?*

Zijn glimlach wordt weer breder en vol overgave stort hij zich op de loempiaatjes, een gebaar makend dat waarschijnlijk betekent dat hij weigert nog langer op mij te wachten.

Er gaat zo'n vanzelfsprekendheid van uit dat ik ineens een idee krijg. 'Weet je wat, ik doe het. Wil je me mailen hoe laat ik waar moet zijn?'

Inez roept met exact dezelfde stem als haar moeder dat ze blij is dat te horen en belooft me direct alle details toe te sturen. We hangen op en ik blijf nog even staren naar mijn scherm.

Is dit wel een goed idee?

Lang heb ik alleen niet om daarover na te denken, want Leon roept mijn naam en houdt een miniloempia omhoog. 'Ik ben ze allemaal aan het wegwerken, hier. Hou me tegen!'

Ik loop terug naar onze tafel en ga weer zitten.

'Is alles in orde?' vraagt hij.

'Ja,' antwoord ik. 'Ik denk het wel.' Ik draai me zijn kant op. 'Ik weet dat we hier pas net zijn, maar... Zou je met mij een huis willen bezichtigen?'

24

Frida

Ceciles lepelplant is op sterven na dood. Ik zou graag zeggen dat het anders was, maar jammer genoeg kan ik er weinig anders van maken. De bladeren zijn bruin, hangen slap en op sommige zitten zelfs donkerbruine brandplekken. Maar het moet worden gezegd: zelf was ik een paar maanden geleden ook op sterven na dood, dus ik ben wel de laatste die daar iets van mag vinden. Ik heb overigens geen gele of bruine plekken – op wat levervlekken na – maar de zwaartekracht heeft mijn lijf aardig gevonden. 'Alles gaat hangen, behalve het tandvlees,' zegt men altijd. Inmiddels moet ik jammer genoeg toegeven dat men gelijk heeft.

Gisteren heb ik de plant een extreme hoeveelheid water gegeven. Joy heeft hem de naam Lodewijk gegeven, want sinds ik haar verteld heb over Nico, Thea en Suske en Wiske vindt ze dat elke kamerplant een naam nodig heeft. Ik hoopte dat Lodewijk wat op zou leven na dat waterbad, maar zo te zien heeft het niet gewerkt.

'Tijd voor zwaarder geschut,' mompel ik, terwijl ik de plant met pot en al op een schoteltje zet en op zoek ga naar een diepere pot. 'Ik denk dat je gewoon een andere pot nodig hebt. Dat hebben we allemaal weleens. Een nieuwe plek, weet je wel? Ruimte om wortel te schieten.' Natuurlijk antwoordt hij niet, maar ik heb er soms ook behoefte aan dat er tegen mij wordt gepraat. Misschien geldt dat voor Lodewijk ook.

'Ik heb ooit gewoond op de plek waar jij vandaan komt,' ga ik verder, terwijl ik in de keukenkastjes zoek naar een grotere pot. 'Of nou ja, misschien heb je er nog wel familie. Het lijkt me sterk dat er iemand naar Colombia is gevlogen om jou uit de grond te trekken.'

Eindelijk vind ik de pot die ik zoek, en ik moet mijn arm ver uitstrekken om hem uit het keukenkastje naar me toe te trekken. Kreunend kom ik overeind, mezelf vasthoudend aan het aanrecht. 'Ik heb Colombia nooit echt leuk gevonden, weet je dat? Dat klinkt harder dan ik het bedoel, maar ik kon er gewoon niet echt aarden. Al heb ik er wel echte koffie leren drinken en sindsdien wil ik mijn dag nooit meer beginnen met iets anders.'

Ik zet de pot op het aanrecht en pak de plant op. 'Zo. Eens kijken wat er met jou aan de hand is.' Voorzichtig draai ik de pot bij en wiebel de plant wat heen en weer om hem eruit te krijgen. 'We gaan voor keramiek, vind je dat goed?' Ik kijk de plant aan en overweeg hem even te laten knikken, maar schud dan toch maar mijn hoofd.

Zodra ik Lodewijk uit zijn benarde positie heb bevrijd, zie ik al wat het euvel is: zijn wortels zijn zo vastgegroeid, dat er amper ruimte over is om voedingsstoffen uit de potgrond op te nemen. Onder in de pot groeien ze zelfs in cirkels en is het één grote wortelkluwen.

Met mijn handen probeer ik de kluwen zo goed als het gaat los te halen. Ik kan niet voorkomen dat er wortels afbreken, maar gelukkig is Lodewijk zo enthousiast aan het groeien geweest dat hij het kan lijden.

Uiteindelijk besluit ik alle aarde weg te halen en volledig te vervangen door verse, voedingsrijke potgrond.

'We gaan ervoor, Lodewijk,' murmel ik. 'Jij en ik, opgewekt naar de toekomst.' Ik werp een blik op de doelen van deze week, die Joy traditiegetrouw met de papegaaienmagneet op de koelkast heeft gehangen.

Op date.

Morgen.

Het is maar een etentje. Zoveel stelt het niet voor. Waarom ben ik dan alsnog zó nerveus dat ik al twee nachten slecht heb geslapen? Zelfs het avocadomasker van gisteravond haalde niets uit.

Op aanraden van Joy heb ik een proefabonnement op een dienst voor audioboeken afgesloten, om zo ook te kunnen 'lezen' tijdens het tuinieren. Gisteravond zag ik dat het boek met datingadvies is voorgelezen door de auteur zelf, dus start ik de app en leg mijn mobiel naast me op speaker.

'Je hart openstellen voor een nieuwe liefde is ontzettend moeilijk,' klinkt de warme stem van de auteur door de keuken.

'Jij zegt het,' brom ik, terwijl ik nieuwe aarde in de pot schep.

'In dit boek neem ik je mee langs vijf stappen waarvan ik denk dat ze essentieel zijn om te doorlopen, voordat je toe bent aan een nieuwe liefde. Zie dit boek niet als een snelcursus daten, want dan kom je van een koude kermis thuis. Zie het als toewerken naar iets nieuws. Vijf nieuwe stappen. We beginnen bij de eerste stap en daarvoor gaan we terug naar een van mijn vorige boeken: *Houden van jezelf*. Wist je bijvoorbeeld dat de oude Grieken acht verschillende soorten liefde hadden? Zelfliefde is er daar één van.'

Ik pak Lodewijk op en hou zijn kluit onder de kraan om het laatste beetje aarde weg te spoelen. 'Als je nu zegt dat ik eerst van mezelf moet houden voordat ik van een ander kan houden, zet ik je boek af...' Ik buig me naar het scherm om te zien hoe de auteur heet. 'Claudette.'

'Begrijp me niet verkeerd: de gedachte klinkt mooi, maar het is onzinnig om te beweren dat je eerst van jezelf moet houden, voordat je een ander kunt liefhebben,' klinkt er uit de speakers.

Ik knik tevreden en draai de kraan uit.

'Maar een nieuwe relatie begint wel bij een goede basis. En die basis ben jij. Hoe vaak zeg je "nee" tegen een ander, zodat je "ja" kunt zeggen tegen jezelf? Denk eens terug aan de laatste keer dat je écht iets deed voor jou, en niet voor iemand anders.'

Ik leun met mijn pols op het aanrecht en staar naar de plant. Ik doe nooit iets alleen voor mezelf. Nu niet, maar in de afgelopen decennia ook niet. Niet bewust; ik heb heus wel mijn eigen mening en voorkeuren, maar is dat niet hoe het leven gaat als je samen bent, dat je keuzes maakt die voor jezelf én voor je partner prettig zijn?

‘Als je met iemand samen bent, maak je vaak keuzes die voor jullie allebei prettig zijn.’

Ik knipper een paar keer en spied voor de zekerheid om me heen, of dit audioboek niet live aan me wordt voorgelezen en of de technologie tegenwoordig niet zo ver is dat ze zelfs mijn gedachten kunnen lezen.

‘In de supermarkt koop je de dingen die jullie allebei lekker vinden, in plaats van voor jouw favoriete chips te gaan. Je kiest een tv-programma uit dat jullie allebei graag kijken, in plaats van die ene natuurdocumentaire waar jij misschien blij van wordt, maar waar hij al na een kwartier bij in slaap valt. Je doet concessies, want dat is wat een relatie tot een goede relatie maakt, toch?’

Ik prevel iets instemmends, knip Lodewijks wortelwildgroei wat bij en stop hem in zijn nieuwe pot. Terwijl de auteur nog een paar voorbeelden en metaforen opnoemt over wat een goede relatie een goede relatie maakt, knip ik de dode bladeren weg en wrijf ik vol genegenheid over de gekortwiekte restjes van wat ooit Lodewijk de lepelplant was. ‘Eens kijken of we jou kunnen redden.’ Ik loop de woonkamer in, zet hem in de kast met de andere planten en doe de luchtbevochtiger aan.

‘Nico, Thea, dit is Lodewijk. Als jullie nou eens extra aardig zijn voor hem, dan voelt hij zich vast snel thuis. Suske en Wiske zullen je niet al te veel lastigvallen, Lodewijk. Die staan erom bekend dat ze er gewoon *zíjn*. Misschien kun je wat van ze leren.’

Wederom zeggen mijn planten niets terug, maar ik zou zweren Nico’s bladeren zacht te zien wuiven.

Terug in de keuken besef ik dat ik door weg te lopen een stukje heb gemist van het boek, dus ik spoel een halve minuut terug. Terwijl de woorden voor de tweede keer door de keuken weerklinken, pak ik de handdoek met Lodewijks wortel- en aarderesten erop bij elkaar en klop hem uit naast de veranda.

‘Wat zou er gebeuren als we onze verschillen niet vergeten, maar juist gebruiken? Ze niet proberen weg te poetsen, maar juist in te zetten om nader tot elkaar te komen? Uit de eeuwenoude filosofie van het taoïsme weten we hoe belangrijk elkaar complementerende tegenpolen zijn: yin en yang trekken elkaar aan en zorgen samen voor een betere balans. Hemel en aarde, warmte en kou, het noorden en het zuiden, water en vuur.'

Ik frons en pak een glas uit de kast om mezelf wat water in te schenken. Net als gisteren is het vandaag een zonnige, warme dag, maar gelukkig is de verzengende hitte wat afgenomen.

Met mijn mobiel in mijn ene hand en het glas water in mijn andere loop ik de tuin in om in de zitkuil te gaan zitten.

'Yin en yang hebben niet voor niets zulke tegenstrijdige kleuren: wit en zwart. Wat jij eigenlijk doet door steeds vaker voor het grotere geheel te kiezen in plaats van voor jezelf, is van die twee kleuren één kleur maken. En wat krijg je als je wit en zwart op papier mengt?'

'Grijs,' antwoord ik, alsof ik een kinderprogramma zit te kijken.

'Grijs,' stemt Claudette met me in. 'En het leven hoeft niet altijd grijs te zijn. De filosofie van yin en yang werkt al duizenden jaren omdat hij zo simpel is. *Opposites attract.* Wat als je je verschillen niet probeert weg te poetsen, maar ze omarmt en gebruikt om je relatie te verdiepen? Wat als je staat voor wie je bent en al vanaf het begin van een relatie zegt: hier ben ik, *take it or leave it*?'

Ik loop het trapje van de zitkuil af en ga zo zitten dat ik uitzicht heb op het vogelhuisje aan de veranda. Zo te zien ben ik precies op tijd: de moederkoolmees die ik de afgelopen weken af en aan heb zien vliegen, zit luid kwetterend in de ligusterhaag. Af en toe steekt er een pluizig kopje van een van de jongen naar buiten, maar zelfs de aanmoediging van zijn ouders lijkt hem niet te helpen. Hij moet het zelf doen. De ironie van het uitvliegen van de jonge koolmezen en de gedachte die erbij hoort, ontgaat me niet.

Hij moet het zelf doen.

'Laat me je eens een vraag stellen,' haalt het audioboek me uit mijn gedachten. 'Hou je van olijven?'

'Nee.' Ik geef nog antwoord ook.

'Je eerste instinct is misschien om een partner te willen die, als je niet van olijven houdt, er óók niet gek op is. Want hoe handig is het dat je dan nooit olijven in huis hoeft te halen? Maar bekijk het eens andersom. Wat als jij niet van olijven houdt, maar je partner wel? Er komt vast ooit een dag dat er olijven in je gerecht zitten en jij ze er een voor een uitvist. Stel nou dat je dan juist met die olijven je partner dolgelukkig maakt. Hoe goed vul je elkaar dan aan? Over die theorie gaan we het hebben in het volgende hoofdstuk, maar eerst wil ik met je afspreken dat je voortaan vaker kiest voor jezelf. Als het helpt, zeggen we het samen: hier ben ik, *take it or leave it.*'

'Hier ben ik, *take it or leave it,'* zeg ik haar na.

'Heel goed,' klinkt er uit mijn telefoon. 'Dan wil ik het nu graag met je hebben over –'

Ik pak het toestel op en zet het audioboek af, want de koolmezen beginnen steeds harder te kwetteren en ik wil ze niet storen. Bovendien wil ik mijn volledige aandacht bij hen hebben, en niet bij het audioboek.

Als Theo nu hier was, zouden we samen in de zitkuil zitten. Dan zou ik tegen hem aan kruipen, zou hij zijn arm om me heen leggen en dan zouden we net zo lang blijven zitten tot alle jonge meesjes waren uitgevlogen. Ook als dat betekende dat we het koud kregen, want de ongeschreven regel is dat je je zo stil mogelijk houdt als je getuige mag zijn van zoiets bijzonders. Met andere woorden: je haalt het niet in je hoofd om naar binnen te rennen voor een deken of een trui.

Gelukkig is het nu nog aardig warm, maar de zon zakt wel steeds verder. Als de mezen echt hun tijd nemen, zit ik hier nog wel even.

De moederkoolmees kwettert nog altijd hard vanuit de haag, alsof ze roept: 'Kom op, jongens. Het is maar een klein stukje. Jullie kunnen het wel. De wereld wacht op jullie!'

Een nieuw mezenkopje verschijnt in het gat van het vogelhuisje en het bekje gaat hard op en neer. Theo leerde me ooit dat de ouders van koolmezen op een gegeven moment gewoon stoppen met voer brengen, ter motivatie om uit te vliegen. Zo van: als je eten wilt, zul je het toch echt zelf moeten gaan halen. Of het waar is weet ik niet, maar ik kan het me best voorstellen.

In onze maatschappij kennen we zoiets als 'compassiemoeheid': de beperkte hoeveelheid begrip die men kan opbrengen voor een ander. Op een bepaald punt is het op. Misschien dat koolmezen op een gegeven moment voedermoeheid ervaren.

Nieuw gekwetter klinkt, en ik zie een pluizig bolletje driftig heen en weer fladderen voor het invlieggat. Hij wordt aan de kant geduwd door zijn broertje of zusje, die nu zelf zijn of haar pootjes op de rand van het gat zet en overduidelijk moediger is dan de eerste koolmees, want zijn kopje steekt zowaar echt een stuk verder naar buiten.

Papa koolmees heeft zich inmiddels bij mama koolmees gevoegd. Zijn brede, zwarte 'stropdas' op zijn buik steekt af op zijn verendek en hij roept nog harder dan zijn eega.

'Toe maar, meesjes,' fluister ik. 'Jullie kunnen het.'

Dan gaat het ineens heel snel. Een van de jongen hupst weer in het gat, steekt zijn kopje nu een stuk verder naar buiten en stort zich dan naar buiten. Een fractie van een seconde lijkt het alsof hij ter aarde stort, maar dan flappert hij excessief met zijn vleugels en zweeft naar de haag, waar hij met luid gekwetter wordt ontvangen.

'Yes,' zeg ik zacht. 'Goed gedaan, jongen!'

Dan volgen ze allemaal, alsof voor koolmezen geldt: 'als er één mees uit het hok is, volgen er meer'. Een voor een verschijnen de meesjes in het vlieggat. Ze storten zich naar buiten en vliegen, stuntelig en houterig, naar de overkant van de tuin.

Uiteindelijk vliegen er zeven jonge koolmezen uit. Ik zit er gefascineerd naar te kijken.

Daar gaan ze. Voorzichtig, aarzelend, stapje voor stapje en vleugelslag voor vleugelslag.

In mijn leven heb ik zo'n tien keer vogels zien uitvliegen, en elke keer was het weer een bijzondere gebeurtenis. Dit is echter de eerste keer dat ik het in mijn eentje zie; de afgelopen keren waren allemaal samen met Theo.

Ik sla mijn armen om mezelf heen en slik de opkomende brok in mijn keel weg.

'Ik zou willen dat je dit kon zien,' fluister ik. 'Kom nu maar weer terug. Zonder jou is er niets aan.'

25

Joy

Ik wist niet dat het mogelijk was om verliefd te worden op een huis, maar ik ben het. Het appartement is perfect. Het is een driekamerappartement met een piepkleine badkamer, twee slaapkamers en een aardig ruime, lichte woonkamer.

Het verbaast me hoe snel Leon meeging in dit plan. Het is niet de meest ideale date, maar eerlijk gezegd is het oprecht gezellig. Leon heeft verstand van precies die dingen die voor mij één groot raadsel zijn en hij controleert alles alsof hij mijn persoonlijke adviseur is.

We staan in de woonkamer met de open keuken en kijken om ons heen. Tegelijk met ons zijn er nog andere kijkers, dus we hebben wat ruimte voor onszelf. De jongen die de bezichtiging doet stelde zich voor als de stagiair van de verhuurmakelaar die als tussenpersoon optreedt.

'En?' vraagt Leon zacht.

'Het is geweldig.' Ik zeg het voor de zekerheid vanuit mijn mondhoek, want anders weet de verhuurder meteen dat ik het graag wil. Geen idee of en waarom dat een probleem zou moeten zijn, maar Leon zei dat ik me dan te veel in mijn kaarten laat kijken. En dat wil je niet, blijkbaar.

'Werkt de afzuigkap?' Om zijn eigen vraag te beantwoorden, loopt Leon naar het fornuis en drukt het knopje van de afzuiging in. Meteen vult een zacht gerommel de keuken en mijn nieuwverworven adviseur knikt goedkeurend. 'Alleen de badkamer en de slaapkamers nog.'

We zetten koers naar het smalle gangetje dat naar de slaapkamers en de badkamer leidt. Twee andere kijkers – moeder en zoon, te zien aan het identieke rode haar en het gezicht vol sproeten – komen net de badkamer uit. De jongen is opgetogen, maar zijn moeder kijkt wat sceptisch.

'Wel een beetje klein,' zegt ze zacht. Ze glimlacht vriendelijk als we ons langs elkaar wurmen en loopt achter haar zoon aan.

Toen ik op kamers woonde had ik een badkamer die letterlijk uit een wasbak en een douche – onder een schuin dak – bestond. Als ik tien centimeter langer was geweest, had ik schuin in de douchecabine moeten staan, dus mij maken ze niet zo snel bang.

Leon werpt een blik in de eerste slaapkamer en zet een stap opzij zodat ik er ook naar kan kijken. 'Ziet er goed uit, toch?'

Ik kijk langs hem heen en hum instemmend. 'Ruimte zat. Ik zou hier een thuiskantoor van kunnen maken. Of een hobbykamer, of zo.'

Hij draait zich naar me toe en ineens valt het me op dat we samen in de deuropening staan – hij met één hand schuin boven me, tegen de deurpost leunend. Het is zo intiem dat ik meteen weer het bloed naar mijn wangen voel stijgen. Toch is Leon niet in het minst van plan om opzij te gaan.

'Ik wist niet dat jij hobby's had.'

'Heb ik ook niet.'

Waarom klinkt mijn stem zo hoog?

Ik schraap mijn keel. 'Ik zou eerst een hobby moeten vinden. Maar stel dat ik die dan heb, dan zou dit mijn hobbykamer kunnen zijn.'

'Scrapbooken, bijvoorbeeld,' oppert hij. Hij torent nog steeds boven me uit en zijn frisse parfum dringt mijn neus weer binnen.

Mijn mond wordt droog en ik bevochtig onwillekeurig mijn lippen met mijn tong. 'Bijvoorbeeld. *Diamond painting*. Of gewoon schilderen, dat zou ook kunnen.'

'Je zou ook analoge fotografie kunnen oppakken en hier dan een donkere kamer van kunnen maken.'

Waarom heb ik ineens het gevoel dat dit gesprek niet meer over potentiële hobby's gaat?

'Ja, dat zou kunnen.' Mijn stembanden produceren alleen nog maar een hees gefluister.

Leon maakt zich eindelijk los van de deurpost en strijkt haast onmerkbaar langs mijn bovenarm. 'Badkamer?'

Ik kan alleen maar ademloos knikken.

We steken de gang over en mijn longen vullen zich eindelijk weer met lucht. In de woonkamer hoor ik de vrouw met haar zoon afscheid nemen van de verhuurder en ik meen iets op te vangen over dat ze er toch vanaf zien. In stilte stomp ik met mijn vuist in de lucht.

Leon gaat me voor de badkamer in en ik moet toegeven dat de vrouw gelijk had: het is klein. Het toilet is apart, wat inhoudt dat deze badkamer precies groot genoeg is voor de douchecabine, de wasbak – met een smal wastafelmeubel – en een wasmand.

'Meer heb ik niet nodig,' zeg ik opgewekt. 'En kijk.' Ik gebaar heen en weer tussen ons als we allebei voor de wastafel staan. 'Je kúnt er zelfs met zijn tweeën in staan.'

'Perfect.' Leon slaat tevreden zijn armen over elkaar, nog altijd in zijn rol als adviseur. 'Een van de belangrijkste dingen die mensen vaak vergeten te controleren...' Hij reikt langs me heen en trekt de deur dicht. Meteen is het bijna helemaal donker in de ruimte. 'Het slot. Van badkamers en toiletten werken de sloten vaak niet goed, en als je...'

'Niet de badkamerdeur op slot draaien!' horen we ineens een paniekerige stem. 'Het slot hapert soms en dan moet de... brandweer komen.' Die laatste twee woorden zegt de stagiair na een korte stilte waarin Leon en ik elkaar paniekerig aankijken.

'Zo erg zal het vast niet zijn.' Leons stem klinkt kalm en ik kan welgeteld vijf centimeter opschuiven zodat hij beter bij de deur kan.

Hij draait aan het slot.

En nog eens.

En nog eens.

Ik moet intussen steeds meer moeite doen om niet hysterisch in de lach te schieten. Het beeld van Frida die met een haarspeld het slot mijn oude voordeur forceert doemt voor me op en ik overweeg even haar te bellen. Zij weet vast wat te doen.

'De meeste sloten zijn van buitenaf te openen,' zegt Leon door de deur, nog altijd de rust zelve. 'Kan dat met dit slot niet? Met een platte schroevendraaier, of zo?'

'Dat is al zo vaak gebeurd, dat alles helemaal is uitgehold,' piept de stagiair. 'Ik moet even bellen.'

'Wij wachten hier wel,' antwoordt Leon nuchter, en dat is het moment waarop ik het niet meer hou. Ik druk mijn vuist tegen mijn mond en proest zó hard dat ik geen lucht meer krijg. De ruimte is zo klein dat ik niet eens voorover kan buigen in mijn lachstuip, dus in plaats daarvan val ik half tegen Leon aan. Die kijkt me een seconde niet-begrijpend aan, maar dan trekt de eigenaardigheid van deze situatie ook zijn mondhoeken omhoog en lacht hij met me mee. Ik haal gierend adem, stort nu helemaal tegen Leon aan en voel zijn borst schuddend op en neer gaan.

Ineens word ik overvallen door hoe vanzelfsprekend en normáál deze situatie voelt. Met Pascal had ik nooit de slappe lach. Ons plezier was… geremd. Begrensd. Vluchtig, haast. Niet zoals dit.

Nooit zoals dit.

We komen beiden wat tot bedaren en Leon laat me voorzichtig los. De badkamer is natuurlijk niet groter geworden, dus ik zet een nauwelijks noemenswaardig stapje achteruit en de koelte van het douchecabineglas is meer dan welkom tegen mijn rug.

Deze situatie doet me denken aan onze eerste zoen. Op een klassenfeest op de middelbare school, toen we eerst de halve avond hadden gepraat en iemand toen het idee kreeg *seven minutes in heaven* te spelen, omdat we dat in zo ongeveer elke Amerikaanse tienerfilm hadden gezien. Het doel van het spel is simpel: iedereen zit in een kring en één persoon draait aan een fles die op de grond ligt. Met degene die de fles aanwijst, word je precies zeven minuten in een kleine, liefst donkere ruimte opgesloten. Bijvoorbeeld een kast, washok of toiletruimte. Afhankelijk van met wie je wordt opgesloten en of je elkaar leuk vindt of niet, wordt er gepraat, gezwegen of gezoend.

Ik ben in totaal drie keer opgesloten geweest in een kast tijdens dat spel: één keer met mijn beste middelbareschoolvriendin Laura, twee keer met Leon. Met Laura heb ik zeven minuten lang een tactiek doorgesproken hoe ik de fles naar Leon kon laten wijzen. De keer daarna kwam de fles daadwerkelijk bij Leon terecht, maar toen was ik zo zenuwachtig, dat ik zodra de deur dicht zat zei dat ik nog nooit had gezoend. Wat bleek: hij ook niet, ook al dacht iedereen van wel. Ik vergeet het gevoel dat ik toen had nooit meer; we deelden een geheim dat niemand anders wist. De keer daarop zaten we wederom zeven minuten in de inloopkast, waarvan er zes minuten en achtenvijftig seconden de beste van mijn leven waren.

Leon denkt blijkbaar aan hetzelfde, want hij overbrugt de centimeters die ik net achteruit ben gestapt en buigt zich naar me toe. 'Denk je dat we zeven minuten hebben?' fluistert hij.

Een stroomschok vindt zijn weg van mijn oor, via mijn hart, naar een plek diep in mijn onderbuik.

Ik glimlach zo verleidelijk mogelijk, al kunnen we elkaar amper zien in het donker. 'Dat weet ik niet. Wat was je van plan dan?'

'Doe niet alsof je je dat niet meer kunt herinneren,' zegt Leon. Hij overbrugt de laatste afstand tussen ons en laat zijn hand in mijn nek glijden. Als vanzelf vallen mijn ogen dicht en ik open mijn mond een stukje, klaar om hem te ontvangen. Zijn baard kriebelt tegen mijn kin wanneer zijn lippen over de mijne strijken. De aanraking is vederlicht, maar het is genoeg om me te doen wankelen op mijn benen. Leon merkt het en laat zijn arm om mijn middel glijden. Voorzichtig trekt hij me dichter naar zich toe. 'Hai,' fluistert hij tegen mijn lippen.

'Hai,' fluister ik terug, al betwijfel ik of er wel geluid uit mijn mond komt. Mijn ogen beginnen wat te wennen aan het gebrek aan licht en ik weet dat het lichtknopje binnen handbereik is, maar iets aan het donker maakt dit extra spannend.

Ik wil zijn lippen voelen. Zijn mond op mijn mond, zijn tong onderzoekend langs de mijne.

Het is alsof een onzichtbaar draadje me nog dichter naar hem toe trekt. De spanning tussen ons knettert als vonken in de lucht.

Leon laat zijn hand iets uit mijn nek glijden, waardoor zijn vingers nu op mijn kaak liggen. Zijn duim strijkt voorzichtig over mijn wang en mijn hart jaagt in mijn borstkas. Zijn voorhoofd ligt tegen het mijne en ik zucht genietend als het lijkt alsof hij me om toestemming vraagt.

Ik knik. Blijf knikken. Net zo lang tot hij zijn greep verstevigt, zijn lippen eindelijk echt de mijne raken en...

'Ik ben er weer! Mijn baas zei dat het toch moet kunnen met een schroevendraaier en ik heb er eentje gevonden in de keukenla. Hiermee lukt het denk ik wel!'

Ik ben niet eens snel genoeg om te vragen of hij ons *alsjeblieft nog héél even met rust wil laten*, want hij rommelt al aan de deur en niet veel later schuift het slot open.

Een kil, leeg gevoel trekt langs mijn ruggengraat als Leon zich van me losmaakt.

De deur vliegt open en in het felle licht van de gang staat de stagiair. Zijn haar zit in de war, zijn ogen staan wild en hij steekt haast bezeten de schroevendraaier in de lucht. 'Gelukt! Het is gelukt. Ik was even bang dat we de brandweer moesten bellen. Dan had het minstens een uur geduurd! Sorry, echt, ik had het u bij binnenkomst moeten zeggen. Er wordt deze week nog een nieuw slot op gezet, is me net verteld.'

'Een uur,' hoor ik Leon mompelen als we de badkamer uit stappen. 'Dat was inderdaad heel lang geweest.'

Het vuurtje in mijn onderbuik laait op alsof ik er net een donkergroene handdoek op heb gegooid en verandert in een bosbrand als hij in de gang langs me heen loopt, met zijn hand langs mijn onderarm strijkt en me een knipoog geeft.

De stagiair ratelt maar door over de ligging van het appartementencomplex en hoeveel supermarkten zich op loopafstand bevinden, maar ik hoor hem maar half. Mijn lippen tintelen en mijn hart vecht zich een weg naar buiten. Als hij informeert of we nog vragen hebben, antwoord ik ontkennend, want ik weet dat hij toch geen antwoord heeft op de enige vraag die door mijn hoofd gonst: hoe kan ik Leon zo snel mogelijk alsnog zoenen?

26

Frida

Ik weet honderd procent zeker dat ik niet meer weet hoe dat moet, daten. De vorige keer dat ik een eerste afspraakje met een man had is bijna vijftig jaar geleden. Toen droeg ik soulbroeken, had iedereen – zelfs de nieuwslezer op tv – lang haar en was elk huis ingericht in oranje, bruine en gele kleuren. Het televisiebeeld stoorde als er een brommer langsreed, iedereen kookte in die verdraaide Römertopf en tijdens verjaardagen stonden er glazen met sigaretten op tafel.

Vanaf het moment dat ik Theo aan zag komen lopen, wist ik het: met deze man ga ik trouwen. Het was zo'n vanzelfsprekendheid dat ik er nooit bij stil heb gestaan. Het hoorde gewoon zo. Hij en ik hoorden bij elkaar en ik zou er alles aan doen om tot in lengte van dagen deze man gelukkig te maken.

Maar de laatste keer dat ik een soulbroek aanhad, kan ik me niet eens meer herinneren. De oranje, bruine en gele kleuren zijn al jaren uit mijn huis verdwenen en de afgelopen drie jaar hebben steevast magnetronmaaltijden mijn winkelmandje gedomineerd.

Met andere woorden: alles is anders.

Veel meer nog dan wat simpele veranderingen in mijn kledingstijl en interieur – echt álles is anders. De wereld. Mijn wereld. Dus terwijl ik de voordeur achter me dichttrek en over de oprit naar de Saab loop, vraag ik me af of ik hier goed aan doe; die hele heisa weer van voren af aan beginnen. Zou het niet veel gemakkelijker zijn om alleen te blijven?

'Gemakkelijker, maar ook saaier,' antwoord ik, in mezelf mompelend terwijl ik de sleutel omdraai in het contact. Ik wacht tot de motor stationair loopt, duw de choke langzaam terug en geniet van het vertrouwde gepruttel als ik de auto van de oprit af laat rollen.

Rechtsaf, vertelt de navigatie op mijn telefoon me. Die heb ik in moeten stellen, want ik besefte gisteravond pas dat ik niet weet waar Lucien woont. Tot nu toe heb ik hem altijd bij mij thuis of bij Cecile gezien.

Het scherm geeft aan dat ik er over een kwartiertje ben. Vijftien minuten om me te bedenken over deze redelijk impulsieve actie. Hoeveel weet ik nu eigenlijk van Lucien? Hij is Ceciles neef, is gek op Saab-oldtimers, houdt van tuinieren en weet welk merk voegenkrabber en onkruidbrander het beste is. Hij is lang, ziet er goed en verzorgd uit – dat moet ik toegeven – en ik geloof niet dat ik hem ooit in een andere kleur broek dan beige heb gezien.

Zou dat genoeg moeten zijn?

'Het mooiste van liefde en geluk is dat het meer wordt als je het deelt,' klinkt het laatste hoofdstuk van het dating-zelfhulpboek uit de luidspreker van mijn mobiel. De Saab heeft vanzelfsprekend geen aansluiting voor een smartphone en ik weiger die erin te laten bouwen, maar als ik niet harder dan zestig rij, komt het audioboek net boven het geluid van de motor uit. Ik negeer dan ook de navigatie, die me vertelt dat ik de rondweg op moet en besluit een route binnendoor te kiezen. De navigatie begint gelukkig automatisch te herberekenen.

'Dus dat is waar ik deze laatste stap, en dit boek, mee afsluit. De wens voor jou om geluk en liefde niet alleen te ontvangen, maar ook te delen. Met deze vijf stappen is dat hopelijk te verwezenlijken. Open je hart, dan zal de rest vanzelf volgen. Ik beloof het je.'

'Open je hart, dan zal de rest vanzelf volgen,' herhaal ik hardop de laatste woorden van het boek.

Loslaten in week één, het gewoon doen in week twee, de cactus omhelzen in week drie en nu in week vier je hart openen... Eigenlijk is de grote lijn van al deze zelfhulpboeken hetzelfde: het gaat om actie. Dingen dóén. De magie bevindt zich buiten je comfortzone, enzovoorts. Of dat echt zo is weet ik niet, maar slechter zul je er vast niet van worden. Je krijgt hooguit het deksel op je neus, maar daar valt ook wel overheen te komen.

De rest van de rit worden herinneringen aan Theo afgewisseld met twijfels over dit afspraakje. Het voelt nog altijd als een slecht idee en ik weet dat ik er eigenlijk nog niet klaar voor ben. Ik kan alleen niet meer afzeggen, want ik rij al Luciens straat in door het eenrichtingsverkeer en als hij een beetje op Cecile lijkt, staat hij nu voor het raam op me te wachten.

'Je kunt het,' moedig ik mezelf aan, en ik begin het zowaar te geloven. Ik wil het proberen. Daarbij ken ik Lucien weliswaar niet heel goed, maar goed genoeg om te weten dat het vast een gezellige avond wordt. Als dit afspraakje op niets uitdraait, hebben we in elk geval lekker gegeten, want Lucien heeft een Italiaans restaurant uitgezocht waarbij het water me al in de mond liep toen ik online de menukaart bekeek. Ik heb de kaart zelfs zes keer gedownload, al ging dat per ongeluk.

Luciens straat is aan weerszijden omzoomd door hoge bomen. Zowel links als rechts van de straat bevinden zich parkeerhavens en zodra zijn huisnummer in zicht is, stuur ik de Saab voorzichtig naar rechts een parkeervak in. Ik leun voorover over het stuur – wederom de claxon vermijdend – en kijk door de voorruit naar Luciens huis. De straat bestaat uit herenhuizen in allerlei formaten en aan de dubbele voordeur te zien, woont Lucien in een pand met zowel een beneden- als een bovenwoning.

Ik zoek net op mijn telefoon op of het nou 137A of 137B is, als de deur van 137B openzwaait en Lucien in de deuropening verschijnt. Ik draai mijn raampje naar beneden en zwaai naar hem.

Zijn gezicht licht op zodra hij me ziet en hij steekt zijn hand op. Hij ziet er zomers uit met een lichtbruine Fedora op, een linnen overhemd met korte mouwen aan en... een beige broek.

Als in een reflex voel ik of mijn haar nog goed zit en strijk ik over de zachte, zijden stof van mijn grijze blouse. Een onlineaankoop, mijn eerste ooit. Volgens Joy had ik ook iets nieuws nodig, dus we hebben een paar avonden geleden wat websites afgestruind. Binnen een kwartier had ik mijn outfit van dit moment bij elkaar geklikt: deze blouse en een donkerblauwe kokerrok.

Lucien draait de voordeur op slot en loopt verrassend kwiek de treden af naar het trottoir. Ineens twijfel ik of ik moet uitstappen of niet. Als hij mij had opgehaald, had hij het portier aan de passagierskant voor me opengedaan. Maar wil ik dan dat de rollen op álle vlakken omgedraaid zijn?

Tegen de tijd dat ik daar een antwoord op heb, is Lucien al bij de auto. Hij trekt de deur open. Een groen stekje in een kleine, witte bloempot verschijnt in mijn blikveld en ik blijf er een paar tellen naar kijken, voordat ik het – veel te laat – aanpak.

'Goedenavond, mevrouw.' Lucien komt naast me op de bijrijdersstoel zitten, licht zijn hoed en neemt hem dan af. Met een gebaar doordrenkt van vanzelfsprekendheid strekt hij zich uit naar achteren en legt de Fedora op de achterbank. Een zwaar, houtachtig parfum dringt mijn neus binnen en ik probeer het geurtje zo onopvallend mogelijk op te snuiven.

'Goedenavond, meneer,' groet ik terug, als hij toch iets doorheeft en ik snel weer naar achteren leun. 'Wat lief. Dit. Alles.'

'Een stekje van mijn Monstera,' zegt hij, mijn gestamel luchtig negerend. 'Cecile vertelde me dat je binnenshuis meer van planten dan van bloemen houdt, dus ik heb de rozen gelaten voor wat ze zijn en besloot hiervoor te gaan. Met een beetje geluk heb je hier jarenlang plezier van.'

De dubbele betekenis van die opmerking laat me blozen. 'Dank je wel.'

Ik bestudeer het stekje voorzichtig en kom tot de conclusie dat hij zowaar weet wat hij doet: de aarde is precies vochtig genoeg en hij heeft exact zo geknipt dat er een luchtwortel, een blad en een stengel aan zitten. Ik kan niet ín de aarde kijken, maar ik verwacht dat hij een scherpe, schone snede heeft gemaakt. Alle essentiële punten voor een geslaagde stek.

Ik gebaar naar de kastanjebomen aan weerszijden van de straat. 'Wat woon je prachtig.'

De zon valt in goudgele stralen door het bladerdek en landt in poelen op het trottoir.

'Dank je wel,' zegt hij. 'Wat zie je er prachtig uit.'

Ik stamel een verlegen bedankje en ben zo overdonderd door het compliment dat ik alweer het bloed naar mijn wangen voel stijgen.

Lucien volgt mijn bewegingen als ik me enigszins naar hem toe buig om het stekje op de achterbank te zetten en hervat ons gesprek. 'Ik woon hier nu zo'n veertig jaar. Eigenlijk is het huis te groot nu ik er weer in mijn eentje woon, maar het liefst ga ik er nooit meer weg. Er liggen ook te veel mooie herinneringen die anders zouden vervliegen. Daarbij schilder ik graag en er is geen enkele andere plek in de stad waar het zonlicht zo mooi op de bloemen valt als in mijn eigen achtertuin, dus ik zou een dief van mijn eigen creativiteit zijn als ik zou verhuizen.'

Ik kijk even opzij terwijl ik de motor weer start en zie de gedachte aan die herinneringen zich aftekenen op zijn gezicht.

Hij kijkt terug en glimlacht.

'Trek?' vraag ik, als de stilte even tussen ons in heeft gehangen en ik de Saab weer de weg op stuur.

'Best wel,' antwoordt hij. 'Kom maar op met die pasta.'

Dertig minuten later zijn we bij de Italiaan waar Lucien heeft gereserveerd. Het restaurant zit in een hoekpand en ziet er pittoresk uit, mede dankzij de rode markiezen boven de ramen. Lucien houdt de deur voor me open en zodra ik naar binnen stap, zweeft de zwoele stem van Eros Ramazzotti me tegemoet. Mentaal prent ik me in te onthouden dat ik Cecile hiernaartoe stuur. Mits het eten smaakt, natuurlijk. Er hangen grote foto's van typisch Italiaanse landschappen aan de muur en de bar is in zijn geheel van terrazzo gemaakt. Ik probeer me een voorstelling te maken van hoe zwaar dat moet zijn, maar krijg al rugpijn als ik terugdenk aan die keer dat Theo en ik terrazzotegels hadden gehaald om een tuinpad mee aan te leggen.

Lucien hangt zijn hoed aan een kapstok die naast onze tafel staat, met dezelfde vanzelfsprekendheid als waarmee hij de Fedora in de auto weglegde. Daarna schuift hij mijn stoel aan. Ik ben inmiddels de tel kwijt hoe vaak ik al een bedankje heb gestameld. Onze tafel staat in de hoek van het restaurant en Luciens stoel staat niet tegenover, maar schuin naast die van mij.

'Het verbaasde me dat je me vroeg hiervoor,' zegt hij nadat we onze bestelling hebben doorgegeven: een bitter lemon en een spa rood. De vrolijk ogende ober spreekt met een zwaar Italiaans accent en heeft glad achterovergekamd, donker haar.

Ik volg met mijn vinger een vierkantje op het rood-wit geblokte tafelkleed. 'Ja?'

Hij knikt en lijkt iets te willen zeggen, maar oogt ineens verlegen.

De ober verschijnt weer aan onze tafel en doorbreekt de stilte door een nieuwe kroonkaars op onze tafel te zetten. 'Een beetje... *atmosfera*,' zegt hij opgewekt. Hij klikt een paar keer met de aansteker en de spanning, die ongetwijfeld voelbaar is aan onze tafel, negeert hij vakkundig. Als de kaarslont de vlam overneemt, knikken Lucien en ik allebei bewonderend, alsof we nog nooit vuur hebben gezien. Intussen kijken we overal naar, behalve naar elkaar.

'Jullie drankjes komen zo,' zegt de ober.

Ik ben spontaan vergeten wat 'dank je wel' in het Italiaans is. Het voelt alsof de zenuwen zelfs onder mijn huid kruipen en ik wrijf over mijn bovenarmen om de kriebels te verdrijven.

'Ik had dat niet zo mogen zeggen,' begint Lucien als de ober luid zingend tussen de tafels door laveert.

'Je mag alles zeggen,' antwoord ik tegen de kaars. 'Ik wist niet dat je –'

'Zo bedoelde ik het niet,' zegt hij snel. Hij legt zijn hand over mijn hand en ik kijk op. 'Ik bedoelde dat ik jou al heel lang mee uit wilde vragen. Maar ik wilde me niet opdringen. "Verbazen" is misschien ook niet het juiste woord. Blij verrast was ik eerder.'

Ik glimlach.

Luciens hand blijft liggen op die van mij en zijn duim strijkt zacht over de rug van mijn hand.

'Onderweg naar jou bedacht ik dat ik eigenlijk heel weinig van je weet,' geef ik toe. 'Alleen dat je Ceciles neef bent en een voorliefde hebt voor klassieke auto's. En kennis hebt van goed tuingereedschap. Verder weet ik niets van je.'

'Wil je mijn levensverhaal horen?' Hij glimlacht verlegen.

'Ik heb de hele avond.'

Zonder erover na te denken draai ik mijn hand met mijn handpalm naar boven, waardoor zijn hand in de mijne komt te liggen.

Hij vervlecht zijn vingers met de mijne en begint te vertellen. 'Geboren en getogen hier. Bijna vijftig jaar voor hetzelfde bedrijf gewerkt. Een drukkerij,' verduidelijkt hij. 'Ik begon er aan de lopende band en nam na vijftig jaar afscheid als directeur. Haast het klassieke succesverhaal.' Een bescheiden maar trotse glimlach verschijnt op zijn gezicht. 'Verder ben ik veertig jaar getrouwd geweest, geen kinderen. Jolanda en ik ontmoetten elkaar op het werk. Ze was de kantinejuffrouw.'

Een andere ober komt onze drankjes en de kaart brengen en we richten ons beiden even op het uitzoeken van een gerecht. Mijn vingers tintelen nog van onze aanraking.

'De kantinejuffrouw,' pak ik het gesprek weer op, mijn ogen gericht op de kaart.

Het voelt niet eens vreemd om over zijn overleden echtgenote te praten. Op onze leeftijd heeft iedereen nou eenmaal bagage. Die kunnen we wel negeren, maar daarmee gaan de grote, roze koffers in de ruimte niet ineens weg. Bovendien weet hij ook alles over Theo, en het voelt goed om nu meer over zijn verleden te horen.

'Ze deed mijn soepkom altijd extra vol bij de lunch,' zegt Lucien. Als ik opkijk, zie ik een melancholieke, tedere blik in zijn ogen. 'Maar het heeft heel lang geduurd voor ik doorhad dat dat was omdat ze een oogje op me had. Ik dacht dat ze me vooral ondervoed vond, want ik was een lange, pezige slungel toen ik bij de drukkerij begon.' Hij lacht weer en mijn blik dwaalt naar de lachrimpeltjes naast zijn ogen. 'Ik heb altijd gezegd dat als zij niets had gezegd, we nog steeds om elkaar heen zouden draaien. Nou ja, nu niet meer, natuurlijk.' Zijn gezicht betrekt en na een korte stilte zegt hij: 'Borstkanker. Ze was net vierenzestig.'

Ik laat de kaart los om zijn hand weer te pakken.

'Iemand vertelde me ooit dat het gemis van een geliefde net zoveel bij je hoort als je schaduw,' zeg ik zacht. 'Soms is je schaduw zichtbaar, soms niet. Op sommige momenten zie je hem heel vaag, op andere juist heel scherp en donker. Maar het belangrijkste is dat je bij het zien van die schaduw niet alleen aan het gemis denkt, maar ook aan de liefde die je voor diegene voelt.' Ik geef voorzichtig een kneepje in zijn hand.

'Dat vind ik een mooie omschrijving.'

De ober die net onze bestelling opnam verschijnt weer aan onze tafel, ditmaal met een broodmandje, wat dips en een paar schaaltjes met tapenade, gezouten roomboter en... zwarte en groene olijven.

Als we zeggen dat we nog geen keuze hebben gemaakt, verzekert de ober ons ervan dat we geen haast hoeven te hebben. 'Ik kom straks terug,' zegt hij. 'Alle tijd.'

Lucien en ik knikken naar hem, pakken onze glazen op en ik wacht tot hij het woord neemt.

Hij kijkt me nogmaals diep in mijn ogen, kijkt naar zijn glas en weer naar mij. 'Op de liefde, die net als onze schaduw nooit ver weg is. En op het hebben van alle tijd.'

Ik glimlach. 'Op het hebben van alle tijd.'

We nemen beiden een slok, zonder het oogcontact te verbreken.

Er ontwaakt iets rond mijn hart dat al jaren niet wakker is geweest. Dat wordt alleen maar meer als Lucien zich naar de schaal met lekkernijen buigt, een bamboeprikkertje pakt, er een zwarte olijf aan prikt en zegt: 'Olijven. Die vind ik nou echt heerlijk.'

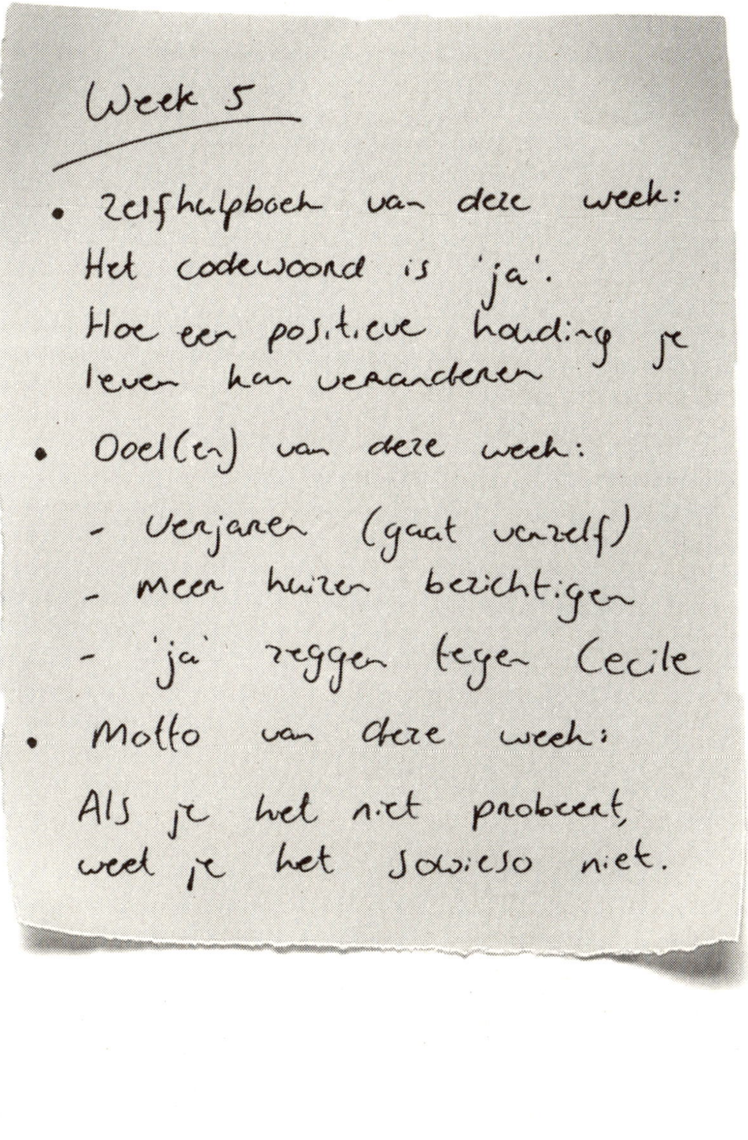

Week 5

- Zelfhulpboek van deze week:

Het codewoord is 'ja'.
Hoe een positieve houding je leven kan veranderen

- Doel(en) van deze week:

- Verjaren (gaat vanzelf)
- Meer huizen bezichtigen
- 'ja' zeggen tegen Cecile

- Motto van deze week:

Als je het niet probeert, weet je het sowieso niet.

27

Joy

Er zijn drie dingen in het leven waar ik écht zeker van ben: dat rood niet mijn kleur is, dat níémand leuk speelt op een blokfluit, en dat toeval niet bestaat. Inmiddels kan ik er een vierde aan toevoegen: dat ik niet weet hoe je een taart moet bakken.

Ik had het gisteren met Cecile over Frida's verjaardag en we kwamen tot de conclusie dat het leuk zou zijn als ik een verrassingsabrikozentaart zou bakken. Met 'we' bedoel ik Cecile, maar omdat het codewoord 'ja' is deze week, had ik eigenlijk geen keus. Een abrikozentaart *it is*.

Je zou zeggen dat een taart bakken niet al te moeilijk is. Zeker nu het abrikozenseizoen is en je op de markt wordt doodgegooid met die dingen. Jammer genoeg heb ik blijkbaar Murphy's abrikozen gekocht, want alles wat er maar mis kan gaan, gaat mis.

Volgens de website op mijn tablet is dit 'een recept voor een eenvoudige maar erg lekkere abrikozentaart'. Volgens mij is het *a recipe for disaster*.

Mijn boter is te koud, ik heb geen idee wat er bedoeld wordt met dat ik de bloem en het amandelpoeder tot 'broyage' moet mengen en ik heb mezelf al twee keer bijna verwond terwijl ik alleen maar de zaadjes uit een vanillestokje wilde schrapen.

Als ik op deze manier doorga, eindig ik met negen vingers, met een halfgare, mislukte taart, of met allebei.

Met mijn duim en wijsvinger knijp ik in mijn neusbrug en ik kijk naar de ravage op het aanrecht. 'Ik heb hulp nodig,' zeg ik hardop.

Ik maak een foto van de rampplek en stuur die naar Leon.

Wilde Frida verrassen met een abrikozentaart, maar ik geloof dat ik haar hiermee vooral een hartverzakking bezorg. Eerlijk zeggen: denk je dat ik hier nog wat van kan maken?

Voor hopelijk extra medeleven stuur ik er een selfie achteraan van mijn gezicht vol bloemvegen, zo zielig mogelijk kijkend.

Vrijwel meteen begint hij te typen.

Dat hangt ervan af wát je ervan wilt maken. Een abrikozencoulis moet nog wel lukken. Een taart kun je (vrees ik) wel vergeten.

Hij stuurt er een simpele knipogende smiley achteraan en mijn knieën veranderen in abrikozenjam bij de herinnering aan zijn knipoog van een paar dagen geleden.

En zijn lippen.

En zijn adem die langs mijn oor streek.

En zijn…

Piep.

Een nieuw berichtje haalt mijn gedachten weg uit de badkamer aan de Lindestraat 12F.

Hoi lieverd, hoe staat het met je zoektocht naar een nieuwe baan? Ik zat wat op vacaturesites te kijken en er is echt heel veel aanbod! Wat vind je van dit? Liefs!

Mam. Ik heb beloofd haar op de hoogte te houden van mijn tot dusver aardig vruchteloze banenjacht en sindsdien is het haar nieuwe levensdoel om me alle vacatures binnen een straal van tweehonderd kilometer rondom deze stad te sturen.

En dat terwijl ik heus wel weet wát ik zoek. Ongeveer, dan. Een studie Commerciële Economie is zo breed dat ik praktisch alles kan worden, als het maar iets met commercie te maken heeft. Accountmanager, marketingmedewerker, business analist, marktonderzoeker, iets in de sales… Alles kan. Eerlijk gezegd is het zó veel dat ik nogal overweldigd ben en ik vraag me af of zo'n brede studie op zak hebben nou iets positiefs of juist iets negatiefs is. Gisteren heb ik nog een halve middag langs allerlei vacatures gescrold en toen kwam ik erachter dat ik heel goed weet waar ik goed in ben – dingen regelen, vooral achter de schermen – maar dat ik niet zo goed weet wat daar de officiële functietitel voor is.

Mams tweede bericht verschijnt op mijn scherm: een vacature voor salesmanager bij een online platform voor beursmaterialen. Gevolgd door een reeks ondefinieerbare emoji's. Ik moet haar toch echt eens uitleggen dat de sneaky grijns-emoji niet per se te combineren valt met een *heart eyes*-gezichtje, een kop koffie en een… vlieger? Ze stuurt er nog een berichtje achteraan.

Weet dat je ook altijd hier welkom bent, hè?

Ik glimlach.

Dank, mam. Lief van je. Alles oké daar bij jullie? Geen babypoepexplosies meer?

Meteen stuurt ze een reeks groene emoji's terug.

Mijn ouders runnen sinds een paar jaar het hotel van mijn oma in Kaapstad. Mam komt daarvandaan, en toen ik een jaar of twee uit huis was liet ze voorzichtig vallen er eigenlijk heel graag naar terug te willen. Toen de gezondheid van mijn Zuid-Afrikaanse oma in rap tempo achteruitging, was de keuze – weliswaar gedwongen – een stuk sneller gemaakt. Mijn oma knapte gelukkig op, maar toen was pap al verliefd geworden op het land en daarom besloten mijn ouders te blijven. Nu runnen ze met zijn drieën het hotel dat oma vijftig jaar geleden is gestart en is het nog maar de vraag of mijn ouders ooit terug naar Nederland komen.

Ik heb er een tijdlang moeite mee gehad dat mijn familie zo ver weg woont, maar er is één pluspunt: pap en mam wonen in dezelfde tijdzone. Dus toen ik vanochtend wakker werd en aan mam vroeg hoe het met haar ging, stuurde ze direct antwoord. Ze stond met een knijper op haar neus de was te doen, omdat iemand op een van de hotelbedden zijn baby had verschoond en er precies tussen twee luiers in een ware poepexplosie had plaatsgevonden.

> Lang geleden dat ik zo hartgrondig heb gekokhalsd. Maar: geen babypoep meer! Hoezee!

Opnieuw die sneaky grijns-emoji en ik gniffel.

Gelukkig maar, stuur ik terug, waarna ik uit nieuwsgierigheid toch maar de vacature open. Je weet het nooit, stel dat het mijn droombaan is. Meteen springt het typische start-uptaalgebruik me tegemoet.

> Wil jij werken bij een van de snelstgroeiende bedrijven van Nederland?
> In deze functie word je intensief en persoonlijk gecoacht door een High Performance Coach, die je helpt het beste uit jezelf te halen!

Ik trek mijn neus op. Ik weet niet of ik 'het beste uit mezelf wil halen' met de hulp van een coach.

Ik scrol verder en lees hardop:

> Ons bedrijf heeft één belangrijk motto: *always play to win*! We gaan ervoor, elke seconde van de dag. Een sportieve instelling is dan ook vereist, zowel op als buiten de werkvloer. Elke maandag gaan we padellen met het team en twee keer per jaar gaan we op een actief teamweekend naar de Ardennen of de Franse Alpen!

'Ik ga nog liever dood,' mompel ik.

Op het moment dat ik fysieke rillingen ervaar bij de zin Help jij ons middels doeltreffende marketingtechnieken de boodschap van onze klanten door te vertalen naar een effectieve branding? schuift er een bericht van Leon in beeld.

> Tenzij je tijd hebt om naar Filos te komen en onderweg van de markt tien abrikozen kunt meenemen. Dan heb je over ongeveer twee uur een abrikozentaart. Ik heb zelfs een doos voor je om hem in mee naar huis te nemen.

Meteen klik ik de vacature weg en ik ren nog net niet naar de voordeur. Ik geloof dat Leon zojuist mijn leven heeft gered.

Een goede drie kwartier later schuift Leon in de keuken van Filos onze er nu al perfect uitziende abrikozentaart in de oven.

Ik zou willen zeggen dat ik een hoop aan deze taart heb bijgedragen, maar ik heb vooral de abrikozen gehalveerd en het beslag in de taartvorm geschept. En toegekeken hoe Leons spieren zich aanspanden terwijl hij de melk en eieren losklopte. En aandachtig geknikt toen hij me uitlegde dat broyage een mengsel is van gelijke delen amandelmeel, of bloem, en suiker.

Het is de zoveelste warme dag op rij, en ik heb me voordat ik wegging nog snel omgekleed en een zomerjurkje aangetrokken, maar nog steeds is het hier bloedheet. Ik hou mezelf voor dat dat komt door de oven, maar ik weet heus wel dat ik hier eigenlijk niet meer ben om vriendschappelijk samen een taart te bakken.

Het is vreemd om terug te zijn in Filos. Op mijn zestiende zat ik hier geregeld aan een van de tafeltjes huiswerk te maken en stiekem te kijken naar Leon die als pezige puber vloekend en tierend probeerde de geheimen van de koffiemachine te doorgronden.

Opnieuw laat een vlaag van vertrouwdheid me wankelen op mijn benen. Gevolgd door spijt. Een allesoverheersend, bijtend gevoel van spijt dat een nare smaak in mijn mond achterlaat. Spijt dat ik Leon heb behandeld zoals ik hem heb behandeld, maar eigenlijk ook spijt dat ik hem zo gemakkelijk aan de kant heb geschoven.

'Gaat het wel?' Leon kijkt me onderzoekend aan. 'Je ziet ineens heel bleek.'

Ik knik robotachtig. 'Ja, het gaat wel,' pruttel ik. 'Ik wilde alleen... Weet je nog waar ik over begon toen we op het terras zaten, voordat we naar dat appartement aan de Lindestraat gingen?'

'Ja...' zegt hij aarzelend.

'Nou, ik besef nu dat we dat gesprek nooit hebben afgemaakt. Dus aangezien we toch drie kwartier moeten wachten, is dit misschien een goed moment om...'

'Chef, alles is afgesloten!' De klapdeur naar de keuken vliegt open en het meisje van de vorige keer verschijnt in de deuropening. 'Ik ga ervandoor.'

Leon knikt en moet zichtbaar moeite doen om zijn blik van mij los te maken. Zijn ogen blijven net wat langer hangen op mijn lippen, voordat hij zich tot het meisje richt. 'Kassa geteld?'

'Yep.'

'Alles schoon?'

Ze knikt. 'Alles schoon.'

'Perfect. Vergeet niet die kataifi mee te nemen, hè? Anders moeten we het morgen weggooien en dat is zonde. Er liggen nog wel dozen onder de toonbank.'

Een lach breekt door op haar gezicht en ze blaast een kushand naar ons. 'Je bent geweldig, Leon. Daar ga ik Ella ontzettend blij mee maken. Liefde gaat door de maag, hè?'

'Doe haar de groetjes van me,' zegt hij warm.

Het meisje steekt haar hand op ter afscheid. 'Zal ik doen. Ik fiets morgenochtend eerst even langs de Heerensingel. Dimitri zei dat hij problemen had met een van de lampen boven de toonbank en ik gok erop dat hij gewoon niet weet hoe hij een nieuwe moet indraaien.'

Leon schudt lachend zijn hoofd. 'Vertel mij wat. Ik heb het hem al drie keer uitgelegd, maar het komt maar niet binnen. Fijn dat je even langs wilt gaan. Als je hulp nodig hebt, laat het me weten, goed?'

Ze steekt haar duim op en geeft een knikje in mijn richting. 'Leuk je te ontmoeten, Joy. Succes met de taart!'

Ik zwaai wat halfhartig en ben haar dankbaar dat ze pretendeerde me niet te herkennen toen ik hier net op de stoep stond. 'Insgelijks. En dank je wel!'

Haar donkere krullen zwiepen over haar schouder voordat ze uit de keuken verdwijnt. Even later horen we het belletje boven de voordeur rinkelen en valt de voordeur in het slot.

'Wat was je aan het vertellen?' hervat Leon ons gesprek.

'Nou...' begin ik. 'Ik wilde mijn excuses aanbieden. Daarvoor was ik hier de vorige keer en dat wilde ik je op het terras zeggen. Ik wilde je mijn excuses aanbieden voor het feit dat ik je zomaar aan de kant heb gezet voor Pascal en je toen zo naar heb behandeld. Ik weet wel dat mensen verliefd kunnen worden op iemand anders, maar de manier waarop ik alles tussen ons heb afgehandeld, was niet netjes. Dat spijt me.'

Leons ogen zijn gefixeerd op mijn mond.

Ik krijg het er benauwd van.

Ik loop naar een van de roestvrijstalen werkbanken en leun er met mijn rug tegenaan. Om mezelf een houding te geven steun ik met mijn ellebogen op het werkblad. 'En "niet netjes" is een understatement,' ga ik verder. 'Het was gewoon ruk. Dat wilde ik je vertellen. En dus sorry zeggen. Voor alles. Voor hoe het gelopen is tussen ons, voor dat ik het je kwalijk heb genomen dat jouw ambities en verwachtingen van het leven anders waren dan die van mij. Want dat was het: anders. Ik was ervan overtuigd dat je geen dromen of ambities had, maar kijk nou eens.' Ik zet me af en gebaar naar de deur die naar het café leidt. 'Dit is jóúw zaak. En je hebt er nóg drie. Én je hebt je eigen *bakery*. Met écht lekkere dingen. Ik droom nog steeds af en toe over die karidopita van laatst. Ik heb je echt vreselijk behandeld en dat spijt me heel erg.' Ik zet me af en begin te ijsberen tussen de industriële oven, het werkblad dat langs de muur staat en de rvs werktafel in het midden van de ruimte. 'Ik heb zoveel fouten gemaakt. Het ergste vind ik misschien nog wel dat ik hier zomaar voor je neus sta en jij alsnog de liefste persoon óóit bent.' Abrupt blijf ik stilstaan en kijk ik zijn kant op. 'Waarom ben je dat? Nog steeds?'

Hij haalt zijn schouders op. 'Waarom niet?'

'Omdat ik je heb behandeld als een... Als...'

'Als stront?' doet hij een gokje.

Ik sla mijn handen voor mijn gezicht en kerm gepijnigd. Daarop hervat ik mijn geijsbeer weer. 'Ja. Eigenlijk wel. Je zou hier moeten staan en moeten zeggen: "Joy, je kunt niet zomaar op de stoep staan na vijf jaar en denken dat alles meteen weer goed is."' Voor die laatste woorden zet ik een lage stem op, al komt het niet eens in de buurt van Leons stemgeluid. 'Dát zou je moeten doen. Maar in plaats daarvan vraag je me mee om wat te gaan drinken, ga je mee als ik dat appartement bezichtig, help je me bij deze abrikozentaart en doe je...' Ik gebaar wild zijn kant op, zonder stil te staan. 'Je weet wel.'

'O, ja,' zegt hij.

'Ja!' roep ik, met mijn rug naar hem toe, maar ik blijf als bevroren staan als een hand zich om mijn pols sluit.

In één beweging draait hij me om en trekt hij me tegen zijn borstkas. Zijn vrije hand glijdt via mijn zij naar mijn onderrug en blijft daar liggen.

'Hai.'

'Hoi.' Ik sluit mijn ogen, want hij is ineens Heel Dichtbij en ik ben ineens Heel Erg In De War.

'Joy, je kunt niet zomaar op de stoep staan na vijf jaar en denken dat alles meteen weer goed is.'

Er ligt een geamuseerde ondertoon in zijn stem en ik open mijn ogen om hem aan te kunnen kijken. Donkere ogen die dwars door me heen kijken, net als al die jaren geleden.

'Nee, inderdaad,' prevel ik zacht.

'Maar toch deed je het.'

'Toch deed ik het.'

'En toch vroeg ik je mee uit.'

'Ja.' Alle lucht is inmiddels uit mijn longen verdwenen doordat Leon zo vreselijk dicht bij me staat. Ik ben er ineens niet meer zeker van of ik nog wel zelfstandig kan staan en ben hem uit de grond van mijn hart dankbaar dat hij me vasthoudt.

Ik wil hem zoenen.

Ik wil hem zó graag zoenen.

Zijn hand op mijn onderrug oefent druk uit en als vanzelf schuifel ik nog een klein stukje zijn kant op. Een heel klein beetje maar. Tot onze onderlichamen bijna helemaal tegen elkaar aan staan en ik niet anders kan dan mijn hoofd in mijn nek leggen om hem nog aan te kijken.

Zijn baard kriebelt tegen mijn kin, en ik voel zijn adem op mijn wang en tegen mijn oor als hij fluistert: 'Er zijn nou eenmaal dingen die je niet zomaar kunt doen. Ik zou jou bijvoorbeeld heel graag willen zoenen nu, maar dat kan niet.'

'Waarom kan dat niet?'

Ik ga zo tegen de vlakte van de spanning, ik weet het zeker.

'Omdat dat alles alleen maar ontzettend ingewikkeld maakt.'

'Of juist heel eenvoudig.'

Mijn stem is hees en mijn ogen worden groot als hij zich iets naar achteren buigt om me aan te kijken.

'Eenvoudig?' herhaalt hij.

'Eenvoudig,' zeg ik. 'Voor mij in elk geval wel, want er is niets wat ik op dit moment liever zou doen dan...'

Die zin kan ik niet meer afmaken, want dat is het moment waarop hij de laatste centimeters tussen ons overbrugt en ik eindelijk zijn lippen op die van mij voel.

Er ontsnapt een zachte kreun uit mijn keel. Wat Leon blijkbaar ziet als aanmoediging, want het ene moment staan we midden in de keuken en het volgende sta ik tegen de werkbank aan geklemd met zijn handen aan weerszijden van mijn heupen. Hij legt zijn handen onder mijn billen, tilt me op alsof ik niets weeg en zet me op het werkblad. Mijn zomerjurk schuift omhoog en ik slaak een gilletje als ik het koude rvs tegen de huid van mijn blote benen voel, maar wanneer zijn tong aftastend over mijn onderlip glijdt, ben ik dat alweer vergeten. Als vanzelf sla ik mijn benen om hem heen om hem dichter naar me toe te trekken. Mijn ene hand ligt tegen zijn kaak, de andere grijpt zich vast in zijn haar. Binnen luttele seconden gaat onze kus van aftastend en voorzichtig naar hongerig en verlangend.

Mijn hand glijdt naar beneden over zijn borstkas en ik maak een vuist in zijn shirt als hij zich heel kort terugtrekt.

Hijgend kijken we elkaar aan en ik kan alleen maar dom glimlachen.

'Hai,' fluistert hij met zijn voorhoofd tegen het mijne.

'Hai,' fluister ik terug, waarna ik mijn onderlijf naar voren schuif en hem opnieuw kus, zonder woorden vragend om meer. Smékend om meer, want het voelt ineens alsof we heel veel in te halen hebben.

Hij kreunt en drukt zijn vingertoppen in mijn heupen als antwoord. Zijn handen lijken overal te zijn en een siddering trekt door mijn lichaam als hij mijn haar vastgrijpt en er zacht aan trekt.

Dan, net op het moment dat ik wegdrijf van de werkelijkheid en er beelden op mijn netvlies verschijnen waar ik het spontaan nog veel warmer van krijg, begint er een kookwekker te piepen. Ergens in de verte. Heel ver van hier.

Leon vloekt een paar woorden in het Grieks en buigt zich opzij om het gepiep uit te zetten. 'De oven.'

'Nu al?' murmel ik daas.

'De tweede oven. Ik had er een schaal portokalopita in gedaan, alvast voor morgen.'

'Sinaasappelcake?' vraag ik. Ik heb mijn best gedaan om alle Griekse lekkernijen die Leon hier maakt en verkoopt uit mijn hoofd te leren. Met succes, want hij kijkt me een fractie van een seconde aan en glimlacht dan breed.

'Sinaasappelcake,' bevestigt hij.

Een vluchtige kus belandt op mijn lippen voor hij zich van me losmaakt en zegt: 'Kom. Ik haal even de cake uit de oven en dan maak ik koffie voor je.'

De mist van onze zoen trekt langzaam op en ik kijk hem schaapachtig aan. 'Maar we hebben nog...' begin ik, maar mijn protest wordt gesmoord met een nieuwe kus.

'Een halfuur voordat de abrikozentaart af is.' Hij tilt me van de werkbank en zet me op de grond. 'Dat weet ik.'

Ook al is het nog steeds bloedheet in de keuken, toch trekt er een heerlijke rilling langs mijn ruggengraat als hij zich naar mij toe buigt en zegt: 'Geloof me als ik zeg dat dat echt niet genoeg is voor alles wat ik met je van plan ben.'

28

Frida

'Drieënzeventig. Drieënzeventig. Drie-en-ze-ven-tig.'

Ik ben de tel kwijt hoe vaak ik het inmiddels hardop heb gezegd. Niet vaak genoeg, want het getal klinkt me nog steeds onwennig in de oren.

Cecile, Joy en ik zitten in de zitkuil achter in de tuin en we hebben alle drie een bordje met daarop een groot stuk van de lekkerste abrikozentaart die ik ooit heb geproefd. Joy stuiterde zowat de keuken binnen en riep dat ze zo enthousiast was over de taart dat ze het er warm van had, maar iets vertelt me dat de blos op haar wangen niet alleen door het goed gelukte gebak komt. Na haar afspraak met Leon was ze alleen zo enthousiast over het appartement dat ze had bezichtigd, dat we het niet meer over het daadwerkelijke afspraakje hebben gehad.

Maar goed, we hebben het ook niet over mijn etentje met Lucien gehad, dus is het niet aan mij om over Leon te beginnen. Ik ken Joy inmiddels een beetje en weet dat ze er heus wel over begint als ze daaraan toe is.

'Je bent oud, Fri,' zegt Cecile nuchter. Ze begint te lachen bij het zien van de dodelijke blik die ik haar toewerp. 'Sorry, maar het is zo!'

'Ik ben oud?' sputter ik. 'Jij bent hier de bijna-tachtiger van ons tweeën. Ik ben een namaakbejaarde.'

Joy giechelt en Cecile kijkt niet-begrijpend van Joy naar mij, maar steekt dan waarschuwend haar vorkje in de lucht en wiebelt ermee heen en weer. 'Wacht maar, nog twee jaar en je zit ook aan de verkeerde kant van de zeventig. Dan is er niks namaak meer aan. De tijd kent geen genade.' Ze prikt een halve abrikoos aan haar vork. 'Kom je nou komende week nog mee naar de moestuin? Lucien is er ook.' Die laatste mededeling doet ze op een zangerige toon en ik kan er niets aan doen, maar ik voel spontaan mijn wangen wat warmer worden.

Joy, die net een hap taart nam, roept met volle mond: 'Dat moet je doen, Frida! Je hebt Lucien niet meer gezien sinds jullie date, toch? Denk aan het boek van deze week... *Het codewoord is "ja"*. Ga voor die positieve houding, zodat je leven kan veranderen!'

Ik zet mijn lege schoteltje naast me neer en kijk opzij naar mijn buurvrouw. 'Je hoort het. Ik ga wel mee.'

Het is dat Cecile een gebaksvorkje vast heeft, anders had ze waarschijnlijk in haar handen geklapt van vrolijkheid.

Joy schuift het laatste stuk naar binnen en verzucht: 'Als ik zo oud mag worden als jullie, teken ik ervoor. Zeker als dat betekent dat ik op mijn tweeënzeventigste nog op date ga. En zo'n tuin heb, met eigenhandig aangelegde zitkuil. Die er overigens extra feestelijk uitziet, al zeg ik het zelf.' Ze gebaart in het rond, naar de wapperende vlaggetjes en de aan de veranda geknoopte bosjes ballonnen. De robotmaaier snort zachtjes over het gazon en twee bijen zoemen om een blauw-paarse hortensiabloem.

'Ja, als we het toch over Lucien hebben...' duikt Cecile meteen op Joys voorzet. 'Hoe was jullie afspraakje? Daar heb je me nog helemaal niets over verteld. Hij ook niet, trouwens.'

Ik glimlach als mijn beeld van Lucien hiermee alleen maar beter wordt: we hadden weliswaar niets afgesproken over of we Cecile wel of niet zouden inlichten, maar het is interessant om te merken dat hij er kennelijk ook geen behoefte aan had.

Ik heb zelfs Joy amper wat verteld over ons afspraakje – behalve dat het erg gezellig was, voor herhaling vatbaar en dat Lucien me een kuise afscheidskus gaf nadat ik hem had thuisgebracht. Sindsdien sturen we elkaar af en toe berichten, maar lang niet zo veel als Joy met Leon uitwisselt. Haar mobiel zit sinds afgelopen week vastgeplakt aan haar hand en meerdere keren per dag zit ze stompzinnig te grijnzen naar het scherm. Behalve toen ze aan het begin van de avond een afwijzing op een appartement ontving waarvan ze zelf bijna zeker wist dat ze het zou krijgen.

'Het was gezellig,' antwoord ik. 'We hebben heerlijk gegeten bij L'Angolo, die Italiaan in de stad.'

'Die nieuwe in dat hoekpand?' Cecile steekt een nieuwe hap taart in haar mond en wijst in de richting van het park.

'Die zit er alweer een tijdje, maar ja, die. Aanrader.'

'Je weet dat het ons weinig kan schelen of het eten lekker was, hè?' zegt Joy.

Cecile wijst waarschuwend in haar richting. 'Spreek voor jezelf, meisje. Ik sta altijd open voor restauranttips. Al helemaal als het Italiaanse restaurants zijn.'

'Ik wil vooral weten of er gezoend is.' Joy wiebelt veelbetekenend met haar wenkbrauwen en duikt lachend weg als ik waarschuwend in haar richting zwaai met mijn gebaksvorkje. 'Wat nou? Ik mag toch wel nieuwsgierig zijn? Kom op, dan vertel ik ook hoe mijn date was. En hoe Leon me heeft geholpen met de taart. Is er al een volgende date gepland? Schrijven jullie liefdesbrieven naar elkaar?'

'Joy!' roep ik waarschuwend. 'Ik ben drieënzeventig. Je doet alsof ik uit de middeleeuwen kom.'

'Is dat niet zo, dan?' Ze kijkt me even afwachtend aan en rolt dan kraaiend van plezier achterover in de kussens, half tegen Cecile aan.

Ik kan niet voorkomen dat er toch een kleine glimlach op mijn gezicht verschijnt. Dan knik ik naar mijn telefoon, die naast die van Joy tussen ons in op de kussens ligt. 'Er is contact, ja.'

Joys lach stokt abrupt en ze graait naar het toestel, maar ik ben sneller.

Ik klem het apparaat tegen me aan en steek mijn neus in de lucht. 'Niets daarvan. We appen, oké? We stellen elkaar elke dag één vraag. Daar geeft de ander dan antwoord op en de volgende dag zijn de rollen weer omgedraaid.'

Joy snakt verrukt naar adem. 'Zoals uit dat datingboek! Ben je nou zelfhulpadviezen aan het opvolgen?'

'Daarom lezen we die boeken toch?'

Ik moet er nog steeds aan wennen dat er een nieuwe persoon is die geïnteresseerd is in hoe ik heb geslapen, wat ik 's ochtends heb gegeten, of ik nog een goed boek heb gelezen en of de koolmezen nog zijn teruggekeerd naar de tuin. Al moet ik zeggen: het blijft bij een paar berichten per dag; ik heb wel betere dingen te doen dan de hele dag naar mijn mobieltje te kijken.

Alsof dat het moment is waarop Lucien heeft gewacht, piept het toestel met een nieuw bericht van hem. Gisteren hadden we het over onze hobby's en stuurde hij wat foto's van zijn schilderijen. Toen ik zei nog nooit te hebben geschilderd, bood hij aan me les te geven. Ik vrees dat mijn schildertechniek is blijven hangen op het niveau van mijn kleuterklassen van vroeger en dat ik vooral goed ben in het schilderen van wat herfstbladeren, bloemen in de lente en een kleurrijke regenboog, maar het idee schilderles te krijgen van Lucien stemt me al een hele dag bijzonder opgewekt.

Vandaag is het zijn beurt en ergens wist ik dat ik, door het gesprek richting culturele en kunstzinnige interesses te sturen, de deur op een kier zette voor deze vraag. Van schilderen is het immers een kleine stap naar muziek. Toch overvalt het bericht me nog, en weet ik niet wat ik moet antwoorden als ik de vraag op het scherm lees.

Cecile zou over deze conversatie slechts één ding te zeggen hebben: daar zit muziek in. Daarover gesproken wil ik je graag de volgende vraag stellen. Wat is je favoriete muziek?

Ik weet niet wat mijn muzieksmaak is. Ik weet het gewoon niet. De muziek die in ons huis altijd werd gedraaid, was van Theo. Hij was de muziekliefhebber van ons tweeën en ik luisterde met hem mee.

Tot drie jaar geleden.

Een paar dagen na de crematie bracht ik alle lp's naar boven en sindsdien is de deur van de zolder afgesloten. Dicht. Ontoegankelijk. Ik kom er niet, Joy komt er niet, zelfs de ketelmonteur komt er niet, want de ketel hangt op de overloop. De ruimte achter de zolderdeur is verboden terrein.

Toch is er iets wat me er nu naartoe trekt. Zeker als ik denk aan de laatste briefjes die nog in mijn nachtkastje liggen te wachten om in het vuur te worden gegooid. Het codewoord is 'ja' deze week, dus kan ik er maar net zo goed voor gaan.

'Sorry, Cecile. Blijf gerust hier zitten, maar ik moet even iets doen.'

'Ik pik je morgen om tien uur op,' zegt ze. 'Ik heb gezegd om halfelf bij de moestuin te zijn.'

'Prima,' bevestig ik. 'Als je wilt, rij ik wel.'

Haar gezicht klaart op. 'Dat zou ik geweldig vinden.'

Ik duw mezelf omhoog uit de kussens, sta op en loop de zitkuil uit, het gazon over.

Vanuit mijn ooghoek zie ik Joy haar lege schoteltje op het mijne neerzetten. 'Wat ga je doen?'

Zonder mijn blik van de openstaande schuifdeur naar de woonkamer af te halen roep ik over mijn schouder: 'Naar de zolder!'

29

Joy

‘Kom je nog?’

Frida staat op de drempel van de schuifpui te wachten.

Ik dacht eerlijk gezegd dat ze niet wilde dat ik meeging, maar dit laat ik me geen twee keer zeggen. In één beweging gris ik onze lege bordjes van de kussens en ren nog net niet het trappetje op, de tuin door. ‘Tot later, Cecile!’

‘Tot later, lieverds,’ hoor ik achter me. ‘Ik blijf even zitten, goed?’

‘Al maak je het vuur aan, ik vind alles best,’ roept Frida terug, wat tot een tevreden gemompel leidt van mijn tijdelijke buurvrouw.

In de keuken zet ik de bordjes meteen in de vaatwasser – een van de regels – en ik weet haast zeker dat Frida mijn hart hoort bonken als ik achter haar aan de trap op loop.

Op de ochtend nadat ik hier tijdelijk kwam wonen, gaf Frida me een rondleiding door het huis. Toen ik vroeg wat zich op zolder bevond, zei ze dat me dat niets aanging en dat het enige wat ik erover moest weten, was dat ik er niets te zoeken had. Aangezien de slaapkamers en de badkamer allemaal op de eerste verdieping zijn, hoef ik er sowieso nooit te zijn, en omdat ik Frida dankbaar ben dat ik hier mag logeren, heb ik er nooit meer naar gevraagd. Wat niet betekent dat ik niet ontzettend nieuwsgierig ben.

‘Toen we hier net kwamen wonen, was het huis nog niet zo goed geïsoleerd,’ vertelt Frida over haar schouder. ‘In de winter werd het hier ijskoud. Dus toen besloten we ’s winters het huis wat om te gooien, zodat we niet de grote benedenverdieping warm moesten stoken, maar een kleinere ruimte. Deze.’ We zijn inmiddels boven en blijven staan op de overloop.

Ineens springt er als een duveltje uit een doosje een angstaanjagende gedachte tevoorschijn. Wat als Frida hier iets vreemds heeft verstopt? Waarom kan deze ruimte op slot? Zou Cecile me horen gillen vanaf hier?

Gelukkig zijn die gedachtes net zo snel weg als dat ze kwamen, als ze een goudkleurige loper omhooghoudt en zegt: 'Dus we maakten hier een soort woonkamer van. De deur kan op slot omdat de vorige bewoners hier een heuse kluis hadden neergezet voor hun waardevolle spullen. Het heeft even geduurd voordat we die hadden verwijderd.'

Ik kijk haar vertwijfeld aan.

'Het ding was niet brandwerend, dus hadden we er weinig aan,' legt ze uit. 'Mocht er ooit brand uitbreken, dan zou ik alsnog naar de zolder moeten rennen.' Ze weegt de sleutel in haar hand. 'Wat nooit is gebeurd, gelukkig. Maar goed, daarom kan de deur dus op slot. We zaten er winters achtereen en soms zelfs tot ver in het voorjaar, maar sinds Theo's overlijden ben ik hier nooit meer geweest.'

Ik moet de neiging weerstaan haar hand vast te pakken en iets bemoedigends te fluisteren. Toch hoop ik dat ze voelt dat ik haar stilletjes aanmoedig.

De sleutel glijdt als vanzelf in het slot en met een zachte klik springt het slot open. Alsof we in een dramafilm zitten, steunt en zucht de deur bij het openen en de scharnieren schuiven met een schel, piepend geluid over elkaar.

Achter de deur komt een knusse, inderdaad als woonkamer ingerichte ruimte tevoorschijn. In het midden staan twee donkerbruine, leren fauteuils, met daartussenin een bijzettafel. Langs de hele achterwand is een lage boekenkast gemaakt met minstens een paar honderd boeken, maar mijn aandacht wordt vooral getrokken door de hogere kast die tot in de nok van de zolder loopt. Die staat ramvol met lp's; sommige met de cover naar ons toe gericht, andere op een rijtje, zoals in een boekenkast.

'Wauw,' is het enige wat ik weet uit te brengen. 'Dit is... Wauw.'

Frida loopt door de ruimte naar de platenkast en ik zie haar een paar keer moeizaam slikken. Haar schouders zijn gespannen en ze zet kleine, behoedzame stapjes.

In beide schuine kanten van het dak is een groot kiepraam gemaakt en door een van de ramen vallen de laatste zonnestralen naar binnen. Stofdeeltjes verzamelen zich in de baan zonlicht. Rechts naast een van de fauteuils staat een tweede lage tafel met daarop een oude platenspeler. In één hoek van de ruimte zie ik een stuk of tien opgestapelde verhuisdozen, een paar kratten en twee volle boodschappentassen.

Ik durf niets te zeggen; bang om de haast intieme sfeer die in deze ruimte hangt te bezoedelen. Dit was overduidelijk Theo's domein, al weet ik niet wat het is waardoor ik die conclusie trek. Het is hier in elk geval prettig. De geur die hier hangt is als in een antiquariaat – vergeeld papier, stof en oude boekomslagen en platenhoezen die betere tijden hebben gekend. Alles ziet eruit alsof het al sinds het begin van deze eeuw niet meer is veranderd of verplaatst. Het is hier warm – niet zo verwonderlijk, want het blijft immers de zolder.

Frida haalt diep adem, loopt naar een van de dakramen en zet het open. 'Excuses voor het stof,' zegt ze zacht. 'Ik ben hier drie jaar niet geweest.' Ze laat zich moeizaam in een van de stoelen zakken en het is meteen alsof er van de sterke, haast onverschillige vrouw zoals ik haar heb leren kennen niets meer over is. Haar houding verandert compleet: haar schouders zakken iets, ze klemt haar knieën tegen elkaar en ze legt haar handen in haar schoot. Haar gezicht lijkt plotseling getekend door groeven van moeheid en ze ziet bleker dan daarnet.

Ik voel me groot en overschaduwend in de deuropening, dus ik loop behoedzaam naar de andere stoel en neem op het puntje van de zitting plaats. In mijn hoofd buitelen de woorden over elkaar die ik graag zou willen zeggen, maar alles voelt te veel. Daarom besluit ik zwijgend de ruimte rond te kijken en Frida haar verdriet in haar tempo te laten verwerken.

Na een tijdje begint ze te praten en terwijl ze elk woord lijkt af te wegen, ontvouwt zich voor mijn ogen het échte liefdesverhaal van Theo en Frida, het liefdesverhaal dat begint met de posterkokers, langs de vele verhuizingen leidt en eindigt bij de mooiste scène die ik ooit voor me heb kunnen zien.

Wanneer ze die scène vertelt en haar stem breekt, breekt mijn hart in duizend stukjes.

30

Frida

'De laatste keer dat ik hier was, was precies één week na Theo's crematie,' begin ik. Mijn stem klinkt onvast en ik schraap mijn keel. Ik wil niet huilen. Ik wil dit verhaal vertellen zoals het was – zoals het ís: mooi, lief en warm. Moeilijk in al zijn hevigheid, maar met als boventoon de liefde die Theo en ik voor elkaar voelden.

'Ik kroop zowat tegen de muren op van verdriet en moest van mezelf iets doen om niet langer elke dag al die uren in bed te blijven liggen, dus ging ik opruimen. Ik wist: als ik het nu niet doe, doe ik het nooit meer. Het was de eerste en ook meteen de laatste keer dat ik iets heb veranderd in het huis.' Ik kijk op naar Joy en zoek op haar gezicht naar iets van herkenning. Erkenning, misschien wel. 'Ik kon het niet, Joy. Ik kon niet langer de woonkamer rondkijken en continu de hoop hebben dat Theo zo binnen kon komen wandelen.'

Joy knikt voorzichtig. Haar handen liggen in haar schoot en ze spoort me woordeloos aan verder te vertellen.

Ik gebaar naar de dozen en kratten in de hoek van de kamer. 'Die komen van beneden. In die kast waar nu mijn planten in staan, stonden vroeger Theo's lp's. Honderdvijftig stuks. "Een selectie van mijn favoriete muziek," zei hij altijd. Dit zullen er nog veel meer zijn. Ik ben gestopt met tellen toen we de vijfhonderd passeerden. Het liefst luisterde hij naar alles tussen bigband, swing, jazz en bossanova. Benny Goodman, Miles Davis, Ella Fitzgerald, Etta James en Nat King Cole waren vaste bewoners van de platenkast beneden, net als Tony Bennett, Frank Sinatra en Count Basie. Maar ik wist dat ik ze nooit meer zou kunnen luisteren zonder te huilen, dus heb ik ze in één avond allemaal ingepakt en hiernaartoe gebracht. Inclusief de tweede platenspeler, want natuurlijk stond er hier een en beneden ook.' De boodschappentas met daarin de volautomatische Sony-draaitafel lijkt me veroordelend aan te kijken.

'Maar platen zijn toch hartstikke zwaar?' vraagt Joy. Ze kijkt met grote ogen van mij naar de platen en terug.

Ik knik. 'Loodzwaar. Daarna had ik dan ook drie dagen spierpijn. Waardoor ik óók weer op bed lag.' Ik glimlach zwakjes bij de herinnering, maar de kilte in mijn hart is er niet mee verdreven.

'Muziek was zo'n groot onderdeel van ons leven samen. Er ging haast geen dag voorbij dat je in ons huis geen muziek hoorde. En omdat Theo vond dat er altijd overal muziek geluisterd moest kunnen worden, kocht hij een tweede platenspeler voor in de woonkamer. Ik heb ontelbare keren op mijn knieën gezeten om onkruid weg te halen, terwijl de bossanovaklanken door het raam of de openstaande deur de tuin in dreven. En dan danste hij met me.' Ik slik en strijk over mijn trouwring. Ooit was hij glanzend, gemaakt van het mooiste witgoud. Inmiddels is hij valer geworden en zit hij vol krasjes. Net als ik. 'Hij gaf kleur aan mijn dagen, Joy. Hij zorgde voor muziek. Hij zei altijd tegen me dat ik me moest laten meevoeren op het ritme, dan kwam het allemaal goed. Dan nam hij de leiding en dan hoefde ik alleen maar mee te gaan.'

Ik adem diep in en bibberig uit als de herinneringen me overspoelen.

Ik kon de klok erop gelijkzetten dat als Theo op een bepaald moment 'I Left My Heart in San Francisco' op de platenspeler legde, hij naar buiten kwam om met me te dansen. Met mijn vingers bijna zwart van de aarde, mijn voorhoofd bezweet en mijn schouders verbrand dansten we op Tony Bennetts diepe stem die zong dat het beste nog moest komen en fluisterde Theo in mijn oor dat hij me zou leren te vliegen.

We dansten toen we, getrouwd en wel, voor onze huwelijksreis samen naar Frankrijk reden en elkaar nogmaals beloofden voor altijd voor elkaar te zorgen.

We dansten toen we voor het eerst naar Brazilië verhuisden.

We dansten toen we samen besloten voor kinderen te gaan. En toen die waarzegster in Brazilië me zo diep in mijn ogen keek en zei dat we een kind zouden mogen verwelkomen.

We dansten om de hoop niet op te geven toen het niet zo makkelijk ging als verwacht. Bij de eerste tekenen van een zwangerschap. En toen we de hoop en het verlangen moesten loslaten en ik dacht nooit meer op mijn benen te kunnen staan, wiegde hij me heen en weer. Zachtjes. Geduldig. Teder.

We dansten toen zijn diagnose kwam en hij, ondanks alles, niet bij de pakken neer wilde gaan zitten.

We dansten zelfs tijdens zijn laatste momenten, liggend in bed, hij in mijn armen.

Ik kijk op als er in mijn wazige ooghoek een hand verschijnt. Een papieren zakdoekje.

Joy zit op het puntje van de zitting en legt haar vrije hand op mijn knie. 'Je hoeft niet verder te vertellen. Alleen als je het wilt.'

Ik bet mijn ooghoeken en druk het zakdoekje tegen mijn neus. 'Ik wil het graag vertellen,' zeg ik.

Ze knikt opnieuw en reikt me zonder na te denken een tweede zakdoekje aan. Het eerste leg ik op de bijzettafel tussen ons in.

'Ik heb altijd gedacht dat ik het zou herkennen. Ik zou de eerste tekenen opmerken. Ik zou het zien, het in de kraag grijpen en ook al is er nog altijd geen genezing voor te vinden, ik zou me niet zomaar gewonnen geven. Ik zou iets doen. Wat dan ook.' Ik pak een derde zakdoekje aan en snuif minachtend. 'Maar zo makkelijk was het niet. Ik was naïef. Ik was er zo van overtuigd dat het mij niet compleet zou overvallen, maar dat is nu juist het probleem met zo'n sluimerende ziekte.'

'Die sluimert.'

Ik knik. 'Hij staat niet op de stoep met een grote koffer onder zijn arm en een opvallende rode jas aan, maar glipt ongezien je huis binnen.' Ik gebaar naar de houten balken langs het dak. 'Het is houtworm die aan de balken van je huis vreet, en pas als alles van binnenuit kaal is, zie je aan de buitenkant de symptomen. Pas dan is er de angst dat je huis van het ene op het andere moment in elkaar stort, terwijl die angst er tot dat moment nooit is geweest.'

'Hoe begon het bij Theo?' vraagt Joy.

'Met veranderingen in zijn gedrag. Hij werd slordig, passief, vergat afspraken en kon zich moeilijker concentreren. Hij vertrouwde zichzelf niet meer en kon op zijn werk keer op keer de simpelste taken doornemen, om te controleren of hij ze wel goed had gedaan. We woonden toen alweer een paar jaar in Nederland en wegens een reorganisatie deed hij werk dat onder zijn niveau was, maar alsnog leek alles ineens te veel. Ook dingen die ik hem vertelde, bleven niet hangen. Achteraf heeft het veel te lang geduurd voordat we naar de huisarts gingen. We hadden veel eerder aan de bel moeten trekken. Bij zijn werk, zijn collega's. Ík had het veel eerder moeten zien.' Mijn keel voelt weer alsof die wordt dichtgeknepen en ik kan slikken wat ik wil, maar de eerste tranen rollen nu echt over mijn wangen.

'Achteraf is het altijd makkelijk praten,' probeert Joy voorzichtig.

Ik verfrommel het zakdoekje tot een prop. 'Ze zeggen het. Ik weet het niet, misschien wel. De huisarts dacht aan overspannenheid, misschien een burn-out. Thuisblijven en rust nemen moest hij, dan zou het wel weer goed komen. Het kwam alleen niet meer goed. Het ging juist van kwaad tot erger. Ik werkte weer als onderwijzeres, maar op een gegeven moment belde hij meerdere keren per dag naar school omdat hij iets niet meer wist. Toen heb ik mijn baan opgezegd en ben ik volledig voor hem gaan zorgen. We zijn bij alle mogelijke artsen geweest en hebben alle onderzoeken laten uitvoeren, tot we wisten wat het was.' Ik kijk naar mijn hand. Het zakdoekje zit stevig in mijn vuist geklemd. '"Dementie op jonge leeftijd" was de officiële diagnose. Zo noemen ze dat als je jonger dan vijfenzestig bent. De ziekte van Alzheimer.'

Joy zegt niets. Als ik weer opkijk, zie ik een traan over haar wang rollen. Het raakt me dat ze zo geroerd is. Dit deel van Theo's ziekte lijkt alweer zo lang geleden en ik heb er al zo vaak over verteld, dat het rauwe randje eraf is. Ik kan het haast vertellen alsof het niet mijn verhaal is, maar dat van iemand anders. Klinisch en met gepaste afstand.

'En toen?' vraagt Joy, zonder me aan te kijken.

'Toen stond ons leven op zijn kop. Het geld dat we hadden gespaard voor later was ineens voor nu. Later was er niet meer, want óns later werd míjn later. Mijn later zonder hem. Ik wilde helemaal geen later zonder hem. Ik wilde geen leven zonder hem. Ik had alleen geen keus.' Ik gebaar in het rond, naar de platen langs de wand. 'We besloten nog zoveel mogelijk uit het leven te halen, voor zolang als het kon. We draaiden elke dag minstens één plaat. Vaak werden het er meer, maar het minimum was één. Toen we ze allemaal gehad hadden, begonnen we weer van voor af aan.'

Ik staar naar mijn handen in mijn schoot en wens dat ik een glas water had meegenomen.

'Hoelang heeft het uiteindelijk geduurd?'

'Iets minder dan zes jaar. Maar geloof me als ik zeg dat die laatste jaren geen pretje waren. Je ziet iemand voor je ogen achteruitgaan en je kunt niets doen. Niets.'

Joy staat op, is met twee kleine stappen bij me en gebaart me iets op te schuiven. Voorzichtig komt ze naast me zitten, dicht tegen me aan. Ik moet er iets voor naar voren schuiven en het is wat onhandig, maar de stoel is groot genoeg voor ons tweeën.

'Het is zó moeilijk om iemand weg te zien glijden,' zeg ik. 'Het moeilijkste vond ik dat ik hem eigenlijk al kwijt was, terwijl hij nog leefde. Ik rouwde om een verlies dat ik pas deels had gehad. Hij was er nog, maar ook weer niet. Het is het zwaarste wat ik ooit heb meegemaakt.'

Bij die laatste woorden breekt mijn stem en krijg ik het niet meer voor elkaar om rechtop te blijven zitten; ik krimp ineens, alsof ik fysiek pijn heb.

Joy legt haar hoofd op mijn schouder; net als toen op de schommelbank. Ze haakt haar arm in de mijne en houdt me stevig vast, terwijl traan na traan over mijn wangen rolt.

Als ik eindelijk weer wat bedaard ben, zeg ik met een stem die amper als de mijne voelt: 'Je kunt het leven niet plannen, Joy. Ik zou willen dat het kon, maar het kan echt niet. Ik zie jou met die notitieboekjes en die lijstjes en die zelfhulpboeken, en ik wil je ervoor behoeden dat je zo druk bezig bent met het leven uit te stippelen, dat je het vergeet te leven. Voor je het weet, is het te laat.'

'Het is nooit te laat,' zegt Joy resoluut. 'Kijk naar jezelf: op je tweeënzeventigste nog jezelf opnieuw uitvinden. Er zijn niet veel mensen die dat doen.' Haar hoofd wiebelt op mijn schouder terwijl ze praat.

'Drieënzeventig,' zeg ik.

'Dat bedoel ik. Nog ouder.'

Ik geef haar een zachte por.

We zwijgen weer een tijdje. Door het open raam drijven de geluiden van de zomer de zolder binnen: vogelgezang, een sproeier die wordt aangezet – ik denk door Cecile. In de verte blaft een hond en klinkt het lage, ronkende geluid van een motor.

'Ik vind het zo moeilijk dat ik het leven niet kan plannen,' zegt Joy zachtjes. 'Zo heb ik het mijn hele leven gedaan: wilde ik een toets halen, dan leerde ik voor die toets en dan haalde ik hem. Ik wilde mijn rijbewijs, dus ik spaarde voor lessen, nam lessen, deed examen en haalde mijn rijbewijs. Dat er zoveel dingen zijn waar je géén invloed op hebt is zo...' Ze gaat weer rechtop zitten en kijkt me aan. '...oneerlijk.'

'Zo is het leven.' Ik klink onverschilliger dan ik me voel. 'De grootste les die ik in mijn hele leven heb geleerd, is dat je sommige dingen niet kunt veranderen. Het is zoals het is.'

'Maar je kunt toch wel dingen dóén?' werpt Joy tegen. 'Je had het over olifantenpaadjes. Die creëer je toch ook zelf? Als je het zo zegt, klinkt het alsof de enige optie is om achterover te leunen, af te wachten en dan maar te zien wat er voorbijkomt. Toevallig.'

Ik volg met mijn ogen wat zwevende stofdeeltjes in de lucht. 'Zie, daar ga je de mist in. Ja, sommige dingen komen toevallig voorbij. Op dat moment maak je de keuze: ga je ervoor of niet? Zo maak je dat olifantenpaadje. Maar niet álles valt zo te benaderen. Stel: er is iets waar je alles aan gedaan hebt wat binnen je macht ligt en dan nog loopt het niet zoals je wilde of hoopte. Wat doe je dan?'

Joy haalt één schouder op. 'Mokken. Boos zijn. Er alles aan doen om het alsnog te krijgen zoals ik wil.'

Ze is in elk geval eerlijk.

'Een smeekbrief schrijven naar je ex, bijvoorbeeld?' Ik doe mijn best om het zo neutraal mogelijk te zeggen, maar kan niet voorkomen dat mijn stem een geamuseerde ondertoon heeft.

'Hé!' roept Joy verbolgen. 'Dat is onder de gordel. Maar oké, misschien wel. Is dat zo erg?'

'Dat hangt ervan af. Heb je er wat aan?'

'Niet echt,' geeft ze toe.

'Precies. Onze grootste uitdaging zit hem in het kunnen én willen veranderen wat je niet kunt accepteren, maar ook in het accepteren wat je niet kunt veranderen. Mij heeft dat tientallen jaren gekost en ik ben er nog steeds niet over uit of ik die kunst inmiddels al beheers.'

'Goh.' Joy tilt haar hoofd op en kijkt me aan. 'Je zou een zelfhulpboek moeten schrijven.'

31

Joy

Een huis bezichtigen wordt een stuk leuker als je iemand bij je hebt waar je óók naar kunt kijken. Ik moet toegeven dat het een beetje afleidt, maar het is vooral erg gezellig. Aangezien het appartement aan de Lindestraat toch aan mijn neus voorbij is gegaan, is de zoektocht naar een nieuw huis met frisse moed hervat. Grappig genoeg hoefde ik Leon niet eens te vragen of hij mee wilde: toen ik hem zei dat ik een nieuw huis ging bezichtigen, nodigde hij zichzelf gewoon uit.

Eerlijk gezegd had ik natuurlijk liever gehad dat ik helemaal geen huizen meer hoefde te bezichtigen, maar na het gesprek met Frida probeer ik steeds meer los te laten en steeds vaker dingen te accepteren zoals ze zijn. Ik maak mijn olifantenpaadjes en als het niet leidt naar waar ik wil zijn, dan is het wat het is.

'Zo'n kookplaat is wel heel fijn,' zegt Leon. Hij knikt naar de inductiekookplaat en trekt ter inspectie de koelkast open, maar sluit hem weer als er één tomaat in blijkt te liggen. 'O. Nou, in elk geval is het wel schoon,' zegt hij lachend.

We staan in de keuken van het appartement en hebben net de slaapkamer, berging en woonkamer bekeken. Alles ziet er prima uit, al vraag ik me af of mijn maatstaven steeds verder naar beneden worden bijgesteld. Op dit moment zijn mijn wensen als volgt: een slaapkamer waar een tweepersoonsbed in past, stromend water en ruimte voor een bank in de woonkamer.

'Ja, héérlijk, hè?' Uit het niets duikt de verhuurmakelaar op die deze bezichtigingsronde begeleidt. Wederom lopen we met vier mensen tegelijk door het huis, maar ik dacht dat de andere twee de slaapkamer aan het bekijken waren.

Als ik achter haar de gang in spied om te zien waar het jonge stel is gebleven, maakt ze een wegwuivend gebaar. 'Die zijn al weg. Zochten eigenlijk een appartement met twee slaapkamers in plaats van één en wilden kijken of dat hierin te realiseren viel. Maar ja, ik had al gezegd: dat kan niet zomaar. Ze wilden de gok in elk geval niet wagen.'

Leon en ik knikken begrijpend.

De makelaar is er zo te zien niet rouwig om, want ze fladdert om het kleine kookeiland heen en vraagt: 'Ben je bekend met inductie? Echt, als je eenmaal een inductiekookplaat hebt, wil je nóóit meer anders.'

Ik weet niet zo goed waarom ze me deze kookplaat zo enthousiast staat te verkopen, maar het lijkt me beter om er niet naar te vragen. Voor de zekerheid ga ik er maar in mee; straks vertelt ze aan de verhuurder dat ik niet verknocht genoeg was aan de keukenapparatuur. 'Ik begrijp het helemaal,' zeg ik, ernstig knikkend.

Ook Leon doet nog een duit in het zakje: 'Ik zeg altijd: de keuken is het hart van het huis. Met dit hart zit het in elk geval goed.'

De keuken is zo klein dat die meer weg heeft van een snoephartje, maar ik weet mijn ernstige knikgezicht vast te houden.

'Precies!' roept de makelaar opgewekt. 'Jij snapt het. Hadden jullie de ingebouwde combimagnetron al gezien? Echt een pareltje, hoor. Je weet wel, voor die momenten dat je niet gezellig samen kookt, maar een van beiden een makkelijke magnetronmaaltijd oppiept.' Ze geeft er een overdreven knipoog bij en lacht hard.

Als door een wesp gestoken recht ik mijn rug en mijn blik schiet in Leons richting. 'We zijn niet samen.' De woorden knallen haast uit mijn mond, alsof ik ze niet snel genoeg kan uitspreken. Het voelt ineens heel erg belangrijk om te benadrukken dat we geen relatie hebben; niet voor de makelaar, maar voor Leon. De situatie tussen ons is nog te precair en ik wil hem nergens toe dwingen.

'Niet? O!' De makelaar kijkt verrast van mij naar Leon en terug. Als ik niet beter zou weten, zou ik het een hilarisch tafereel vinden: Leon die op zijn dooie gemak tegen het aanrecht leunt, terwijl ik compleet gestrest iets probeer uit te leggen aan iemand die het niets aangaat.

'Jullie zouden een erg leuk stel zijn samen.'

Hoewel ik dacht dat het onmogelijk was, voel ik nóg meer bloed naar mijn wangen stijgen. Er kruipt een prikkelend gevoel over mijn hoofdhuid en ik haal een hand door mijn haar.

'Nou, bedankt, hoor!' roep ik hard. Van ellende draai ik me maar richting de woonkamer en loop met mijn handen op mijn rug naar het raam. 'Het is een, eh... een mooi uitzicht vanaf hier.' In mijn draai zie ik nog net een geamuseerde blik op Leons gezicht.

Het appartement ligt op de bovenste verdieping van een vier verdiepingen tellend pand. De lift was stuk, dus we moesten acht trappen omhoog. Meteen werd ik er weer aan herinnerd dat ik de conditie heb van een kreupele worm. Maar het uitzicht is des te mooier: vanaf de bank kijk je op groene boomtoppen en in de verte ligt een stukje groen met in het midden een eendenvijver. De daken van de omliggende panden baden in het zonlicht en dit appartement heeft zelfs een klein balkonnetje bij de slaapkamer, waarop ik 's avonds in de zon zou kunnen zitten.

'Ja, het is héérlijk,' beaamt de verhuurmakelaar opgewekt en ik vraag me ineens af of volgens haar alles aan dit huis heerlijk is. Als het aan haar zou liggen, zou schimmel in de badkamer vast duiden op 'een heerlijke toevoeging aan de botanische diversiteit in dit huis'.

'Kijk, één slaapkamer is niet per se ideaal,' kwinkeleert ze verder. 'Dat begrijp ik ook wel. Maar zolang je nog geen kinderen hebt en geen inloopkast nodig hebt, is het toch perfect? De slaapkamer is groot genoeg om een bureau neer te zetten, dus je kunt er een thuiswerkplek realiseren. En ach, een logeerkamer is ook niet per se nodig als je een tweepersoonsbed hebt...' Als ik me omdraai en haar kant op kijk, staat ze alweer zo opzichtig te knipogen.

Ik begin een beetje geïrriteerd te raken, maar Leon lijkt het nog altijd niet te deren. Integendeel: hij staat half achter de makelaar en gebaart dat ik het spelletje gewoon mee moet spelen.

Ik kan niet op hem reageren zonder dat zij het ziet, dus ik draai me maar weer naar het raam.

'Dat zijn de leukste logeerpartijtjes,' zegt Leon achter me. Zijn stem is laag en druipt van de suggestiviteit.

Mijn wangen worden in één klap dubbel zo warm als ze al waren, en ik vrees dat ik inmiddels match bij de tomaat in de koelkast.

'Jij zegt het!' roept de makelaar opgewekt. 'Ach, prille liefde... Dat is toch –'

Precies op dat moment weet ik weer dat er écht niet zoiets bestaat als toeval, want de bel schalt door het appartement om de volgende ronde bezichtigers aan te kondigen.

'Bedankt, universum,' mompel ik tegen de lucht.

'Welkom! Kom maar naar boven, het is helemaal bovenin. De lift is helaas stuk, maar ik beloof je dat het de tocht waard is!' roept de makelaar in de intercom.

Ik hoor bevestigende geluiden uit de speaker komen en de makelaar excuseert zich tegen ons.

'Ik loop ze even tegemoet. Kijk gerust nog even rond. Hebben jullie de badkamer al gezien? Er zit een héérlijke regendouche in!' En weg is ze.

Leon komt achter me staan, dichterbij dan ik van hem gewend ben. Mijn oor kriebelt als hij zich ernaartoe buigt en fluistert: 'Zullen we eens kijken of de badkamerdeur goed op slot kan?'

Ik draai me om en sta half ingeklemd tussen de vensterbank en hem.

Hij maakt geen aanstalten om een stap naar achteren te zetten. 'Ik vond het wel wat hebben, doen alsof we samen voor dit appartement komen kijken.' Zijn adem strijkt langs mijn wang en oor terwijl hij het zegt. Wanneer hij zijn handen aan weerszijden van mij op de vensterbank zet, ben ik ervan overtuigd dat ik zo onderuitga.

'Leon...' zeg ik vermanend, maar er zit weinig kracht in mijn stem en er rolt een halve giechel overheen. 'Die mensen komen zo.'

'Die mensen moeten acht trappen op. Tegen de tijd dat ze hier zijn, beloof ik je dat ik je weer heb losgelaten.' Zijn hand verplaatst zich van de vensterbank naar mijn onderrug en hij trekt me dichter tegen zich aan.

Als vanzelf richt ik me op om hem aan te kijken en mijn ogen vallen dicht als ik zijn lippen over de mijne voel strijken. Ik leg mijn hand in zijn zij en ga iets op mijn tenen staan om de zachte streling over te laten gaan in een echte kus.

Zijn hand glijdt over mijn onderrug en omsluit net mijn bil als we de voordeur weer open horen gaan.

Betrapt laten we elkaar los alsof we iets illegaals aan het doen waren.

'Daar zijn we weer!' kondigt de verhuurmakelaar het overduidelijke aan. 'Wat een klim, hè? Je ontwikkelt wel goede beenspieren zo!'

De bevestigend hummende stemmen van de personen achter haar zorgen ervoor dat mijn bloed van heet in één klap verandert in ijs- en ijskoud.

De makelaar stapt opzij om ruimte te maken voor de twee nieuwe kijkers en ik verstijf als mijn ogen bevestigen wat mijn oren al meenden te registreren.

Het zijn Pascal en Danique.

32

Frida

Ik geloof dat overal 'ja' tegen zeggen mijn minst favoriete zelfhulpboekopdracht is. Voor mijn gevoel heb ik me namelijk weer ergens in laten kletsen door met Cecile mee te gaan naar haar moestuin, en precies deze week kon ik het niet maken om het aanbod af te slaan. Wat dat betreft had ik liever een zelfhulpboek gehad over 'nee' zeggen. *De kracht van grenzen stellen*, zoiets. Klinkt perfect.

Cecile en ik lopen samen van het parkeerterrein naast het moestuincomplex naar een blokhut-achtig gebouwtje in het midden van de velden. Het is met recht een moestuincompléx te noemen, want alles bij elkaar behelst deze vereniging meer dan honderd tuinen, heb ik me laten vertellen. Sommige zijn slechts enkele vierkante meters groot, andere veertig, vijftig of zelfs meer dan honderd vierkante meter.

'Fri, van harte welkom bij moestuinvereniging Op Hoop Van Regen.' Cecile strekt haar armen uit alsof ze me het paradijs laat zien. Ik mis zowaar het gerinkel van haar armbanden, die ze voor vandaag thuis heeft gelaten. 'Daar is ons clubhuis, de Tuinderstaverne. We komen er bij elkaar om zaden te bestellen, vrijwilligers te vragen als er klussen te doen zijn en allerlei andere dingen te regelen.'

'Laat me raden: dat doe jij allemaal?' gok ik.

Ze antwoordt niet, maar lacht alleen verontschuldigend. 'Eigenlijk zouden we er iemand bij moeten hebben. Maar onze tuinders zijn het liefst bezig met hun tuin, niet per se met al het organisatorische eromheen. Poten in de klei, dat soort dingen.'

We zijn inmiddels aanbeland bij de 'taverne' en ik hou de deur open voor mijn buurvrouw om haar voor te laten gaan. Ze stiefelt de lage drempel over en de gang door. Meteen worden we warm ontvangen door een stuk of zes mensen die aan een lange tafel in het midden van de ruimte zitten.

'Cecile!' roept een vrouw met wit haar – absoluut niet van mijn leeftijd – terwijl ze opstaat en met haar armen gespreid op ons af loopt.

Cecile krijgt een brede lach op haar gezicht en neemt de omhelzing in ontvangst. 'Jetta. Wat fijn je weer te zien. Hoe gaat het met je? En hoe is het met Amin?'

Jetta trekt een gezicht dat van alles kan betekenen. 'Het houdt niet over. Ik zou willen zeggen dat hij aan de beterende hand is, maar...' De huid boven haar wenkbrauwen begint nog meer te rimpelen en ineens barst ze in snikken uit. 'Het gaat nog steeds niet goed.'

Ik probeer mezelf zo klein mogelijk te maken in de deuropening en richt mijn blik op de grond. Ik kan moeilijk nu doorlopen naar de tafel en voor mezelf een kop koffie inschenken, dus besluit ik te wachten tot Jetta weer is bedaard. Ongemakkelijk schuif ik met mijn voet over de betonnen vloer.

Als het gesnik naast me afneemt en ik aarzelend de ruimte durf rond te kijken, ontmoeten mijn ogen twee bekende, blauwe kijkers.

Lucien is er ook.

Meteen staat hij op en komt op me af gelopen, terwijl Cecile en Jetta nog altijd in een innige omhelzing naast me staan.

Jetta maakt zich los en legt haar hand op mijn bovenarm. 'Jeetje. Sorry, hoor. U zult wel denken: wat een vreemde vereniging is dit. Normaal gesproken zijn we echt een stuk gezelliger, dat beloof ik u.'

Daarmee is gelukkig het ijs gebroken en we schieten voorzichtig in de lach.

'Zeg maar je. Als het in orde is dat ik dat ook zeg, trouwens.' Ik haal een papieren zakdoekje uit mijn tas en hou het haar voor.

Dankbaar pakt ze het aan en meteen toetert ze drie keer een soort trompetgeschal in het zakdoekje.

Direct geef ik haar een nieuw exemplaar.

'Dank je wel. Ik ben Jetta. Tuin 76.'

'Frida.' Ik pak haar uitgestoken hand en schud hem. 'Geen tuin, wel drieënzeventig.'

Lucien komt naast me staan en legt zijn hand op mijn schouder. 'Wat fijn dat je er bent. Cecile heeft helemaal niet gezegd dat ze je mee zou nemen vandaag. En jij hebt me ook niets gezegd.'

Ik kijk naar hem op. 'Jij hebt me niets gevraagd.'

Hij geeft een zacht kneepje in mijn schouder, terwijl Jetta en Cecile zich bij de anderen voegen. Dan buigt hij zich naar me toe en zegt met gedempte stem: 'Het is dan ook jouw beurt om iets te vragen, weet je nog?'

Mijn hart valt als losse tuinaarde uiteen in mijn borst en fladdert dan net zo snel weer aan elkaar.

Lucien stelt me voor aan de rest van de club en ik word meteen zonder pardon op een van de stoelen geparkeerd. Voor ik het weet staat er een kop koffie voor mijn neus, mét een gevulde koek.

'Normaal gesproken hebben we ook roze koeken en stroopwafels, maar die ben ik vergeten te bestellen,' verontschuldigt Cecile zich. 'Ik was druk met de voorbereiding voor de rabarberoogst.'

'We hebben nog zes pakken gevulde koeken,' stelt Jetta haar gerust. 'Het is niet alsof we iets tekortkomen hier.'

Cecile glimlacht dankbaar naar haar en haalt een elastomap uit haar tas. De map zit zo vol met papieren dat het elastiek op beide hoeken bijna losschiet. Ik volg vol bewondering haar handelingen, terwijl ze een stapel A4'tjes tevoorschijn haalt.

'Ik heb vandaag Frida meegenomen om te helpen bij het oogsten. Tina heeft namelijk aangegeven zelf geen tijd te hebben en het zou zonde zijn als de rabarber anders te zuur wordt.'

Ik neem een hap van mijn gevulde koek en ben onder de indruk van Ceciles organisatietalent. De ene na de andere getekende plattegrond haalt ze tevoorschijn, inclusief kleurcodes voor alle gewassen.

'Tina's tuin is nummer 33, aan die kant van de velden.' Lucien wijst door het raam, waar de velden vol groene gewassen bijna zover te zien zijn als het oog rijkt. 'Ik loop straks wel met je mee. Ze heeft echt rijen vol rabarber.'

'Weet je hoe je moet oogsten, Frida?' vraagt een man wiens naam ik niet goed heb verstaan toen hij zich voorstelde en waar ik nu niet meer naar durf te vragen.

Ik knik. Cecile had me vanochtend al verteld dat ik zou helpen met de rabarber, dus ik heb me online wat ingelezen. 'Afdraaien of uittrekken en zeker niet afsnijden,' citeer ik het eerste Google-zoekresultaat dat omhoog plopte.

Cecile heft haar koffiekopje naar me. 'Heel goed, Fri. Laten we eerst rustig onze koffie opdrinken en dan aan de slag gaan.'

De rest van de middag vliegt voorbij en voor ik het weet sta ik weer voor de Tuinderstaverne, ditmaal met ruim een kilo rabarber in een boodschappentas aan mijn voeten. Mijn rug doet zeer en ik plak van het zweet, maar ik voel me levendiger dan ik me in tijden heb gevoeld. Zelfs de zwarte randen onder mijn vingernagels doen me niets. Ik heb ze zo goed en zo kwaad als het ging weg proberen te wassen, maar thuis moet ik echt even met de nagelborstel eroverheen. Cecile zei dat ze er altijd vijf in de taverne hadden, maar op wonderbaarlijke wijze zijn ze allemaal verdwenen.

'Fri, is het goed als ik niet met je mee terug naar huis rij?' Cecile veegt haar voorhoofd af met de rug van haar hand en steunt even met haar andere hand in haar zij. 'Ik wil Tina nog laten weten dat alles is gelukt en ik moet nog wat mensen van de wachtlijst contacten voor volgend jaar. Er stoppen een paar tuinders, en het zou jammer zijn als er tuinen ongebruikt blijven het komende seizoen. Maar ik moet eerst uitzoeken wat er nu op gezaaid is, zodat ik nieuwe tuinders kan laten weten waar ze in elk geval mee moeten beginnen komend jaar.'

'Ik vind het prima,' zeg ik. 'Hoe kom je dan thuis?'

'Ik bel wel een taxi.' Ze wuift in de richting van Lucien. 'Luus, wil jij even met Frida meelopen naar haar auto? Die tas is zwaar en ik wil niet dat ze iets verrekt.' Zonder op antwoord te wachten tilt ze zelf – verbazingwekkend krachtig – het krat op dat aan haar voeten staat en schuifelt ermee naar binnen. 'Tot later, allemaal! Bedankt voor vandaag!'

Ik glimlach hoofdschuddend en kijk verontschuldigend op naar Lucien. 'Ik kan best mijn eigen rabarber tillen, maak je geen zorgen.'

'Welnee,' zegt hij beslist. 'Als dat betekent dat ik met lege handen naast je naar de auto loop, heb ik iets niet goed gedaan. En trouwens, ik wil graag nog van je weten hoe het met het Monstera-stekje staat.'

'Nou...' zeg ik betrapt. 'Dat doet het minder goed dan zou moeten.'

Eigenlijk hoopte ik dat ik het stekje nog zou kunnen redden, maar alles wijst erop dat hij hartstikke dood is. Ik weet alleen niet waar het aan ligt: hij krijgt precies genoeg water, de pot waar hij in staat is niet te groot én niet te klein en er valt op geen enkel moment van de dag direct zonlicht op. Ik heb het stekje naast Lodewijk de lepelplant gezet, maar waar Lodewijk steeds meer lijkt op te knappen, oogt het stekje juist met de dag treuriger.

'O?' Lucien buigt zich naar de boodschappentas en tilt hem van de grond. Hem kost het zichtbaar meer moeite dan Cecile en ik onderdruk een zachte grinnik.

'Ja,' zeg ik, blij dat we naast elkaar lopen, zodat ik hem niet hoef aan te kijken. 'Ik voel me er echt al een paar dagen rot over, maar er lijkt gewoon geen leven in te zitten. Er komen geen nieuwe worteltjes en hij wordt met de dag bruiner.'

We lopen samen naar het kleine parkeerterrein naast de tuinen en ik snel een stukje voor hem uit om de achterklep te ontgrendelen. 'Dank je wel,' zeg ik als hij de tas uiterst voorzichtig in de kofferbak zet. 'Voor je uitleg. En je hulp. En, gewoon... Alles. Ik vind het echt heel erg dat het stekje het niet overleeft. Ik ben heel erg mijn best aan het doen om het alsnog te redden, maar ik heb er een hard hoofd in.'

'Heel graag gedaan.' Lucien loopt naar zijn donkergroene Saab 900 een paar auto's verderop en opent de achterklep. Terwijl hij de andere tas rabarber in zijn kofferbak zet, zegt hij: 'Zal ik je eens vertellen dat ik daar al bang voor was?'

'Wat bedoel je?'

'Niet vanwege jou, maar vanwege de plant. De eerlijkheid gebiedt me te zeggen dat de hele Monstera dood lijkt te gaan. Dat gebeurde nadat ik hem had gestekt, maar de kans bestaat dus dat hij al bijna dood was ten tijde van het stekken.'

Mijn mond valt open en ik word zowaar duizelig in mijn hoofd van opluchting. 'Dus het ligt niet aan mij?'

Lucien glimlacht. 'Nee, het ligt niet aan jou. Als het al aan iemand ligt, dan ligt het aan mij, want ik heb een stervende plant gestekt en die aan jou cadeau gedaan. Waar je dus niets aan hebt. Dus mijn excuses daarvoor.'

'De avond zelf was perfect,' zeg ik zacht. 'De herinnering daaraan is al genoeg.'

Hij glimlacht en ik maak aanstalten om naar de bestuurderskant van de Saab te lopen, maar met een simpel handgebaar houdt hij me tegen. 'Kunnen we voor één keer van de regels afwijken, dat ik jou nu een vraag stel?'

Ik sluit de achterklep en voel nog een keer of die echt dichtzit. 'Ga je gang.'

Het is de eerste keer dat ik Lucien weer zie sinds ons etentje en hoewel we onafgebroken berichten hebben uitgewisseld, voelt het nog steeds nieuw en onwennig. Ik weet niet waar ik mijn handen moet laten en frunnik daarom maar aan mijn sleutelbos.

'Zou je nog een keer met me uit eten willen gaan?'

Zijn toon is aarzelend en pas nu besef ik dat hij minstens zo opgelaten en nerveus is als ik. En hoewel er weinig is wat ik liever zou willen doen dan uit eten gaan met Lucien, is er toch iets wat me tegenhoudt. Iets waar ik eerlijk over moet zijn.

'Ik ga Theo uitstrooien volgende week.' Het komt eruit als één aan elkaar geregen zin, alsof het dan minder erg is om te zeggen. Nog steeds is het vreselijk. Nog steeds wil ik het niet. Nog steeds voelt het als een schier onmogelijke opgave. Ik durf hem niet aan te kijken en kijk in plaats daarvan naar het achterlicht van de Saab. 'Dat vind ik moeilijk. Met dit... allemaal... bij elkaar. Ik weet niet zo goed wat ik hiermee moet en het maakt me in de war. Vandaag was heel fijn en gezellig, maar...'

'Wat nou als ik je zeg dat je er niets mee hoeft?' Lucien legt voorzichtig zijn wijsvinger onder mijn kin en maant me op zachte wijze mijn hoofd op te tillen, zodat ik hem aankijk. 'Je hoeft er niets mee. We hebben alle tijd, weet je nog?'

Ik glimlach flauwtjes. 'Zo lang hebben we nou ook weer niet.'

'We hebben in elk geval langer dan tot volgende week. En ik ben een geduldig man. Als er iets is wat ik heb geleerd, is het dat geduld een schone zaak is en dat gras niet harder groeit door eraan te trekken.'

'Van wie heb je dat?'

'Geloof je me als ik zeg dat het een of andere boeddhistische monnik was die me dit vertelde?'

Ik knijp mijn ogen tot spleetjes en dan schieten we allebei in de lach en zeggen in koor: 'Het was Cecile.'

Als we uitgelachen zijn, trekt hij me naar zich toe in een omhelzing. Voor een moment ben ik erdoor overvallen, maar dan sla ik mijn armen om hem heen en druk mijn neus in zijn linnen overhemd.

Hij ruikt verrukkelijk.

Vertrouwd, hoe vreemd dat ook mag klinken.

'Ik vroeg je niet wannéér je nogmaals met me uit eten wilde,' klinkt het boven me. 'Ik vroeg je alleen óf je het zou willen.'

Ik knik zwijgend. De onzichtbare kracht die mijn keel dichtknijpt is terug en ik hoop dat Lucien me begrijpt, als ik maar blijf knikken.

'Dat is alles wat ik wilde weten. We hebben geen haast.' Lucien trekt me nog iets steviger tegen zich aan en geeft een kus in mijn haar, half op mijn slaap. 'We hebben alle tijd.'

33

Joy

Ik zou het universum alle andere keren dat ik wenste door de grond te kunnen zakken en het niet lukte kunnen vergeven, als de lichte laminaatvloer zich precies nú zou opensplijten.

Pascal blijft als aan de grond genageld staan en Danique kijkt alsof iemand voor haar ogen haar fiets heeft gejat.

Leon is zich echter van geen kwaad bewust. Hij laat zijn arm losjes om mijn schouder liggen en zegt: ‘Dat is toevallig! Pascal, ben je ook op zoek naar een woning?’

‘Ja, nee… Daan…’ Pascal lijkt zijn gedachten even te moeten ordenen voordat hij een goede zin kan produceren. ‘Danique zoekt een appartement.’

Ik weet niets uit te brengen. Mijn tong lijkt wel met secondelijm aan mijn gehemelte geplakt en is zo droog, dat ik denk dat ik hem nooit van mijn leven meer los kan krijgen.

Gelukkig is daar, bij een gebrek aan een opensplijtende vloer, de makelaar.

‘Wat leuk! Kennen jullie elkaar?’

Ik krijg geen lucht. Ik moet hier weg. Nu.

‘Ja, maar ik… Ik moet weg,’ stamel ik. ‘Sorry. Ja, ik moet weg. Dank u wel voor de bezichtiging, ik zal het laten weten of ik interesse heb in de woning.’

Als een plank met armen en benen maak ik me los van Leon en wankel ik naar de deur. Ik weet het zowaar voor elkaar te krijgen een half zwaaitje richting Pascal en Danique te doen, maar meer dan dat zit er niet in. In mijn hoofd bonken vier dezelfde woorden, keer op keer: ik moet hier weg. Ik moet hier weg. Ik moet hier weg.

Net als ik denk dat ik buiten schot ben, raakt de makelaar mijn arm aan.

'Je moet eigenlijk de badkamer nog even bekijken.'

Ik wil roepen dat ik het wel geloof en dat het me niets zou kunnen schelen als het toilet een kuil in de grond zou zijn en de douche een emmer met een stel gaten erin, maar Leon ontpopt zich ter plekke tot een ware reddende engel.

'Ik bekijk de badkamer nog wel even. Wacht jij buiten, Joy? Dan kom ik zo achter je aan.'

Ik werp hem mijn meest dankbare blik toe – die er nogal psychopathisch uitziet, merk ik als ik mezelf zie in de spiegel boven de eettafel – en struikel het appartement uit.

Bijna met twee treden tegelijk haast ik me de trap af en met elke meter die ik afleg, voel ik dat de knoop in mijn maag zich ontrafelt. Pas wanneer ik mezelf buiten voor het pand op een stenen muurtje laat zakken, heb ik het gevoel weer te kunnen ademen.

'Hóé dan,' hijg ik. 'Hoe is het mogelijk?'

'Dat vroeg ik me ook af.'

Natuurlijk. In plaats van mij even in mijn sop gaar te laten koken, is hij me gevolgd.

Ik til met alle kracht die ik nog in mijn lijf heb mijn hoofd op en zie Pascals gestalte zich aftekenen tegen de felle zon.

'Hai.'

'Hoi.'

Oké. Even mijn ademhaling onder controle krijgen. Ik hijg als een kleuter na een sponsorloop.

Ik strijk mijn haar glad en ga wat meer rechtop zitten, om in elk geval de indruk te geven dat ik *calm and collected* ben. Wat stond er ook alweer in dat boek van week één, over beginnen met die schone lei? *Je bent je gedachten niet, je hebt ze. Laat ze als bootjes voorbijdrijven op de rivier.*

Ik voel me rustig. Ik ben kalm. Ik heb alles onder controle en elke paniekerige gedachte drijft zonder moeite voorbij.

'Hoe gaat het met je?' Pascal komt naast me zitten en ik vervloek hem dat hij wél de kalme uitstraling heeft die ik nog bij elkaar aan het schrapen ben.

'Prima.' Het komt er botter uit dan ik zou willen, dus ik vraag er voor de beleefdheid achteraan: 'Met jullie?' Ik wijs met mijn duim over mijn schouder. 'Ik dacht dat Danique bij jou kwam wonen.'

Pascal trekt verontschuldigend zijn schouders op en haalt zijn hand door zijn haar. Het is langer dan voorheen. En het staat hem nog ook. Verdorie. 'We kwamen al snel tot de conclusie dat dat misschien toch niet zo'n goed idee was. Het is gewoon... wennen, weet je wel?'

Nee, dat weet ik niet.

'Het leek ons in elk geval beter om het op deze manier te doen en vanaf daar bouwen we alles rustig op.'

In mijn hart vonkt ongewild een sprankje hoop. Het is zo klein dat het amper noemenswaardig is, maar het is er wel en ik kan het niet negeren. Is dit een tegenvaller in hun prille relatie? Wat als ze...

Meteen schud ik in gedachten mijn hoofd en is dat sprankje al gedoofd voordat het er goed en wel geweest is. Al zou het een tegenvaller zijn, wat maakt het uit?

'Klinkt als een weloverwogen besluit,' zeg ik. Ik begin me daadwerkelijk wat kalmer te voelen en merk dat mijn hoofd met de seconde helderder wordt. Ik hoef helemaal geen sprankje hoop, want er ís geen hoop. Ik wíl geen hoop.

'En jij?' vraagt Pascal. 'Of kan ik beter zeggen: en jullie?'

Betrapt kijk ik op, maar zijn blik is oprecht.

'Weet je dat ik altijd heb gedacht dat jullie veel beter bij elkaar pasten dan wij?'

Ja, lekker makkelijk praten, vriend.

'Hoezo denk je dat?' Ik hoor zelf hoe achterdochtig ik klink en schraap mijn keel. Rustig blijven. Terug naar die kalme toestand, niet die hysterische toestand van vijf minuten geleden. Me even richten op mijn ademhaling, dat lijkt me een goed plan. Vier tellen in, langzaam weer uit – ik heb het opgezocht bij de YouTube-yogadocent.

'Is het heel afgezaagd als ik zeg dat het een gevoel is?' Pascal legt zijn hoofd in zijn nek en sluit zijn ogen.

'Misschien een beetje,' geef ik toe.

'Ik denk dat ik vooral bedoel te zeggen dat jullie, ook toen ik je net leerde kennen, een andere band hebben met elkaar. Een soort diepere connectie, of zo.'

'Nou, die diepere connectie heb ik anders op ambitiegebied nooit gevoeld,' zeg ik gepikeerd. Meteen klap ik mijn mond dicht als ik besef hoe zuur dat klinkt.

'Maar hij timmert nu druk aan de weg, toch? Vier zaken, vijf?'

'Vier, inderdaad.' Ik schop een steentje weg. 'Dat klinkt zeker heel snobistisch, alsof hij nu pas goed genoeg voor me is.'

'Ik zie het liever als *right place, wrong time*. Of *right person*, in elk geval.' Pascal opent zijn ogen, staat op en reikt me zijn hand om me ook overeind te helpen. 'Wat zou betekenen dat het nu misschien wél *the right time* is. Als je het niet probeert, weet je het sowieso niet.'

Ik pak zijn hand aan en laat me overeind helpen. Als ik naast hem sta, zucht ik diep. 'Denk je niet dat het te snel is?'

Hij lacht. 'Dat vraag je aan mij? Ik heb niets te zeggen over of iets snel is of niet. Als het gebeurt, gebeurt het. Daar heb je weinig over in te brengen. Geloofde jij niet juist dat er niets in het leven zonder reden gebeurt?'

Ik sla mijn armen over elkaar. 'Wat is dan de reden dat ik jou hier tref?'

'Misschien wel dat ik je kan overtuigen ervoor te gaan. Hoe gek dat ook is om te horen van je ex.' Hij kijkt me peilend aan en grijnst dan breed. 'Kom eens hier.'

Voor ik het weet trekt hij me naar zich toe in een omhelzing zoals alleen Pascal die kan geven.

Als het lijkt alsof de hele wereld tegen je is, hoef je alleen maar vijf seconden te worden omhelsd door Pascal en meteen zijn al je problemen opgelost.

Zo is het altijd geweest en zo zal het waarschijnlijk ook voor altijd zijn.

Een lange stroom woorden ligt in mijn mond klaar om gezegd

te worden, maar ze lossen allemaal op voordat ze mijn lippen verlaten.

Pascals warme armen om me heen, mijn gezicht in zijn shirt en zijn typische muskusachtige geur in mijn neus, doen iets vreemds met me. Al helemaal als hij me nog steviger naar zich toe trekt en fluistert: 'Je verdient het om gelukkig te zijn, JoJo.'

Niemand noemt me JoJo. Niemand, ooit. Behalve hij.

Ik begraaf mijn gezicht in zijn shirt, wetende dat dit misschien de allerlaatste keer is dat ik Pascal omhels. We blijven veel langer dan nodig zo staan en ik voel me steeds een beetje rustiger worden. Ik heb niet de illusie dat Pascal en ik nu vrienden zijn, maar ergens weet ik dat dit moment bijzonder is. Het is echt klaar tussen ons en ik ben hem eindelijk écht aan het loslaten.

Dan hoor ik een kuchje achter ons.

Meteen is de betovering van het moment verbroken en nog half in Pascals armen draai ik me om.

Op de drempel van het appartementencomplex staat Leon.

Week 6

- zelfhulpboek van deze week: Volg je innerlijke kompas. Op weg naar een gelukkiger leven.
- Doel(en) van deze week:
  - Naar Bordeaux voor Theo
- Motto van deze week: Nog nader te bepalen.

34

Frida

Alle keren dat Theo en ik met de Saab op vakantie zijn geweest was het 'gewoon een vakantie', maar als ik Joy moet geloven is 'gewoon met de auto op vakantie gaan' niet meer de term die er nu voor wordt gebruikt. In de eenentwintigste eeuw gaan mensen 'op een roadtrip'.

Dat er voor zo'n roadtrip veertig tassen en koffers mee moeten, is óók nieuw voor mij. Dat ik ze allemaal naar de auto moet slepen eveneens.

Joy zit in de keuken over haar laptop gebogen, met het idee voordat we weggaan in elk geval op vijf huizen én vijf banen te reageren. Ze is het afgelopen etmaal verdacht stil geweest. Toen ze gisteren thuiskwam na de bezichtiging kon ik zien dat ze gehuild had, maar ze begon er niet over en ik wilde niet vragen naar iets waar ze het overduidelijk niet over wilde hebben. Vanochtend hebben we in stilte een kop koffie gedronken op de veranda en sinds een halfuur ben ik de auto aan het inpakken, terwijl zij vacature- en woningwebsites afstruint.

'Hallo?' klinkt het vanuit de gang. 'De deur is open!'

'Hoi, Cecile!' roep ik. 'We zijn in de keuken.'

Cecile steekt haar hoofd om de hoek van de woonkamerdeur. 'Is het al bijna zover? Ongelooflijk, hoe snel die drie jaren zijn gegaan.' Ze geeft me een spontane omhelzing en ondanks dat ik eigenlijk een hekel aan knuffelen heb, omhels ik haar terug.

'Hoe gaat het met je?' vraag ik.

'Ach, zijn gangetje. Het is een beetje veel allemaal, maar dat komt uiteindelijk heus wel weer goed. Ik sta pas stil als ik tussen zes planken lig, zeg ik altijd.' Ze gebaart naar mij en Joy. 'Hoe gaat het hier?'

'Ik heb nog steeds geen werk, nog steeds geen baan en ik heb gisteren net iets te lang met mijn ex staan te knuffelen, waardoor mijn ándere ex totaal de verkeerde indruk kreeg. Je weet wel, de ex met wie ik juist voorzichtig stappen zette om het opnieuw te proberen, terwijl ik stond te knuffelen met de ex die me gedumpt heeft voor een collega.' Joy zegt het, klapt haar laptop dicht en legt haar voorhoofd erop, met haar handen nog in haar schoot. 'Ik had me nog zo voorgenomen niet weer in dit soort ingewikkelde zooi terecht te komen.'

'Ach, meisje. De weg naar de hel is geplaveid met goede voornemens. Dat weet je toch? Soms loopt iets zoals het loopt.' Cecile loopt naar Joy toe en wrijft haar zachtjes over haar rug. Met een blik op mij vraagt ze aan haar: 'Wil je vertellen wat er is gebeurd?'

Ik haal mijn schouders op ten teken dat ik ook nog niets weet en draai me dan om om een pot thee te zetten. Daar hebben we alle drie overduidelijk behoefte aan.

'Hoelang heb je?' vraagt Joy, nog altijd met haar hoofd op haar laptop.

'Vast lang genoeg. Voor jullie maak ik tijd. Dat weten jullie wel, toch?' Ze trekt een stoel naar achteren en gaat naast Joy zitten.

Ik hang een zakje kamillethee in de pot en zet hem op tafel. Uit het keukenkastje pak ik drie theekoppen en als alles op tafel staat, schuif ik ook aan.

'Het is klaar tussen Leon en mij,' zegt Joy, na een lange stilte waarin er geen enkel ander geluid dan de buiten kwetterende vogels te horen is.

Ik kijk naar Cecile en binnen luttele seconden hebben we non-verbaal onze tactiek doorgesproken: niet overdreven reageren, eerst peilen wat er gebeurd is.

Naar dat laatste hoeven we niet eens te vragen, want Joy tilt haar hoofd op, gooit het in haar nek en drukt haar beide handen tegen haar gezicht. 'Voordat het goed en wel begonnen was,' kermt ze gedempt. 'En het komt allemaal door mij.'

'Wat is er gebeurd?' vraagt Cecile nogmaals.

Ik schenk intussen de thee in en verwacht een eindeloze stroom aan woorden en zinnen, maar het blijft stil.

'Niks,' zegt ze uiteindelijk.

'Hè?' zeg ik. Ik zet Joy en Cecile een kop thee voor en trek de mijne naar me toe. 'Hoe kan er nou niets gebeurd zijn? Je gaat niet zomaar uit elkaar als er niets gebeurd is. Ook niet voordat het goed en wel begonnen was.'

'Ik was met Leon een appartement aan het bezichtigen. Prachtige plek, heel leuk huisje. Ik zag mezelf daar al helemaal wonen, en toen kwam Pascal binnen. Met Danique, zijn nieuwe vriendin.'

'Die woonde toch bij hem in?' informeer ik.

Joy knikt. 'Je zou zeggen dat ze dan geen nieuw huis nodig heeft, hè?'

'Kwamen ze dan kijken voor een huis voor hen samen?' Cecile pakt haar kop thee op en ik vraag me nog steeds af hoe een ontmoeting met je ex kan leiden tot het hoopje ellende dat Joy nu is.

Joy strijkt met haar vinger over het oor van haar theekop. 'Ze kwamen kijken voor haar. Het was blijkbaar toch niet zo'n goed idee om meteen te gaan samenwonen, dus ze wilden het rustiger aan doen. Ik raakte in paniek dus ik ben de trap af gerend, en toen is Pascal me achterna gekomen.'

Cecile, die de bui al ziet hangen, tilt haar thee op en blaast erin. 'Is er iets tussen jullie voorgevallen?'

Joy legt haar handen op tafel en kijkt van mij naar Cecile en terug. 'Nee. We hebben gepraat en dat was het. Maar Leon denkt dat er meer is gebeurd.'

'En je hebt dat niet meteen uit de wereld geholpen omdat...' Cecile draait met haar hand rondjes in de lucht.

'Omdat hij wegliep. Wat had ik moeten zeggen? "Hoi, dit is niet wat je denkt dat het is"?'

'Bijvoorbeeld,' zeg ik.

'Daar kreeg ik de kans niet voor. Leon liep naar zijn fiets, mompelde iets over dat hij me wel weer zag als hij terug is uit Parijs en dat was dat. Pascal moest toen weer terug naar boven om het appartement te bekijken, en ik bleef in mijn eentje achter. Toen ben ik hiernaartoe gefietst, ben meteen in bed gekropen en nu probeer ik mezelf af te leiden met mijn zoektocht naar werk en een ander huis, voor het geval ik bij dat appartement óók weer achter het net vis.'

'Werkt het?' vraag ik.

'Nee. Ik had hem moeten tegenhouden.'

'Ach, kind, en ik had nooit wortel en tomaat naast elkaar moeten zetten in het eerste jaar dat ik mijn moestuin had. Zo werkt het leven nou eenmaal. Van achteren kijk je een koe in de kont.'

Ik proest de slok thee uit die ik net wilde nemen. 'Wat?'

'Achteraf is het makkelijk praten,' verklaart mijn buurvrouw. 'Waarmee ik wil zeggen dat je er niets aan hebt om je nu druk te maken over iets uit het verleden. Net als dat je er niets aan hebt om naar de kont van een koe te kijken.'

Ik leg Joys laptop opzij, want ik voorzie dat er dadelijk thee overheen gaat. 'Wat moet Leon in Parijs?'

'Werk en vakantie. Er is een of ander congres over vegan bakken, daar gaat hij eerst naartoe, en daarna plakt hij er nog een week vakantie aan vast.'

'Dus als hij terugkomt, sta jij met een zelfgebakken taart op hem te wachten?' vraagt Cecile.

Joy trekt een gezicht. 'Als hij me nog wil zien. Ik vraag me sterk af of dat het geval is.'

Ik neem een slok thee en hef mijn mok naar haar op. 'Stel dat dat niet zo is, dan eten wij de taart wel op. Maar hij zei toch dat hij je wel weer zag als hij terug was? Dan kun je het altijd op dat moment uitpraten. De komende dagen ben jij toch ook niet in de gelegenheid om op hem te gaan zitten wachten, dus dat scheelt.'

Cecile werpt een blik op de klok boven de deur en schuift haar stoel naar achteren. 'Zo laat alweer? Ik moet weg.'

'Voorlezen?' gok ik, maar ze schudt haar hoofd.

'Kinderboerderij. Janny belde vanochtend of we toch nog een keer konden kijken naar het hek, want Houdini is nu bezig zich er een weg onderdoor te graven.' Ze gooit half staand haar thee achterover en zet haar glas op tafel. 'Het houdt je van de straat, zullen we maar zeggen. Jullie rijden vanmiddag weg, toch?'

Ik neem een slok thee en knik. 'Net na de lunch. Ik haal zo nog wat boodschappen en dan gaan we ons langzaamaan klaarmaken. Ik heb een handleiding geschreven voor de planten.' Ik wijs naar het aanrecht. 'Nico, Thea en Lodewijk doen het geweldig. De lepelplant,' verduidelijk ik.

Cecile volgt mijn uitgestoken vinger en trekt, zichtbaar onder de indruk, haar wenkbrauwen op. 'Lodewijk. Wauw.'

Ik wijs glunderend met mijn halflege theeglas naar Joy. 'Ach, wat zal ik zeggen. Waar je mee omgaat, raak je mee besmet.' Ik sla mijn laatste slokken thee achterover, sta op en loop naar de keuken. Met een nieuw krat vol spullen op mijn heup wieber ik Cecile de deur uit en zonder om te kijken, roep ik naar Joy: 'Dit zijn de laatste dingen die ik inpak! Als er verder nog iets bij moet, dan doe je het maar zelf.'

Ze antwoordt niet eens. Als ik toch maar over mijn schouder kijk om te zien of ze me wel gehoord heeft, ligt ze weer met haar hoofd op tafel.

'Het codewoord is "ja"!' roep ik.

De brutale middelvinger die omhoogvliegt, zorgt er ongewild toch voor dat ik in de lach schiet.

35

Joy

Ik heb écht nieuw werk nodig. Dringend. Direct. Liever gisteren dan vandaag, want elke verhuurder wil een loonstrookje zien en hoewel ik dat zonder problemen kan overhandigen, vertel ik er niet bij dat het dienstverband inmiddels is beëindigd. Mocht het problemen opleveren, dan willen pap en mam altijd garant staan, maar ik heb er meer moeite mee dan ik wil toegeven dat ik dan op mijn zevenentwintigste ineens weer bij mijn ouders moet aankloppen. Daarnaast slinkt mijn spaarrekening iedere week en ik bereik ooit het moment dat er niets meer op staat. Mam waarschuwt me altijd dat dat op de een of andere manier altijd sneller gebeurt dan je denkt, dus ik heb besloten haar nieuwe doorgestuurde vacatures maar een kans te geven én een gerichte zoekterm te bedenken.

De cursor knippert in het zoekvak van Google en is klaar om een wereld aan vacatures te onthullen. Een wereld vol leuke bedrijven die op zoek zijn naar mensen zoals ik, die… die…

Ik schuif mijn laptop van me af, zet mijn ellebogen op tafel en laat mijn hoofd met een lange, ellendige kreun in mijn handen vallen.

Mensen die wat? Mensen die dingen regelen? Mensen die op kantoor altijd alles doen? Hoe zoek ik daarop in de zoekbalk?

Mijn nagels zijn in de afgelopen paar uur weer afgekloven naar stompjes en de restjes nagellak erop zijn amper nog nagellak te noemen. Zeker ten opzichte van Frida's altijd tiptop uitziende uiterlijk voel ik me zo onverzorgd, dat ik spontaan wat verder onderuitzak.

'Kom op,' spreek ik mezelf moed in. 'Je kunt het.'

Ik trek de laptop weer naar me toe en open een van de nieuwe vacatures die mam heeft gestuurd.

Eventmanager, staat er. Dat klinkt niet verkeerd. Ik kan dingen managen en ik hou van evenementen – niet al te lang geleden organiseerde ik nog het jaarlijkse teamuitje voor CoffeeFold en ik wil niet veel zeggen, maar over die sloophal waar we zelf een auto aan gort mochten slaan werd nog weken nagepraat. Ook de borrels die ik altijd voor mijn rekening nam zijn legendarisch en die keer dat ik een ijscokar voor het team regelde, was een doorslaand succes.

Ik vraag me af of Danique vanaf nu de teamuitjes organiseert. Of zij nu de interne memo's rondstuurt, Pascals afspraken inplant en leveranciers nabelt. Zou ze mijn plek hebben overgenomen? Of zouden ze voor haar een nieuwe functie hebben bedacht?

Frida is klaar met inpakken en komt terug de keuken in. Ze loopt naar een keukenkastje, trekt het open en zet zwijgend een fles nagellakremover, een rol wattenschijfjes en vier flesjes nagellak voor mijn neus op tafel. 'Hoe gaat het met de zoektocht?'

'Slecht,' geef ik toe. 'Ik weet niet wat voor functie ik zoek. Manager van het een of ander? Planner?'

Frida trekt een stoel naar achteren en steunt met haar handen op de rugleuning. 'Wat was je functie bij CoffeeFold?'

'COO. Chief Operating Officer. Ik was verantwoordelijk voor het dagelijks operationeel beleid, en dat hield vooral in dat ik ervoor zorgde dat iedereen zijn werk deed. Maar ik vulde ook de bonen in de koffiemachine bij, hield iedereen op de hoogte van verjaardagen en regelde alles voor de vrijdagmiddagborrel.' Ik pak het flesje nagellakremover op en draai de dop eraf. De geur die uit het flesje opstijgt zorgt ervoor dat ik meteen moet hoesten. 'Is dit met aceton?'

'Natuurlijk,' antwoordt Frida luchtig. 'Dat werkt het beste. Als je mijn leeftijd hebt, kies je voor snelheid én kwaliteit, het liefst in evenwicht. Heb ik geleerd van Cecile. Dat spul zonder aceton werkt voor geen meter. Ik heb er echt het geduld niet meer voor om me een ongeluk te boenen op die nagels van mij.'

Nu ik er zo over nadenk, heb ik Frida nog nooit haar nagels zien lakken. Ze zijn gewoon altijd framboosroze. Misschien lakt ze ze

’s avonds in bed elke dag nog even bij, zodat niemand het merkt.

Ik druppel wat nagellakremover op een watje en begin braaf mijn nagels te boenen. Er zit nog zo weinig nagellak op, dat het amper verschil maakt. Na één watje ben ik dan ook al klaar en ik leg het op een onderzetter, zodat er geen vlekken op het tafelblad komen.

‘Maar COO dus,’ herhaalt Frida bedachtzaam. ‘Zijn daar geen vacatures voor?’

Ik schud mijn hoofd. ‘Die zijn er wel, maar daar hoef ik niet op te solliciteren. Die baan is waarschijnlijk al intern vergeven voordat ik een sollicitatiebrief af heb. Meestal groei je binnen een bedrijf door naar zo’n functie, in plaats van dat je van buitenaf binnen wordt gehaald.’

‘En iets met de andere C’s en O’s? Chief Happiness Officer, bijvoorbeeld?’ Frida pakt het gebruikte watje met de nagellakremover van me aan en loopt naar de keuken om het in de prullenbak te gooien.

‘Chief Happiness Officer?’ herhaal ik lachend. ‘Is dat een baan? Als dat zo is, dan solliciteer ik meteen. Ik ben heel goed in anderen hun *happiness* helpen vinden.’

Ik laat mijn vingers boven de op het tafelblad uitgestalde nagellakflesjes zweven. *Burnt Orange, Dusty Pink, Fabulous Violet…* Ik kies voor die laatste – een heel zachtpaarse tint die prachtig tot zijn recht komt bij mijn zongebruinde huid. Ik doe immers niet veel anders dan in de tuin liggen en zonnen, de laatste tijd. Naast op duizend huizen reageren, eindeloos door vacaturesites scrollen, zelfhulpboeken lezen en piekeren over mijn leven en mijn liefdesleven. Met één hand schud ik het flesje, terwijl ik met de andere nog steeds door de eventmanager-vacature scrol.

‘“Een chief happiness officer, ook wel CHO genoemd, is iemand die zich bezighoudt met het stimuleren van het werkgeluk van personeel binnen een bedrijf of organisatie,”’ leest Frida het eerste zoekresultaat in Google voor. ‘Klinkt als wat jij deed. Of je moet het over een heel andere boeg willen gooien, dat kan natuurlijk ook.’

Ik klik een van mams andere vacatures aan, maar sluit de browser meteen af als de woorden *je hebt geen 9-tot-5-mentaliteit* en *we spelen één keer per week samen padel* in beeld verschijnen. Een rilling loopt over mijn rug bij het idee in zo'n soort team te moeten werken. Ik vind het sprintje dat ik de trap op ren als ik mijn telefoon boven heb laten liggen eerlijk gezegd al te veel.

'Wil je weten wat ik denk?' vraagt Frida.

'Altijd.'

'Ik denk dat je het idee moet loslaten dat jij de baan vindt waarin je voor altijd wilt blijven werken.'

Ik kijk op. 'Hoe weet je nou dat dat mijn doel is?'

Ze schiet in de lach. 'Ik ken je inmiddels een beetje. Richt je nou eerst maar gewoon op het vinden van een baan waar je jezelf in elk geval één jaar ziet werken. Of dat twee, drie, vijf of zelfs tien jaar wordt, dat zie je dan wel weer.' Ze staat op, trekt een van de keukenlades open en haalt er een opvouwbaar tasje uit.

'Ik ga boodschappen doen. Stuur je me een lijstje met wensen voor de roadtrip?'

'Doe ik.'

Ze steekt het tasje in de lucht. 'Tot zo.'

'Dat zie ik dan wel weer,' herhaal ik als ze de deur uit is. Ik doop het kwastje in de nagellak en kijk dromerig voor me uit, alsof het de eerste keer is dat ik die woorden uitspreek. Natuurlijk is dat het niet, maar met deze context voel ik ineens hernieuwde energie om met mijn zoektocht aan de slag te gaan. Een baan waar ik in elk geval nú wil werken, en de rest 'zie ik dan wel weer'.

Dat ga ik onthouden.

36

Frida

Een roadtrip zonder snacks is volgens Joy geen roadtrip, dus ben ik op pad gestuurd om het beste roadtripvoedsel te kopen, wat dat dan ook moge zijn. Joy heeft me een lijstje van ongeveer twintig soorten snoep, chocola en chips gestuurd en ik zie eruit als een brugklasser in een tussenuur, zoveel ligt er in mijn winkelmandje.

Zelf ben ik eigenlijk helemaal niet zo van het snoepen; Theo hield niet van zoetigheid en daarom haalde ik het ook nooit in huis. Maar nu mag ik helemaal losgaan, dus ik heb drie soorten M&M's, twee soorten chips, nootjes én zoute krakelingen in mijn mandje gestopt. Het achtste punt op de lijst is 'olijven'; ik doe net alsof ik dat niet heb gezien.

Het is grappig hoe je zelfs in de supermarkt nog rekening houdt met een huisgenoot of partner. Je koopt alleen die dingen die jullie allebei lekker vinden – althans, ik wel.

Theo hield bijvoorbeeld alleen van zoute popcorn, dus de laatste keer dat ik zoete heb gehad, is jaren geleden.

Nog iets voor in het mandje, samen met een nieuwe zak marshmallows.

Dit zou het perfecte moment zijn om Lucien te vragen wat zijn favoriete snacks zijn; al was het maar zodat ik weer iets heb om over te kletsen met hem. Ik mis onze berichtenuitwisseling. Er leek geen einde aan te komen en ik was er zo snel aan gewend, dat ik nu nog steeds af en toe mijn mobiel tevoorschijn haal om te controleren of hij niet stiekem toch iets heeft gestuurd.

Het antwoord is nee.

Technisch gezien ligt de bal ook bij mij: hij heeft mij als laatste gevraagd of ik liever films of series keek en daar heb ik simpelweg niet meer op gereageerd. Ik moet zeggen dat ik allebei niet kijk; mijn leven is al een soapserie op zich, de laatste weken.

Ik loop in gedachten Joys lijstje door. *Dropfruitduo's én winegums.*

Terug naar het snoepgangpad dan maar.

Ik kan me alleen maar een voorstelling maken van hoe dit er op de camerabeelden van de winkel uit moet zien: een zeventiger die wel acht keer voor het snoepschap staat, op één middag. Maar het is voor het goede doel, en als ik alles van Joys lijstje heb afgevinkt, loop ik met een overvol mandje naar het laatste schap: de frisdrankblikjes en waterflessen.

Wanneer ik de hoek van het gangpad om kom, bots ik tegen iemand op. Mijn mandje stoot in mijn buik en ik maak een zacht *oempfh*-geluid terwijl het terugveert.

'Jeetje, sorry!' roept degene tegen wie ik aan ben geknald meteen. 'Dat was nou ook weer niet de bedoeling, hè? O! U bent het!'

Ik kijk op en probeer niet al te vragend te kijken bij het zien van de werkelijk wildvreemde vrouw tegenover me. Als ze mij herkent, zou dat dan betekenen dat ik haar eigenlijk ook moet herkennen?

'U bent de oma van Joy,' zegt ze zonnig. Ze wijst op zichzelf. 'Azize, Joys buurvrouw. Of eigenlijk kan ik beter zeggen: oud-buurvrouw, want zij en Pascal zijn inmiddels natuurlijk uit elkaar.' Ze trekt een overdreven treurig gezicht. 'Had ze het maar gezegd. Was het toen al uit, toen jullie voor de deur stonden?'

Ik knik. 'Het zal u vast niet verbazen als ik zeg dat Joy haar sleutels al op de salontafel had achtergelaten, en toen besefte dat ze binnen iets was vergeten.'

De ogen van Joys voormalige buurvrouw worden groot en ze kijkt me vol verbazing aan. 'Echt waar? Maar waarom loog ze daar dan over?'

Ik zet mijn mandje op de grond en haal mijn schouders op. 'Dat weet Joy alleen.'

'Arm kind.' Ze trekt een diepe fronsrimpel in haar voorhoofd. 'Hoe gaat het nu met haar?'

'Beter,' antwoord ik. 'Al blijft het vreemd om ineens weer vrijgezel te zijn, dat merk ik wel aan haar.'

'Ach, ja, natuurlijk.' Azize knikt wild. 'Als oma zult u haar als geen ander begrijpen.'

'Ik ben eigenlijk niet...' begin ik, maar ik zou niet weten waarom ik deze voor mij onbekende vrouw zoveel details schuldig zou zijn. 'Ja, inderdaad.'

'Danique is wel een stuk minder leuk, hoor,' vertrouwt Azize me toe. Ze leunt wat dichter naar me toe en grijpt mijn bovenarm vast. Voor deze vrouw is dit wellicht het spannendste wat ze in jaren heeft meegemaakt. 'Ze groette me laatst niet eens toen ik de galerij op kwam. En later was ze bezig haar auto uit te laden met dozen vol opvouwbare koffiebekers, maar ze deed alsof ik niet bestond toen ik langsliep. Zo vreemd.'

'Heel vreemd,' stem ik in. Ik kan mijn interne Cecile niet bedwingen en besluit ervoor te gaan. 'Lijkt ze verder wel aardig?' Ik vraag het zo nonchalant mogelijk, maar hoop ergens dat ik Joy kan terugkoppelen dat Pascal er echt met de verkeerde vandoor is. Hoewel ik op basis van haar verhalen toch echt eerder zou opteren voor Leon, al heb ik hem alleen nog maar op foto's en van een afstandje door het raam van zijn koffietent gezien.

'Ach ja, dat is natuurlijk niet aan ons om over te oordelen.' Azize legt haar hand op mijn onderarm. 'Wilt u voor mij de groetjes doen aan Joy? Zeg haar maar dat ik haar in elk geval ontzettend mis. Maar goed, als Pascal naar mij zou luisteren voor al zijn levenskeuzes...' Ze begint hard te lachen, alsof ze voor zich ziet dat hij dan met groen haar door het leven gaat en voortaan naar kantoor zou fietsen op een eenwieler.

Bij dat klopje komt ook haar horloge in beeld. Ze werpt er een blik op en zegt: 'Ach, zo laat alweer? Ik moet nog naar de dierenwinkel om visvoer op te halen en straks is-ie dicht. Nou, ontzettend leuk om u hier eens tegen te komen.' Ze werpt een blik in mijn mandje en ik grijns onbeholpen naar haar.

'Insgelijks. Heel leuk om u weer te zien. Ik zal de groetjes doen aan Joy.'

'Doe dat maar! Fijne dag, hoor!' Voor ik het weet, is ze richting de kassa's gesneld.

Ik haal de laatste dingen van het lijstje, flesjes water en wat blikjes energiedrank, loop naar de kassa en reken af. De caissière kijkt amper op of om als ik de helft van gangpad zes op de band laad.

Even later loop ik door het park en word ik onbewust naar de ijssalon getrokken. Het is bijna alsof mijn voeten me uit zichzelf die kant op sturen, en ik weet al voordat ik de kiosk binnenstap wat ik wil.

De man van de kiosk herkent me nog. 'Een hoorntje met één bolletje stracciatella en één bolletje kaneel?'

'Doe maar twee bolletjes vegan stracciatella,' antwoord ik.

De man straalt en steekt twee duimen op. 'Perfecte keus.'

Wanneer ik met het ijs in mijn ene en mijn boodschappentrolley in mijn andere hand mijn weg vervolg, besluit ik even bij 'onze' bankjes te stoppen. Ik kies het rechterbankje en laat mijn blik door het park gaan, ondertussen genietend van mijn ijsje.

Nu ik hier zit, denk ik meteen aan mijn ontmoeting met Joy. Het is haast onvoorstelbaar hoe onze vriendschap in de afgelopen weken is gevormd. Zonder haar was ik nooit – of in elk geval veel later – in de Saab gestapt en was ik van mijn leven straks niet in het zuidwesten van Frankrijk terechtgekomen.

Zonder haar hadden mijn dagen er nog steeds hetzelfde uitgezien: elke ochtend, stipt om halfnegen, de gordijnen openen en de planten verzorgen. Even wat lieve woordjes fluisteren tegen hen, zorgen dat er geen stof op de bladeren zit, indien nodig een scheutje water en klaar. Daarna door het park naar de supermarkt, alleen halen wat ik nodig heb en weer terug naar huis. Meer niet.

En moet je me nu zien. Nu sta ik op het punt om naar Frankrijk te rijden om mijn man uit te strooien.

Binnenkort moeten Joy en ik hier maar weer eens samen gaan zitten, maar voor nu moet ik mijn eigen advies ter harte nemen: niet te veel willen, alles in kleine stapjes en de rest 'zien we dan wel weer'.

37

Joy

Een goede roadtrip kenmerkt zich door vier essentiële elementen: de snacks, de muziek, het gezelschap en de auto. Het is een soort taartdiagram waarbij elke punt even groot moet zijn. Voldoende én lekkere snacks wegen namelijk niet op tegen vreselijk gezelschap, en de auto kan nog zo fijn rijden, maar als er een paar honderd kilometer lang alleen maar pompende housemuziek wordt gedraaid, stuurt iedereen zichzelf van ellende de berm in.

Tijdens deze roadtrip is de balans perfect: Frida en ik rijden om beurten zo'n anderhalf tot twee uur, stoppen dan bij een tankstation voor een plaspauze en om even onze benen te strekken, wisselen van plek en rijden weer verder. Als de een rijdt, is de ander verantwoordelijk voor de muziek en de snacks. De bijrijder heeft een koelbox bij haar voeten staan en er ligt een draagbare speaker op de achterbank voor de muziek. Voordat we het weten, hebben we de hobbelige wegen van België achter ons gelaten en rollen we Frankrijk binnen.

We kletsen, zingen mee met de muziek – we luisteren alles, van Frank Sinatra tot Taylor Swift – en beoordelen alle roadtripsnacks die we hebben meegenomen. Zo blijken M&M's pinda en de dropfruitduo's een ruime acht te scoren, maar heb ik met de Nibbits daarstraks bijna een oorlog ontketend. Frida stuurde ons nog net niet een parkeerterrein op om mij zonder pardon met chips – en kruimels, vooral de kruimels – en al uit de auto te bonjouren. Om de lieve vrede te bewaren heb ik de zak dus snel weer dichtgevouwen en bewaar ik hem voor vanavond in het hotel.

Toch is er één ding dat als een molensteen op de achterbank van de auto ligt: de reden dat we deze tocht maken. Hoe gezellig het ook is, het doel van deze rit is dat we Theo gaan uitstrooien. We hebben het er alleen nog precies nul komma nul minuten over gehad.

Ik spied opzij en vraag me af of ik erover moet beginnen, maar weet eigenlijk niet hoe ik dat zou moeten doen. ‘Hé, Frida, laten we het even hebben over je dode man in de urn op de achterbank.’ Dat is nou niet bepaald een goede gespreksstarter.

Ik besluit het aan haar over te laten. De regel dat we ons het recht voorbehouden om nee te zeggen op vragen die we niet willen beantwoorden, geldt immers ook over de grens. Dat kunnen we net zo goed ook andersom doen: wil iemand het ergens over hebben, dan is ze vrij om het aan te kaarten. Zo niet, dan niet.

‘Als het goed is zijn we bijna bij het hotel,’ zegt Frida. Ze stuurt de auto de uitvoegstrook op, waar een klein, wit bord de afslag aangeeft die we moeten hebben: een dorp waar ik nog nooit van mijn leven van heb gehoord.

‘Ik kon geen kamer boeken, dus ik hoop dat ze nog wat vrij hebben. In het ergste geval moeten we doorrijden naar het volgende dorp, maar dat zal niet al te ver zijn.’

Het is inmiddels later dan de bedoeling was. We hebben vlak onder Parijs per ongeluk een *detour* moeten nemen om op zoek te gaan naar een tankstation, aangezien Frida ineens bang was dat we het laatste tankstation hadden gemist en er de komende tachtig kilometer geen zou komen. Daarna zijn we nog een stuk of twaalf tankstations gepasseerd, maar dat hadden we natuurlijk niet kunnen weten.

Een kerkklok verderop slaat negen keer als Frida de Saab in een parkeervak heeft gezet en we uit de auto stappen. Ook al hebben we genoeg rustpauzes genomen, toch voelt mijn rug hetzelfde als die keer dat Pascal en ik naar Seattle vlogen om de eerste Starbucks te bezoeken: stijf, pijnlijk en alsof ik de halve dag niet heb bewogen. Ik schud mijn benen uit en maak me lang, terwijl Frida mijn weekendtas en haar koffer van de achterbank pakt. Ik weet dat ze op de urn doelt als ze zegt: ‘De rest pakken we zo wel, als ze plek hebben.’

Ik knik en loop achter haar aan de straat over, naar het hotel.

'*Bonjour!*' roepen we allebei als we de grote, houten voordeur openduwen en naar binnen stappen. We staan in een kleine, donkere ruimte waar het meteen tien graden koeler voelt dan buiten. De lobby is leeg, maar al voordat ik de deur achter me heb gesloten, komt er een klein vrouwtje door een klapdeur achter de receptie gestiefeld. Ze heeft een rond gezicht, warrig opgestoken, zwart haar met hier en daar wat grijs en rond haar lippen ligt een warme glimlach.

'*Bonsoir*,' begroet ze ons.

Frida stapt naar voren en vraagt iets in het Frans, waarschijnlijk of ze nog een kamer heeft.

De vrouw trekt meteen een moeilijk gezicht en haalt een enorme, leren agenda tevoorschijn uit een lade onder de toonbank. Driftig bladerend hoor ik haar vragen of we vandaag een kamer willen, maar veel verder dan dat reikt mijn kennis van de taal niet.

Die van Frida overduidelijk wel: in rap Frans overlegt ze met de eigenaresse van het hotel en ik sta er met open mond naar te kijken. Ze hebben een geanimeerd gesprek en Frida gebaart door het raam naar de Saab, laat woorden vallen als *mon mari* en *trois ans* – termen waarvan ik ook nog wel weet wat ze betekenen.

De vrouw drukt haar hand tegen haar borst en slaakt een diepe, meelevende zucht. Aan haar gezichtsuitdrukking kan ik al zien wat Frida inderdaad bevestigt: 'Ze hebben geen kamer meer.'

'O.'

Ik kijk naar de vrouw, die nu allebei haar handen tegen haar borst houdt en waarschijnlijk denkt dat ik met mijn oma op pad ben om mijn opa uit te strooien. Haar hele gezicht is vertrokken in een treurige grimas. '*Très désolé, je suis très désolé.*'

'Ze zegt dat het haar spijt,' vertaalt Frida.

De kans dat ik een fatsoenlijke zin kan formuleren die er niet houteriger uitkomt dan Pinokkio is nihil, dus ik glimlach naar haar en kijk maar weer naar Frida. 'En nu?'

'Het eerstvolgende dorp is een kwartier rijden. Ze verwacht alleen dat daar ook geen plek is, want iemand uit dat dorp trouwt morgen en de meeste hotels in de omgeving zitten vol met familie en vrienden van het bruidspaar. Maar –'

Dat klinkt al beter. In die 'maar' schuilt hoop. Ik hou van hoop.

'Maar?' echo ik.

'Ze heeft wel een camping.'

De vrouw heeft blijkbaar het woord 'camping' verstaan, want ze leunt op de balie en begint druk gebarend een verhaal af te draaien waar ik wederom niets van begrijp. Ik meen het woord 'tent' te verstaan en aangezien het hier lekkerder weer is dan in Nederland vind ik het helemaal prima om de nacht op een luchtbed door te brengen. Stiekem hou ik heel erg van kamperen: de frisse buitenlucht, de kneuterigheid van met een wc-rol onder je arm naar het sanitairgebouw lopen en 's nachts niets anders dan het geluid van krekels rondom je tent.

'Het zijn een paar compleet ingerichte tenten,' vertaalt Frida voor me. 'Er ligt een opblaasmatras in en beddengoed. We mogen zelfs gratis gebruikmaken van wat badlakens, omdat ze het zo sneu voor ons vindt dat we anders voor niets zijn gekomen. De tenten staan op het veld achter het gebouw.'

Om haar woorden kracht bij te zetten, legt de vrouw weer haar hand op haar hart, mij hoopvol aankijkend.

'Ik denk dat we het moeten doen,' zegt Frida. 'Laat ik het zo zeggen: als we het niet doen, moeten we doorrijden. En daar voel ik momenteel weinig voor.'

'Ik ben het met je eens,' zeg ik resoluut. 'Het klinkt als een prima alternatief.'

De Franse vrouw komt enthousiast in beweging als ze mijn besliste knikje ziet en roept opnieuw iets wat voor mij onverstaanbaar is. Waarschijnlijk betekent het iets als 'wacht hier', want ze verdwijnt door de klapdeur, het binnenste van het pand in.

Ik draai me vragend naar Frida. 'Frans? Portugees, oké. Maar Frans?'

'Als je een paar jaar van je leven in het buitenland woont zonder te kunnen werken, zoek je vanzelf andere dingen om te doen,' verklaart ze. 'Ik heb mezelf Frans, Engels en Portugees geleerd. Al is die laatste taal wat roestig.'

'Maar je zei dat je niet kon werken in het buitenland vanwege de taalbarrière.'

'Dat klopt. Ik zei ook niet dat ik die talen metéén heb geleerd, zodra we daar woonden. Maar op een gegeven moment is de tuin wel een keer af en dan zoek je iets nieuws.'

Deze vrouw blijft me verbazen.

Even later sta ik net een vitrine vol snuisterijen te bekijken, als de Franse vrouw met haar armen vol weer door de klapdeuren zwiert. Vanonder twee dikke dekens strekt ze haar hand naar ons uit en ze stelt zich voor als Frédérique. Nadat Frida en ik onze namen hebben genoemd, gebaart Frédérique ons haar te volgen en verdwijnt ze alweer door een andere deur. Snelwandelend gaan we achter haar aan.

Pas nu ik de warme dekens in haar armen zie, voel ik hoe moe ik ben. Ik kan niet wachten om naar bed te gaan. Luchtbed of niet, ik weet zeker dat ik vannacht slaap als een roos.

38

Frida

Op mijn drieënzeventigste op een luchtbed slapen is niet iets wat op mijn zogeheten bucketlist stond, maar het moet maar. Ik wilde het er ook niet op gokken om nog een paar uur van dorp naar dorp te moeten rijden, op zoek naar een slaapplek. Daarbij zag het ontbijtbuffet er bij dit hotel bijzonder appetijtelijk uit op de foto's, dus die tent is dan een kleine concessie.

We lopen achter de hoteleigenaresse aan door een kleine ontbijtzaal en komen uit op een veldje met acht al opgezette tenten en ruimte voor vier caravans of campers. De toiletruimte grenst aan het hotel en als ik er een blik naar binnen werp, zie ik vier toiletten en twee douches. Het ziet er schoon uit en eerlijk gezegd ben ik allang blij dat we een plek hebben om te overnachten, want ik ben kapot van de reis. De laatste keer dat ik zo lang heb gereden, kan ik me niet eens meer herinneren.

'Jullie zijn de enigen vandaag,' zegt Frédérique in het Frans over haar schouder. 'Zal ik twee tenten klaarmaken voor jullie?'

'Graag,' antwoord ik. 'Is het goed als we vast onze spullen pakken?'

Ze gebaart dat we dat vooral moeten doen, waarop Joy en ik door de poort van de tuin terug naar de Saab lopen.

Heel even twijfel ik of ik de urn uit de auto moet pakken. Is het raar om met een urn onder je arm over een campingterrein te lopen? Het is weer eens wat anders dan met een wc-rol naar het sanitairgebouw, maar ik wil Frédérique niet afschrikken. Tegelijkertijd wil ik Theo ook niet in de auto achterlaten. Ik acht de kans klein dat er iemand voorbijkomt, de Saab openbreekt en een goudkleurige urn meeneemt, maar je weet het nooit.

Joy ziet me twijfelen en hijst haar weekendtas hoger op haar schouder. Zonder omhaal buigt ze zich de auto in en pakt de urn op, liefdevol en voorzichtig, alsof ze een baby van de achterbank haalt. Ze klemt hem dicht tegen zich aan en vraagt: 'Heb je alles?'

'Ja,' antwoord ik.

Joy draait zich om en gaat me voor, terug naar het campingveldje. De urn houdt ze nog altijd stevig vast, de weekendtas bungelt losjes aan haar schouder.

Terug op het veldje is Frédérique nergens te bekennen, maar onze tenten zijn ingericht en er staat nu zelfs een vuurschaal in het midden van het veld.

'Voor de echte kampeerervaring!' roept Frédérique als ze weer komt aanlopen. Ze heeft twee opvouwbare campingstoeltjes en een tafeltje vast en wordt op de voet gevolgd door een slungelige jongen van een jaar of vijftien.

De knul heeft hetzelfde guitige gezicht als zijn moeder. In zijn ene hand draagt hij een enorme borrelplank, in zijn andere twee wijnglazen. Onder zijn arm heeft hij een fles rode wijn en uit zijn broekzak steekt zelfs een kurkentrekker.

'Jullie hebben vast trek, als jullie helemaal vanuit Nederland zijn gekomen,' zegt Frédérique opgewekt. Ze maakt met haar hand een ronddraaiende beweging over haar buik en trekt een overdreven vragend gezicht naar Joy.

Die kijkt met grote ogen van de borrelplank naar de fles wijn en terug.

'U hoeft echt niet zoveel moeite te doen voor ons,' protesteer ik, maar Frédérique wuift me direct weg.

'Het is geen moeite. Jullie zijn onze gasten, en voor gasten moet je goed zorgen. Ik laat Philippe nog even wat hout brengen, voor een kampvuur.' Ze klapt de stoeltjes uit, zet het tafeltje ertussenin en let erop dat alles op gepaste afstand van de vuurschaal staat.

Philippe zet de borrelplank op het tafeltje, zet de fles en de glazen in het gras en legt de kurkentrekker ernaast. Met een verlegen knikje naar Joy en mij maakt hij zich snel weer uit de voeten, om even later terug te komen met een hele stapel houtblokken en een emmer water.

Alles wordt in de vuurschaal gelegd en zonder zelfs maar te vragen of we een kampvuur zouden willen, maakt hij snel en soepel het vuur aan.

'Zo,' zegt Frédérique dan. 'Als jullie iets nodig hebben, naast de achterdeur is een bel. Gewoon aanbellen, dan is er binnen een paar minuten iemand bij jullie.' Ze wenst ons een goedenacht en loopt, onder enig protest van Philippe, gearmd met hem terug naar het hotel.

Joy gooit haar weekendtas in een van de tenten, zet de urn voorzichtig naast de rechterstoel en laat zich in de andere stoel zakken. Alsof ze een week niet gegeten heeft, stort ze zich op de borrelplank.

'Moet je kijken, wat lekker! Drie soorten kaas, vijgencompote, groene én rode druiven, crackers, nootjes, gedroogde ham... O, kijk nou, zelfs olijven!'

Ik trek een gezicht. 'Die mag jij opeten. Voor de rest ben ik helemaal aan boord.'

Joy snijdt een stuk van een van de kazen af, legt het op een cracker en biedt me het hapje aan op de vlakke hand.

Ik laat me in de stoel zakken en pak de cracker aan. 'Dank je wel.'

'Hoever moeten we nu nog?' vraagt ze.

'Een kleine vijf uur.' Ik klem de fles wijn tussen mijn knieën en draai de kurkentrekker erin. Met een zachte *plop* komt de kurk omhoog. Ik gebaar Joy de glazen op te houden, zodat ik kan inschenken. 'We zitten zo'n tachtig kilometer onder Parijs en onze eindbestemming is iets boven Bordeaux.'

'Wat dat betreft hadden we beter het vliegtuig kunnen nemen,' zegt Joy.

Ik schud mijn hoofd. 'Het moet met de Saab. Dat heb ik Theo beloofd.'

Joy leunt achterover in de campingstoel en heft haar glas naar de urn. 'Heb je haar toch na drie jaar weer achter het stuur gekregen, Theo. Ik denk dat ik je wel had gemogen.'

Ik glimlach. 'Ik weet het wel zeker.'

We eten in stilte van de borrelplank en ik schenk onze beide glazen bij als ze leeg zijn. Nu de zon bijna onder is, komt overal om ons heen het tjirpgeluid van krekels opzetten. Het vuur knispert en knapt nog steeds en geeft een aangename warmte af, terwijl zo nu en dan een brandend asdeeltje de lucht in zweeft.

'Frida?' vraagt Joy als we al een flinke hoeveelheid uit onzc tweede glazen hebben gedronken.

'Hm?'

'Wat was de reden dat je me toen die honderd euro gaf?'

Ik snij een stuk kaas af en steek het in mijn mond. 'Moet ik daar een reden voor hebben gehad?'

'Die dag zijn er tientallen mensen voorbijgelopen en zij gaven me allemaal geen honderd euro. Ik weet niet eens of ik zelf een onbekende vrouw wel zoveel geld zou geven.'

Ik klop mijn handen af en pak mijn glas weer op. 'Het was de blik in je ogen. Die blik heb ik ook jarenlang gehad. Sterker nog, die ochtend staarde er nog iemand naar me terug in de spiegel met precies die blik.'

'Wat voor blik?' Joy prikt de laatste olijf aan een vorkje en steekt hem in haar mond.

'Je oogde machteloos. Zo heb ik me ook heel lang gevoeld. Compleet overvallen door je eigen verdriet en daardoor lamgeslagen. Ik weet uit ervaring dat die fase heel lang kan duren en ik dacht: ik weet niet wat er allemaal in jouw leven speelt, maar een helpende hand is nooit verkeerd.'

'Niemand is ooit slechter geworden van het helpen van een medemens,' zegt Joy zacht.

'Precies. Tenzij je iemand helpt en diegene al je spaargeld verbrast in het casino. Dan misschien wel. Maar ik herkende mezelf in je en wilde niet dat je stil zou gaan staan. Je hebt nog een heel leven voor je.'

'Doe je daarom mee met dit hele plan? Omdat jij ook nog een deel van je leven voor je hebt?'

'Wil je daar een eerlijk antwoord op?'

Ze knikt. 'Natuurlijk.'

'Ik hoopte je eerst bij Cecile onder te kunnen brengen. Die riep al een jaar dat ik mee moest naar al die activiteiten van haar en daar werd ik zo langzamerhand horendol van. Ik hoopte dat ik haar aandacht van mij naar jou zou kunnen verleggen, maar toen ging ze naar Kaapverdië en logeerde jij een week bij mij. En die week werd twee, en drie, en nu –'

'Nu zit je voor altijd aan me vast.' Joy grijnst en heft haar glas. 'En je bent zelfs naar Ceciles moestuin gegaan.'

'Ach ja. Zo erg was het niet,' geef ik toe. 'Er zijn ergere dingen in het leven.'

Joy laat haar olijfprikker door haar vingers gaan. 'Geloof jij in *what doesn't kill you makes you stronger*?'

Ik snuif in mijn glas.

In mijn ooghoek zie ik haar fronsen. 'Dat beschouw ik als een nee,' zegt ze.

'Inderdaad,' zeg ik resoluut. 'Waarom moet je ergens altijd sterker uitkomen? *What doesn't kill you* kan je alsnog zo'n optater geven, dat je het ternauwernood te boven komt. *Stronger* betekent dat je er, aan de andere kant, beter uitkomt. Daar geloof ik niet in.'

'Was dat extra moeilijk toen Theo overleed? Dat je dacht: ik weet niet of ik dit wel te boven kom?'

Haar vraag is zo direct, dat ik een paar keer moet knipperen voordat ik een antwoord heb.

'Sorry,' vat ze mijn hapering op als afstandelijkheid. 'Daar hoef je geen antwoord op te geven.'

Ik hef mijn hand op ter geruststelling. 'Ik moest er even over nadenken. Maar... Ja. Ik denk dat Theo's overlijden me zo heeft geraakt dat ik niet alleen hem, maar ook iets van mezelf ben kwijtgeraakt. En ik weet niet of ik dat ooit nog terugvind. Dus nee, ik geloof er niet in dat je ergens dan sterker of beter uitkomt, als het zoiets vreselijks is. Anders, misschien. Maar beter? Nee.'

'In wat voor opzicht ben je nu anders dan, zeg... tien jaar geleden?'

'Ik ben alleen. Letterlijk.' Ik neem een slok wijn en ga iets verzitten.

Joy trekt één been onder zich en draait haar bovenlichaam naar me toe. Met haar hoofd leunt ze tegen de rugleuning.

'Mijn hele leven lang was míjn leven óns leven,' zeg ik. 'Dat wist ik en dat vond ik niet erg, want daar heb ik destijds heel bewust voor gekozen. Toen ik met Theo trouwde, wist ik: ik zal mezelf altijd op de tweede plek zetten. Hij, en daarmee wij, staan op één.'

'Dat is toch niet goed?' Joy kijkt me ademloos aan.

Ik wals mijn wijn door mijn glas en schud mijn hoofd. 'Klopt. Het is niet goed om jezelf op de tweede plaats te zetten. Er zijn een heleboel dingen die ik heb gelaten omwille van Theo. Pas sinds kort ben ik aan het proberen om daarmee in het reine te komen. Sommigen noemen dat te laat, maar ik was lamgeslagen. Precies het soort lamgeslagen dat ik terugzag in jou, en omdat het bij mij zo lang heeft geduurd, probeerde ik jou te helpen het sneller te laten gaan.'

Ik wijs naar onze tenten. 'Weet je dat dit de eerste nacht is dat ik niet in mijn eigen bed slaap, sinds zijn dood? Niet eens bewust, maar gewoon omdat ik stilstond. In het eerste jaar begreep iedereen het; alle eerste keren moet je nog af. De eerste keer alleen kerst, de eerste verjaardag die je niet meer samen viert, alle tradities die je voor het eerst in je eentje moet doen. In het tweede jaar vraagt iedereen voorzichtig of je alweer wat opgekrabbeld bent. Of je jezelf alweer wat hebt teruggevonden. En als je in het derde jaar nog steeds hetzelfde antwoord geeft, vragen ze er niet meer naar. Maar weet je wel hoe moeilijk het is om jezelf opnieuw uit te vinden, als je niet weet waar je moet beginnen?' Ik gebaar naar de bijna lege borrelplank tussen ons in. 'Onze dromen waren mijn dromen en dat was dat. Dus toen Theo overleed, hadden mijn dromen als een vergeten stoofpotje op het fornuis staan sudderen. Drie jaar lang, tot het vlees helemaal uit elkaar was gevallen en ik wist dat het niet meer zou smaken.'

'Maar nu heb je een nieuw stoofpotje op het vuur staan,' zegt Joy bemoedigend. 'Ik denk dat je nog niet te laat bent daarmee.'

'Ik weet het niet,' geef ik toe. 'Maar ik kan het in elk geval proberen.'

Joy neemt haar laatste slok wijn, staat op en rekt zich uit. 'Ik ga naar bed. Als we morgen nog vijf uur moeten, wil ik fris en fruitig zijn.' Ze loopt naar me toe en buigt zich naar me toe; zo snel dat ik niet opzij kan gaan, al had ik het gewild. Een seconde later landt er een stevige zoen op mijn wang.

'Slaap lekker, Frida. Dank je wel dat je me dit vertelde.'

Ik kijk op en glimlach. 'Slaap wel, meisje.'

Joy loopt naar het kleine sanitairgebouw en even later hoor ik de kraan lopen voor het tandenpoetsen. Bij terugkomst ritst ze haar tent open en kruipt naar binnen. Even zie ik in de tent de zaklamp van haar telefoon aangaan, maar dan knipt ze die ook uit en is het volledig stil, op het laatste geknisper van het vuur en het aanzwellende krekelkoor na.

Ik laat mijn hand in mijn zak glijden en haal het papiertje eruit dat ik er eerder vanavond in heb gestopt.

Voorzichtig vouw ik het papier open en lees wat erop staat. Zoals altijd laat ik mijn ogen er een paar keer overheen gaan, voordat ik het weer dichtvouw en met een boogje in het smeulende vuur gooi.

Nog één te gaan.

39

Joy

Ik heb een zere rug, spierpijn in mijn kont én een houten kop – al komt dat laatste waarschijnlijk niet van het luchtbed, maar eerder van de wijn. Na vannacht kan ik twee belangrijke conclusies trekken: slapen in de buitenlucht is heerlijk. Slapen op een lek luchtbed is iets wat ik mijn ergste vijand nog niet zou toewensen. Na één uur voelde ik het bobbelige gras van het veldje onder mijn billen en na drie uur lag ik alleen nog op een leeggelopen matje.

Frida daarentegen heeft heerlijk geslapen, vertelt ze me als we in de kleine ontbijtzaal achter twee Britten aansluiten voor het buffet.

'Als een róós, zeg ik je. Formidabel, echt.'

Ik kijk even naar beneden om te controleren of ik wel nog steeds in mijn eigen lichaam zit, en we niet *Freaky Friday*-achtig zijn verwisseld vannacht en dat ik nu het lijf van een zeventigplusser heb. Als ik nog altijd mijn oude vertrouwde platte voorgevel en een van mijn vele blauwe jurkjes zie, slaak ik toch mentaal even een opgeluchte zucht.

'De laatste keer dat ik in een tent heb geslapen is meer dan dertig jaar geleden,' gaat Frida verder. 'Tijdens een jungle-expeditie in Colombia. Toen regende het alleen zo hard, dat we vooral bezig waren de tent niet vol te laten lopen. Ze wijst met haar duim over haar schouder. 'Dit was veel gezelliger, met die krekels op de achtergrond en zo. Misschien koop ik wel een camper, dan kan ik vaker op dit soort plekken overnachten! Weliswaar zonder tent, maar ach. Kniesoor die daarop let.'

Ik leg twee croissants op mijn bord en pak er een minipakje abrikozenjam bij. Daarna stort ik me op de koffiekan aan het eind van het buffet, want er is maar één manier om deze dag door te komen en dat is met héél veel cafeïne.

Zodra we aan een van de tafeltjes zitten en ik in één hap een halve croissant heb weggewerkt, zegt Frida: 'Ik moet Cecile even een foto van de krant sturen.'

Ze kijkt zoekend om zich heen, tot ze een exemplaar van *Le Monde* spot op een van de tafels achter ons.

Ik leun naar achteren met mijn stoel om het te pakken, terwijl Frida haar leesbril opzet.

'Van vandaag. Perfect.' Ze haalt haar telefoon tevoorschijn en klapt, zoals het de ultieme zeventigplusser betaamt, haar leren klaphoesje open. Uiteraard staat het geluid op zijn hardst, dus wanneer ze een foto van de krant maakt, galmt het mechanische sluitergeluid door de ontbijtzaal.

'En... versturen.' Ze drukt overdreven hard op het scherm, alsof het een fysieke knop is, en vouwt dan haar leesbril weer op. 'Perfect. Ik geef haar straks vanuit de auto wel een uitgebreidere update, maar voor nu moet ze het hier even mee doen.' Frida legt de krant weer aan de kant en stort zich op haar eigen ontbijt: roerei met bacon, en een croissant.

Twee croissants met abrikozenjam en twee koffie later voel ik me eindelijk weer een beetje meer mens. Frida en ik hebben onze spullen inmiddels weer in de auto geladen en ik doe nog een laatste ronde door de tenten voordat we weggaan.

Wanneer ik weer bij de receptie sta, is Frida druk in gesprek met Frédérique. Aan de amicale toon te horen, spreekt ze alvast af dat ze hier langskomt als ze haar camper heeft gekocht. Frédérique knikt enthousiast en wanneer ze op Frida afloopt voor een omhelzing is mijn vooroordeel over dat Fransen altijd nors zijn nu écht als sneeuw voor de zon verdwenen.

We rekenen onze overnachting en het ontbijt af, en Frédérique drukt ook mij op het hart vooral nog eens terug te komen. Althans, dat denk ik, want in dat snelle geratel zou het ook zo kunnen zijn dat ze de lottogetallen van afgelopen weekend opnoemt.

'Vreemd dat Cecile niet heeft gereageerd,' zegt Frida peinzend als we onze spullen van de grond pakken. 'Hoe laat is het?'

'Tien uur.' Ik pak Theo's urn op en hou hem vast als een baby. 'Zou ze niet gewoon druk zijn? Je kent Cecile toch, die heeft van alles en nog wat aan haar hoofd. Wat voor dag is het? Vrijdag, toch?'

'Ja. Dan leest ze meestal voor.' Ze schudt haar hoofd, als om een nare gedachte te weren. 'Je hebt gelijk. Ze zal vast druk zijn met iets anders. Normaal gesproken reageert ze alleen binnen een paar minuten, dus dat had ik nu denk ik ook verwacht.'

'Zei jij niet dat mensen van jullie leeftijd veel minder aan hun smartphone vastgeplakt zitten?' Ik trek de deur open en strek mijn arm om hem open te houden voor Frida. De zon is alweer loeiheet en ik vrees voor het moment waarop we de deuren van de Saab zullen openen.

'Zeg, wil jij Cecile en mij niet in hetzelfde leeftijdshokje plaatsen? Ik zit nog niet aan die kant van de zeventig.'

'Namaakbejaarde,' zeg ik plagend, maar ik begrijp Frida's zorgen. Gisteravond heeft Frida om een update over de planten gevraagd, waar Cecile ook al niet op heeft gereageerd.

De Saab is zo heet dat we eerst een paar minuten beide deuren open moeten zetten, voordat we kunnen instappen.

We leggen onze spullen in de schaduw van de auto en ik laat me op een laag muurtje langs het gras zakken. Terwijl de auto hopelijk wat afkoelt, scrol ik nog maar eens door wat vacatures en check of ik wat huizen gemist heb. De conclusie is jammer genoeg dat ik overal al op heb gereageerd.

Na een tijdje heb ik mijn rondje gehad en in de afgelopen paar minuten is het knagende gevoel over Cecile ook bij mij groter geworden. 'Denk je dat we Inez moeten bellen?' vraag ik voorzichtig.

Frida zit in gedachten verzonken met haar benen buiten de Saab, die nog altijd met de deuren openstaat. Ik hou mijn hand boven mijn ogen tegen de zon.

'Of de bieb?' opper ik. 'Om te vragen of ze daar in elk geval is? Of is dat te opdringerig?' Beelden van Cecile, alleen in haar huis, dringen zich aan me op en ze zijn stuk voor stuk vreselijk luguber.

'Ik heb Inez' nummer niet,' zegt Frida peinzend. 'Maar ik denk dat we ons druk maken om niets. Cecile is een druk baasje. Misschien is haar telefoon wel leeg of heeft ze even wat anders aan haar hoofd. Ik vind het te ver gaan om naar de woningbouwvereniging of de bibliotheek te bellen. Straks zaaien we onterecht paniek.'

'Je hebt gelijk,' stem ik in en daarmee is het gesprek ten einde.

Wanneer de auto iets koeler lijkt te zijn, draait Frida zich naar het stuur en gebaart me onze spullen op de achterbank te leggen. Net als gisterochtend stapel ik alles zorgvuldig op en zet ik Theo's urn er zo tussenin dat hij met geen mogelijkheid kan omvallen. Dan klap ik de bijrijdersstoel terug en ga zitten.

'Ik heb nog iets,' zeg ik. 'Gisteren bij het tankstation gekocht.'

Ik haal het doosje uit mijn tas en Frida volgt met grote ogen mijn bewegingen.

'Heb je nou...'

'Dit zijn ze, toch?'

Frida's mond valt open bij het zien van het ronde blikje met de kenmerkende stukken fruit op de voorkant. 'Je hebt zuurtjes gehaald!'

'Ik kwam ze tegen in het dashboardkastje en dacht: tijd voor nieuwe. Voor het geval die er al drie jaar lagen.'

Ik haal het notitieboek tevoorschijn waar we onze doelen van deze week op hebben gezet en streep 'nog nader te bepalen' door onder het kopje 'motto'. Zo netjes mogelijk schrijf ik op: *Als alles tegenzit, zijn er altijd nog zuurtjes.*

Frida opent het blikje, steekt vrolijk een zuurtje in haar mond en geeft het blikje dan aan mij. Daarna steekt ze de sleutel in het contact, draait hem om en kijkt via de achteruitkijkspiegel naar de achterbank.

'Daar gaan we dan.'

40

Frida

De auto start niet.

Ik trek de choke uit, draai de sleutel om en er gebeurt... niets. Geen gepruttel, geen gerommel, niets. Ook zonder choke: niets. Ik zou willen zeggen dat het aan mij ligt, maar ik heb al genoeg kilometers gemaakt in deze auto om te weten hoe hij werkt, en hij werkt dus niet.

'Kom op,' mompel ik. 'Niet nu. Laat me niet nu in de steek.'

Joy springt de auto uit en roept: 'Open de motorkap eens?' alsof ze jarenlange ervaring bij een garage heeft en wekelijks een motorblok inspecteert.

Ik ontgrendel de motorkap, stap uit en loop om de auto heen. In gedachten denk ik aan Lucien. Als Saab-liefhebber zou hij vast weten wat er aan de hand is. Zou het raar zijn als ik zou bellen om hem om raad te vragen?

Wanneer ik mijn keuzes overweeg en de motorkap naar voren kantel, klinkt ineens de stem van Philippe achter me – de puber die ons gisteren de borrelplank en de houtblokken gebracht heeft.

'*Madame,* is alles in orde?'

Ik draai me om en slaak een zucht van opluchting als ik zie wat hij aanheeft: een overall. Die er precies zo uitziet als die van een monteur.

Zo beknopt mogelijk probeer ik hem uit te leggen dat de Saab niet wil starten en minder dan een minuut later hangt hij zowat ondersteboven in het motorblok.

Als hij zich weer opricht, houdt hij zijn hand op en wijst op de autosleutels. 'Mag ik?'

Ik overhandig hem de sleutels en hij kruipt achter het stuur. 'Werk je in een garage?' doe ik een gok.

'*Oui, madame*, ik werk voor mijn vader. Al sinds ik kan lopen, sleutel ik aan auto's.' Met beleid steekt hij de sleutel in het contact en zonder dat ik hem erop hoef te wijzen, voert hij alle handelingen uit om de Saab te starten.

Er gebeurt weer niets.

'Ik denk dat het de accu is. Moment.' Philippe duikt zijn telefoon op uit de zak van zijn overall en zoekt een nummer op. Het gesprek dat hij daarna voert gaat zo snel, dat ik er weinig van versta.

Joy slaat alles vanaf de stoep gade en houdt me het blikje voor. 'Zuurtje?'

Ik pak er een, zonder mijn ogen van Philippe af te halen.

Die hangt op en glimlacht breed. 'Mijn vader is onderweg. Als het nodig is, kunnen we u vandaag nog naar de garage slepen. Geen zorgen, *madame*.'

Een halfuur later staan Joy en ik in de deuropening van een – wederom bloedhete – garage, terwijl mijn geliefde Saab wordt geïnspecteerd door de man die zich heeft voorgesteld als Philippes vader.

'Schitterend, schitterend,' hoor ik hem in het Frans mompelen. 'U hebt er goed voor gezorgd.'

Ondanks de stress weet ik een kleine glimlach te produceren en hem te bedanken. 'Denkt u te weten wat er mis mee is?'

'De accu is op,' zegt hij simpelweg. 'U hebt nog geluk dat het nu is gebeurd en niet na een tankbeurt of bij een willekeurige stop langs de weg. De kans was groot dat u ergens stil kwam te staan.'

Ik kijk angstig naar mijn geliefde Saab. 'En nu? Kunt u de accu vervangen?'

Philippe verschijnt met vier flesjes water. Hij geeft Joy en mij er elk een, reikt zijn vader de derde aan en neemt gulzig een paar slokken uit dat van hem. 'Zelfs ik kan dat voor u doen, *madame*. Zo gepiept. Over vier dagen kunt u weer op weg.'

'Over vier dagen,' herhaal ik. De grond onder me begint te bewegen en ik grijp naar Joys arm. 'Vier dagen?'

‘We moeten hem bestellen.’ Philippes vader draait de dop van zijn flesje water af en wisselt hem met de mijne. ‘Frédérique heeft in elk geval nog plek op de camping. Als u wilt, kunt u daar verblijven. Philippe kan u ook naar een treinstation brengen. Vanaf Chartres is het ruim een uur naar Parijs.’

Bij die woorden zie ik Joys gezicht oplichten als een gloeilamp. ‘Ruim een uur, zegt u?’ Ze duikelt haar notitieboek weer op, bladert naar de titels die we nog op onze lijst hebben en draait het boekje naar me om, met haar vinger tegen de pagina gedrukt.

Bouw je eigen tijdmachine. Omarm het kind in jezelf, lees ik.

‘Frida, wat zeg je ervan als we naar Disneyland gaan?’

Week 6 ½

- zelfhulpboek van deze (halve) week:

  Bouw je eigen tijdmachine.
  Omarm het kind in jezelf

- Doel(en) van deze week:
  - Naar Disneyland Parijs!
  - Minnie Mouse-oren kopen

- Motto van deze week:

  When in doubt, wear Minnie Mouse ears.

↘ ja, óók frida!

41

Joy

Ik denk dat dit een van de beste ideeën is die ik ooit heb gehad. Disneyland is geweldig. *The happiest place on earth* doet zijn naam absoluut eer aan.

Frida en ik mochten onze spullen achterlaten in het hotel van Frédérique – waarbij ze heeft gezworen ook goed op Theo te passen – en daarna zijn we met de trein naar Parijs gegaan. Ik moet mezelf ervan weerhouden niet op zoek te gaan naar Leon, maar 'gelukkig' zijn we niet in de stad zelf.

Inmiddels lopen we al een paar uur door Disneyland en ik kijk mijn ogen uit. Letterlijk álles is in Disney-thema: van de bewegwijzering tot het personeel – of eigenlijk moet ik zeggen de *cast members* – en van het eten tot de bloemperken. Zelfs de struiken zijn in Mickey Mouse-vorm gesnoeid, én ik ben met Goofy op de foto geweest. Overal spotten we al dan niet verborgen Mickey Mouse-silhouetten en nu we in drie attracties zijn geweest, is het tijd voor een snackpauze.

'Wist je dat er tunnels onder het park lopen?' Ik probeer mijn smeltende ijs te redden door er zo snel mogelijk omheen te likken. We zijn The Gibson Girl Ice Cream Parlour aan het eind van Main Street binnengestapt, en ik geloof dat ik wel een kwartier heb gedaan over het maken van mijn keuze. Uiteindelijk ben ik voor twee bolletjes Cookie Dough gegaan, in een in chocolade gedipt hoorntje, versierd met pindastukjes.

Frida plukt het wafeltje – met Mickey Mouse-afbeelding erop – uit haar bakje met twee bolletjes Strawberry Cheesecake en hapt het af. 'Tunnels onder het park?'

Ik knik heftig. 'Zodat niets afdoet aan de magie bovengronds. Het verhaal gaat dat Walt Disney ooit een cowboy uit Frontierland door het futuristische Tomorrowland zag lopen en dat zo ongepast vond, dat hij besloot een tunnelstelsel aan te leggen. Zo kan het personeel ongezien van de ene kant naar de andere kant van het park komen, maar de tunnels worden ook gebruikt om afval uit het zicht te houden, als kleedruimtes, als *break rooms*... Er schijnen zelfs kantoren en eettentjes te zijn voor het personeel. Kijk maar.' Ik gebaar om me heen. 'Je ziet nergens iemand lopen met volle vuilniszakken, maar overal is het schoon.'

Frida stopt de rest van het wafeltje in haar mond en kauwt peinzend. 'Hoe weet jij dit?'

'Gegoogeld toen we in de trein zaten.'

Dat dat eigenlijk was om mezelf af te leiden van continu denken aan Leon zeg ik er niet bij.

Ik heb niets meer van hem gehoord. Geen bericht, geen belletje, niets. Toen ik onderweg hiernaartoe heel even op zijn social media keek, zag ik dat hij wat foto's van Parijs had gedeeld. Hij zag er gelukkig uit en ik had hem bijna een bericht gestuurd om te zeggen dat ik óók onderweg was naar Parijs, maar toen zag Frida wat ik aan het doen was en mepte ze mijn mobiel bijna uit mijn handen, het gangpad door. 'Als hij contact wil, zoekt hij het wel. Die man weet hoe een telefoon werkt.'

Dat mijn telefoon na die kamikaze-actie bijna níét meer werkte, daar hebben we het niet meer over. Net als dat Frida zelf ook de hele tijd op die van haar kijkt, al weet ik dat dat niet is vanwege berichtjes van Lucien. Tussen hen worden volgens mij momenteel weinig appjes uitgewisseld. Toen ik een heimelijke blik op haar scherm wierp op het moment dat ze het gesprek met Cecile opende, zag ik dat haar eigen bericht nog steeds het laatste was in het gesprek.

Het is dubbel om hier rond te lopen zonder iets van Cecile te hebben gehoord, maar Frida en ik hebben stilzwijgend afgesproken om ons *inner child* te omarmen – de opdracht uit het eerste hoofdstuk van *Bouw je eigen tijdmachine.* In de trein hiernaartoe heb ik het boek vluchtig doorgenomen en de belangrijkste les eruit is dat we 'ja' moeten zeggen tegen alles waar onze innerlijke achtjarige om vraagt.

Mijn innerlijke achtjarige vraagt bijvoorbeeld om een haarband met Minnie Mouse-oren, dus ik haal de plattegrond uit mijn kontzak en speur naar een souvenirshop. 'Op de hoek van Town Square en Main Street zit Emporium, een van de warenhuizen van het park. Daarvoor moeten we weer terug naar de ingang.'

'Warenhuizen?' echoot Frida. 'Als een soort V&D?'

'Eerder W&D, denk ik.' Ik grinnik. 'Walt en Disney, snap je?'

We lopen iets verder richting het kasteel van Assepoester en ploffen neer op een bankje langs het pad. Om ons heen lopen tientallen, misschien wel honderden mensen en iedereen lijkt goedgehumeurd, op een paar ouders na die nu al spijt hebben van al het suikergoed dat ze aan hun kind hebben gegeven.

'We zouden ook naar Ribbons & Bows kunnen gaan. Dat is een winkel die alleen maar kerstartikelen verkoopt. Kunnen we wat Mickey Mouse-kerstornamenten kopen.' Ik wijs met mijn pink op de kaart. 'Dat zit hier.'

'Kerst? Nu al?'

'Waarom niet? Mijn moeder liet altijd de kerstboom staan tot ver in februari. Gewoon omdat ze het mooi vond. In Kaapstad zetten ze niet eens boom, maar het was een van mijn lievelingstradities toen ze nog in Nederland woonden.'

Frida prikt met haar lepeltje in haar ijs. 'Mis je ze?'

Ik laat de kaart iets zakken en hap een stukje *cookie dough* af. 'Ja. Meer dan ik dacht. Ik ben blij dat ze in dezelfde tijdzone wonen. Pascal vloog voor CoffeeFold de hele wereld over en dan was het ontzettend lastig overleggen als het bij hem avond was, terwijl bij ons de middag nog niet eens was aangebroken. Maar ze wonen nog steeds hemelsbreed bijna tienduizend kilometer verderop. Dat is echt heel ver.'

Frida draait haar bakje rond in haar hand en schraapt met haar lepeltje de restjes ijs bij elkaar. 'Ik snap je denk ik wel. Toen wij in het buitenland woonden, vond ik het ook heel moeilijk om contact te houden met het thuisfront. Ik heb twee broers en een zus. Toen Theo en ik voor het eerst naar Colombia verhuisden, was mijn oudste zus net bevallen van haar tweede kind, mijn neefje. Ik heb hem twee keer gezien voordat we weggingen en toen we terugkwamen, kon hij al lopen. Jij kunt nu gewoon een berichtje sturen naar je ouders en dat is er dan binnen een paar seconden. Wij schreven een brief die er weken over deed of we moesten het doen met een telefoontje van een paar minuten.' Ze neemt de laatste hap van haar ijs en duwt met haar schouder tegen de mijne. 'Waarmee ik niet jouw situatie wil bagatelliseren, hoor. Ik besef nu hoe onhandig dit klinkt.'

'Ik neem er geen aanstoot aan,' stel ik haar gerust. 'Het lijkt mij ook vreselijk om zo weinig te weten van je familie. Spreek je je broers en zus nog?'

Ze schudt haar hoofd en staat op om haar inmiddels lege ijsbakje weg te gooien.

Ik sta ook op en volg haar, ondertussen knabbelend op mijn hoorntje.

'Ik ben een nakomertje. Mijn zus is negen jaar ouder en mijn broers elf en dertien jaar. Ze zijn inmiddels alle drie overleden. Met mijn neven en nichten heb ik amper contact. Je groeit gewoon uit elkaar.' Ze wijst naar de ingang. 'Dat warenhuis?'

Ik knik. 'Ik spreek mijn neven en nichten ook nooit,' geef ik toe. 'Van mijn moeders kant wonen ze sowieso bijna allemaal in Zuid-Afrika en van mijn vaders kant ken ik de helft niet eens.'

Frida zet een paar stappen opzij om een groepje jongeren dat als ongeleide projectielen door Main Street rent te ontwijken. 'Zou je ooit naar Zuid-Afrika willen?' vraagt ze als we weer naast elkaar lopen.

'Ik denk het wel. De laatste keer was een paar jaar geleden, en de keer daarvoor toen ik nog een kind was, dus daar weet ik niet zoveel meer van. Toen ik ze belde om te vertellen dat het uit was met Pascal, opperden ze meteen dat ik naar hen toe zou komen.'

'Waarom heb je dat eigenlijk niet gedaan?'

Ik haal mijn schouders op. 'Omdat ik vond dat ik het alléén

moest kunnen oplossen. Wat niet echt gelukt is, want nu loop ik hier met jou.'

We lachen, maar een aantal meter verderop is Frida ineens een stuk serieuzer.

'Ik dacht drie jaar lang dat ik het alleen móést doen, totdat ik besefte wat voor lieve mensen ik om me heen heb. Het is heus niet zo erg om om hulp te vragen.'

'Weet je dat ik graag naar Disneyland wilde omdat ik met mijn ouders altijd Disneyfilms keek? Ik dacht: als ik nou hiernaartoe ga, dan voel ik me misschien weer een beetje jong en onbezorgd.'

'Je bent nog steeds jong en onbezorgd,' werpt Frida tegen. Ze loopt op de hoofdingang van Emporium af en blijft staan met een uitnodigend gebaar. 'Na u.'

Hoewel het prettig is om even binnen en dus uit de zon te zijn, is het hier qua drukte niet anders dan buiten. De winkel is prachtig én overweldigend: van boven tot onder is alles in een soort pittoresk jarentachtigthema ontworpen en je kunt het zo gek niet bedenken of het hangt er. Mokken in de vorm van alle Disneyfiguren die er bestaan, knuffels, sleutelhangers, hoeden, T-shirts, zelfs tandenborstels, bidons, snow globes, petten, rugtassen... Gelukkig zie ik meteen wat ik zoek: dicht bij de deur staat een gigantisch rek met Mickey- en Minnie Mouse-oren in alle soorten en maten. Van de gewone zwarte oren met een rood met witte, satijnen strik ertussen tot oren met pailletten en glitters. Er zijn zelfs oren in het Kleine Zeemeermin-thema, met holografische schubben en een drietand op de strik.

Frida loopt op het rek af en pakt een van de haarbanden met een Minnie Mouse-look. De strik is gemaakt van zilverkleurige pailletten. 'Zoiets?'

Ik pak de haarband aan en zet hem op. 'Wat vind je?'

'Dat je eruitziet als een toerist in Disneyland Parijs.'

Ik maak *finger guns* in haar richting. 'Precies de look waar ik voor wilde gaan.'

Voorzichtig zet ik de oren weer af en bekijk het prijskaartje, maar voordat ik dat kan doen, heeft Frida de haarband al uit mijn handen gepakt. 'Krijg je van mij. Als aandenken.'

Mijn mond valt open en ik kijk vertwijfeld van haar naar de haarband en terug. Eigenlijk wil ik zeggen dat ze dat echt niet hoeft te doen, maar in een van de zelfhulpboeken staat dat je soms 'gewoon' dankbaar moet zijn, in plaats van te zeggen dat iemand dat 'echt niet hoeft te doen'.

En dus zet ik een stap naar voren, sla mijn armen om Frida heen en trek haar naar me toe. 'Dank je wel. Voor alles.'

Voor het eerst omhelst ze me echt terug en zo staan we een halve minuut naast een rek met Minnie Mouse-oren te knuffelen. In Disneyland Parijs, waar we helemaal niet zouden moeten zijn, terwijl er gillende kinderen om ons heen rennen.

'Ik ben zo terug,' zegt Frida als we elkaar hebben losgelaten.

'Ik wacht hier.'

Terwijl Frida naar de kassa loopt, kijk ik mijn ogen uit naar meer pluche dan ik ooit in welke speelgoedwinkel dan ook heb gezien. Er zijn knuffels van alle Disneyfiguren en ik voel me ineens heel oud als ik ze lang niet allemaal herken.

Ik sta net een knuffeltje in de vorm van Abu, het aapje uit *Aladdin*, te bekijken – dat je op je schouder kunt laten zitten met een magneet en een metalen plaat, als Frida weer terug is en de oren in een tasje zijn gestopt. 'Er zit nog iets in,' zegt ze terwijl ze mij het tasje overhandigt.

Ik doe het tasje open en kijk erin.

Een kerstbal van Winnie de Poeh. Op de kerstbal zit Winnie aan een heel lange tafel, samen met Teigetje, Iejoor, Knorretje, Konijn en Uil te genieten van een kerstdiner. Achter hen komen Janneman Robinson, Kanga en Roe aanzetten met een enorme stapel cadeaus.

'Om mee te nemen als je ooit weer naar Zuid-Afrika gaat,' zegt Frida zacht. 'Voor als je moeder in de toekomst wel weer besluit de kerstboom tot februari te laten staan.'

Ik voel ineens tranen prikken achter mijn ogen. 'Dank je wel.'

Frida herinnert zich het hoofdstuk blijkbaar ook, want ze maakt geen gebaar alsof ze zegt: 'Ach, kleine moeite.' In plaats daarvan glimlacht ze en pakt een van de haarbanden van het rek. De oren én strik van de haarband zijn helemaal gemaakt van goudkleurige pailletten. Voorzichtig zet ze hem op. 'En? Wat vind je ervan?'

Ik grijns. 'Hij staat je perfect.'

Ze raakt de oren even aan en ik geloof dat ik haar zowaar wat Disney-liefde heb bijgebracht, tot haar telefoon begint te rinkelen in haar tas.

Zodra ze het toestel heeft opgediept en op het scherm kijkt, wordt ze wit rond haar neus.

'Het is Cecile.'

42

Frida

Ik denk dat dit een van de slechtste ideeën is die Joy ooit heeft gehad. Disneyland is verschrikkelijk. Al helemaal als je een telefoongesprek moet voeren en er op elke vierkante meter in de buurt een joelend, krijsend of huilend kind rondloopt.

'Cecile? Hoor je me?' Ik ben de winkel uit gesneld en trek Joy mee naar een plek in de schaduw, direct achter de ingang van het park.

'Ja. Jij mij ook?'

Ik slaak een opgeluchte zucht bij het horen van mijn buurvrouws stem, maar in die paar woorden is me al duidelijk dat alle flair uit haar stemklank is verdwenen. Ze klinkt als een broos vogeltje.

'Wat is er gebeurd?' Mijn keel knijpt zich dicht en Joy pakt me bij mijn arm om me naar een bankje te leiden. Pas nu voel ik dat ik sta te beven. We gaan op het bankje zitten en Joy schuift dichter naar me toe. Ze houdt haar oor naast het mijne en ik draai mijn mobiel bij.

Het duurt zo lang voordat Cecile antwoordt dat ik even bang ben dat de verbinding verbroken is, maar dan zegt ze zacht: 'Ik ben gevallen.'

Ik knijp mijn ogen dicht en voel een steek in mijn borst. Waarom gebeurt dit precies op het moment dat ik er niet ben?

'Vanochtend vroeg, toen ik uit bed kwam. Ik verloor mijn evenwicht en toen ben ik onderuitgegaan. Lag ik daar gestrekt in de kamer, kun je het geloven?' Cecile lacht, maar het is niet de lach die ik van haar gewend ben.

Ik lach niet met haar mee.

'Heb je een alarmknop, Cecile?' vraagt Joy, waarna ze tegen mij fluistert: 'Kun je hem niet op speaker zetten?'

'Is dat Joy?' vraagt Cecile. 'Zet me even op de speaker! Wacht, ik heb een beter idee. Fleur, hoe doe ik dat videobellen?'

Ik deins naar achteren als in mijn oor ineens een paar korte tonen klinken. 'Wat is...'

Joy trekt mijn hand naar beneden en drukt meteen op 'accepteren'. De verbinding komt tot stand en een pluk van het kenmerkende witte haar van Cecile komt in beeld.

'Niet schrikken, oké?'

'Dit is niet de beste manier om iets aan te kondigen, Cecile,' zegt Joy grijnzend.

Het beeld zwenkt wat opzij en Ceciles dochters Fleur en Inez verschijnen op het scherm. Meteen valt me op hoe moe ze eruitzien: Inez heeft donkere wallen onder haar anders zo sprankelende bruine kijkers en Fleurs poppengezicht oogt ingevallen. Hoe ouder ze worden, hoe meer ze gaan lijken op hun moeder, besef ik nu. Al lijken ze als eeneiige tweeling vooral nog steeds heel veel op elkáár.

'Hoi, Frida!' begroet Inez ons met een waterige glimlach. 'Hoi, Joy! Een beetje gek om elkaar zo ineens te zien, hè? Ik had het liever onder andere omstandigheden gehad.'

Joy zwaait naar het scherm. 'Hoi, Inez. Zeg dat wel, ik ook.'

Het beeld zwenkt weer terug en Cecile verschijnt op het scherm, maar ze houdt haar toestel nog steeds zo dat we alleen de bovenkant van haar haar zien. 'Echt niet schrikken, goed? Het ziet er erger uit dan het is. Dat komt door de bloedverdunners. Ik hoef maar te kijken naar een tafelpunt of ik heb al een blauwe plek.'

'Dit keer heb je die tafelpunt wel van heel dichtbij bekeken, mam,' klinkt de stem van Fleur op de achtergrond.

Cecile laat de camera zakken en ik kan niet voorkomen dat ik alsnog schrik: haar gelaat ziet er vreselijk gehavend uit. Naast een van haar wenkbrauwen is een zwaluwstaart geplakt, het oog eronder is dik en over haar jukbeen én wang loopt een paarsblauwe bloeduitstorting. Zelfs het kleurrijke gewaad dat ze aanheeft, maakt geen verschil voor hoe erg de situatie eruitziet.

'Mijn hémel!' roept Joy uit, zoals altijd de subtiliteit zelve.

Ik geef haar een por, maar Cecile grinnikt gelukkig geamuseerd.

'Ja, het is vreselijk, vinden jullie ook niet? Zoals ik al zei: het is erger door de bloedverdunners, maar ik heb er weleens beter uitgezien. De dokter zei dat het nog meer zal verkleuren, aangezien het vanochtend pas gebeurd is. Het ging zo snel! Ik stond op, werd licht in mijn hoofd en voordat ik het wist, lag ik op de grond. Toen ik niet naar de bibliotheek kwam, hebben zij Fleur gebeld, omdat Fleur daar weleens lezingen geeft over haar archeologische vondsten.'

'Ze hadden mijn telefoonnummer nog,' vult Fleur aan. 'Dus toen zijn Inez en ik gaan kijken.'

'En toen lag ik daar in mijn ochtendjas op de grond!' Cecile schiet weer in de lach, maar nog steeds lacht niemand mee. Wanneer ze dat merkt, stoot ze haar beider dochters aan. 'Ik ben echt in orde nu. Maak jullie geen zorgen. Het was even wat veel allemaal, maar dat doe ik zelf, hè?'

'Ja, en je doet er niets aan om dat te verminderen.' Zelfs honderden kilometers verderop is de ijzigheid van Fleurs opmerking nog te horen.

'Misschien wordt het tijd dat jij niet alleen controleert of ik nog leef, maar dat ik ook in de gaten hou of met jou alles in orde is,' zeg ik.

Ceciles ogen zoeken die van mij via het scherm. 'Dank je wel, Fri. Dat is misschien wel een goed idee. Hoe gaat het bij jullie?'

Op dat moment rennen er twee schreeuwende kleuters langs, op de voet gevolgd door een doodmoe uitziende, scheldende ouder. Ze roept iets in het Frans wat ik nog niet eens tegen Joy zou zeggen.

'We zijn in Disneyland,' zeg ik. 'De Saab staat met accuproblemen bij de garage en het gaat vier dagen duren voordat we er weer mee op pad kunnen.'

Joy grijnst en spreidt haar armen. 'Dus nu gaan we ons *inner child* omhelzen!'

'Jullie hebben het er maar druk mee. Eerst de cactus, nu jullie innerlijke kind.'

‘Zodra we terug zijn, omhelzen we jou, Cecile!’ roept Joy.

‘Daar hou ik je aan.’ Mijn buurvrouw glimlacht nog eens, maar dan wordt haar aandacht getrokken door iets wat Fleur buiten beeld tegen haar zegt. ‘O, ik moet ophangen. Het is tijd voor een dutje.’

‘Woorden die ik nooit uit jouw mond had verwacht,’ zeg ik. ‘Slaap lekker, Cecile. Tot later.’

We zwaaien naar de dames en verbreken de verbinding. In stilte – voor zover dat mogelijk is, met die gigantische chaos om ons heen – overdenken we beiden het gesprek, en ik neem mezelf ter plekke voor om Ceciles aanwezigheid nooit meer als zo vanzelfsprekend te zien. De afgelopen drie jaar heeft zij voor mij gezorgd, dus nu is het tijd om me meer om haar te gaan bekommeren.

Dan hijs ik mezelf overeind en steek mijn hand uit naar Joy. ‘Zo. Zullen we dan nu maar die goudkleurige Minnie Mouse-oren gaan halen?’

43

Joy

Autorijden met Minnie Mouse-oren op is het leukste wat er is. Of eigenlijk: gezien worden met Minnie Mouse-oren op. In een oldtimer. Bij elk stoplicht, kruispunt of oponthoud zwaait iedereen vrolijk naar ons en ik kan alleen maar een voorstelling maken van hoe het eruit moet zien: twee vrouwen in een roodpaarse Saab 96, allebei met glitterende Minnie Mouse-oren op hun hoofd.

Het plafond van de Saab is gelukkig hoog genoeg om de oren te kunnen dragen – of wij zijn gewoon te klein – en grappig genoeg heeft zelfs Frida haar oren de hele rit van het dorp naar Bordeaux niet afgezet. Ze is er zelfs mee gaan tanken en loopt nu zwaaiend en lachend terug naar de auto, met in haar handen een nieuw blikje zuurtjes.

De accu van de auto bleek een dag eerder al bezorgd en vervangen, dus we zijn na twee extra nachten weer op weg gegaan. De eerste nacht hebben we in een hotel in Disneyland geslapen en de tweede nacht hebben we onze tenten weer opgezocht. Toen Frédérique hoorde dat mijn luchtbed de eerste nacht lek was, heeft ze me wel honderd keer haar excuses aangeboden en ik moet zeggen: een normaal, vol luchtbed ligt inderdaad een stuk prettiger.

We zijn inmiddels van de snelweg af en het tankstation ligt volgens Frida aan de rand van het dorpje waar we moeten zijn, dus we zijn er nu écht bijna.

'Hoe zijn jullie hier toen eigenlijk terechtgekomen?' vraag ik als ze de auto weer start en ik me ontferm over het openen van de zuurtjes.

Frida schakelt soepel over naar de tweede versnelling en we rollen de weg weer op. 'We waren verdwaald. Het was de bedoeling dat we naar Bordeaux gingen, maar kaartlezen is nooit mijn sterkste kant geweest. Dus toen ik al drie keer de kaart van het departement een kwartslag moest draaien en het al bijna donker was, leek het Theo een beter idee om een overnachtingsplek te zoeken en de volgende dag weer fris verder te gaan. Zo belandden we hier en we werden zo verliefd op dit dorp dat we Bordeaux nooit hebben gehaald.'

'Hoe ver is het vanaf hier eigenlijk naar Bordeaux? Waren jullie er stiekem gewoon al bijna?'

'Vanaf hier is het nog ruim een uur.' Frida pakt op haar dooie gemak een zuurtje uit het blik en grijnst onschuldig. 'Ik zei toch dat ik niet kon kaartlezen?'

Het is de eerste keer deze reis dat Theo ter sprake komt. Ik ben er bewust de afgelopen twee dagen niet over begonnen, maar daardoor reist hij wel als een goudkleurige olifant op de achterbank met ons mee.

Het dorpje ligt een beetje op een heuvel, en zodra we een brug over de Dordogne doorkruisen, snap ik meteen waarom Frida en Theo zo verliefd op dit gebied werden: in één klap is het alsof we de middeleeuwen binnenrijden. We maken een bocht naar links en met aan onze linkerhand de rivier en rechts het dorp, zien we in de verte wijngaarden zich uitstrekken zo ver we kunnen kijken. Het is werkelijk sprookjesachtig.

'Je ziet het nu niet, maar langs de rivier hebben ze allemaal kleine lichtpunten gemaakt,' vertelt Frida. Ik zie op haar gezicht een mix van herkenning, vertrouwdheid en diep verdriet. Ik twijfel of ik haar moet vragen of ik niet beter kan rijden, maar tegelijkertijd wil ik dit moment niet verpesten. Het voelt alsof dit iets is wat Frida zelf moet doen, met letterlijk háár handen aan het stuur.

'En daar,' wijst ze, 'in die wijngaarden daar, verbouwen ze de druiven voor de lekkerste wijn uit de wijde omgeving. Die wijn wordt al een paar eeuwen lang door nonnen uit een klooster in het dorp gemaakt.' Ze staart even dromerig naar de heuvels in de verte, voordat ze zich weer op de hobbelige weg voor ons richt. 'Toen de eigenaar van de bed and breakfast waar we een nachtje verbleven hoorde dat we op huwelijksreis waren, bood hij ons een van zijn andere locaties aan. Niet kosteloos, hoor, maar we kregen wel korting. We hebben toen in de mooiste gîte geslapen die ik ooit heb gezien en zijn er twee weken gebleven.'

Als ik haar verward aankijk, verduidelijkt ze: 'Een vakantiehuisje.'

'Aha.'

'Tot ver in de omgeving vind je hier chateaus die hun eigen wijn produceren. Theo en ik hebben tijdens die vakantie een hele dag gespendeerd aan het proeven én kopen van de lekkerste wijnen. We hadden de Saab toen pas net, en dat was het moment dat we erachter kwamen dat er een ontzettend diepe kofferbak in zit.'

'Vanwege alle flessen die jullie meenamen?' vraag ik lachend.

'We hadden er niks aan, want niet al te lang na onze huwelijksreis verhuisden we voor het eerst naar Colombia. Omdat we niet wisten hoelang we daar zouden blijven, hebben we ze allemaal weggegeven. Eén fles hebben we op de avond voor onze verhuizing samen soldaat gemaakt. Met een kater in het vliegtuig naar Colombia is geen aanrader, maar het was het dubbel en dwars waard.' Ze blikt even opzij en wijst dan naar de speaker op het dashboard. 'Mag ik een verzoeknummer indienen?'

'Altijd.' Ik pak mijn telefoon en hou mijn vingers in de aanslag boven de zoekbalk van de muziekspeler.

'"Way Over Yonder" van Carole King.'

Ik zoek het nummer op en meteen vult de auto zich met zachte pianoklanken, rustige drums en een diepe baslijn. Daaroverheen klinkt de markante stem van Carole King, die zingt over hoe het paradijs er volgens haar uitziet.

Ik verwacht dat we de weg volgen, het dorp in, maar in plaats daarvan draait Frida na een paar honderd meter een andere brug over de rivier op. Meteen is het me duidelijk dat we niet eerst naar het hotel gaan, maar dat dit het moment is waarop we Theo gaan uitstrooien. Ik voel een zenuwachtige kriebel in mijn onderbuik.

Ik weet dat Frida hier al drie jaar naartoe leeft – of eigenlijk kan ik beter zeggen: ertegen opziet. De eerste keer dat we samen gingen rijden en ik Theo's urn meenam, lijkt ineens een eeuwigheid geleden. De sfeer in de auto verandert en ik zie een spiertje in Frida's kaak vertrekken.

Frida stuurt de Saab een tijdje langs de rivier, tot we wederom via een zijweggetje op een halfopen plek aan de voet van een van de heuvels zijn. In de verste verte is niemand te bekennen. Ze zet de auto stil in de berm en legt haar handen op het stuur. Tranen blinken in haar ogen en haar stem bibbert als ze zegt: 'Laten we gaan.'

We openen beiden ons portier, en het is alsof de lucht beladen is met verdriet.

'Neem die maar mee,' zegt Frida zacht, wijzend op de speaker. 'Blijf hem maar afspelen.'

Ik voel ineens de zwaarte van de situatie over ons neerdalen – en hoe bijzonder het is, wonderlijk genoeg. Zes weken geleden was deze vrouw nog een wildvreemde voor me en nu, terwijl we elkaar nog steeds amper kennen, sta ik met haar aan de oever van een rivier in Frankrijk om haar overleden man uit te strooien.

Frida pakt de urn uit de auto en samen lopen we een klein stukje door langs de rivier; zij met de urn tegen zich aan, ik met het draagbare speakertje. Het ziet eruit alsof Frida precies weet waar we naartoe gaan. Met haar blik op oneindig schuifelt ze langs de oever, tot we een ogenschijnlijk onbelangrijke boom vinden. 'Hier is het,' zegt ze zacht.

De bomen wuiven ons vriendelijk toe en in de verte ritselt er iets in het gras. Verder is er nog altijd niemand te bekennen.

Frida strijkt met haar vrije hand over de bast van de boom en sluit haar ogen als ze vindt wat ze zoekt. Zwijgend wenkt ze me, en als ik zie waar ze zo liefkozend overheen strijkt, draait mijn keel zich in een bankschroef.

In de bast zijn twee letters gekerfd, met een plus ertussen en een hart eromheen.

T en F.

Theo en Frida.

De letters zijn iets uitgerekt door de groei van de boom in de voorbije decennia, maar ze zijn nog steeds heel goed leesbaar.

Frida leunt met haar voorhoofd tegen de bast en klemt de urn tegen zich aan. Haar ogen zijn nog steeds gesloten en dikke tranen rollen over haar wangen.

Ooit las ik ergens dat rouw alle liefde is die je niet meer kunt uiten – ook als je elke dag je liefde hebt geuit en de ander echt wist hoe diep en oprecht je gevoelens waren. Het was alweer even geleden, maar het is me altijd bijgebleven.

Carole King begint voor de tweede keer aan het eerste couplet van ‘Way Over Yonder’ en terwijl ik hier zo sta met die speaker in mijn handen, voel ik me een indringer. Een voyeur. Ik hoor hier niet te zijn, als getuige van dit intieme, hartverscheurende moment.

Tegelijkertijd hoort Frida dit ook niet alleen te doen en kan ik het absoluut niet over mijn hart verkrijgen om haar dit alleen te laten doormaken. Niemand verdient het om alleen te rouwen. Geluk en liefde mogen dan meer worden als je het deelt, ik hoop dat ik Frida’s rouw iets mag verminderen. Verzachten, al is het maar íéts, op wat voor manier dan ook. Door hier te zijn, door Theo te eren, door naar haar verhalen te luisteren. Door zuurtjes te halen, omdat zij dat altijd deden. Door Frida te vragen naar alle planten in haar tuin, omdat ze daar altijd over vertelde aan Theo. Door de muziek op te zetten die ze samen luisterden, om te ontdekken of het niet stiekem ook háár smaak is.

Frida maakt zich los van de boom en klemt de urn nog een laatste keer stevig tegen zich aan.

Ik leg het speakertje in het gras bij de boom, pak met mijn ene hand de pols van mijn andere vast en buig mijn hoofd.

Daar gaan we dan.

44

Frida

Drie jaar lang heb ik tegen dit moment opgezien. Ik heb er nachtmerries van gehad. Eindeloos om gehuild. Paniekmomenten om beleefd en er met een brok in mijn keel en een knoop in mijn maag duizenden kilometers voor gereden, en nu is het moment daar.

Ik heb geen idee hoe je het uitstrooien van je overleden man aanpakt. Doe je dat gewoon? Is het een kwestie van 'dop eraf en schudden maar'? Ik heb drie jaar de tijd gehad om dit voor te bereiden en ik heb weliswaar een speech, maar ineens twijfel ik aan alles.

Ik zet een stap naar achteren, open mijn ogen en kijk naar Joy. 'Ik wil graag iets zeggen.'

Ze tilt haar hoofd op en knikt me toe.

Ik schraap mijn keel. Ter plekke besluit ik dat de speech de boom in kan en dat ik, zoals Cecile altijd zegt, moet spreken vanuit mijn hart.

'Lieve Theo, toen ik je drie jaar geleden beloofde dit na drie jaar te doen, hoorde ik ergens in mijn achterhoofd een stem die zei: '"Wedden dat je dat niet doet?" En ergens wist ik dat die stem gelijk had. Niet omdat ik niet meer durfde te rijden of omdat ik de afstand te groot vond, maar omdat ik me niet kon voorstellen dat ik je ooit zou loslaten. Ik wilde niet terug naar de plek waar wij vijftig jaar geleden aan elkaar beloofden voor altijd voor elkaar te zorgen, waar we ons tienjarig huwelijk vierden en waar we na vijfentwintig jaar beloofden ook de vijftig te vieren. Ik moet er elke dag mee leven dat we die vijftig jaar niet gehaald hebben en dat wordt steeds moeilijker te verkroppen.' Mijn keel knijpt zich dicht en ik haal bibberig adem voor ik verder kan gaan. 'Ik zou alles geven om je nog één keer vast te houden, lief. Je nog één keer te omhelzen. Nog één keer te dansen op Tony Bennett, Miles Davis, Ella Fitzgerald of zoals nu, op Carole King. Ik had hier terug willen komen mét jou, niet vanwege jou en al helemaal niet vanwege...' Ik kijk naar de urn en slik. 'Vanwege dit.'

Joy snift zacht en veegt bruusk over haar wang.

Ik heb het inmiddels opgegeven om mijn tranen weg te vegen en laat ze maar gewoon de vrije loop. Ik heb niet eens een zakdoekje in de aanslag, omdat ik beide handen nodig heb om deze ruim drie kilo wegende urn vast te kunnen houden. Mijn neus begint te lopen, maar het kan me niets schelen.

'En nu ben ik hier toch,' zeg ik. 'Ondanks alles.' Mijn mondhoeken plooien zich tot een waterige glimlach en ik schud mijn hoofd. 'Je zou me eens moeten zien. Ik probeer mezelf terug te vinden zonder jou en het is het moeilijkste wat ik ooit heb moeten doen. Ik heb zo lang gedacht dat zonder jou de zon niet scheen. Dat zonder jou de wereld niet draaide – míjn wereld in elk geval niet. Hoe kan ik mezelf nou terugvinden als ik alles wat ik liefhad kwijt ben? Als alles nooit meer hetzelfde is zonder jou?' Mijn stem schiet de hoogte in en Joy komt naast me staan, legt een arm om mijn schouder. Uit haar broekzak haalt ze een pakje zakdoekjes en ze dept mijn wangen droog met een vanzelfsprekendheid die me alleen maar meer geëmotioneerd maakt.

Ik schenk haar een dankbare blik en ze legt haar arm weer om mijn schouder. Zachtjes trekt ze me tegen zich aan.

'Lieve Theo, ons "altijd" mag dan veel te kort zijn geweest, in mijn "altijd" ben jij nog steeds. Er gaat geen moment voorbij waarop je niet in mijn gedachten bent, ik niet aan je herinnerd word of waarop ik niet denk: even aan Theo vragen hoe ik dat ook alweer moet doen. Ik word nog steeds elke ochtend wakker met het idee dat ik me om kan draaien en je aan kan kijken. Dat je toch zo binnen komt lopen, ook al heb ik je nu letterlijk vast in een urn. Ik heb heel lang gedacht dat ik je los moest laten om verder te kunnen, maar vandaag besluit ik je juist vast te houden. In mijn gedachten, in alle herinneringen, maar vooral in mijn hart. Ons leven samen was te mooi om achter me te laten. Vandaag laat ik je een heel klein beetje los, maar in mijn hart draag ik je altijd bij me.'

Ik druk de urn nog één keer tegen me aan en denk dat dit nu maar het moment is om over te gaan tot het daadwerkelijke uitstrooien.

'Nou, daar gaan we dan,' probeer ik dit ongerieflijke moment iets luchtiger te maken. Voorzichtig draai ik het deksel van de urn af, maar dan grijpt Joy mijn schouders beet en bevries ik in mijn beweging. 'Wat is er?'

'Wil je… Wil je niet iets bewaren?' Ze zet een stapje achteruit en kijkt me met grote ogen aan.

'Ik héb iets bewaard van hem,' zeg ik. 'Op mijn nachtkastje ligt een knuffelkeitje.'

Ze gniffelt. 'Een… wat?'

'Een knuffelkeitje. Een mini-urn, in de vorm van een kei. Die kun je in je hand houden om te koesteren. Het ziet er niet uit als een urn, waardoor het mooier en subtieler in de ruimte staat. En deze is bordeauxrood.'

Joy drukt haar hand tegen haar borst en slaakt een opgeluchte zucht. 'Ik zag ons al helemaal voor me, in de weer met een boterhamzakje, of zo. Dat zou echt een vreselijk slecht idee zijn geweest.'

Ik probeer me er een voorstelling van te maken en glimlach waterig. 'Inderdaad. En als we terug zijn, is als het goed is ook mijn as-sieraad klaar. Ik heb een hanger laten graveren met de bloemen uit ons trouwboeket erop.'

Joy legt haar tweede hand over haar eerste en zet een stapje naar achteren. 'Wat prachtig.' Daarop heft ze verontschuldigend haar handen. 'Dan heb ik niets gezegd.'

Ik hervat het opendraaien van het deksel en merk dat het gemakkelijker gaat dan een tijdje geleden, toen ik de as voor in het keitje en voor het as-sieraad eruit haalde.

Als een ware padvinder maakt Joy haar wijsvinger nat en steekt ze hem in de lucht. 'De wind komt van die kant. Hebben we al die tijd ons best gedaan om Theo niet in de automatten te krijgen, zal hij alsnog in je gezicht vliegen.'

Bij dat beeld schiet ik onverhoopt toch een beetje in de lach. Ik zie het ineens helemaal voor me dat ik met brandende ogen langs de oevers van deze rivier sta omdat wijlen mijn man in mijn gezicht is gewaaid.

'Je moet dus met je rug zo gaan staan.' Joy doet het voor, en meteen ben ik weer terug in het hier en nu.

Laag bij de grond, vertelde de uitvaartondernemer me, zodat het niet al te veel stuift. Ik besluit ook maar een beetje in de rivier te strooien, want ik vind het een mooi idee dat hij dan wordt meegevoerd.

Voetje voor voetje schuifel ik naar de waterkant en met de urn stevig in mijn handen schud ik de eerste as eruit. Meteen wordt de as meegevoerd op het water en nu de zogeheten kop eraf is, durf ik meer te schudden. Ik strooi wat as uit aan de voet van de boom, zowel aan de voor- als aan de achterkant. Ik strooi wat uit in het gras, langs het pad, nog meer in het gras en dan ook nog maar bij een andere boom. Voor elk schudmoment haal ik diep adem en herhaal ik in gedachten toch maar de mantra uit dat allereerste zelfhulpboek: *Ik ben klaar om los te laten.* Al denk ik er meteen achteraan: *Je zit voor altijd in mijn hart.*

Tegen de tijd dat Carole King voor de zesde keer het eerste couplet inzet, vervloek ik mezelf dat ik de afspeellijst van Theo's uitvaart niet heb meegenomen. Ik gebaar naar de speaker. 'Ik hou echt van Carole King, maar zo vaak op herhaling is misschien een beetje te veel van het goede.'

Joy bukt zich en draait zachtjes aan de volumeknoppen, waardoor de klanken langzaam wegsterven in plaats van abrupt te worden onderbroken.

Intussen kijk ik om me heen en moet ik zowat zoeken naar een plek waar ik nog niet ben geweest.

Overal liggen bergjes as en ik weet niet waarom het zo grappig is, maar ineens borrelt er een lach omhoog, diep vanuit mijn binnenste.

Behoedzaam kijk ik op naar Joy.

Die perst haar lippen op elkaar en zegt dan precies wat ik denk: 'Ik weet dat hij een lange man was, maar ik wist niet dat één persoon voor zóveel as zorgde.'

Dat is het moment waarop ik breek. Ik duik in elkaar, vouw dubbel met de urn tegen mijn buik geklemd en lach zó hard, dat het voelt alsof de lach eruit komt als pure lava. Tranen van het lachen vermengen zich met de tranen die al over mijn wangen liepen en ik moet me omdraaien om de urn te beschermen, wil ik niet alsnog allemaal as in mijn gezicht laten waaien.

Vreugde en verdriet kunnen klaarblijkelijk nog steeds hand in hand gaan.

Joy lacht met me mee en we staan als twee volslagen idioten te hikken langs de waterkant, tot de pijn in mijn buik minstens zo hevig is als de pijn in mijn hart.

Als we weer wat bedaard zijn, besluit ik de cirkel rond te maken en het laatste restje as ook in de rivier te strooien. Voorzichtig schuifel ik naar de waterkant, schud het restant uit de urn op het wateroppervlak en kijk toe hoe de aswolk een beetje wordt opgetild door de wind. Een paar meter dwarrelt de as mee, tot die verderop alsnog in het water belandt.

Dat was het dan.

Ik ga weer rechtop staan en recht mijn rug.

Joy komt naast me staan en slaat haar arm weer om me heen.

Ik verwacht dat ze me gaat vragen hoe ik me voel, maar ze zegt niets. Ik heb er ook geen antwoord op, al zou ik het willen.

Ik voel me van alles. Licht en zwaarmoedig, in vervoering en bedroefd. Allemaal tegelijk, allemaal op hetzelfde moment.

We kijken samen naar de rivier, die ongestoord verder door het landschap meandert. Altijd in beweging, altijd actief. Nu, op dit moment, voel ik me als de allerkleinste bron. Een piepklein stroompje dat eindelijk weer bergafwaarts begint te lopen.

Als we elkaar aankijken, probeer ik Joy zonder woorden duidelijk te maken hoeveel het voor me betekent dat ze hier is.

Ze glimlacht.

Na nog een laatste blik op de boom en de rivier pakt Joy de speaker op en lopen we gearmd terug naar de Saab.

'Toch blij dat er niemand langsliep,' zegt ze. 'Ik weet niet hoe we ons eruit hadden gekletst als we waren opgepakt. In Nederland mag je niet zomaar as uitstrooien en iets zegt me dat de Franse wetgeving daar minstens zo streng op is. Wat als we waren betrapt en ze ons in een Franse cel hadden gegooid?'

'Je vergeet één ding,' zeg ik.

Joy trapt een steentje weg, dat stuitert over het pad. 'En dat is?'

Ik hef mijn kin op en steek mijn neus in de lucht. 'Ik ben héél goed in het forceren van sloten.'

45

Joy

Het is twee dagen na het uitstrooien en we zitten weer in de auto naar huis. De afgelopen dagen hebben we besteed aan wandelen, eten, nog meer eten en heel veel wijn. Frida wist in elke straat van het dorp wel een verhaal of grappige anekdote te vertellen en ik weet inmiddels meer over haar toevallig ontdekte maar zo geliefde huwelijksreislocatie dan over onze eigen stad. Zelfs de gîte en de B&B waar Theo en Frida de eerste keer verbleven staan er nog, al worden ze tegenwoordig bewoond door iemand uit het dorp.

We zijn inmiddels alweer een paar uur onderweg en ik kan de gedachten aan Leon niet meer van me afzetten. Nu ik Frida's verhalen over haar en Theo en het verhaal van Cecile en haar man heb gehoord, ben ik er extra zeker van dat je het leven met beide handen vast moet grijpen voor zolang het duurt.

Ik zit achter het stuur, terwijl Frida de zak dropfruitduo's op schoot heeft die we vorige week hebben geopend. Af en toe werp ik een steelse blik opzij, terwijl ik moed verzamel om te zeggen wat ik wil zeggen.

'Als je nog langer alles blijft opkroppen, komt het er bij je oren uit,' zegt ze.

Betrapt richt ik me weer op de weg en probeer ik te doen alsof ik geen idee heb waar ze het over heeft. 'Wat bedoel je?'

'Er is al ongeveer honderd kilometer iets met je aan de hand. Ik weet niet precies wat het is, maar het is blijkbaar iets groots, want je hebt al honderd kilometer lang een frons op je voorhoofd en je antwoordt maar half op de dingen die ik zeg.'

Shit.

'Sorry.'

'Hoeft niet. Ik heb liever dat je het deelt. Als je dat wilt, tenminste.'

Ik klem mijn handen strakker om het stuur en probeer de woorden die ik wil zeggen op een rij te krijgen.

Frida steekt twee nieuwe dropfruitduo's in haar mond.

'Nou...' begin ik, als we weer een bord met daarop de huidige afstand tot Parijs passeren. 'Ik vroeg me af... Heb je nooit spijt gehad?'

'Waarvan?'

'Van het leven.' Meteen duik ik iets in elkaar. 'Sorry, dat klinkt alsof je een vreselijk leven hebt gehad. Ik bedoel meer, ik zat te denken aan wat je laatst vertelde bij het kampvuur...'

'Je wilt weten of ik spijt heb dat het grootste deel van mijn leven in het teken heeft gestaan van mijn man. En van ons, maar grotendeels van mijn man. Ik vertelde je dat ik mezelf op de tweede plaats zette en je vraagt nu eigenlijk of ik daar achteraf spijt van heb. Toch?'

Ik trek een gezicht en knik langzaam. Klinkt echt als een rotvraag als je het zo formuleert, maar Frida lijkt er geen moeite mee te hebben.

Ze stopt een nieuwe dropwinegum in haar mond en kauwt even, voordat ze antwoord geeft. 'Nee. Ik heb geen spijt. Spijt is een van de meest zinloze emoties van de mens, omdat je die altijd achteraf voelt. Tegen die tijd heb je de beslissing al genomen en kun je toch niets meer veranderen. Tegelijkertijd kun je ook geen voorschot nemen op spijt. Heb je ooit spijt gehad van iets wat je nog niet had gedaan?'

'Toen ik een wortelkanaalbehandeling had ingepland bij de tandarts, had ik toch echt aardig spijt,' grap ik. 'Of als ik "ja" zeg tegen een feestje waar ik eigenlijk geen zin in heb.'

'Maar zelfs dan komt die spijt nádat je besloot de afspraak in te plannen of de uitnodiging te accepteren. En dan kun je er toch al niets meer aan veranderen. Ja, je kunt je tandartsafspraak afzeggen, maar daarmee is die wortelkanaalbehandeling niet ineens niet meer nodig. Nu voelt een huwelijk als het goed is allesbehalve als een wortelkanaalbehandeling, maar ik hoop dat je me begrijpt.'

Ik grinnik zacht en zeg eerlijk: 'Niet helemaal. Dat spijt een zinloze emotie is, hoeft toch niet te betekenen dat je niet graag had gewild dat je leven anders was gelopen?'

'In dat geval...' Frida vouwt een elastiekje om de zak dropfruitduo's, zet de zak weg en kijkt uit het raam.

Ik wacht geduldig tot ze haar zin afmaakt, terwijl de weg gestaag onder ons doorrolt. De speaker ligt aan de oplader aan een powerbank, dus we hebben de radio aan. Een Franstalig liedje dat ik ken van het Songfestival speelt zacht.

Het duurt bijna het hele nummer voordat Frida antwoord geeft en het is zelfs maar één kort woordje.

'Nee.'

'Geen spijt?' vraag ik.

'Geen spijt. De afgelopen drie jaar heb ik me afgevraagd of ik mijn leven liever anders had gezien, maar stapje voor stapje leer ik om te gaan met die facetten.' Het klinkt cryptisch, maar ik besluit er niet op door te vragen. 'Ik had het absoluut niet anders gewild.'

'Ik denk dat er iets is wat ik wel graag anders zou willen,' zeg ik voorzichtig, als we weer een paar kilometer stil zijn geweest.

'Leon?'

Ik knik en wijs naar een van de borden boven de weg. Parijs. 'Denk je dat ik hem op moet zoeken?'

'Zou dat iets zijn waar je je goed bij voelt?'

'Het zou een groots en meeslepend gebaar zijn, wat totaal niet bij me past,' peins ik. 'En alle magie bevindt zich buiten je comfortzone, dus...'

'...dus moet je het doen.' Frida knikt resoluut. 'Of, zoals die boektitel aangeeft: *Doe het gewoon!*'

Ik slaak een zucht en aarzel, waarop Frida zegt: 'Ik kan de laatste paar uur ook heus wel alleen afleggen, dus maak je om mij maar geen zorgen.'

En daarmee is de beslissing genomen. Hopelijk zonder er spijt van te krijgen.

'We hebben nog een paar dropjes,' zegt Frida, zich vooroverbuigend naar de boodschappentas bij haar voeten. 'En we hebben –' Ze wordt onderbroken door de begintonen van 'One more time' van Daft Punk, die vanuit mijn telefoon op de achterbank door de auto schallen. 'Wat is dit?'

'Daft Punk,' antwoord ik, en als ze me vragend blijft aankijken: 'Het nummer dat grijsgedraaid werd op de avond dat Leon en ik voor het eerst gezoend hebben. Ooit ingesteld als beltoon en sindsdien nooit meer veranderd.'

'Jij moet echt vandáág nog naar Parijs,' zegt ze lachend, waarna ze zich naar achteren draait.

'Overstrek je niet,' hoor ik mijn moeder ineens terug in mijn eigen waarschuwing. 'Kun je zien wie het is?'

'Onbekend nummer.' Frida draait zich weer terug naar de voorstoel en houdt het toestel voor me op. 'Opnemen?'

'Doe maar. Zet maar op speaker.'

Frida veegt over het scherm en zet de oproep op de luidspreker.

Ik voeg achter een vrachtwagen in en ga iets zachter rijden, in de hoop te kunnen verstaan wat er wordt gezegd. 'Met Joy Oosthuizen.'

'Dag, mevrouw Oosthuizen, u spreekt met Noah van Beek, van ConnectEstate Verhuurmakelaars. Wij hebben elkaar enige tijd geleden ontmoet tijdens een bezichtiging van het appartement aan de Lindestraat 12F.'

De direct verschijnende herinnering aan een klemmende badkamerdeur en Leons warme lichaam heel dichtbij zorgt ervoor dat ik licht word in mijn hoofd. Ik moet een paar keer knipperen voordat ik antwoord kan geven. 'Ja, ik herinner me de bezichtiging. Hoi, Noah.' Naast de herinnering aan het moment in de badkamer komt ook de conclusie die ik trok toen we daar naar buiten liepen weer terug: het appartement was geweldig. En het was vergeven, mailde de verhuurmakelaar me een paar dagen later.

Althans…

Een sprankje hoop vliegt op in mijn borst. Ik zie Frida in mijn ooghoek druk naar mijn telefoon gebaren.

'Ik bel om te vragen of u inmiddels al een woning hebt gevonden. Degene die Lindestraat 12F zou huren, heeft op het laatste moment afgezegd. De huurovereenkomst is dus toch niet doorgegaan, dus de woning is weer vrij. U staat als eerstvolgende geïnteresseerde op de lijst, dus als u wilt, is het van u.'

Naast me hapt Frida naar adem en ik doe precies hetzelfde.

'Echt waar? Dat meen je niet!' roep ik.

'Er zit inmiddels een ander slot op de badkamerdeur,' zegt hij snel. 'Dat kan ik u verzekeren.'

Ik hoor het amper. Al had ik voor altijd een klemmende badkamerdeur gehad. Al had ik géén badkamerdeur gehad. Het maakt me niet uit. Dit appartement is precies wat ik zoek en als ik wil, is het van míj.

'Ik doe het!' roep ik, nog voordat hij zijn praatje over de voorwaarden en de aanvaardingstermijn heeft afgedraaid. 'Ik doe het, ik doe het, ik doe het!'

'Blij dat te horen, mevrouw Oosthuizen.'

We spreken af dat ik komende week langskom om het contract te tekenen en alles nog eens door te nemen.

Wanneer Frida de oproep wegdrukt, begint ze zo hard te joelen dat mijn oren ervan suizen, maar meteen doe ik mee.

Een paar honderd meter lang joelen, juichen en schreeuwen we. De bijrijder van een inhalende donkergrijze Renault moet twee keer kijken tijdens het passeren. Hij verstaat me natuurlijk niet, maar dat weerhoudt me er niet van te roepen: 'Ik heb een huis!'

Verward steekt hij een duim op.

Alsof het universum het zo bedoeld heeft – want toeval bestaat nou eenmaal niet – rinkelt mijn telefoon opnieuw. Frida houdt het scherm voor me op en ik zie één woord in beeld staan: WONINGBOUWVERENIGING. Meteen breken we ons gejoel af en ik knijp in het stuur van de plotselinge zenuwen.

Frida neemt de oproep aan en zet hem weer op speaker.

'Met Joy Oosthuizen.'

'Hoi, Joy, je spreekt met Inez. Van de woningbouwvereniging.'

Ook al wist ik dat het Inez was – ik heb immers nog nooit met iemand anders van de woningbouwvereniging gebeld – toch slaat de schrik me om het hart en ik verstevig mijn grip om het stuur om de auto recht te houden.

'Inez! Is alles oké? Ik ben hier met Frida, is er iets met Cecile?' Automatisch werp ik een blik op Frida's telefoon in de houder aan de voorruit. Het duurt nog uren voor we thuis zouden zijn, maar ter plekke neem ik een besluit: als het nodig is, rij ik in één keer door naar Nederland.

'Nee, er is niets,' verzekert Inez ons. 'Alles is oké. Mijn moeder is nog steeds thuis en ze pakt veel rust, maar jullie kennen haar. Ze is alweer bezig met van alles en nog wat en had stiekem al gebeld met de moestuinvereniging om te controleren of de gele frambozen wel waren geoogst. Ik moest haar zowat dwingen écht nog niet het ezelverblijf op de boerderij te gaan uitmesten, maar het scheelde niet veel of ze was alweer op de fiets gesprongen.'

Frida slaakt naast me een opgeluchte zucht en ook ik voel me alsof er een gewicht van mijn schouders wordt getild.

'Maar dat is niet waar ik voor bel,' zegt Inez dan. 'Ik belde je eigenlijk om je iets anders te vragen…'

46

Frida

Een nieuw huis én een baan. De meeste mensen zouden zeggen dat dat puur toeval is, maar na ruim een uur discussiëren kreeg ik het nog niet aan Joys verstand gepeuterd. Het is dat ze daarna de auto uit moest en ik niet met onenigheid uit elkaar wilde gaan, dus ik gaf maar gewoon toe en ging mee in het idee dat het universum een baan voor haar heeft geregeld. Het was absoluut niet zo dat Inez gewoon een assistent zocht en van Cecile hoorde dat Joy nog steeds geen werk had gevonden.

Toch heeft het me wel aan het denken gezet over het creëren van je eigen olifantenpaadje, dus nu ik bijna de grens van België bereik en ineens de onbedwingbare drang voel om de snelweg achter me te laten, besluit ik daar maar aan toe te geven. Wie weet waar ik toevallig nog terechtkom.

Joys speaker is nog steeds leeg, dus ik besluit de radio maar weer aan te zetten. Na wat gedraai aan de knoppen om een leuke zender te vinden, ratelt een dj wat over het heerlijke zomerweer en kondigt een zomerse plaat aan. Perfect. Ik draai het raam open, vis een zojuist gekocht flesje water van de bijrijdersstoel en draai het open.

Terwijl het zomerse liedje nog speelt, bereik ik een dorpje waar de toegangsweg wordt versperd door allemaal hekken. Ik rem af, steek mijn hoofd uit het raam en zwaai naar een verkeersleider langs de weg. Die gebaart, zonder te vragen wat ik eigenlijk wil weten, naar een geïmproviseerd parkeerterrein langs de weg. 'Daar parkeren, alstublieft,' zegt hij in het Frans. 'De markt is die kant op.'

'Maar ik hoef niet...' begin ik, maar dan vraag ik me meteen af waarom ik het níét zou doen.

Ik heb alle tijd.

Behendig stuur ik de Saab naar het parkeerterrein en stap uit.

Tientallen kraampjes met handgemaakte sieraden, zomerjurken, sjaals en lokale delicatessen later wordt mijn aandacht getrokken door een kraam vol plastic kratten. Ik heb inmiddels genoeg markten gezien om te weten wat het precies is wat daarbovenuit steekt: platen. Héél veel langspeelplaten.

Als Theo nu bij me was geweest, stond hij al te neuzen door de bakken en zaten we over een uur nog steeds niet in de auto. Hij leefde voor de speurtocht naar unieke platen, gelimiteerde uitgaven en bijzondere hoezen.

In plaats van dat ik de kraam voorbijloop, blijf ik er op een afstandje naar kijken. Al sinds Joy en ik op de zolder zijn geweest, knaagt er iets. Ik heb altijd gedacht dat muziek van Theo was en de tuin van mij, maar eigenlijk was dat niet zo. Theo en ik hadden eigenlijk heel erg overeenkomende muzieksmaken, als ik bedenk wat ik de afgelopen week telkens als verzoeknummers aan Joy heb gevraagd. Tuurlijk, we hadden ook genoeg verschillen, maar muziek was de verbindende factor waar we het áltijd over eens waren. Ik heb heel lang gedacht dat dat simpelweg kwam doordat hij nou eenmaal veel muziek draaide. Als verzamelaar en kenner was hij degene die aan gasten alles kon vertellen over zijn platencollectie. Je hoefde maar iets te noemen en hij had het, zo leek het soms wel. Maar nu ik uren en uren zelf de muziek heb gekozen, besef ik dat ik voor heel veel dezelfde nummers ben gegaan. Niet omdat ze me aan Theo deden denken, maar omdat ik ze gewoon léúk vind.

Als vanzelf loop ik naar de kraam. Gewoon, even kijken wat ze hebben. Je weet het nooit.

'*Bonjour, madame*,' groet de koopman me opgewekt. Hij is druk in de weer met een kabel van een versterker, die leidt naar iets onder een donkergroen, velours doek.

'*Bonjour*,' groet ik terug.

Ik wil net vragen wat hij precies van plan is, als er onder de doek een werkelijk schitterende platenspeler tevoorschijn komt. Het is dezelfde als die Theo ooit voor de zolder kocht, alleen dan in een veel betere staat.

'Wauw,' laat ik me ontvallen.

'Mooi, hè?' zegt de koopman tevreden. 'De beste platen horen op de beste speler. Dan heb je het mooiste geluid.'

Ik mompel iets instemmends en begin uit nieuwsgierigheid door de kratten te spitten. Veel platen die onder mijn vingers door gaan ken ik al of ze staan zelfs op zolder in de kast. Nat King Cole, Sinatra, zelfs *Abbey Road* van The Beatles.

Mijn adem stokt en mijn bloed begint sneller te stromen als ik op een unieke editie van *Kind of Blue* van Miles Davis stuit. Gedrukt op blauw vinyl. Ooit heeft Theo het originele album gehad, maar tijdens een van onze verhuizingen is het verdwenen. Het is nooit in me opgekomen om het opnieuw aan te schaffen, maar nu ik een nieuwe, helemaal gave editie in mijn handen heb, kan ik niet weglopen zonder deze mee te nemen.

'Goede keus,' zegt de koopman, wijzend op de plaat. 'Een van zijn beste albums, als u het mij vraagt.' Hij buigt zich naar de kratten vol lp's en haalt er eentje uit. Nog voordat hij de plaat uit de hoes heeft gehaald en op de speler heeft gelegd, weet ik welk album het is.

Tony Bennett.

De eerste tonen van de klassieker klinken en het is alsof iemand alle lucht uit mijn longen slaat.

Het enige album dat ik tijdens deze reis pertinent heb gemeden, omdat ik wist dat ik het nog niet aankon om het te luisteren.

In één klap ben ik terug in San Francisco.

De tijd waarin ik samen met Theo de heuvels beklom, waarin we de mist trotseerden – die tegenwoordig Karl The Fog heet, maar in die tijd nog 'gewoon' mist was – en waarin we leefden op koffie, sigaretten en swingmuziek. Ik zie mezelf zitten op de badrand met een van de eerste *home pregnancy tests* in handen, in mijn hoofd een mengeling van schok, pure blijdschap en absolute doodsangst.

Ik zie mezelf het nieuws fluisteren tegen Theo. Zachtjes, voorzichtig. Ik zie hem me optillen en me ronddraaien tot ik niet meer de enige was die misselijk was.

En ik zie weer voor me wat er een paar weken later gebeurde.

Alle herinneringen overspoelen me als een op de kust stukslaande vloedgolf en ik moet me aan de ijzeren staander van de kraam vasthouden om niet onderuit te gaan. De wereld begint te draaien; een onzichtbare hand drukt mijn keel dicht.

Ik had verwacht na deze reis alles achter me te kunnen laten, maar er is naast ons dorp in Zuidwest-Frankrijk nog een plek die ik eerst moet bezoeken. Pas dan kan ik verder. Pas dan is het rond.

'*Madame... Ça va?*' Door het waas van tranen zie ik twee opgetrokken wenkbrauwen en een bezorgde blik.

'*Oui, oui... C'est bon,*' murmel ik. Ik slik en steek de plaat omhoog. '*Payer, s'il vous plaît.*' Ik reken de plaat af, neem afscheid van de koopman en stiefel terug naar de Saab. De plaat hou ik stevig tegen me aan geklemd.

Tony Bennetts stem klinkt steeds verder weg, tot ik hem alleen nog in gedachten over *the city by the Bay* hoor zingen. Ik betrap mezelf erop dat ik het lied neurie wanneer ik instap.

Als ik het parkeerterrein af rij en mijn navigatie me de weg op stuurt om de route naar huis te hervatten, druk ik op 'stop' en gebruik de spraakfunctie om mijn nieuwe bestemming op te geven. Terwijl de twee tonen van Siri door de Saab weerklinken, trap ik het gas in en zeg: 'Siri, navigeer naar Schiphol Airport. En zoek vluchten van Amsterdam naar San Francisco.'

47

Joy

Normaal gesproken zou je denken dat iemand zoeken in een stad met een paar miljoen inwoners onbegonnen werk is. Dit soort dingen zie je altijd in films, en op de een of andere manier vinden de hoofdpersonen elkaar dan op een van de bruggen over de Seine, precies op het moment dat de zon bijna ondergaat en er bijna niemand op straat is. Dan roept de één de naam van de ander, draait de ander zich als in slow motion om en rennen ze in elkaars armen. Vaak is die brug dan ineens een halve kilometer lang en moeten ze tussen allerlei obstakels door slalommen, maar hoe lang de aanloop ook is, uiteindelijk zijn ze allebei niet eens buiten adem.

Ik wel.

Ik ben wel buiten adem, want het is bloedverziekend heet in deze stad.

En het zoeken van Leon in een stad met een paar miljoen inwoners is inderdaad onbegonnen werk, ware het niet dat ik in elk geval weet in welk hotel hij slaapt. Vorige week, toen we nog on speaking terms waren, heeft hij me dat namelijk verteld: het hotel waar we ooit met een uitwisseling in havo 4 verbleven.

Dus mijn plan is als volgt: ik heb mezelf gepositioneerd op een bankje tegenover het hotel en hou mijn blik net zolang op de ingang gericht tot Leon óf naar buiten komt, óf naar binnen gaat. Zodra ik hem in het vizier heb sta ik op, roep ik zijn naam en dan hoop ik maar dat we als in slow motion op elkaar af kunnen rennen en hij niet zijn middelvinger naar me opsteekt en snel in een Uber stapt.

Ik kijk voor de honderdste keer op mijn horloge. Halfvier. Ik heb geen idee hoe zijn schema eruitziet, dus voor hetzelfde geld zit ik hier nog tot elf uur vanavond. Gelukkig had ik de tegenwoordigheid van geest om drie chocoladecroissants en een flesje water te kopen bij een *boulangerie* om de hoek, dus ik hoef niet te verhongeren.

Nu ik hier toch zit, is het het perfecte moment om me te verdiepen in Inez' woningbouwvereniging, want over precies twee weken begin ik daar met mijn nieuwe baan. Ik ga Inez ondersteunen met allerlei regeltaken – mits ons officiële kennismakingsgesprek volgende week van beide kanten goed voelt, natuurlijk. Daar ga ik wel van uit, dus zit ik met één oog op mijn scherm alles te lezen over wachtlijsten, huursubsidies en woningbouw, terwijl mijn andere oog gericht is op het hotel.

Het voordeel is dat het hotel aan een doodlopende straat ligt en er dus weinig verkeer langskomt. Aan het eind is een keerlus gemaakt zodat taxi's, Ubers en andere auto's kunnen draaien, maar in principe komen hier alleen mensen die bij het hotel of in een van de omliggende panden moeten zijn.

Net wanneer ik verdiept ben in een artikel over de rechten van huurders bij het aanrichten van schade in een algemene ruimte, rijdt er een donkerblauwe Volkswagen de straat in. De auto keert in de keerlus en stopt precies voor de ingang van het hotel.

Ik vergrendel mijn telefoon en ga wat meer rechtop zitten om goed te kunnen zien wie er uitstapt. Mijn keel knijpt zich dicht en ik voel een vlaag van misselijkheid opkomen. Zou dit hem zijn?

Ja, dus.

Zodra het achterportier openzwaait, wordt mijn vermoeden bevestigd. Hij is druk verwikkeld in een gesprek met de medepassagier, die ik niet herken, en ratelt in vloeiend Frans een bedankje tegen de taxichauffeur. Die schudt hem amicaal de hand en stapt met een vrolijke zwaai de auto weer in.

Dit is het moment.

Nu moet ik zijn naam roepen, anders is hij al naar binnen en moet ik daadwerkelijk op dit bankje slapen vannacht als hij niet meer naar buiten komt.

Ik moet opstaan, zijn naam roepen en kalm en beheerst naar

hem toe lopen. Voor een gesprek. We zijn volwassen mensen, dus wij kunnen dat, een gesprek voeren. Ik kan hem gewoon uitleggen wat er precies gebeurde met Pascal en dan hoop ik dat hij het me vergeeft. Maar. Dan. Moet. Ik. Eerst. Opstaan. En. Zijn. Naam. Roepen.

Wáárom lukt me dit niet?

Waarom voelt het alsof ik aan dit bankje vastgeplakt zit en mijn stembanden zijn opgelost in mijn keel?

Leon vouwt de dubbel zittende schouderband van zijn tas goed en zwaait de taxi uit. Dan loopt hij op de schuifdeuren van het hotel af, achter zijn metgezel aan. De schuifdeuren gaan open en ik tel in mijn hoofd de seconden. Nog drie. Nog twee. Als ik nú niets zeg, dan…

'Leon!'

Mijn gil is zo hoog dat een stadsduif in de boom naast het bankje geërgerd opvliegt.

Tot zover kalm en beheerst, Joy.

Leon blijft staan en kijkt verbaasd om zich heen. Dan vinden zijn ogen die van mij en schieten er drie emoties kort achter elkaar over zijn gezicht: herkenning, verwarring en irritatie. Hij legt zijn hand op de schouder van zijn metgezel, zegt iets wat ik niet kan verstaan en stapt gelukkig terug de stoep op.

Eindelijk weet ik mezelf los te krijgen van het bankje en ik sta onbenullig te wachten tot hij mijn kant op loopt. Nog zoiets wat je nooit in films ziet: dat ongemakkelijke moment waarop je overduidelijk elkaar hebt gezien, maar nog niet binnen gehoorsafstand bent. Moet ik nu op hem af rennen? Of toch gewoon normaal lopen?

Ik doe het gewoon.

Voetje voor voetje schuifel ik van de stoep af, de straat op.

Precies in het midden van de straat staan we stil. Recht tegenover elkaar.

'Hoi,' zeg ik. Mijn mond is droog en ik schraap mijn keel om de kikker die erin is geslopen eruit te krijgen.

Als we nu op het witte doek waren te zien, was Leon boos of geïrriteerd geweest en had hij gevraagd: 'Wat doe jij nou hier?'

Zijn gezicht zou één en al geërgerde frons zijn, hij zou met zijn handen in zijn zij staan en zijn voet zou ongeduldig op de grond tikken, omdat hij heel veel andere dingen te doen had dan met mij praten.

Dan zou ik zeggen dat hij zich best wat meer in mij zou kunnen verplaatsen en dan waren we geëxplodeerd in een gigantische ruzie. We zouden schreeuwend tegenover elkaar staan en er zouden meer verwijten over en weer worden gegooid dan scheldwoorden in een sterrenkeuken.

Maar dit is geen film.

En Leon zet niet zijn handen in zijn zij en hij tikt ook niet geërgerd met zijn voet op de grond.

Sterker nog: hij fronst niet eens.

Hij... grijnst.

En breed ook.

Er verschijnen lachrimpeltjes naast zijn ogen, zijn ogen zelf beginnen te twinkelen en zijn mondhoeken kruipen omhoog.

Ik sta hem niet-begrijpend aan te kijken, tot hij me naar zich toe trekt in een stevige omhelzing en zijn hoofd boven op dat van mij legt.

'Wat doe jij nou hier?' brengt hij half lachend uit. Zijn hele lijf schudt van het gegrinnik, en ik voel me licht worden in mijn hoofd van verbazing. Wat is er zo grappig?

'Ik kom mijn excuses aanbieden en ik wil uitleggen wat er gebeurd is.' Mijn stem is gesmoord in zijn zwarte T-shirt. Hij ruikt lekker. Naar de zomer door een vleugje zonnebrandcrème, maar ook nog steeds fris, schoon en Griekse god-achtig, zoals altijd.

Hij maakt zich van me los en houdt me op armlengte afstand. 'Je weet dat ik volgende week gewoon weer thuis ben, toch?'

'Ja.'

'En het kon niet wachten tot dan?'

'Nee,' sputter ik. 'Weet je wel hoelang dat nog duurt?'

'Zeven dagen?' zegt hij spottend. 'Joy, het is krankzinnig dat je hier ineens op de stoep staat. Lief, maar echt krankzinnig.' Hij laat me los en ineens voel ik me ontzettend kwetsbaar.

'Dat weet ik, maar...'

Leons lach smelt langzaam van zijn gezicht en gaat over in een serieuze grimas. 'Laten we even een stuk gaan lopen. Die kant op?'

Ik knik en we lopen de straat uit, terug naar de Boulevard de Clichy. Daar slaan we linksaf en ter hoogte van de Moulin Rouge steken we, na de stoplichten en het metrostation, de boulevard over om op het middelste stuk te gaan lopen. Niet de perfecte plek voor Een Goed Gesprek, maar het lijkt me ook geen goed idee om eerst een halfuur te zoeken naar een rustigere straat. Dan maar in het openbaar door de zure appel heen bijten. Eén voordeel: er is toch niemand die ons verstaat, tenzij er Nederlanders of Vlamingen in de buurt zijn.

'Hoe was het congres?'

Ik hoop vurig dat Leon meegaat in mijn poging tot smalltalk, zodat ik het gesprek zo subtiel naar het moment met Pascal kan sturen.

'Prima. Veel dingen geleerd, een aantal mooie dingen ingekocht, toen een paar dagen rondgelopen door de stad, met een hotelgenoot een taxi terug naar het hotel gedeeld en toen... Echt heel raar, hoor, maar toen stond jij ineens voor de deur en vroeg ik me af wat je hier doet.'

Goed, 'subtiel' kan ook van de menukaart af, we gaan meteen voor het hoofdgerecht.

Prima.

Ook goed.

'Ik was de afgelopen paar dagen met Frida mee om haar overleden man uit te strooien,' begin ik. 'Ze heeft hem uitgestrooid op een plek langs de Dordogne, in een dorp waar ze ooit per ongeluk zijn beland op weg naar Bordeaux. Ze zouden daar hun huwelijksreis vieren, maar omdat Frida niet kon kaartlezen, raakten ze verdwaald.'

'In dat dorpje?'

'In dat dorpje. Precies. En toen werden ze er verliefd op en hebben ze hun hele huwelijksreis daar doorgebracht. Voor hun tienjarig- en vijfentwintigjarig jubileum gingen ze terug, en ze zouden ook voor hun vijftigjarig jubileum gaan, maar Theo is drie jaar geleden overleden. Dus toen kregen ze de kans niet meer. En toen dacht ik aan jou en aan ons, want ik wil ook verdwalen in pittoreske Franse dorpjes, en zomaar een stuk rijden en de weg laten bepalen door de auto, en dansen in de woonkamer, en wijn drinken bij de vuurpit, en 's winters op zolder zitten omdat het daar warmer is...' Ik blijf staan en steek mijn handen in de zakken van mijn jurk. 'Ik wil al die dingen. Met jou. En ik wil nu al tegen je zeggen dat ik dat wil, voordat ons halve leven straks voorbij is en het te laat is.'

Hij draait zich om. Langzaam. Aarzelend. Met zijn blik gericht op onze voeten komt hij stapje voor stapje dichterbij en pas als hij voor me tot stilstand is gekomen, tilt hij zijn hoofd op en kijkt me aan. Zijn ogen schieten over mijn gezicht, zoekend naar een antwoord op een vraag die ik niet ken.

De woorden die hij uitspreekt snijden recht door mijn ziel.

'Ik ben geen tweede keus, Joy.'

Al die tijd heb ik gedacht dat hij boos was, maar op zijn gezicht zie ik nu dat ik het verkeerd had. Hij is niet boos. Niet geïrriteerd of geërgerd.

Hij is gekwetst.

Voordat ik iets kan zeggen, heft hij zijn hand op. 'Niet doen. Het heeft geen zin. Ik wil het niet van je horen, ik wil het van je zien. Ik moet het voelen.'

'Ja, dat is lekker makkelijk gezegd.' Ik gooi mijn handen in de lucht en draai me om, zet een paar passen bij hem vandaan en draai me dan weer terug. 'Hoe kan ik je dat nou duidelijk maken?'

'Als ik dat had geweten, was ik vorige week niet weggelopen.'

Mijn hart bonkt in mijn keel en hoewel we in de schaduw van de grote bomen naast ons staan, heb ik het nog altijd bloedheet.

'Hoelang is het uit met Pascal?'

Ik sla mijn armen over elkaar en kijk naar de langsrijdende stroom auto's op de boulevard. 'Doet dat ertoe?'

In mijn ooghoek zie ik Leon zijn vuisten ballen en weer ontspannen. 'Hoelang is het uit met Pascal? Hoelang was het uit toen je op de stoep stond bij Filos?'

'Drie weken,' antwoord ik hees.

Leon stoot een kreet uit en draait zich om. 'Drie weken,' herhaalt hij ongelovig. 'Je gaat bij me weg omdat je verliefd wordt op een ander en als het nog geen maand uit is met hem kom je weer bij mij terug. Hoe denk je dat dat voelt, Joy?' Hij slaat met zijn hand tegen zijn borst. 'Hoe denk je dat dat voelt?'

Mijn borst knijpt zich samen en even krijg ik geen lucht als ik besef dat dit de tweede keer kan zijn dat ik Leon kwijtraak. Beide keren door mijn eigen toedoen.

Toch borrelt er ook boosheid omhoog; diep vanuit mijn binnenste, een onredelijke boosheid. En ook al zegt Frida dat het niet kan, ik voel nu al dat ik hier spijt van ga krijgen, maar het is eruit voor ik het kan tegenhouden.

'Denk je dat ik dit leuk vind?' Ik spuug de woorden bijna uit en begin te tellen op mijn vingers. 'In de afgelopen paar maanden is mijn leven twee keer op zijn kop gezet. Eerst omdat ik alles wat ik liefhad kwijtraakte. Mijn vriend, mijn baan én mijn huis. Ik had alles al bedacht. De namen van onze kinderen, wat voor hond we zouden hebben, hoe we alle kamers zouden inrichten als we naar een groter huis zouden verhuizen. Ik had zelfs een Pinterestbord voor mijn droombruiloft.' Ik grijp met één hand in mijn haar. 'En toen stortte alles als een kaartenhuis in elkaar. Nee, verder nog. Het kaartenhuis én de tafel waar ik alles op had gebouwd. Zelfs de grond ónder die tafel zakte in. Alles was weg. Ik moest helemaal opnieuw beginnen. Uitzoeken wie ik was, nu de komende vijftig jaar van mijn leven niet zouden verlopen zoals ik ze had gepland. En weet je wat er toen gebeurde?' Ik stop even om adem te halen en werp een nijdige blik naar een nieuwsgierige voorbijganger.

Leon slaat zijn armen over elkaar. Zijn ogen spuwen vuur.

'Toen ging ik nadenken over dat leven en toen zag ik jou. Dat hele leven zag ik helemaal niet voor me met Pascal, maar met jou. Ik wíl dat *fucking* leven helemaal niet als ik het niet met jou kan hebben!'

Zijn armen zakken langzaam naar beneden, tot ze roerloos langs zijn lichaam hangen.

Mijn borst gaat hevig op en neer en in mijn ooghoek zie ik weer andere mensen naar ons kijken, maar het kan me niets schelen. Al zou de president langskomen op een vliegend tapijt, het boeit me niet. Mijn blik is gefixeerd op Leon. Mijn zicht wordt wazig en mijn onderlip begint te trillen. 'Jij bent het altijd geweest,' zeg ik. 'Vijf jaar geleden maakte ik een grote fout door bij je weg te gaan en ik vergeef het mezelf nooit als ik jou nu hetzelfde laat doen. Ik wil jou. Ik wil alleen maar jou.'

We staan een paar meter van elkaar af, maar Leon overbrugt ze binnen een halve seconde. Zijn ogen boren zich diep in die van mij en het volgende moment grijpt hij mijn gezicht vast, drukt zich tegen me aan en botst hard met zijn mond tegen de mijne. De tranen die uit mijn ogen rollen veegt hij weg met zijn duimen, terwijl zijn lippen me opeisen en we zonder woorden alles uitspreken wat we nog wilden zeggen.

Ik weet niet hoelang we daar zo staan.

Ik weet niet hoeveel mensen er nog steeds nieuwsgierig naar ons kijken.

Ik weet niet of ik Leon ooit kan vertellen hoeveel liefde ik voor hem voel.

Ik weet alleen dat ik, in de schaduw van de bomen op de Boulevard de Clichy in het hart van Parijs, één ding met mezelf afspreek.

Deze man laat ik nooit meer gaan.

48

Frida

Een goede achtenveertig uur geleden kocht ik een lp van Miles Davis op een markt in Frankrijk, en nu zit ik op de heuvel van Alamo Square Park in San Francisco. In de tussentijd heb ik een ESTA aangevraagd, een last-minute naar San Francisco geboekt en de nacht in een hotel in de buurt van Schiphol doorgebracht. Vanochtend vertrok mijn vliegtuig, en nu zit ik hier.

Het kan verkeren.

Ik heb Cecile gevraagd of ze nog iets langer voor mijn planten kon zorgen. Als antwoord kreeg ik een foto van 'de groene familie', zoals ze ze noemt, gezamenlijk in de kast, blakend van gezondheid. Geen bruin blaadje te zien, dus ik stapte met een gerust hart het vliegtuig in.

En nu zit ik hier. Op het gras in het park tegenover ons oude huis aan Fulton Street. Als ik me omdraai kijk ik uit op de kleurrijke gevels van de Painted Ladies aan Steiner Street, maar mijn blik is slechts op één huis gericht.

Theo en ik verhuisden naar San Francisco aan het eind van de jaren zeventig. De stad stond op zijn kop in de naweeën van de flowerpowerjaren; de geestverruimende middelen waren in overvloed aanwezig. Ook wij hebben behoorlijk vaak wat 'gedroogde tuinkruiden' in een vloeitje gerold, tot het moment dat mijn menstruatie uitbleef en ik meteen wist dat er iets aan de hand was. Tot dat moment was ons credo: *als het komt, dan komt het*. Een kind was welkom, maar geen vereiste voor ons geluk. Totdat ik een van de eerste thuistesten in handen had en op de badrand keek naar een uiterst subtiel, doch onmiskenbaar aanwezig blauw streepje. Vanaf dat moment veranderde alles.

Ik kijk naar de overkant en speur naar het badkamerraam van

ons oude huis. Jaren later zien de huizen in deze straat er nog steeds hetzelfde uit, ook al hebben ze inmiddels tientallen nieuwe bewoners gehuisvest. Inmiddels zijn ze krankzinnig hoog geprijsd, maar toentertijd was dit de buurt voor de hippies en de buitenbeentjes. Ik voelde me er direct thuis.

Ergens vaag in mijn achterhoofd had ik een idealistisch beeld van de rust die ik na Frankrijk zou ervaren. Theo's as zou worden meegevoerd op de wind en er zou een rust over me neerdalen zoals ik die nog nooit had gevoeld. Maar zelfs daar, bij de boom waar we vijftig jaar geleden onze initialen in kerfden, gebeurde niets.

Diep in mijn hart wist ik dat dat pas het begin zou zijn. Niet dat ik nu van plan ben om in de voetsporen van Elizabeth Gilbert te treden en een *Eat, Pray, Love*-achtige reis te maken, maar om mezelf terug te vinden moet ik blijkbaar landsgrenzen over. Méér landsgrenzen dan alleen die van België en Frankrijk.

Achter het raam van ons oude huis zie ik een schaduw bewegen. Jaloezieën worden omhooggetrokken en er verschijnt een jonge vrouw voor het raam. Ze zet het raam open, kijkt de straat door, draait zich daarna naar achteren en roept iets tegen iemand verderop in het huis. Twee peuterhandjes worden naar haar omhooggestoken en ze lacht, waarna ze zich bukt, het kind oppakt en op haar heup zet. Samen kijken ze de straat door en ze zwaaien naar voorbijrijdende auto's en gehaaste fietsers.

Vlak voordat ze zich omdraait om bij het raam weg te lopen, vinden haar ogen die van mij.

Ik glimlach.

Ze glimlacht terug.

De peuter heft zijn mollige armpjes en zwaait met beide handen. Juichend, alsof hij al de hele dag uitkeek naar deze ontmoeting.

Onbenullig zwaai ik terug, terwijl een brok zich in mijn keel vormt, en ik moet een paar keer knipperen tegen de opkomende tranen. Tegen de tijd dat mijn zicht weer helder is, zijn de jonge vrouw en het kind verdwenen.

Heel even overweeg ik om aan te bellen. Te vragen of ik binnen mag kijken, om te zien of dingen nog hetzelfde zijn, of dat alles is veranderd. Maar ergens weet ik dat mijn herinneringen dan vertroebelen en dat wil ik niet. De gedachtenis aan hoe deze plek was, wil ik houden zoals hij is, hoe moeilijk dat ook is.

Dus blijf ik nog even kijken naar het huis, het badkamerraam en de geest van een leven dat ik zo diep heb gewenst, maar nooit heb mogen ervaren.

Dan sta ik op en loop met een vol én leeg hart de heuvels van Alamo Square Park af.

Ruim twee uur later loop ik met zere voeten en een droge mond een CVS Pharmacy aan Beach Street binnen. De caissière van de drogisterij knikt me vriendelijk toe als ik een flesje water en een exemplaar van *The San Francisco Chronicle* afreken. Met de krant onder mijn arm en het flesje in mijn hand steek ik de straat over naar Berkeley's Park. De afgelopen twee uur heb ik zigzaggend door de stad gelopen en inmiddels ben ik tot de conclusie gekomen dat er één ding is wat ik niet heb gemist: de heuvels. Mijn drieënzeventigjarige lichaam is een stuk minder vitaal dan het lijf waarmee ik al die jaren geleden door deze stap liep, en ik ben blij als ik op een bankje kan neerploffen.

Ik draai de dop van het flesje, neem een paar gulzige slokken en haal mijn mobiel tevoorschijn.

Joy heft me nog geen update gestuurd van haar zoektocht naar Leon, dus ik concludeer dat ze hem nog niet gevonden heeft, of met andere dingen bezig is. Ik maak een foto van de Golden Gate Bridge en stuur hem naar haar.

Ik heb 'ja' gezegd tegen mijn eigen wensen en toen belandde ik ineens hier, stuur ik erachteraan.

Vervolgens hou ik de krant naast mijn hoofd en maak een selfie – iets van bovenaf, heb ik geleerd van Joy, want van onderaf ziet niemand er aantrekkelijk uit.

Wanneer ik tevreden ben met het eindresultaat, stuur ik die foto naar Cecile.

Binnen een minuut stroomt mijn scherm vol met een reeks poppetjes, het overgrote deel geschokt.

Ben je in San Francisco???

Ik stuur de foto die ik net naar Joy heb gestuurd ook naar Cecile en schrijf:

I left my heart in San Francisco, dus ik dacht: ik ga eens kijken of ik dat hart kan ophalen. Alles is nieuw hier, en tegelijkertijd is er niets veranderd. Dubbele gevoelens, maar de warme overheersen.

Even later kleurt mijn scherm rood van de vele hartjes die mijn buurvrouw me stuurt.

Ik stuur er minstens zoveel terug.

Dan schraap ik al mijn moed bij elkaar en zoek de foto op die ik eerder vandaag maakte in een van de kenmerkende, steile zijstraten van Hyde Street: iemand met een gigantische Monstera in zijn handen.

Al ruim een uur denk ik na over de perfecte tekst om erbij te zetten en al ruim een uur kan ik niets verzinnen. Dan besluit ik er gewoon voor te gaan.

Liefs uit San Francisco. Ik heb langer nodig dan ik dacht om mijn hart te laten herstellen, maar ik hoop dat je op me wilt wachten. Deze gatenplant zorgde ervoor dat ik aan je dacht, al moet ik toegeven dat dat eigenlijk elke dag zo is.

Ik druk op 'verzenden' en ga, zoals Joy me heeft geleerd, meteen verder met typen.

Als we ons spel nog spelen, zou ik jou nu graag een vraag willen stellen. Geldt je aanbod voor een tweede afspraakje nog steeds? In een van mijn zelfhulpboeken staat dat het hebben van verschillende hobby's de geest jong houdt, dus ik zou graag willen leren schilderen. Het liefst leer ik dat van de beste schilder, en in mijn ogen ben jij dat. Zou ons tweede afspraakje omringd door twee schildersezels, een tweetal paletten en een aantal kwasten kunnen zijn? Liefs, Frida

Het antwoord verschijnt bijna direct in beeld.

Ik zou niets liever willen.

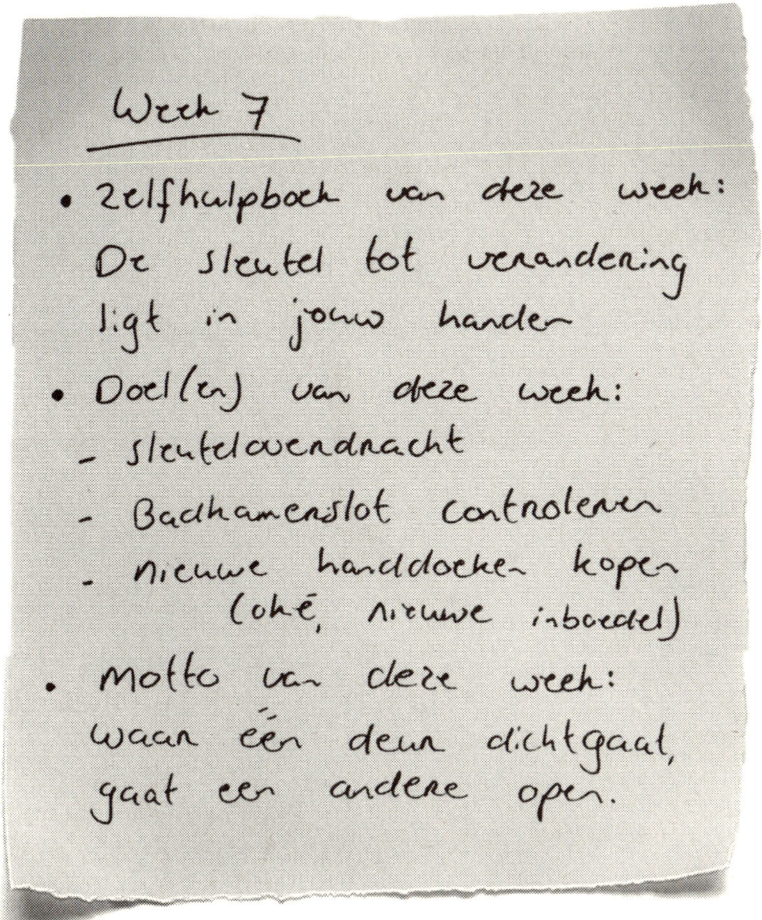

Week 7

- Zelfhulpboek van deze week:
  De sleutel tot verandering ligt in jouw handen
- Doel(en) van deze week:
  - sleuteloverdracht
  - Badkamerslot controleren
  - nieuwe handdoeken kopen (oké, nieuwe inboedel)
- Motto van deze week:
  Waar één deur dichtgaat, gaat een andere open.

49

Joy

Het is bloedheet in het makelaarskantoor. De zomer is inmiddels in volle gang en de eerste officiële hittegolf van het jaar dendert over het land. In de hoek van het kantoor probeert een ventilator tevergeefs voor wat koelte te zorgen. Ik veeg zo onopvallend mogelijk het zweet van mijn bovenlip en volg de zwierige beweging van de verhuurmakelaar, die haar handtekening onder het contract van mijn nieuwe huis zet.

'Dit moet hem zo zijn.' Ze schuift het contract naar me toe over tafel en reikt me haar pen aan. 'In principe kun je er per direct in, maar er komt volgende week nog een schilder langs voor het binnenwerk en er wordt nog een nieuwe koelkast in de keuken geïnstalleerd. Ik weet niet of je er per direct in wilt? Dan geef ik je de nummers van de schilder en de keukenboer en kun je als je wilt de afspraken verzetten als dat beter uitkomt.'

'O, ik, eh...' Ik was er eigenlijk van uitgegaan dat ik er komende maand pas in zou kunnen. Aan de ene kant is het geweldig dat het al per direct mogelijk is, maar dat betekent ook dat ik in theorie morgen al kan verhuizen. En dus niet meer bij Frida woon.

'Je hoeft niet nu al te beslissen,' stelt de verhuurmakelaar me gerust. 'Het is vooral dat ik niet wil dat ze je in de weg zitten.'

'Zit ik hen in de weg?'

Ze schudt haar hoofd. 'Ik kan één sleutel nog hier houden, dan regelen wij dat de schilder naar binnen kan en dat de koelkast wordt geplaatst. Die sleutel gooien ze dan in de brievenbus als iedereen weg is. Ik verwacht dat dat eind volgende week is. Ze kunnen het ook binnen op het aanrecht leggen, of zo. Wat je fijner vindt.'

Ik glimlach als het beeld van Frida met twee haarspeldjes weer voor mijn geestesoog verschijnt. 'In de brievenbus zou perfect zijn. Ik moet toch nog heel veel spullen kopen én ik moet alles nog inpakken, dus een weekje later is echt niet erg.'

'Perfect.' De makelaar schuift haar stoel naar achteren en wappert zichzelf wat koelte toe met een leeg snelhechtermapje. 'Ik laat je even met rust, dan kun je alles op je gemak doorlezen.'

Noah, de stagiair, verschijnt aan het bureau en steekt een doos raketjes naar ons uit. 'Wilt u misschien een waterijsje? Deels vanwege de warmte, maar ook omdat ik officieel ben aangenomen.'

'Ik vroeg me al af waarom je hier in de zomervakantie nog steeds rondliep, maar dat verklaart het! Gefeliciteerd. En graag, dank je wel.' Ik reik naar de doos en pak er een raketje uit.

Op Noahs gezicht breekt een lach door. 'Bedankt. En ik kan u verzekeren dat het slot op de badkamerdeur is vervangen. Nogmaals excuses daarvoor.'

Ik scheur de verpakking van het raketje open en steek het ijs verlekkerd in mijn mond. 'Geloof me als ik zeg dat dat écht geen probleem was.' Nu maar hopen dat ik de warmte de schuld kan geven van mijn plotseling rode wangen.

Hij glimlacht opnieuw, neemt de lege raketverpakkingen van de makelaar en mij weer aan en maakt zich uit de voeten.

'Na dat incidentje besloot ik hem een baan aan te bieden,' vertrouwt de verhuurmakelaar me toe. Ze wijst met haar raketje naar haar nieuwste protegé. 'Hij maakte zich zo'n zorgen om jullie dat ik even bang was dat jullie in een zuurstofloze ruimte zaten opgesloten. Dat is het niveau van klantenbinding en zorg dat ik graag wil bieden. Al moet ik hem dan wel nog even leren niet in paniek te raken.'

'Het heeft mij ruim zevenentwintig jaar gekost om niet in paniek te raken bij grote tegenslagen,' zeg ik lachend. 'Dus wat dat betreft heeft hij nog wel even.'

De verhuurmakelaar lacht mee en wuift dan in de richting van het contract. 'Lees het op je gemak even door. Ik ben zo terug.'

Ze loopt het kantoor uit en ik blijf alleen achter.

Ik pak het contract op en lees het door, ondertussen mijn ijs opetend. Tegen de tijd dat ik het raketje op heb, heb ik het contract van voor tot achter doorgenomen. Ik kan niets vreemds ontdekken; geen addertjes onder het gras, geen vreemde voorwaarden. Alles voelt goed.

Alles ís goed.

Wanneer ik de papieren twee keer heb ondertekend en de pen weer terugzet in het pennenbakje op het bureau, valt mijn oog op een ingelijste foto van de makelaar. Ze ziet er jong uit – minstens twintig jaar jonger dan nu – en poseert samen met een vrouw van ongeveer dezelfde leeftijd voor het Colosseum in Rome. Allebei dragen ze een zonnebril, maar zelfs daarmee is nog te zien dat ze beiden stralen van oor tot oor.

'Als er iets is wat ik je zou aanraden, is het een roadtrip door Europa,' klinkt de stem van de makelaar achter me. 'Ik was achtentwintig op die foto. Net de vrouw van mijn dromen ontmoet en we besloten om de sprong te wagen en meteen een maand samen door Europa te reizen. Beste zomer van mijn leven.'

Vol bewondering kijk ik haar aan.

'Jij bent zevenentwintig, toch? Hoorde ik je dat nu net zeggen?'

'Klopt,' zeg ik.

'Het perfecte moment, dus. Dit jaar lekker verhuizen en dan volgend jaar als je helemaal gesetteld bent zo'n roadtrip maken. Ik kan het je echt van harte aanbevelen.' Ze veegt de papieren bij elkaar en staat op. Twee sleutelbossen bungelen in haar linkerhand als ze haar rechterhand naar me uitstrekt en zegt: 'Gefeliciteerd met je nieuwe huis, Joy.'

Ik schud haar de hand en pak de sleutels aan. Het metaal voelt koud aan mijn vingers en ik bekijk de sleutels terwijl de makelaar haar bureaulade doorspit om een mapje te vinden.

Aan beide sleutelbossen zitten vier sleutels: de brievenbussleutel, de voordeursleutel van het appartementencomplex, de sleutel van mijn eigen voordeur en een sleutel voor de berging. Ik draai van één bos de voordeursleutels af en stop ze in het binnenvakje van mijn tas. De andere sleutels draai ik aan de ring waar ook Frida's huissleutels aan zitten. Voorzichtig weeg ik de bos in mijn hand. Nooit gedacht dat een nieuw begin écht in één hand zou passen.

'Zo,' zegt de makelaar zonnig. Ze steekt de papieren in een plastic hoesje en steekt ze naar me uit.

Ik bedank haar voor alle hulp, stop het mapje in mijn tas en loop het kantoor uit.

'Dank je wel, Noah!' roep ik als ik hem passeer.

'Hopelijk niet tot snel!' roept hij terug. 'Heel veel woonplezier.'

De sleutels rinkelen in mijn hand als ik de deur naar buiten openduw en de brandende zon in stap. Buiten is het nog veel warmer dan binnen en de hitte slaat me meteen in mijn gezicht.

Omdat ik nog steeds geen eigen fiets én geen auto heb, ben ik met de bus naar het makelaarskantoor gekomen. Ik stop de sleutels in mijn tas en diep mijn telefoon op om de OV-app te openen.

Dan klinkt er ineens een heel bekende stem, een paar meter voor me: 'Taxi nodig?'

Ik kijk op en zie hem meteen. Leon. Op de bagagedrager van een fiets.

'Ja, sorry, ik heb geen auto,' verontschuldigt hij zich lachend. 'Maar deze bagagedrager zit erg comfortabel, kan ik je vertellen. Ik zit hier al een kwartier.'

Ik schiet in de lach en ren nog net niet de treden voor het kantoor af, naar hem toe. 'Wat doe jij nou hier?'

'Ik fietste langs en zag je zitten door het raam.' Als ik hem sceptisch aankijk, grijnst hij breed. 'Grapje. Je zei dat je afspraak om één uur was en ik wist niet hoelang het zou duren, dus ik stond hier voor de zekerheid al om vijf over één.'

Ik loop op hem af, sla mijn armen om zijn nek en druk een kus op zijn lippen.

Sinds we terug zijn uit Parijs, hebben Leon en ik elkaar elke dag gezien. Dat is pas een paar dagen, maar eigenlijk weet ik nu al dat ik geen dag meer zonder hem wil. Ik laat hem los en laat mijn tas van mijn schouder vallen. 'Ik heb een idee.'

'Dat is toevallig. Ik ook.'

Ik staak mijn speurtocht door mijn tas en kijk naar hem op. 'O?'

'Jij eerst,' zegt hij.

'Nee, jij eerst.'

We blijven elkaar aankijken en een leger vlinders ontketent zich in mijn borstkas. 'Tegelijk?'

'Tegelijk.'

Leon steekt zijn hand in zijn achterzak, terwijl ik de reservesleutels uit mijn tas haal.

Hij leunt naar voren en drukt een kus op mijn voorhoofd. 'Ogen dicht.'

'Dan jij ook.'

Allebei sluiten we onze ogen en op de tast vind ik zijn handen. In zijn open handpalm leg ik de twee sleutels die ik net van de sleutelbos heb gehaald, terwijl hij een klein, vierkant doosje in mijn handpalm legt.

Meteen vliegen mijn ogen open. 'Wat is...'

'Eerst openmaken, dan pas iets zeggen.' Hij kijkt naar de sleutels in zijn hand en produceert de breedste, liefste glimlach die ik ooit heb gezien.

Ik til het dekseltje langzaam op en mijn ogen worden groot als ik zie wat eronder vandaan komt. Een huissleutel. Met daaraan een sleutelhanger van een zilverkleurig Eiffeltorentje.

'Je leek me niet iemand voor goud, dus ben ik voor zilver gegaan.' Leons ogen gaan afwachtend over mijn gezicht, maar ik kan niets uitbrengen. Ik blijf kijken naar de sleutel en het Eiffeltorentje, kijk naar hem, dan weer naar de sleutel en terug naar hem.

'Ik hou niet van goud,' zeg ik ademloos.

'Nou, perfect, toch? Ik onthou het even... voor een ander moment.' Hij grijnst ondeugend, en ik kan niet anders dan op mijn tenen gaan staan, mijn armen weer om zijn nek te slaan en hem zó stevig te zoenen dat hij bijna met fiets en al achterovervalt.

'Klaar voor het begin van de rest van je leven?' mompelt hij tegen mijn lippen.

‘Als jij daarbij hoort, kan ik niet wachten.’

Na nog een kus laat ik hem los en hij schuift met zijn voet de standaard in. Een paar tellen later spring ik achterop; ik sla mijn armen om zijn middel. Met mijn hoofd leun ik tegen zijn rug en als vanzelf druk ik mijn neus in zijn shirt.

Hij pakt mijn hand, brengt hem naar zijn mond en geeft een kus op mijn knokkels.

Of het zilverkleurige Eiffeltorentje toeval is of serendipiteit weet ik niet en ik zal het waarschijnlijk ook nooit weten. Sommige dingen zijn gewoon te toevallig om nog toeval te kunnen zijn.

Als Frida gewoon goed was geweest in kaartlezen, waren zij en Theo nooit in ‘hun’ dorpje beland.

Als ze langere armen, een kleinere kleuterklas of een andere leermethode had gebruikt, had ze hem überhaupt nooit ontmoet.

Als ik niet drie weken nadat Pascal het uitmaakte op dat bankje had gezeten, hadden wíj elkaar nooit ontmoet en als we die ene meditatieoefening niet hadden gedaan, was Leon misschien wel nooit meer in mijn hoofd opgedoken. Hoewel… Dat laatste vraag ik me af.

In elk geval kan ik het me nog steeds niet voorstellen dat dingen zonder reden gebeuren. Zelfs niet na al die gesprekken met Frida. Toeval zal heus wel bestaan, maar soms zijn dingen precies zoals ze moeten zijn. Toevallig.

50

Frida

Terwijl ik mijn koffer achter me aan trek door de parkeergarage van Schiphol, denk ik nog één keer terug aan de afgelopen tijd. In slechts zeven weken is mijn leven compleet op de kop gezet. Ik wist dat alles voor altijd anders zou zijn, maar dat mijn leven nóg een keer volledig zou draaien, lag niet in de lijn der verwachting.

Ik ben een week in San Francisco gebleven en heb meer kilometers gewandeld dan in de afgelopen drie jaar bij elkaar. Een goede zestien uur geleden heb ik uitgecheckt in mijn hotel en nu, na een reis die voor mijn gevoel twee dagen heeft geduurd, stap ik eindelijk weer in mijn vertrouwde Saab. Met gemengde gevoelens; wetende dat het leven weer gaat veranderen, nu Joy een baan en een huis heeft gevonden.

Maar mijn leven verandert ook, want ik vind dat het tijd is om mijn sociale cirkel langzaamaan weer wat meer te vergroten. Daarom vervang ik vanaf volgende week Cecile als voorzitter van Op Hoop Van Regen, de lokale moestuinvereniging – voor zover Cecile ooit te vervangen is. Of beter gezegd: we gaan het samen doen, want je kunt Cecile niet uit de moestuin houden, al zou je haar met een schoffel tegen de grond werken. Ze heeft me niet eens hoeven vragen; ik bood het zelf aan. Mijn groene vingers beginnen alweer te jeuken als ik denk aan alles wat we kunnen regelen, en ik kan niet wachten om aan de slag te gaan.

Je zou verwachten dat je een oldtimer zo gevonden hebt, maar de parkeergarage blijkt een stuk groter dan ik dacht en op de heenweg heb ik niet zo goed opgelet waar ik geparkeerd heb. Toch laat mijn geheugen me gelukkig nog steeds niet in de steek, want na een kwartier rondlopen zie ik de roodpaarse klassieker helemaal aan het eind van de rij staan. Ik loop ernaartoe, ontgrendel de deuren en leg mijn koffer in de kofferbak.

Het eerste deel van de rit leg ik in stilte af, maar als ik Schiphol ver achter me heb gelaten, besluit ik toch de radio aan te zetten. Alsof het zo moet zijn, klinkt de gedistingeerde stem van Ray Charles door de auto. Zachtjes neurie ik mee met zijn versie van 'Come Rain or Come Shine' en in gedachten til ik alle kratjes met lp's weer de trap af. Een voor een, tot alle platen terug in de kast staan, waar ze horen. Meteen neem ik me voor om ze allemaal alfabetisch te ordenen en elke dag één plaat op te zetten, te beginnen bij de A en eindigend bij de Z, tot ik ze allemaal gedraaid heb.

Wanneer de klanken van Ray Charles wegsterven en er een radiojingle uit de boxen komt, tik ik met mijn vingers op het stuur en neurie nog steeds zacht de tekst van het nummer. Dan klinken er drums en een paar noten van een contrabas door de auto, die me meteen kippenvel bezorgen over mijn hele lichaam.

Ik herken het meteen, al na twee seconden.

Tony Bennett. 'The Best Is Yet to Come'. Het nummer waar Theo en ik altijd op dansten, wanneer ik in de tuin werkte of gewoon de krant las.

Voor het eerst zet ik het nummer niet af. Integendeel: ik draai de volumeknop verder open en zing mee. Uit volle borst, zonder gêne.

Weken, maanden, zelfs jaren na Theo's overlijden heb ik gedacht: hoe kan het leven ooit nog leuk worden? Hoe kan ik ooit nog plezier maken, lachen, dansen, genieten als Theo er niet meer is? Maar nu weet ik dat het deel van mijn leven zonder Theo niet helemáál zonder hem hoeft. Hij is er altijd. In mijn hoofd, in de kleine, dagelijkse dingen, en in mijn hart. Ik laat hem een heel klein beetje los, maar in mijn hart draag ik hem altijd bij me.

Wait 'til the warm-up's underway
Wait 'til our lips have met
Wait 'til you see that sunshine day
You ain't seen nothin' yet

Wanneer ik eindelijk mijn vertrouwde straat weer in draai, herken ik op de oprit van Cecile een donkergroene Saab 900. Onmiddellijk mist mijn hart een slag.

Lucien.

Sinds onze korte berichtuitwisseling vorige week hebben we elkaar sporadisch gesproken, maar meer dan wat foto's van San Francisco en een paar kiekjes uit Luciens achtertuin hebben we niet uitgewisseld.

Alsof de auto zichzelf bestuurt, leidt de Saab me naar hem toe.

Naar huis.

Mijn thuis.

Zodra ik de beproefde bocht naar rechts maak en de auto de oprit op laat rollen, zie ik hem. Hij heeft een gigantische Monstera vast met ontelbaar veel bladeren. Boven het in de wind heen en weer bewegende groen piept nog net een pluk grijs haar uit en ik kan zijn gezicht niet helemaal zien, alleen zijn sprankelende, levenslustige ogen.

Onder de pot steken twee benen uit.

Ze zijn gestoken in een o zo vertrouwde, beige broek.

Epiloog

Drie weken later

Joy

'En… nummer twee!'

Met een luide kreun zet Leon de fauteuil in het midden van de woonkamer, schuin tegenover de andere. Het zijn de donkerbruine, leren fauteuils die bij Frida op zolder stonden. Nadat ze terug was uit San Francisco bood ze ze aan, en eerst vond ik dat ik ze niet kon aannemen, maar toen dacht ik weer aan dat zelfhulpboek dat zei dat je gewoon 'dank je wel' moet zeggen, in plaats van het gebaar te bagatelliseren met een 'dat had je niet hoeven doen'.

Dus staan de twee donkerbruine, leren fauteuils nu in mijn woonkamer en ik weet nu al dat ze mijn meest gekoesterde meubelstukken worden. Samen met de platenspeler van de zolder én mijn eigen vogelhuisje voor aan de gevel op het balkon. Een vuurpit mag helaas niet. Daarvoor moet ik dan toch af en toe maar terug naar Frida's achtertuin.

Ik trek mijn telefoon uit mijn achterzak en loop naar de uiterste hoek van de woonkamer. Daar maak ik een foto van hoe het er nu uitziet. Het is nog lang niet af, maar beetje bij beetje begint het steeds meer een echt thuis te worden. Mijn bed staat al in de slaapkamer, er hangen gordijnen, de wifi is aangesloten en ik heb zelfs handdoeken in de badkamer. De eerste paar nachten waren wat onwennig, maar elke keer dat ik een voet over de drempel zet, voelt het meer als thuis.

Als ik tevreden ben met de foto, stop ik mijn telefoon weer weg, zet mijn handen in mijn zij en kijk de ruimte rond. De muren hebben allemaal een zachtgrijze tint, er hangt een door Lucien en Frida geschilderd vergezicht van San Francisco aan de muur – de beste vrouw heeft er ineens acht hobby's bij – en ik heb voor een prikkie een knalrode bank op de kop getikt. Op aanraden van Frida, want rood blijkt zo verkeerd nog niet. Leon en ik hebben samen de lichte laminaatvloer gelegd en we kwamen meteen tot de conclusie dat we nog altijd perfect samen kunnen werken, ook als het geen middelbareschoolproject is.

Leon komt naast me staan, legt zijn arm om mijn schouder en drukt een kus in mijn haar. 'Heb je zin in koffie voordat we straks gaan? Vanaf hier is het precies vijf minuten lopen naar Filos aan de Heerensingel.'

'Toevallig,' zeg ik, quasi-onder de indruk. 'Je zou bijna zeggen dat ik het daarop heb uitgezocht.'

Hij grinnikt en laat me los.

Dan valt me ineens iets in en schiet mijn blik naar mijn horloge. 'Shit, ik kan helemaal niet naar Filos. Ik heb nog even met Frida afgesproken.'

'Ze mag mee?' probeert Leon, maar ik schud mijn hoofd.

'Kan niet. We hebben afgesproken bij ons bankje. Ze had iets voor me en was er heel stellig in dat we elkaar daar moesten ontmoeten. *Rain check*?'

'Ik heb zo het idee dat je de komende jaren nog wel vaker in Filos zult komen, dus vooruit dan maar.'

Ik ga op mijn tenen staan, druk een vluchtige kus op zijn mond en graai mijn zomerjas van de bank. 'Tot straks! Ik zorg dat ik op tijd terug ben!' Vlug dender ik de trap af en haal uit de fietsenberging mijn gloednieuwe fiets. Cadeautje van Inez, want als ik straks bezichtigingen moet doen of bij iemand langs moet, is het een stuk lastiger om overal met het ov naartoe te moeten.

De fiets is elektrisch en trapt als een zonnetje, dus ik ben in no time bij het park.

Frida zit al op me te wachten en staat op om me te omhelzen als ze me ziet. Het is vreemd om na vandaag echt niet meer bij haar te wonen, ook al zijn we 'slechts' zo'n twee maanden huisgenoten geweest. Toch voelt ze als een soort juniorgrootmoeder. Een echte namaakbejaarde.

'Je ziet er goed uit,' zeg ik nadat we elkaar hebben losgelaten. 'Heb je in de zon gezeten?'

'Dat komt door het werken in de moestuin,' antwoordt ze stralend. 'Ik merk nu al dat ik ook een stuk sterker word van al dat lichamelijk werk. Ik voel me net drieënzestig.'

We gaan op het bankje zitten, precies zoals we maanden geleden ook zaten: ik links, zij rechts.

'En, hoe staan ze?' vraagt Frida.

Ik weet dat ze doelt op de stoelen, dus ik haal mijn telefoon tevoorschijn om haar de foto te laten zien. 'Ze staan perfect.'

Frida pakt mijn telefoon aan en zoomt met twee vingers in op de rode bank. 'Die is echt heel mooi. Brengt de hele ruimte samen. Perfecte keus.' Ze kijkt me met een schuin oog aan en glimlacht plagerig. 'Zijn je ouders al onderweg?'

Ik knik. 'Vanochtend op het vliegtuig gestapt. Leon en ik gaan zo naar Schiphol om ze op te halen.'

Toen ik mijn ouders vertelde een nieuw huis te hebben gevonden, belden ze meteen om te zeggen dat ze dezelfde dag nog op het vliegtuig stapten om te helpen met klussen. Ik zei dat dat niet nodig was omdat ik al iemand had om mee te klussen, en toen ik wilde uitleggen wie dat was, besefte ik dat er best veel is gebeurd de laatste tijd. Ik had de woorden 'als jullie het leuk vinden, zijn jullie welkom om langs te komen' nog niet uitgesproken, of mam had al twee vliegtickets geboekt – niet om te komen klussen, maar om nogmaals kennis te maken met hun nieuwe *slash* bekende schoonzoon.

'Je weet dat ze ook altijd bij mij mogen logeren, hè?'

Ik kijk opzij en glimlach dankbaar. 'Dat is lief, maar het is echt niet nodig. Ik heb al lang genoeg van jouw gastvrijheid geprofiteerd. Daarover gesproken…' Ik pak mijn tas van het bankje en rits hem open. Uit het binnenvakje haal ik Frida's huissleutels tevoorschijn. Ik kan niet voorkomen dat ik een brok in mijn keel krijg als ik de sleutels in haar opengevouwen handpalm leg.

'Je weet dat je ze mag houden,' zegt ze.

'Jawel, maar ik volg sinds kort een cursus lockpicking, dus als ik wil, kan ik altijd je slot forceren.'

Ze kijkt me verbaasd aan en schiet in de lach als ze ziet dat ik niet serieus ben. Dan zegt ze: 'Ik heb ook nog iets voor jou.'

Nieuwsgierig volg ik haar bewegingen als zij nu haar tas opent en er iets uit tevoorschijn haalt. 'Dit is een Monstera-stekje. Gestekt van de gatenplant die ik van Lucien heb gekregen.' Met een plechtig gebaar overhandigt ze me een witte bloempot met een uiterst schattig plantenstekje erin. 'Niet te veel water en geen direct zonlicht. Dan moet hij het overleven. Ik wil graag een wekelijkse groeiupdate, als dat mag.'

'Voor jou leg ik een livestream aan,' zeg ik lachend, en ik buig me met plant en al naar haar toe om haar opnieuw te knuffelen. 'Dank je wel. Voor alles, niet alleen voor de plant. Ik geloof niet dat ik ooit heb gezegd dat je misschien wel mijn leven hebt gered.'

'Nou, nou,' klinkt het over mijn schouder, 'dat is wel heel dramatisch. En daarbij: als dat zo is, dan heb jij het mijne ook gered.'

'We hebben in elk geval samen een heleboel stappen gezet, wat voor mij lang niet zo snel was gebeurd als ik jou niet had gehad.'

Ze laat me los en klopt zacht op mijn bovenbeen. 'Daarover ben ik het helemaal met je eens. En je weet dat je altijd welkom bent. Echt. Cecile vroeg al wanneer je weer langskwam voor wijn en marshmallows. Ze zei dat Inez ontzettend tevreden over je is.'

'Dat zei Inez ook tegen mij, maar ik ben blij dat ook nog even via Cecile te horen,' zeg ik lachend. 'Laten we snel een datum prikken, goed?'

Ze knikt.

Ik draai me weer terug, zodat we weer naast elkaar zitten. Net als al die weken geleden kijken we in stilte naar de fontein in het midden van de vijver, die zoals altijd een metershoge waternevel verspreidt.

Dan, alsof Frida weet dat er nog precies één ding is van de afgelopen weken dat ik nog steeds niet los kan laten, vraagt ze: 'Joy?'

'Ja?'

‘Weet je die briefjes nog die ik af en toe in de vuurpit gooi?’

‘Ja.’ Ik brand al van nieuwsgierigheid sinds de eerste avond dat ik haar dat zag doen. Zo terloops mogelijk heb ik haar er een keer naar gevraagd, maar ze weigerde toen antwoord te geven. Sindsdien ben ik er niet meer over begonnen.

Blijkbaar is vandaag het moment waarop Frida er zelf over wil vertellen, want ze vraagt: ‘Zal ik je vertellen wat erop staat?’

Frida

'Ik ben niet helemaal eerlijk tegen je geweest. Op de terugweg uit Frankrijk vroeg je me of ik spijt had van hoe mijn leven was gelopen en toen zei ik nee, weet je nog?'

Joy knikt en haar gezicht is een en al niet-begrijpende nieuwsgierigheid.

'Dat is niet helemaal waar. Nú heb ik geen spijt meer, maar drie jaar geleden liep mijn leven ervan over en verdronk ik er bijna in.' Ik steek mijn hand in mijn jaszak en haal het papiertje eruit. 'Toen Theo overleed, heb ik alles waar ik ooit spijt van had opgeschreven. Eén ding per briefje. Ik heb ze allemaal in mijn nachtkastje bewaard en sprak met mezelf af dat ik ze, als ik klaar was om ermee in het reine te komen, ik ze zou verbranden in de vuurpit.'

'In de vuurpit die jullie samen wilden laten bouwen,' zegt Joy ademloos.

Ik frunnik aan de hoek van het opgevouwen papiertje. 'Precies. In het eerste jaar lagen ze allemaal in mijn nachtkastje, in het tweede jaar ook en in het derde jaar wist ik dat ik er wat mee moest doen, want ik had Theo beloofd naar Bordeaux te rijden.'

'Was een van de dingen op de briefjes dat je niet meer durfde te rijden?'

Ik volg met mijn ogen een vlinder, dartelend van de ene naar de andere bloem. 'Ja. Het was alleen niet de eerste. Die heb ik hier.'

Ik sluit mijn vingers om het papier, alsof het anders zomaar wegvliegt en denk terug aan het moment waarop ik begon te schrijven.

'Ik zat op bed, de avond van de uitvaart. In het donker; ik had niet de puf om een lamp aan te doen. Voor het eerst kwam toen het besef dat ik nooit meer samen met Theo in ons bed zou liggen. Ik zou nooit meer zijn stem horen. Zijn geur ruiken. Zijn lippen kussen. Ik zou nooit meer alleen maar naast hem liggen en naar hem kunnen kijken terwijl hij sliep. We zouden nooit meer samen ontbijten. Nooit meer toertochten maken in de Saab. Niet voor ons jubileum naar Zuidwest-Frankrijk rijden, maar ik zou over drie jaar in mijn eentje moeten gaan, om hem uit te strooien. Een opgave die oprecht onmogelijk leek. Hij had me net zo goed kunnen vragen een nieuwe plantensoort te ontdekken.

Daar, zittend op de rand van het bed, realiseerde ik me dat ons huis vanaf dat moment míjn huis was, en ik wilde niet dat het mijn huis was. Ik wilde niet in mijn eentje aan de ontbijttafel zitten. Alleen in ons bed liggen. Alleen in de Saab rijden. En naast dat ik het niet wilde, kon ik het ook niet.

Ik kón niet alleen in dit huis zijn, alleen aan de ontbijttafel zitten, alleen in ons bed liggen. Al tientallen jaren draaide mijn leven om ons. Om hém. Niet om mij. En hoewel ik het nooit anders zou hebben gewild, daalde die avond op de rand van het bed het misselijkmakende besef in dat er best wat dingen waren waar ik spijt van had, moeite mee had of die ik simpelweg ronduit stom vond. Dus schreef ik ze op. Een voor een.

Dat ik míjn dromen niet heb gevolgd.

Dat we nooit kinderen hebben gekregen.

Dat ik mijn eigen muzieksmaak niet ken.

Ik pakte de blocnote die ik de laatste maanden van Theo's leven gebruikte voor alles wat ik moest onthouden en schreef alles op wat er in me opkwam. Voor elke notitie gebruikte ik één briefje en voor ik het wist, had ik de hele blocnote gehad en lagen er overal om me heen beschreven blaadjes.

Dat ik niet weet hoe ik de internetrouter moet repareren als die stukgaat.

Dat we te lang hebben gewacht met teruggaan naar Frankrijk.

Dat ik heel veel dingen niet alleen heb gedaan.

In het afgelopen jaar is de stapel beetje bij beetje geslonken. Een voor een heb ik ze in het vuur gegooid en nu heb ik er nog eentje over.'

De eerste die ik schreef.

Het papier is zo vaak open- en weer dichtgevouwen dat de vouwlijnen permanente groeven zijn geworden. Rechte rimpels, lijken het wel.

'Dus het was voor Theo,' zegt Joy zacht.

Ik schud mijn hoofd. 'Niet helemaal. Vanwege Theo, maar niet vóór Theo. Ik schreef de briefjes voor mezelf.'

Ze legt haar hand op mijn onderarm en wijst naar het papier. 'Ben je er echt klaar voor om deze los te laten?'

'Ja.' Ik vouw voorzichtig het papier open en strijk het glad. 'Het leek me wel een mooi symbolisch moment om dat hier te doen.' Ik laat mijn hand in mijn andere jaszak glijden en haal er de aansteker uit die ik vanochtend nog snel uit de keukenla heb gepakt. Ik rook al jaren niet meer, maar deze aansteker had ik nog en aan de vloeistof erin te zien zou hij het nog moeten doen.

Mijn duim zweeft twee tellen boven het wieltje, voordat ik hem laat zakken en klik.

Eén keer.

Twee keer.

Bij de derde keer komt het vlammetje tevoorschijn en Joy houdt haar handen als een kommetje eromheen, om te voorkomen dat het uitwaait.

Ik breng het papier ernaartoe. Het hoekje begint meteen te branden en laat grijze asdeeltjes achter, die op de wind naar beneden dwarrelen. Voorzichtig keer ik het papier om, zodat de hongerige vlam beetje bij beetje zijn weg kan vinden.

Ik adem diep in en voel Joy naast me verschuiven en haar hoofd op mijn schouder leggen.

Mijn ogen blijven gefixeerd op het papier.

Terwijl het vuur er langzaam vat op krijgt, lees ik nog één keer de woorden die ik drie jaar geleden heb opgeschreven. Ze hebben maanden, jaren in mijn hoofd gezeten. Door mijn huis gespookt.

Me beslopen op momenten dat ik het niet verwachtte. Me lamgeslagen. Bang gemaakt. Maar nu, na ruim drie jaar, kan ik ze eindelijk loslaten.

Langzaam kruipt het vlammetje verder over het papier en als ik mijn vingers openvouw om het restant zwevend in de lucht op te laten branden, is het alsof er een slot om mijn hart geruisloos openklikt.

De letters schroeien weg en lossen op in de wind.

Dat ik niet weet wie ik ben zonder jou.

Dankwoord

In de zomer van 2022 wandelden Joy en Frida mijn hoofd binnen. Zomaar. Het léf! Ze waren er ineens, en in de krochten van mijn telefoon is het idee voor dit boek in een aarzelende spraakopname terug te vinden. Sinds dat eerste idee zijn er een heleboel dingen veranderd, maar één ding is hetzelfde gebleven: de titel. Ik sloot die spraakopname namelijk af met de woorden: 'En ik denk dat ik ook al een titel heb. *Wie ik ben zonder jou.*'

In het afgelopen jaar is dat kleine verhaalidee met die twee hoofdpersonages uitgegroeid tot het verhaal dat je net hebt gelezen. En zoals ze '*it takes a village to raise a child*' zeggen, *takes it a* heleboel mensen om een boek te maken.

Daarom, allereerst, zoals altijd: dank aan 'mijn' lieve *Viva-forum*, met in het bijzonder Berith, Fardau, Fieke, Jojanneke, Lisette, Madeleine, Martina, Myrthe, Nynith, Sanne, Stefanie en Vellah. Alles wat jullie me vertellen kan altijd in een van mijn boeken eindigen en ik ben jullie dankbaar dat ik ondanks dat feit nog steeds niet uit de groepsapp ben geknikkerd.

Gillian, Lis, Marijke en Vannessa, sinds ik jullie ken is mijn leven nooit meer hetzelfde geweest (ha, *see what I did there*?) maar ik zou het ook nooit meer anders willen. Dank dank dank voor ons fijne schrijverscollectief The Feelgood Five, maar eigenlijk voor zoveel meer.

Marijke, dank aan jou in het bijzonder, omdat je als eerste 'echte' lezer dit verhaal uit had en me aan het huilen maakte (van blijdschap) met je lieve, lovende woorden. Het is knetterspannend om een boek de wereld in te slingeren en als het dan een zachte landing mag krijgen bij een vriendin én collega-auteur, is dat meer waard dan ik onder woorden kan brengen.

En over zachte landing gesproken: duizendmaal dank aan mijn redacteur Lisanne. Voor onze fijne samenwerking, je tips, je adviezen, je feedback en eigenlijk alles wat dit verhaal alleen maar beter heeft gemaakt. En óók Femke, Erwin, Lidia, Lynn, Sander, Miranda, Julia en alle andere leuke en lieve mensen van HarperCollins Holland, bedankt voor jullie enthousiasme, blijheid en liefde. Boeken mogen maken met jullie is een feestje.

Iris, ik hóú van onze gesprekken die we op willekeurige momenten van de dag (en nacht) kunnen oppakken, die vaak beginnen met: 'Oké.' Gevolgd door een eindeloze stroom ideeën. Dank je wel dat ik je vrijwel 24/7 mag gebruiken als meedenkend klankbord.

Lis, dank voor je miljoenen meedenksessies, je aanmoedigende woorden en je enthousiasme. Ik ben je praktisch een nier verschuldigd, maar ik hoop dat je ook genoegen neemt met een zak chips. Oké, twee zakken. En een MEGAGROOT dankjewel.

Wie ik ben zonder jou is opgedragen aan mijn moeder en oma, die me een van de belangrijkste levenslessen ooit leerden. Mam, maar ook pap, Steven en Marja, jullie zijn de beste basis en mijn grootste voorbeelden.

Coen, mijn lief, ik zeg het heel vaak, maar nu staat het nogmaals zwart-op-wit: je bent de allerliefste. Net als Frida weet ik niet hoe ik de internetrouter moet resetten, dus ik zou het fijn vinden als we samen superoud zouden worden. Oké, zo moeilijk zal het vast niet zijn en je kunt het me ook gewoon leren, maar ik stel voor dat we daarna alsnog allebei minstens de honderd halen. Dank je wel dat je bent wie je bent. Met jou is alles leuker.

Tot slot wil ik jou bedanken, lieve lezer. Ik hoop dat je net zoveel hebt genoten van dit verhaal als ik heb gedaan tijdens het schrijven ervan. Stuur me vooral via Instagram of Facebook een berichtje om me te laten weten wat je ervan vond, dat zou ik echt heel leuk vinden. En vergeet niet: *omhels de cactus!* Als Joy en Frida het kunnen, kun jij het ook.

Veel liefs,
Susan

Playlist

Tony Bennett – 'Rules of the Road'
Ella Fitzgerald & Louis Armstrong – 'Dream A Little Dream Of Me'
Etta James – 'A Sunday Kind Of Love'
Nat King Cole – 'L-O-V-E'
Tony Bennett – 'I Left My Heart in San Francisco'
Frank Sinatra & Count Basie – 'Looking at the World Through Rose Colored Glasses'
Carole King – 'Home Again'
Carole King – 'Way Over Yonder'
Miles Davis, John Coltrane & Bill Evans – 'Blue in Green'
Ray Charles – 'Come Rain or Come Shine'
Tony Bennett – 'The Best is Yet to Come'

Krijg je niet genoeg van de feelgood van Susan Muskee? Lees dan ook *Nooit meer hetzelfde*!

Claudette heeft alles. Als de succesvolste relatietherapeut van het land weet ze elke relatie weer op de rit te krijgen. Haar praktijk heeft een ellenlange wachtlijst, haar boek met relatietips is toe aan de twaalfde druk en een plekje bemachtigen voor haar onlinecursus is slechts weggelegd voor *the lucky few*. Ook haar eigen huwelijk met jeugdliefde Lammert is er een volgens het boekje, met als kers op de taart hun tweeling Rijk en Eloise. Kortom: Claudettes leven is perfect.

Totdat Lammert op een doodgewone woensdagavond de drie woorden uitspreekt die ze nooit had verwacht: 'Ik wil scheiden.' Het kunnen lijmen van andermans huwelijk is één ding, maar hoe red je dat van jezelf?

WORLD *of* ROMANCE

worldofromancenl worldofromancenl